U0137483

祥云朵朵当空飘

九鹭非香 作品

湖南文艺出版社
HUNAN LITERATURE AND ART PUBLISHING HOUSE

博集天卷
CS-BOOKY

目录

『下辈子，下下辈子，我都得撞见你。』

『我可是祥云仙子啊，这天下何处无云。』

祥云朵朵
当空飘

# 楔 子

　　我是一朵祥云，百年前飘过月老殿的时候，喝醉酒的老头子突然来了兴致，在我身上轻轻一点，将我点为仙。月老酒醒之后摸着胡子，自圆其说曰："嗯，是朵有仙缘的祥云。从今往后，你便叫小祥子吧。"

　　当时，过于单纯的我并不觉得这个名字有什么不对，便乖乖地点头应下了。

　　从此，我以一个女人的身体，顶着一个太监的名字，在月老殿里住了下来，成了这老头子的灵童，老头日日赏我三顿饭，给我一点零花钱买酒和零嘴，打发我每日替他看守月老殿里乱七八糟的红线。

　　日复一日，不知不觉我已经替月老打了数百年的工。我以为以后的日子也会任由我坐在月老殿前，数着飘过的朵朵白云，慢悠悠地度过，但是无数前人告诉过我，平淡的故事其实是在耽误读者的时间，所以，我的人生不负众望地起了波澜。

　　那一天，一个噩梦一样的男人不知从头顶上几十几重天摔下来，一头扎在月老殿前的祥云地毯里，弄出的声响就像我偶尔肠胃蠕动后放出来的屁。

　　我打着瞌睡，半梦半醒地扫了他几眼。红衣少年艰辛地从祥云地毯中拔出脑袋，眼神一和我对上，他登时便恼了："臭丫头在旁边看着也不知道过来帮小爷一把！"

　　我被他骂得精神了些许，睁大眼认真盯了他一会儿，道："你这不是出来了吗？"

他狠狠地瞪了我一眼，一边拍着身上的华服站了起来，一边不屑地鄙视我："一看你就是穷酸月老府上的侍女，没眼识。"

我懒懒地打了个哈欠，扭了扭屁股，换了个更悠闲的姿势倚坐在阶梯上，掏了掏耳朵道："眼屎没有，耳屎被吵出了一堆，你瞅。"说着将手指上的东西弹了出去。

少年极度嫌恶地侧身躲开，眼里的鄙视更是满满地溢了出来。"哼，穷酸主子果然养穷酸的丫头。"

我平时虽然也不大待见月老那个爱偷酒喝的老头，但好歹他算是我的主子，供我吃供我喝的，一起过了几百年，面子上也是一家的。一家人可以互相嫌弃，却容不得外人来说半点不好。

我眯着眼上下打量了少年一会儿，道："听闻昴日星君府上的人都学得满身骚包打扮一脸傲娇相，一府十二个小子，一个比一个'艳丽'，令天界艳羡，本来我还不信，不过今日见仙友如此打扮，确实是让穷酸丫头我开了回眼界。"我盯着少年气青了的脸得意地笑。"敢问仙友在其中排行第几啊？"

"臭丫头放肆！"他挥手化气为形，一道长鞭狠狠甩了过来。

我平日虽懒，不喜欢做其他事，但自从知道手上功夫落了下乘便要受人欺负这个道理后，我就没落下过修炼，混了几百年，仙法也算有点小成，他这记鞭子虽然来得又狠又快，但我还是堪堪接了下来。

只是他突然出手，我没有防备，用来抵挡的团扇竟被鞭子绞了个粉碎。

我霎时愣了。

天界的物价不高，但月老抠门得离谱，素日里给的零花钱，我买了几斤酒喝便不剩多少，这团扇是我攒了好几十年的钱，求了织女许久她才答应便宜卖给我的，我还没把玩几天，这……这浑蛋竟给我绞碎了？

我分不清心中这澎湃的情绪到底是悲是怒还是痛，只觉得今日定要将这小子的底裤扒了狠狠抽他一顿屁股才消得了气。我撸起袖子，将百年懒得扎一次的头发盘到头顶上。

"你过来。"我一边盘头发一边道，"两个选择。"

他手里拿着鞭子，一脸不屑地看着我，唇边还带着欠收拾的笑。

拍了拍盘得紧紧的头发，我站在月老殿前的阶梯上，比出了手指："一、赔钱。二、拿你的肉体来赎罪。"

少年一声冷笑："你是什么东西？"

我将手指捏得咔咔响。"我是让你的人生从此变得黑暗的乌云。颤抖吧，少年。"

他一挑眉，对我的勇于反抗很是惊讶："小侍女区区几百年的修为竟敢和爷叫板，哼，胆子不……"他话音未落，我小施法术，令他脚下的祥云地毯变得如泥沼一般黏稠，让他的双脚深陷其中。少年有些怔愣，趁他还没反应过来的时候我亮出了白白的牙齿，然后猛地扑向他的怀抱。

少年很是惊骇，奈何双脚被缚住，动弹不得。我攀住他的肩，笑了笑。"肉很香嘛。"而后毫不犹豫地一口咬了下去……

我法力确实低微，在这些神仙动辄几千年几万年的修为排行中，我或许连块渣也算不上，用术法打在人家身上和挠痒似的，我才懒得费那力气去斗呢。左右天规在那里，他是不能弄死我的，我便先让他见了血再说。

咬肌紧锁，我又加了把劲，少年大叫一声之后惊呼连连，一时也没想到用法术，拽着我的头发就往后扯，将我之前盘好的头发也抓乱了，我紧紧抱住他的腰死也不松。

"你是狗妖吗！不对！你是王八吗！你个小王八蛋！松口！"

"赔闲！唔然，肉滋啊来！（赔钱！不然，肉撕下来！）"我含混不清地说。其实，我觉得平日里我还是个与人为善的小仙，若不是这家伙让我数十年的积蓄打了水漂，我是断不会如此强悍地与他理论的。

纠缠了一会儿，我嘴里的口水开始不受控制地往外流，没一会儿就混着他的血，浸湿了他肩头的那片红衣裳。我觉得这样有些不大礼貌，于是便松了嘴，将嘴里的唾沫尽数咽了下去，道了声："对不起，我不是故意吐你口水的。这块湿了，我换个地方咬。"说完立马换了个地方咬住，继续狠狠道："赔闲！唔然，肉滋啊来！"

少年愣了好一阵，贴在他身上的我明显感到他的胸腔在大力地起伏，他气得颤抖。"你咬人居然还嫌脏！你还嫌我脏！"说着他将他的长鞭折了几折变成了短鞭，随后"啪"的一声，我觉得臀部一阵麻木，然后刺痛感慢慢渗进肉里，我"嗷"的一声叫，松开了他。

我愕然又惊怒："你毁了我的东西不赔钱，居然还敢抽我屁股！"

他同样愕然又惊怒："你居然还敢横眉竖眼地和小爷说话？爷抽你不应该？不应该？不应该！"他说一句"不应该"便抽我一下，我只觉屁股上火辣辣的疼痛烧上了脑门，变成了一股股按压不住的邪火，几乎要烧破天灵盖。

"没人抽过我屁股！"我大叫，声音尖厉，脑袋狠狠对着他脑门一撞，这是一招同归于尽的招数，他双目眩晕，我也开始眩晕，没法再分心控制脚下的法术，祥云地毯又变回了原来的样子。

少年此时也被我撞晕了头，我拽着他的头发狠狠摇了一会儿，他便失去平衡，摔在了地上，躺下没一会儿，很快他就找回了一点神志，又抓住了我的头发，将我往地上摁。

我们俩一边滚一边打，从殿外一直打到殿内，扯头发插鼻孔掐耳朵，半分法术没用上，仿似陷入了用拳头解决问题的执念，打得那叫一个血肉模糊。

不知纠缠了多久，撞翻了多少书案，终于惊动了醉在月老殿后院里的月老。

"哎呀！嫦娥姐姐啊！"月老大叫，"红线啊！红线全乱了啊！"

## 第 一 章

# 彼此人生中的乌云

我犹记得在那场惊了天的斗殴之前我曾与那噩梦一样的男人说过一句话，我说"我是让你的人生从此变得黑暗的乌云"。事后想来，那句话，我说得实在是过于片面了。

我们俩顶着青肿的脸跪在玉皇大帝面前，玉帝老头听闻我们俩将月老殿中的红线全数打乱之后，他沉凝了许久，陈述了一通"和为贵""做错事自然得受罚"的屁话之后，淡然地吐出一句："你二人毁了天下有情人的未来，便罚你二人历七世情劫，也顺道化一化对彼此的怨气吧。"

"等等……"跪在我身边的少年冒死打断了玉帝的话，"您是说，让我和……她？这个悍……悍……汉子一样的女人历七世情劫？"他声调有些变，想来是吓得不轻。

我也吓得不轻，翻着死鱼眼惊骇地瞪着玉帝。见玉帝确认地点头，我浑身一软，只觉所有的希望都离我远去，我才知道，以后一段时间里，不仅我成了少年人生中的乌云，他也成了我的乌云，我们俩撞在了一起，摩擦起电，成就了一片巨型雷雨云。

"小祥子你既是月老下属，此七世情劫便不宜由月老经手。"玉帝沉吟了一会儿，"托塔李天王何在？"

五大三粗的汉子手中托着金塔，三步踏上殿前，一抱手，声色浑厚道："在！"

玉帝摸了一把长长的胡子淡淡道："嗯，这事便交由你来办吧。"

"是！"

他精神抖擞的回答让我心脏狂跳，我深呼吸，仰头望向李天王，天界富足而安乐的生活养出了他一身肥美的膘。仿似知道我在看他，他也扭过头来，深埋在大胡子里的嘴不知道咧出了多大的弧度，挤得整张脸的肉都堆了起来。大叔笑得如此甜美……

我只觉心脏一阵紧缩，忙捧住心脏，深深呼吸，向来健康的我此刻竟觉得自己快要死掉了……

玉帝满意地点点头："嗯，如此小祥子你可还有什么话要说？"

我想说，月老殿里的红线左右也是月老那老头喝醉之后自己胡乱牵的，打乱了就让他再胡乱牵一通好了，实在犯不上用如此狠毒的招数来整治我啊！

我一回头看向凌霄殿右侧的大臣队列里垂头站着的月老，他也正可怜巴巴地望着我，一副求我不要揭穿他的哀求样。我扭过头来，不停地深呼吸，缓了好一会儿问："我可以骂街吗？"

"不行。"

"我……无话可说。"

玉帝又满意地点头，眼神一转，落在我身边的少年身上。"初空，你可有话要说？"

初空……原来这个少年竟是昴日星君府上那十二个少年当中的老大，人间每年头一个月便是他在打理。我现在才知道要和我一起历七世情劫的少年的身份，我仰头望凌霄殿上浮华的天花，这是多么讽刺的世界。

少年在我身边沉默了许久，直到我好奇地将目光落在他脸上，他才惨白着脸道："这一次，打乱月老殿的红线，实在是我二人的过错，不过，我可以对昴日星君发誓，这个女人打乱的红线一定比我打乱的多，所以，可以每一世都让这个女人更惨一点吗？"

我暴起，又想扒他底裤了。肩头一沉，是李天王走到了我身边，他将我按下去，淡定道："我会公平地衡量各人功过。"

李天王虽然身材走形了，但是刚正不阿的脾气还是没有变的，我心酸而感激地点了点头，觉得这个世界还是有爱的。

事情判完了，众人各回各家，出了凌霄殿的大门，隔了老远我便听见李天王浑厚的大笑声："我最爱看小媳妇苦追相公的戏码了啊哈哈哈！"

我在天界簌簌的风声中，慢慢僵立成一个寂寞的背影。

月老送我到地府后拍着我的肩很是叹息了一会儿："小祥……"我狠狠一瞪他，月老识相地将后面那个"子"字吞进了肚子里，他又叹了口气道："你这一去，月老殿又得有许久没人守了，老头我该如何是好啊。"

我撇了撇嘴道："你少喝点酒就当给我积德了吧。"

月老一脸落寞地捏着白胡子。我心中有些不忍，这老头平日虽然抠门了些，迷糊了些，不靠谱了些，但总的来说对我还是不错的，没有像别的仙君那般对自己的仙童严厉打骂。我心软地安慰他："天上一天，人间一年，七世情劫最多不过耽误一年多的时间，我很快就回来了。"

月老摇头叹息，驼着背忧伤地回去了。

看着他的背影完全消失在地府阴森的黑暗中，我才转过头来打量高高竖起来的牌坊，"幽冥地府"四字显得格外阴森。取下腰间酒壶，我仰头饮了口烈酒，迈步踏入牌坊之下。

我想，没什么好怕的，就当出来见见世面吧。

鬼的数量一日比一日多了，奈何桥前规规矩矩地排了六支队伍，六个小鬼分别给排队的鬼魂分发汤水，身躯巨大的孟婆坐在一边闲闲打着瞌睡。

我随意选了一支队伍也规规矩矩地排了进去，一路慢慢挪，等孟婆汤都要发到我手里了我也没见到初空那个浑小子，正在琢磨他是不是已经投过胎了，忽然一道金光在阴暗的地府中一闪，耀眼得让众鬼眩晕。

我往后一打量，一身红衣的骚包德行，可不是那小子嘛。

此时他身边还站着一个粉衣少女，初空一改与我打架时的凶悍样，眸光柔柔地落在粉衣少女身上，死寂的地府中，除了忘川河水潺潺流过的声响外便再没什么响动，他的声音清清楚楚地传到了每个鬼的耳朵里：

"莺时，不用担心，我很快就回来。同是男儿，李天王断不会让我吃亏的。"

"话虽如此，但初空哥哥你还是要注意安全啊，听说月老殿那个小祥子脾气很是古怪，你……你与她在一起，要小心提防些……"

我望天，仔细回想了一下自己到底做了什么古怪的事让这小白花一样的姑娘如此形容我。

小鬼难听地咳嗽了两声，提醒我接过汤碗。我不好意思地笑了笑，正打算乖乖仰头喝下孟婆汤，忽听初空那小王八蛋放出狂言："放心，那悍妇脾气虽怪，但智力与武力皆在我之下，凭她，还不能让我怎样。"

额头上的青筋一凸，我眯起眼，转头望向那个人模狗样的男人。

初空又道："待我将那小祥子当太监一般使唤了七世回来……""太监"二字将我的神经刺得轻轻一跳，手中的孟婆汤跟着微微一颤。那方初空继续说道："我再陪你一起去晨星殿数星星。"

"数你大爷……"我一声吼，在小鬼惊愕的目光中将手中凉凉的孟婆汤劈头盖脸地向那家伙砸去。汤全洒在了空中，碗却正中初空的侧脸，他一声闷哼，捂住了脸，莺时吓得大叫，我指着他那一双在之前那场"交锋"中被我揍得青紫的眼，讥讽道："睁着一对熊猫眼说瞎话你也不嫌蛋疼。"

初空缓了好一会儿才忍下疼痛，他抬起头来，双眼中蕴藏了骇人的暴怒。粉衣的莺时在他身边叽叽喳喳地唤着，望着他的脸直呼心疼，活像砸了她一般。

我用鼻子哼出一声冷笑，初空咬牙切齿地望着我，我瞧见他手中正以法力凝气，仿似要将我一巴掌抽死一般。我心中陡然生怯，毕竟，若要斗法的话，我比初空确实还是不如的。

这时，身边的小鬼猛地回过神来了。"你……你把孟婆汤砸了！你要造反哪！"

他尖厉的声音刺破了孟婆瞌睡中的鼻涕泡泡，孟婆庞大的身躯一动，眼瞅着便要醒了，那种常年受地府浸润的阴暗气息一动，不过是朵小祥云的我立即腿一软，胆一寒，劈手直指初空道："是他！他要造反，那小浑蛋不想喝孟婆汤，所以之前威胁我，先让我来做实验，看看不喝汤会有怎样的惩罚！我都是被逼的！"

"嗯？"一个带着初醒的沙哑的浑厚女声在昏暗的地府之中回响，沉沉的，压得人喘不过气来，"谁不喝我熬的汤？"

众鬼霎时悚然直立。

孟婆庞大的身体站了起来，足足有两丈高！阴影一时笼罩了整个奈何桥。

她仿似看到了摔在初空面前的碗，孟婆一怒，大喝："谁敢不喝汤！老娘成天熬汤熬得多辛苦，你们这些小王八蛋竟敢浪费老娘的心血！"说着，巨大的身躯"咚咚"地踩过众鬼魂的身体直直冲初空奔去，速度奇快，与她的体积完全不符。

莺时吓得目瞪口呆，面无人色，初空也是一脸愕然。众鬼魂同样吓得魂飞魄散，四处乱窜。

我左右看了看，见没人注意我，便一溜烟地跑过了奈何桥，直奔六道轮回而去。

投入轮回之前，我回头一望，只见奈何桥前一片尘土飞扬，跑的跑，叫的叫，孟婆将初空紧紧捉在手里不停地训斥，唾沫星子喷了他一脸，而初空则紧紧盯着我，怨毒的目光仿似要将我千刀万剐。

我顿了顿，觉得自己做得有点不对……

于是我在跳入轮回道之前，对他竖起了大拇指，然后狠狠往下。

被孟婆捉住的他面色变得更为难看，我拍了拍屁股，高高兴兴地投了轮回。

初空是肯定逃不过喝孟婆汤的境遇了，这第一世，我比他先出生，我有前世的记忆，我比他更为强大。换句话说……

小浑蛋，你就等着死吧！


"小姐！我的小姐啊！"

丫头尖细而惊恐的声音由远及近，慢慢传进耳朵。阳光从眼皮的缝隙中透进来，我懒懒地打了个哈欠，翻了个身，觉得这日子舒坦得犹似我还只是朵祥云的时候，每天以晒太阳为己任，以睡大觉为目的，什么都不用忧虑，没有抠门的月老，没有精打细算存钱买团扇的艰辛，没有红衣少年凶神恶煞般的面孔……

红衣少年……

我睁开眼，摆出了修罗相。光是想到那个人的身影便能让我心情烂得再也睡不着觉。

我翻身坐起，丫头肝胆俱裂的尖叫声再次刺痛我的耳膜："小姐！

你莫动，翠碧来救你！不，翠碧叫人来救你！"

大树之下，我的贴身丫鬟吓得一脸苍白，左右张望着寻找路过的仆从。我不甚在意道："我自己能下来。"开口发出的稚嫩童声仍旧让我感到不习惯，我揉了揉嗓子，捏出了点沙哑成熟来："你，闪开，我要跳下来了。"

翠碧本就仓皇的白脸一下青了。"小……小……小……姐，别……别……别……您不要吓我！您不要欺负翠碧胆小啊！"

我不理她，翻身抓住大树上的木疙瘩熟练地往下爬。

眨眼间投胎到宰相府中已是第五个年头，五岁的相爷幼女，整日被人捧在手心里疼宠着，不用洗衣叠被扫地做饭，连爬个树都有丫鬟在下面如同要英勇就义一般护着。

我十分纳闷，李天王喜欢的小媳妇追相公的戏码到底要怎么安排呢？

况且……我那"相公"估计还在地府受罚吧，我在心底猖狂地一笑，忆起那日投胎前初空穿过唾沫星子望向我的怨恨眼神，我的心情霎时飞扬起来。

打击报复乃是人间极乐也！

离地近了，我纵身一跳，落在地上，在翠碧满头冷汗的唠叨中淡定地问她："什么事？"

翠碧过了好一会儿才歇了口气，道："相爷让奴婢来寻您，说是要带小姐去大将军府。"

"哦。"我不咸不淡地应了一声，将爬树时弄脏了的手在翠碧的裙子上抹干净。翠碧咬了咬牙，忍住没说话。我又道："你去告诉我爹，让他先去，大将军府我熟，自己找得到。"

据说当今皇帝与我爹还有大将军是自小玩到大的好朋友，特别是我爹宋勤文与大将军陆凉，他俩的关系出奇地好，两家府邸门对门，每日两家大人一起上早朝，一起办完公务回家，家眷也闲着没事就互相串门，将军府我熟得跟我的闺房似的，实在犯不着让人领着我去。

我说完那话，翠碧却为难地皱了皱眉。"可是，相爷说今日一定要与小姐一起去啊……"

这些搞政治的老头总有满身的屁事。我撇了撇嘴，无奈道："好吧好吧，我这就去。"

一路赶到前厅，我爹坐在上座细细打量了我一番，而后发出一声颇为无奈的长叹："罢了罢了，野就野一些吧。"

我扯了扯自己的衣服，没觉得有什么不对，这比我在月老殿穿的衣服规矩多了，他到底在挑剔些什么……

走去将军府时，宋爹开始为我讲述一段往事，他说，在我还在娘肚子里的时候，大将军的夫人也怀了胎，两家狗血地约定，若为同性则拜为兄弟姐妹，若为异性，则指腹为婚。但不曾想到的是，将军夫人某日不小心摔了一跤，将孩子摔掉了，后来再也没有怀孕……

我打断我爹深情的讲述，道："不对啊，前些天我见过将军夫人，她肚子已经很大了。"

说完这话，我突然有了种不祥的预感。

我爹深情地凝望着我，然后点了点头："没错，正是今日，将军夫人产下一子，云祥，你可以看见未来夫婿的模样了哟。"

我仰起了头，看见在逆光之下我爹微笑的侧脸，双目含着泪水，定定地问他："你见过羊驼吗？"

宋爹愕然。

我垂下头，捧住心脏兀自呢喃："你知道一万头羊驼呼啸而过的心情吗？不……你不懂。"我抹了把泪翻着死鱼眼望我爹："你带我去看他吧。"跨进将军府的大门，身边的仆从向我与我爹躬身行礼，众人迎接的声音盖过了我阴沉沉的言语："……那个来迟的小子。"

将军喜得贵子的消息传得很快，我与我爹刚在大厅里坐了没多久，京城的大小官员便陆陆续续地带着礼物来了。我爹忙着与同僚寒暄，我便悄悄地跑去了后院，将军府的人都认识我，便没有阻拦，我以纯真无邪的小孩身份一路跑到了将军夫人的内寝，走到门外便听见了将军夫人虚弱的笑声。"阿凉，儿子很像你。"

大将军粗粝的声音此时也化作了柔水，温润得几乎让我听不出来是他。"不，儿子像你。"

我不让门外的侍卫通报，悄悄地进了屋，躲在内室门外，探出个脑袋往里张望。将军夫人身边放着一个肉球，包裹得严实，只露出一张脸，从我这个角度看去，只能看见他的鼻子眼睛全皱成一团，我深深觉得将军和将军夫人都错了，这货明明就像包子，了不起是个饺子，哪儿能分得清像谁不像谁。

仿似察觉到了我的存在，大将军转过头来看了我一眼，随即眯眼笑了起来。他捏了捏小包子的脸，道："小子，艳福不浅啊，还没睁眼你媳妇就在门边等着你了，还不起来看看。"

我听了这话不好意思再躲着，便大大方方地走了出去，唤道："将军好，夫人好。"

将军点了点头。"小丫头着急地寻过来了，你爹他们也该久等了吧。夫人你好好休息，我先出去。"夫人虚弱地点了点头，将军路过我身边时不客气地揉了揉我的脑袋。"丫头，去，看看我儿子，你相公。"说完便大步出了门。

我也不客气地跑到了床边，趴在床沿打量这一世初空的模样。

这皱巴巴的一团丑极了，我抬头望了望将军夫人，不敢贸然出手揍他，只有眨巴着眼乖乖问："夫人，我可以摸他吗？"

"当然。"

我伸出食指，戳了戳他的脸，多么奇异的柔软触感，怎能想象那凶神恶煞般抽我屁股的红衣魔鬼居然和这个小家伙拥有同一个灵魂。我有些惊讶地睁大了眼。原来这就是新生，把前世的一切都推倒重来，干净得让人敬畏。

看见小家伙握得紧紧的拳头，我好奇地戳了一下，哪儿想他竟张开手心，将我的食指一把拽住，握得紧紧的，然后拉着我的食指往他嘴里放。

我惊得呆住，心头仿似被他柔软的小手摸啊摸，摸出了一片温热来。这小东西简直神奇极了。

"云祥，他喜欢你哟。"将军夫人温柔地摸了摸他的脸，轻柔地对我道，"你可喜欢他？"

我心头一颤，觉得如果在这种时候说出"我喜欢欺负他"这样的话会挨雷劈，于是我识相地点了点头："嗯！"指尖一软，竟是他将我的手指头含进了嘴里，温软地吮吸着。心头不由得一痒，我趴在床榻边，呆呆地看着他，被蛊惑了一般说道："好喜欢啊……"

这种温软的触感，比织女那把团扇扇出来的暖风还要让人沉迷。

"多好啊，从今以后，你们可以携手到老，白发齐眉。"将军夫人慢慢说着，"你虽比他大几岁，但也没什么大不了的，现在你护着他，以后他便可以护着你……"

这浅浅的声音在我耳边飘远，"相公"两个字将我砸回现实，那日李天王出了凌霄殿后猖狂的大笑声又在我耳边回响，我不由得打了个寒战，甩了甩脑袋。清楚地看见未来小媳妇苦追相公的生活正一步步向我靠近，而我居然在这样的时刻被敌人的外表迷惑了心志！

多么失败，多么可耻……

那日我是如何失魂落魄回家的我已记不得，只知道我爹在用完晚膳之后摸了摸我的脑袋说："云祥，以后一定要和海空好好相处啊。"那模样简直像已经把我交代出去了似的。

我怔怔地问他："海空是什么？"

"你陆叔叔的儿子，你今日不是见过了吗，可还喜欢？"

我失神地点了点头道："喜欢，陆叔叔取名字取得好，很具有军事前瞻性，不愧是我朝第一将军。"

可不是嘛，陆海空，你简直霸气极了。


宿命之轮从那天起转了起来。午夜梦回，我仿佛能看见李天王执笔伏案，淫笑着挥毫的激动模样，我就像被穿在竹扦上的肉，任由蘸满酱油的大笔在我赤裸的身体上涂涂抹抹，刷来刷去……

我拉起被子将头紧紧捂住，让自己抛开那些邪恶的画面，直到喘不过气来时我才一把掀了被子，猛地坐起身来。

不行！若就如此臣服于命运，实在太浪费我这一肚子坏水，呸！太浪费我上辈子在仙界混吃混喝的记忆了，我必须抗争。

我咬着手指，愁眉苦脸地思索未来，有没有一劳永逸摆脱初空那小子的办法呢……

忽然，一道灵光在我脑海中一闪，李天王写的是七世情劫，若其中任何一世，我与初空二人其中一个早早地死了，早早地去投了胎，等另一个人寿终正寝之时，便与先死的那人错开了投胎时间，这样的话，以后每一个劫数不用特意避开两人就自然而然地错过了！

想通这一道关节，我激动得跑到铜镜前狠狠亲了镜子里的自己几口。

相府小姐这个身份是可以名正言顺好吃懒做的，我自是舍不得就此自尽，了结这种生活，那么……

我望着铜镜中自己阴森的小肉脸，磔磔笑开了："亲爱的陆海空啊，为了我们下六辈子的幸福生活，你就去死一死好不好？"

做了几日详细的计划之后，我兴冲冲地跑到了将军府，适逢屋中无人，是个下手的极好时机。

陆海空安安静静地躺在摇篮之中，他与前几日相比实在是漂亮不少，皮肤白白软软的，睫毛浓浓长长的，我忍不住趴在摇篮边上，伸出手戳了戳他嘟起来的嘴。哪儿想这一戳竟将他戳醒了。

他眨巴着玲珑剔透的大眼睛，水汪汪地望着我，我心肝一颤，又可耻地萌动了一番。

"啊。"他意味不明地叫了一声，然后用糊满了口水的手指拽住我滑落下来的小辫子。"啊！"他使劲一拽，扯得我头皮生疼，这可恨劲一下便让我想到了那个穷凶极恶的红衣仙人。

我按压住心头的粉色泡泡，伸出手掐住了小孩的脖子，温软而脆弱的触感让我觉得，好像不用使力，多碰几下他就会自己散掉一样。

这毕竟不是那个皮糙肉厚的少年……看着他纯真的眼睛，我又软了心肠。他哪里知道我摸他脖子的意图，小手松开我的辫子，又将我的手拽住，仍旧像上次那般，捉了一个指头出来，放在嘴里含着，仿似这就是让他最满足的事。

他蹬了蹬腿，以表示兴奋。

我也想跟着蹬腿，臭小子不要这么萌啊！你让姐姐我怎么下得了手！

我正纠结着，忽然门被推开了，将军府的奶娘和一群婢子走了进来。"哎呀，相爷千金怎么也在这里？"

"我……"我咳嗽了一声，冷静道，"我来看看我的小相公。"

众人都了然而猥琐地笑了，奶娘忽然让人惊悚地道："待会儿我们要伺候小少爷沐浴，宋小姐你可也要留下来？"

"不了。我先……"我刚抽回手，陆海空忽然"咿咿呀呀"地嚷了起来，我怔愣地看着他，没一会儿他便开始哇哇大哭，鼻涕眼泪簌簌而下，一脸惨样让我无法直视。

我吓得不轻，在天界从没有生物在我跟前哭得如此惨绝人寰过，我下意识地便将手塞回他的嘴里。含住我的手指头，他很快又安静下来，咂巴着嘴，一脸幸福。

我默然，奶娘笑道："这下好啊，小公子可离不得宋小姐了。"

我翻着死鱼眼，静看愚蠢的人类。

接下来，我便在非自愿的情况下欣赏了陆海空被扒光了洗澡的场景，没有半分活色生香的感觉，倒像是大娘在洗猪皮，白白软软的一团捏来揉去好不欢乐。

可不管怎么说，我仍旧是因为自己的心软浪费了一次做掉陆海空的绝佳机会。

以后的日子，我日日都往将军府跑，日日都能见到陆海空，但将军府的奶娘与婢子们在那以后总是寸步不离地看着陆海空，半点空隙也没给我留。

我便琢磨着等着孩子大点了，能单独带出去玩的时候再将他做掉。

哪儿想这一等便生生等了五年，等得我每次一看见陆海空时眼睛都绿了，将军夫人和将军老是调侃我："这孩子，是中了海空的毒吗？没事就来看海空，不用急，你们还有一辈子要相守呢。"

一辈子太长，我只争朝夕……做掉他，我就踏实了。

我十岁时野得正厉害。宋爹是彻底对我绝望了，抱着破罐子破摔的态度也不大管我，我自是发挥自身优势，在京城一代混出了"混天魔王"的称号。

陆海空五岁生日当天，我总算找了个方法骗过奶娘和一众婢子，带着陆海空偷偷出了将军府。

我琢磨着，在将军府中没有下手的机会，出了府那机会可是大大地多，比如小河边滑、大树枝脆什么的，随便整个地方就能弄出意外来。

我兴奋得摩拳擦掌，陆海空却紧紧贴在我身边软软道："云祥，我们还是回去吧，爹说外面人多，不安全。"这小孩自小便被管得规规矩矩的，每次出门都有一大串人跟着，从来没有"微服私访"过。是以看见集市上来来往往的人他显得无措而紧张。

我正盘算着什么地方能出个毫无破绽的"意外"，陆海空不安地拽了拽我的衣裳说："云祥，回去吧。"

"别吵。"

他乖乖地闭了嘴，又不安地四处张望了一番。"云祥。"他可怜巴巴地唤着，将肉乎乎的手伸到我面前，"要牵。"我下意识地牵住他的手，脑海中灵光一闪，道："小子，想不想去檀柘寺？"靠近郊外的寺庙，人少路偏，上山的路又窄又陡，小孩爬上去最容易脚滑了。

他转着眼想了一会儿说："那里好远，不安全。"

"有什么关系，我们很快就回来了。"

他仍旧倔脾气地摇头。我想了一会儿，失落地叹息道："这样啊……我想说你今日生日，我还想为你去求道护身符的，听说檀柘寺的符可灵了。"我松开了他的手，一脸失望。"你不想去就算了吧。"

"云祥……"他有些慌了，忙又拽住我，犹豫了好一会儿道，"我们去嘛。"

失落一扫而光，我拖了他便走："好，上路。"

初空啊初空，你莫要怪我心狠，这个法子对你我来说可是最好的选择了。

别问我怎么不去死，因为自杀实在是个太心狠的活，奈何我如此心软……

去檀柘寺须得经过京城的闹市区，陆海空从未来过此地，对什么都觉得稀奇。"云祥！那是什么？"我顺着他手指的方向看过去，撇嘴道："糖葫芦啊，又硬又甜，一点也不好吃。"

陆海空眼睛亮了："吃的啊……"

我觉着这应当是陆海空生命当中的最后一顿饭，于情于理我都不该吝啬买糖葫芦的这一文钱，于是我很大方地摸出了自己藏私房钱的钱袋，在一堆碎银两中找出了一文钱，得意扬扬地向卖糖葫芦的小贩走去。

想当年在天界，我身上要有这么多钱那是绝对不可能的，如今我也是一个想买糖葫芦就能买糖葫芦的富人了，人生际遇实在是不可言说……我正想着，突然，一个人迎面猛地撞上了我，将我撞得一个趔趄，摔坐在地。身边的陆海空大惊，忙扶住我的背，慌张地唤我："云祥！痛不痛，痛不痛？"

我甩了甩脑袋，回过神来，手中的钱袋却不知所终！

我想到自己在天界没有半分富裕闲钱的苦日子，脑子霎时"嗡"地一热，那里面可是我好不容易囤来的积蓄啊！说抢就抢，简直比当初绞碎我团扇的初空更加可恶！

"你大爷的！"我撸起袖子，站起身来，喝道，"偷钱便秘一生！小贼给我站住！"吼完我拔腿便追，也没管比我腿短不少的陆海空跟不跟得上我。

前方的小偷约莫是没料到我一个十岁的小丫头竟然敢追他，他心虚，拔足狂奔。闹市人多，偷钱的小贼在前方闯得人仰马翻、鸡飞狗跳，而我靠着现在身子小，东钻西窜的，倒是很快追上了他。

我现在经过六道轮回的洗刷之后，身上的仙法全没了，但一些拳脚套路还是记着的，对付武功高深的人是不行，应付这种小贼却是足够了。对方是个中年男子，体形比我大不少，我想要速战速决，硬碰硬肯定是不行的，于是，我在追贼的时候顺了一个摆摊小贩的擀面杖来，离小贼两步远时，我由下往上挥杖，只听"当"的一声，正中小贼裤裆要害，他"嘤"的一声变调呻吟，随后直挺挺地摔在了地上，捂着裤裆，像毛毛虫一样胡乱蠕动。

我再接再厉，跳到他身上狠狠在他裤裆上踩了几脚，小贼口吐白沫，当场晕了过去。

我扔了擀面杖，从小偷的衣兜里找回了我的钱袋。"哼，敢抢本姑娘的钱，做好死的准备了吗？"

仔细将钱袋中的银子数了一下，发现一文没少，我心满意足地笑了。"陆海空，咱们去买糖葫芦吧。"

周边一片静默。

我眨巴着眼，四处张望了一下，这才发现，周围皆是神色骇然的陌生人。

"咦？"我傻眼了，陆海空……在哪儿？

# 第 二 章

# 小媳妇追相公开演

其实，比起搞丢陆海空，我原本的目的应该更可怕才是。但是，在搞丢陆海空之后，我陷入了一种深深的惶恐之中。

惶恐来源于我对各种悲观现实的想象，若是陆海空就此身死也便罢了，但他若被什么不法分子绑了去，卖去做苦力，做奴才，甚至……卖到妓院……脑中蹦出的某种画面让我有些崩溃。

如果真是那样，我觉着，初空即便到了地狱，即便是拼着魂飞魄散的危险也得让我消失在三界中吧。做人还是不能做得太绝才是。

我沿路一直呼喊着陆海空的名字，从未如此期待他平安无事地出现在我面前。奈何寻了整整一天也没有结果。

天色渐晚，京城东南西北四个大门开始落锁，若是有人将陆海空掳走，此时只怕是已经躲到城外去了吧，以我之力是断然找不到人的。我想陆海空好歹是大将军之子，大将军为了寻儿子动用一下特权应该也是可以的，思及此，我立马赶回了家。

将军府门口两个大红灯笼已被点亮，守门的侍卫端正地站着。我正要奔过去，却见宋爹一脸歉然地从将军府中走出，他身边陪着大将军，宋爹摇头道：“都怪我素日未将那孽女管教好，叫她胆大得闯下今日祸事，陆兄，待我找到那丫头，定将她提来赔罪。”

我心里“咯噔”了一下，莫不是陆海空真出什么事了。当下也顾不得宋爹要怎么罚我，直愣愣地冲了过去：“爹，将军，陆海空他……他怎么了？"

陆将军还没说话，便被我那气歪了胡子的爹打断："怎么了?! 浑丫头还有胆问怎么了！我素日里是太惯着你了，让你没天没地的不知道分寸，今日，我非好好给你补上一课！"宋爹逮了我的手，拖着便往对门的相府走，还没进门便大吼道："老赵！把家法请出来！"

这是宋爹第一次说要对我用家法，我一面害怕挨打，一面又执着地问："陆海空当真被人捉去卖了吗？这么一会儿时间就给卖了？怎么卖的……卖了多少？"

宋爹气得直颤抖。"我倒想将你拖去卖了！"

"宋兄。"陆将军插话道，"云祥还小，不懂事是自然的，左右现在我家小子也没出什么大事，这事便算了吧。"

我没等宋爹回答，便插话道："陆海空没出大事？出了什么小事？"

陆将军颇为无奈地望着我叹息道："被一些……坏人捉住了，幸亏府上的暗卫去得及时，那小子不过是磕掉瓣牙，受了点轻伤。不过云祥今日私自将海空带出将军府，确实不应该。"

听到陆海空没事，我登时松了口气，也没管将军后面说了什么，转头便对宋爹道："爹，你瞧，没事，他贞操还在，命也还在。"

宋爹一张脸青白互转了好一阵，身后的陆将军好似正在劝我爹一些什么，听到我这话，他话语一顿，盯着宋爹道："十岁也不小了，没几年便要及笄，宋兄加强管教也是可以理解的。陆某先回去了。"

我陡然察觉到方才说了一句惹祸的话，正要弥补，宋爹将我的手一拽，拖得我一个趔趄。他声色俱厉道："给我过来！"

想到宗祠供着的藤鞭，我的臀部已经开始隐隐作痛起来，没有仙法护体，挨打可是件特别糟心的事情。我嘴角一撇，眼中开始聚集晶莹的泪水。"爹，女儿错了。"

宋爹不为所动。"平日里就是太纵容你了，才将你纵成现在这副德行，今日这顿打，你就是哭出血来也得挨着！"

"爹！"我的鼻涕眼泪齐齐落下，与陆海空婴儿时期的惨样有一拼。我跪下，抱住他的大腿，声嘶力竭地哭喊着："女儿真的知道错了！我再也不私自带陆海空出府了！以后我一定乖乖地听你的话！每天都会乖乖地在家里读书，刺绣！"

"哼。"宋爹冷笑，"这套路上月已用过。"他肃了脸，沉沉道："莫要在这大街上哭，让人看了我们相府的笑话。"他用这样的语气说话就是真的生气了。

我知道今天这顿打是说什么都逃不过了，刚抹了泪要站起来，忽听身后将军府的大门猛地被推开，小小的人连外衣都没穿，红着一双眼站在将军府门口。他额头上缠了几圈绷带，想来就是今天受的伤。

陆海空见我抱着宋爹的腿一脸凄清地坐在地上，很是震撼了一会儿，毕竟在这小家伙的面前，我一直都是一个高大威武的存在。

我撒开了抱住宋爹大腿的手，端端正正地跪坐在地，心里还在琢磨他出来干吗，只见陆海空嘴一撇，眼泪鼻涕也跟着流下。我不解，他身后急急追来的奶娘和婢子们忙张嘴哄他。陆海空却犯了倔脾气一样，狠狠推开众人，蹒跚着脚步，抹着眼泪便向我冲了过来。

"云祥……呜哇……呜呜……"他一只手抹泪，一只手拽住了我的头发，"你不要我了，你不要我了，我怎么追都跟不上！"

我嘴角抽了抽，胡乱扯了个理由搪塞："我不是为了给你买糖葫芦嘛……"

陆海空的哭声微微一顿，亮亮的眼睛睁得大大的盯了我一会儿，然后泪珠又大颗大颗地往外滚。"呜呜，都是我的错，都怪我要吃糖葫芦，云祥现在还要挨打……是海空不好，让云祥受欺负了，是海空不好，护不了云祥，海空笨，又给云祥找麻烦了。"

他蹭到我跟前来，抱住我的脖子，鼻涕糊得我满脖子的黏腻，哭得像要挨打的是他自己一样。

我有些发怔，任他的眼泪浸湿了我肩头衣裳，有的还钻进了衣领里，贴着我的皮肤滑下，有些凉，又有点温热。我不能理解，此时的自己在明知他弄脏了我的衣服后，却为何一点气也生不出来。

"别哭了。"我顺毛摸了摸他的脑袋，心头恍然，原来喝过孟婆汤走过奈何桥竟是这样的意义。不管前世的他是人是神，不管两人之间有怎样的爱恨情仇，投胎之后一切都被推翻重来，我不识得你，你不识得我，于凡人而言，缘分跨不过一世……

陆海空抱着我哭了好一会儿，宋爹先受不了了："罢了罢了！我不打了，今晚，你跪到宗祠去，好好反省！"

当晚陆海空陪着我在宗祠里呼呼睡了一觉，我倚着香案，他睡在我腿上。翌日醒来的时候，陆海空在我怀里眨巴着眼望我，他伸出湿湿的手掌道："云祥，你看，你睡觉时流了好多口水，我帮你擦得衣袖都湿透了。"

我挑了挑眉，不轻不重地敲了敲他的脑门。"不许说让我难堪的话。"

他老实点了点头，随即坐起身来。"我不嫌弃云祥。"

我撇了撇嘴，你不嫌弃只是你太年轻，等你找回以前的记忆了，不知道会把我嫌弃成什么样呢。我正腹诽着，陆海空却抱住了我的脖子，笑眯眯地蹭我。"等我长大了，云祥就不会受罚了，做什么都不会受罚，我护着你。"

我嫌弃他道："你多大点本事啊。别学花花公子说这些骗姑娘的话。"

陆海空没应声，只是一直搂着我的脖子，在阳光静好中，竟有那么一瞬让我想将他抱住狠狠亲上两口。

那日之后，将军府上的人一致觉得小少爷玩得少了，起得早了，对待功课也比以前认真得多了，学武更带劲了。我琢磨着，难不成这小家伙发现了我对他的"图谋不轨"，所以开始防范了？还是……他真的下决心要护着我？

笑话！我费尽心思要杀的一个小屁孩，居然想护着我？

初空听到这话该笑秃毛了吧。

但不管怎么说，在日后很长一段时间里，我每日清晨醒来后看见的人一定是出了一身大汗的小鬼头。他趴在我的床边，兴冲冲地告诉我，这天早上他是多早醒来的，练了多久武，背了几首诗。

每日听他陈述一遍他干过的事，我悔得扼腕，这样下去……这样下去我还要怎么和你斗啊小王八蛋！

如此晃晃悠悠的日子一直持续到陆海空十岁、我十五岁的那年。我，相府小姐，宋云祥，及笄了。

可就在这年的七月，宋爹突然一脸严肃地告诉我，日后不许再与陆海空私会。我只道是宋爹的腐儒思想在作怪，摆了摆手没理会他，可接下来的一个月，我当真再没看见过陆海空。

中秋那日，天上明月正圆，一股奇怪的味道蓦地飘散在相府上空，我扭过头，恍然看见将军府那方升腾起了一股浓烟，没一会儿，冲天火光烧起，刺目地抢夺了天边明月的色彩。

我眨巴着眼，想到这些日子以来宋爹严肃的神色与不知所终的陆海空，登时明白过来了，啊，原来朝堂出事了。

我拍了拍沾满月饼碎屑的嘴，刚站起身，忽闻宋爹一声喝："你去哪儿！"

"回房啊，吃饱了。"

宋爹皱紧了眉，吩咐身边的侍卫："看住小姐。今晚她哪儿都不许去。"

我扭身回房，心道隔壁这么大的火，宋爹却连看也不敢出去看一眼，若不是上位者的意思，谁敢对天朝大将军府动手。

陆海空这次约莫是在劫难逃了吧。

十年了，他终于要早早地去投胎，错开与我纠缠的几世情劫。

回房时路过宗祠，我突然想到了那日陆海空在我怀中亮着眼充满希冀地望着我的模样，他说我流的口水湿了他的衣袖，哼，浑小子，谁会流那么多口水……

我撇了撇嘴，脚下却再也跨不出一步。

不然……我还是去帮他收个尸好了，好歹也斗智斗勇了这么多年不是……


驾轻就熟地骗过蠢侍卫们的眼，我从相府后院翻墙出去，绕了好大一圈，终是绕到了将军府的后门，将军府中烈焰冲天，但除了火焰燃烧的声音，只余一片死寂。

我盯了紧闭的后门许久，心道，我这样走进去若是与办完事出来的杀手面对面撞见了，那该多难堪，到时收不了陆海空的尸，还得把自己的命给搭进去，不划算。我心思一转，想起在将军府东面墙根有个狗洞，那地方隐蔽，就算里面还有杀手，他们也寻不到那块去。

只是接受人界的思想教育多年来，我觉着爬狗洞确实是个不大光彩的活，是以多年未曾爬过，今日再去，不知这身材还能过不能过。

可当我走到东面墙根下，却惊讶地发现此时狗洞里正卡着一个人，正是我要为其收尸的陆海空。他半个身子在墙外，半个身子在墙内，卡得好不尴尬，我点了点头，沉吟道："如此看来，我确实是过不去的。"

不过，现在好像不是发表这番感想的时候。

陆海空听见了我的声音，慢慢地抬起头来，素来干净的脸被血污了一半，从来澄澈透亮的眼像被蒙上了尘埃一般，灰茫茫的一片。他失神地盯着我，情绪没有半分波动，如同木偶。

我蹲下身来，在墙内忽明忽暗的火光映衬下才看见他的右眼像是被什么东西灼过一般，眼白与眼珠的颜色都分不清了，混浊一片。

他卡在狗洞中，境遇如此尴尬可笑，但我半点笑容也露不出来。

我伸出指尖，却破天荒地犹豫着不敢触碰他。"陆海空。"他没有反应，仍旧呆呆地望着我。我眨了眨眼，不懂心底一抽一抽的压抑感觉是什么。我轻轻戳了戳他的额头，"你还活着？"

"云祥。"他的声音虚弱无力，尽是茫然，"我还活着……"不像是回答，更像是在问我。

心底莫名其妙的异样感愈发强烈，我终是忍不住摸上了他的脑袋，不轻不重地揉了几下，感觉到他头发中的黏腻。我猜想，他大概是从血泊里面爬出来的吧，一夕之间家破人亡，对一个十岁的孩子来说实在是太残酷了。

"你还活着。"我盯着他，看着他的左边的黑眼珠里慢慢映进了我的身影，而他右边那只眼，只怕是以后都不能再用了。

他望了我好一会儿才问道："你是来救我的吗？"

"我本是来替你收尸的。"他眸光一暗，点了点头。我又道："不过，我现在却是来救你的。"我拽住他的胳膊，问："卡得紧吗？"

他仿似不敢置信一般，呆呆地盯着我，然而他还没来得及说下一句话，我只觉他的身子往后一缩，像是墙的另一边有人拽住了陆海空的腿将他往回拖一样。陆海空双目睁大，惊惶无措地望我，一时竟怕得说不出话来。

我也慌了神，忙紧紧抱住他不松手，此时却听一墙之隔的人道："外面还有人在帮他。"

"如此便将这小子的腿砍了，让他再也跑不了。"

墙内竟还有两人！他们竟要砍了陆海空的腿！我心头一颤，突然灵机一动吼道："爹！你快带相府的侍卫过来啊！里面的杀手要砍掉陆海空的腿！"

"是相爷的女儿！"

"那个混天魔王？"里面的两个杀手静了一会儿，"撤！"

胜利来得太突然，我没想到我的名号竟比我爹的名号还要好用，兀自沾沾自喜了一番之后又沉了脸色……杀手都如此惧怕我，在平常百姓眼中我到底混了个什么形象出来啊……

没时间多想，我狠了心将陆海空拔了出来，握了他的手便往相府走。"你先到我那里去躲一躲。"

陆海空脚步一顿，在弥漫着烟雾的空气中静静地开口："云祥，我不能去相府。"

我愕然："为什么？你怕我爹不愿意护着你吗？"

陆海空垂下了头，没有回答我。他此时明明只是个脏兮兮的小孩，我却奇怪地觉得他脑子里的东西比我这个加上上辈子一共活了几百年的祥云小仙要复杂多了。

他沉默了许久道："云祥，我要去塞外，只有去塞外，必须去塞外。"

如此强调，看来他的决心已定。我直觉他一定还隐瞒了很多事，也直觉从这一刻开始陆海空的人生完全变了，更直觉我选择的时刻来了——独自回相府待着，或者追随陆海空北上塞外。

我仰天长叹，突然有种窥破天机的感觉。

李天王，原来你是在这里等着我的啊！若我喝了孟婆汤，这一生只做个寻常的相府小姐，若陆海空没有在地府被耽误五年，此时只怕是与我一般年纪，两个订过婚约的人，情投意合，相府小姐不忍心将军公子背负着一身仇恨独自北上，心甘情愿地抛弃繁华的生活，追随将军公子而去。

小媳妇苦追相公的苦情戏第一幕居然在这样毫无预兆的时候上演了！

许是我这副怆然的模样让陆海空多想了，他转过身独自一人往小巷的另一边走去。"云祥，后会有期。"

听着一个十岁的小孩在他的人生满目疮痍后对我说出这么一句深刻的话，我忍不住心跳漏了一个节拍。我烦躁地抓了抓脑袋，轻声嘀咕道："好吧好吧，我认，不改命了。省得回去了又罚别的来让我弥补。"

但就这样走了好像又太不孝，于是我捡了根烧黑了的木头，随随便便在墙上写道："爹，女儿与君私奔，精神饱满，身子安好，务挂。"写完，我也不管日后宋爹能否寻到这个偏僻的狗洞上方，看见这句话，扔了焦木头拔腿便追上陆海空。

我行至他跟前，弯腰蹲下。"你走得太慢，待会儿杀手们都追来了，上来，我背你。"

身后的人半天没有动静，我回过头，才看见他呆怔地望着我。我奇怪道："上来啊。"

"云祥……"

我咧嘴笑了笑说："少年，我们私奔吧。"

他不动，我也不催，最后他终是伸手抱住了我。"谢谢……"

他单薄的身体有些颤抖，我在这时却忍不住嘴角抽搐了一下："私奔可以，抱也可以，臭小子别趁这时候吃我豆腐啊！你看看你抱的什么地方！"我半蹲着，他站直了，矮我一个头的陆海空手往前面一环，恰好横在我发育得软软的胸脯上。

他倒没觉得有什么不好意思，从容不迫地将手挪到我肩上，搂住了我的脖子。我也懒得计较，背上了他便走。陆海空仿似累极了，脑袋搭在我的肩上，迷迷糊糊地呢喃着："云祥护着我，以后我定护着云祥。"

他这句话让我想起了十年前，将军夫人看着襁褓中的陆海空，眼神像揉碎了的阳光那般温柔，她说我比陆海空大，现在我护着他，以后他护着我……

我回头看了一下火焰稍歇的将军府，恍然明白，以后会用那样的目光看陆海空的人再也寻不到了。

神仙生命长久，不懂生离之苦，不明死别之痛，我用神仙的理性来看，这不过是一场普通的轮回，无须感伤。但于凡人而言，没了，就是什么都没了。

此生尽，便是永生尽，没人再能完整地复述他的一生，即便是他自己。

我突然觉得事情有点奇怪，我对死亡的淡漠或许是本性使然，但是陆海空的不哭不闹却是极为反常的。我扭过头，看了眼趴在我肩上紧闭着眼的男孩……或许我终其一生，也理解不了陆海空今晚的痛吧。

翌日城门一开我便带着陆海空出了城，离开京城半日后，我的大脑总算反应过来昨晚我到底还有哪个地方做得不对了。

"宋……我爹，好似被我坑了的样子。"我挠了挠头，对陆海空道，"昨晚急着救你，便把我爹给拖下水了，我这样做，不大好吧。"

比起我后知后觉的愧疚，陆海空表现出了万分惊愕的模样："云祥，你什么都不知道，竟敢那样说！"

"知道什么？"

陆海空愕然了半晌，随即摇了摇头，独剩一只的眼眸中带有三分无奈、三分好笑，还有更多我看不懂的东西。他垂下头啃着馒头，含糊道："没事，宋丞相不会有事的。"

这小子既然说得笃定，我便也安下几分心来。虽然我还是不明白朝堂上到底发生了什么……

我和陆海空继续北上，走了约莫半个月，京城突然有消息传来，皇帝死了，新帝登基，出人意料的是，新帝不是太子，而是太子的叔叔，旧皇帝的弟弟，治候王爷。朝堂中的大臣被肃清了一大半，有权有势的元老们罢免的罢免，归乡的归乡，猝死的猝死，唯一稳坐官位的人，是我爹，丞相宋勤文，因为在朝堂中，第一个叩拜新帝的，就是我爹，宋勤文。

此时我正与陆海空坐在路边的小茶摊上歇脚喝茶，旁边几个秀才模样的人一连声地唉声叹气。

我不懂他们忧国忧民的高尚情怀，但我恍然明白了火烧将军府那一晚所有奇怪的细节。

陆海空沉默地喝茶，我沉默地梳理着纷乱的思绪。我爹、陆将军和老皇帝是三个好友，过了这么些年，我爹和老皇帝的弟弟成了更好的朋友，不再那么喜欢以前那两个好友了，老皇帝病了，他弟弟想当皇帝，所以我爹转而支持老皇帝的弟弟，而陆将军仍旧力挺老皇帝的血统，支持太子。

所以有了火烧将军府。

所以陆海空完全不担心我吼出去的那句话会将宋爹也拖下水，因为灭他家门这件事根本就是我爹谋划的！

我的出现或许在所有人的意料之外，所以那两个杀手才会如此爽快地离去，他们根本不是怕我，只是想快快回去给我爹汇报。所以陆海空才一直问我"你是来救我的吗"，所以陆海空才会愕然于我什么都不知道便将我爹连累了。所以第二天我们才能顺利地出城门，一路畅通无阻地走到现在，这些只怕也是我爹在背后护着吧。毕竟再怎么说我也是他女儿，再怎么说，他也是看着陆海空自小长大的，再怎么说……对几十年的老友下手，他心底终是不安的。故意放陆海空走，约莫只是我爹那文人软心肠在作怪。

盯着陆海空安静喝茶的脑袋，我再回头一想他那晚的所有表现，只余一声长长叹息。

以前的陆海空因为太小所以懵懂，而现在他开始慢慢长大了，变得聪明，变得冷静，经历如此变故之后，他只怕会越发深沉吧……

念头一转，我在心里恨得想一根一根拔掉李天王的胡子。如今的场景若是换一换，应当是这么一副凄凉的模样——相府小姐追随满心恨意的将军公子北上，公子一面爱着相府小姐，一面因相府小姐父亲的作为而深深恨着她。爱恨交织间，他对相府小姐应当是种忽远忽近的态度，相府小姐一直处在虐心的生活之中，但心里仍旧坚定不移地追随着公子……

小媳妇苦追相公的第二幕居然又这样毫无预兆地上演了！

李天王你还敢再多泼几盆黑狗血吗！你家府邸门前是死了遍地的狗吗！这么廉价而又取之不尽用之不竭的狗血你到底是从哪里得来的！北上塞外到底还编排了多少幕苦情的戏份在等着我！

另外……我如今这样的心态，还有和陆海空相处的模式，真的能满足李天王那种特殊的癖好吗……

"云祥。"陆海空喝完茶，抬头望我，"我休息好了。"

我看着他灰茫茫的右眼，伸手摸了摸他的脑袋。"上路吧。"

担忧也没用，未来总是要来的，比起我，这个孩子心里应当有更为深重的惶然吧。他都如此勇敢，我自然不能逊色。


深夜正寒，被窝正暖。

我是被陆海空一脚踹醒的。看着身边不停挣扎的人，我一声叹息："又来了……"

逃出京城后，陆海空每次睡觉都不踏实，睡着睡着便像抽风一般开始胡乱踢人。我将他的腿搂住，等他不再死命地挣扎了才稍稍松开手。窗外月色透进客栈的窗户里，借着皎洁的月光我看见陆海空额头上一层层的冷汗。

这小屁孩，白天装得人模狗样的，晚上就原形毕露了。再要强也不能把噩梦从脑海里拔除吧。

为了下半夜能睡好，我将他抱在怀里，抚摩着他的脑袋，一遍一遍在他耳边说着催眠曲一样安慰的话："没事了，没事了。"

翌日清晨我醒来的时候，陆海空已经在我怀里睁着眼看我了。我打了个哈欠，说："怎么不叫我起床？"

他浅浅地回答："晚上你睡不好，白天我便想让你多睡一会儿。"

我张大的嘴微微一僵，还剩半个哈欠怎么也打不下去了，这小孩，心里比谁都清楚通彻。

上大街买早饭，我站在小摊前道："给我四个包子。"

"好嘞，两文钱。"摊贩将白白的包子用油纸包好，递到我面前。我掏出钱袋，一打开我立即便如吞了蛤蟆一样青了脸，还余一两碎银又三文钱。

我的积蓄啊！我的老本啊！一路北上，白花花的银子就这样流走了啊……心肺痛得让我恨不得将它们挖出来狠狠踩几脚。

相府那般安逸舒适的生活我居然就那样抛弃了？我居然就那样抛弃了！我恨不得狠狠抽自己两耳刮子，小祥，你说说你自己到底是为了什么！无私奉献，为爱牺牲，这是你吗？学什么高尚，搞什么节操，那是你该触碰的玩意儿吗，是吗是吗是吗?!

我在内心世界里将自己甩来抽去几百遍，终是在摊贩老板询问的声音里回过神来。"姑娘，两文钱。"

一声叹息，我不舍地摸出了两文钱，换来了四个白面包子。

埋下头对上陆海空的目光，看见他右眼中的灰霾，心里再多的后悔气愤雹时皆化为无奈一笑，我这人，就是心肠太好。

和陆海空一路边走边啃包子，我问道："小子，这里差不多是塞北的地盘了，咱们还要北上到哪里去？"

面对我茫然的询问，陆海空又愕然了。"云祥……你什么都不知道就与我走了？"我下手掐了掐包子，撇了撇嘴道："嗯，是啊，我就是这么单纯，不懂世事，什么都不知道真是对不住你了。这一路风光还不错，回头将你送到了我走就是。"

陆海空仍旧是年纪小了一些，见我这样说立时便慌了，急急忙忙地抱住我的手臂，死死地箍在怀里，紧张地盯住我，嘴唇颤抖着，却一句话也说不出来。

就像那一晚他被尴尬地卡住时的模样。

我不知道在此时的陆海空心中我到底扮演了怎样的角色，但是我知道，这个孩子心里并没有他这一路上表现得那么镇定，只要找对了地方，一句话便能击溃他所有防备与坚强。

我这句调侃的气话，对他来说还是太重了。

看了他好一会儿，我用另一只手摸了摸他的脑袋。"骗你的，塞北这么远，我一个人回去会害怕。"

他这才稍稍松开了手，强自压抑着心头恐慌对我道："我没有嫌弃云祥，我只是觉得云祥应当知道的，我……"他不知道该继续解释什么，脑袋一耷拉，有些投降意味地将脸贴到我身上，伸出手将我紧紧环住，如同抱着救命浮木。"日后，我定陪云祥一起回家。云祥就不用怕了。"

二货小子，从天界到地府再到人间我都没怕过，还怕这点路途？太容易骗了。我在心里嘀咕，伸手隔开了陆海空的脑袋。"你吃了包子别在我身上乱蹭，一嘴油抹得我满身都是。塞北天冷，棉衣又贵，咱们上哪儿换去。"

抱住我的两只小手微微一僵，他将脸更深地埋在我怀里。"会的，云祥会过上衣食无忧的生活，不用再颠沛流离。很快就会的。"

他一说这话，我立时便感伤了……本来，我就是过着那样的生活的啊！

三天后，我们来到了边塞最大的城镇——鹿凉城，这也是边塞最大的一个军事要塞。入城之后我如往常一般正要去寻个客栈住宿，陆海空却拽着我的手，一路询问着人，找到了城中的大西都护府。

我忙将他拖住。"你不是要告诉我，跑了这么远你是到这边来自首的吧！朝廷的机构你还能踏进去吗？不想活了！"

陆海空很无奈。"云祥，我叔父在这里。"

原来是来投靠亲戚的！且这个亲戚来头还不小，大西都护，独守一方，整个西北方都是他管的。

日后的生活有着落啦，我欣慰地想着，抬头挺胸便往大门前走去。陆海空想拉我没拉住，便急急忙忙地从怀里掏东西。我站在门前，又叉着腰，拿出相府小姐的姿态，道："哎，叫你们都护出来。"

守门的两个侍卫只斜斜扫了我一眼，半分没理会，继续直挺地站着，像两尊不会动的门神。

我挑了挑眉，心道陆海空这叔父还有点本事，将守门的侍卫练得如此不错。我还要说话，却被陆海空拉住。他掏出块用青布包裹着的东西，将青布扯下，霎时明晃晃的金光闪得我眼疼。只听陆海空稚气未退的声音拿捏着沉稳的气度道："天下兵马大元帅军令在此，见令如命，我要见你们都护。"

我侧头看陆海空，小子你每天睡觉都捂着胸口原来是这个原因啊！话说回来……他不告诉我他身上藏着这么重要的东西，难道是怕我穷疯了把这金牌拿去当了……

我不得不说，这孩子年纪轻轻，看人还是有两把刷子的。

守门的侍卫见到将军令，面色一变，两人交换一下眼神，一人疾步跨进府中，另一人抱拳，单膝跪下："见过将军。恕卑职怠慢。"

"都护何在？"

"已去通报了。"

我还在琢磨要在这凉风飕飕的门前站多久，只听府门中传来疾行的脚步声，听这声音，好似穿着铠甲。没多久，先前进去的侍卫出来了，后面跟着一个穿着铁灰轻甲衣的男子，他眉目英俊，有几分陆海空他爹年轻时的模样，想来这便是陆海空说的叔父吧。

他手中还拿着剑，夹着头盔，脸上的汗水混着尘土，像是与人比武中途急急赶出来的模样。

陆海空定定地望着都护府台阶上的轻甲男子，眼神中满是沉重。我不解，既是来投靠亲戚的，看见亲人了，为何还不扑上前去好好抱住撒一顿娇？

空气静默了许久，终是由叔父打破了。"陆海空。"他沉沉一声唤，是京城公子哥声音里没有的沙哑与成熟，带着男人应有的血性，让我耳朵与眉眼皆是一亮……

"叔父。"陆海空只唤了一句便没了下文。我只觉衣袖一紧，垂头一看，才见陆海空死死将我衣袖拽住，竟是紧张得动也不敢动一下了。

我仔细一想，我们逃离京城的消息只怕早已传遍大江南北，朝廷面上不说，背地里必定在通缉我们两人，尤其是在塞北这边，因为朝廷的人必定能预料到陆海空会北上。陆海空也一定知道自己的处境，但是他不能不来，因为，这是他唯一能来的地方。

而今他要见的是一个从未见过面的叔父，他对对方一无所知，却要将自己以后的命运全都依托在这个人身上。现在若是叔父淡淡说一句"抓起来"，我与他便只有乖乖等着被送回京城的份儿。

生死全在对方一念之间，陆海空在赌，拿命来赌一线生机。

心里那股莫名其妙的不舒爽感又冒出来了，生死抉择，在夹缝中寻求生机，他用尽了他现在的一切智慧和勇气来搏一个明天。我握住他攥得死紧的拳头，与他一起沉默地望着台阶上的男子。

"心若海纳，目放长空。大哥给你取了个好名字。"叔父哈哈一笑，大步走下台阶，一手将陆海空揽进怀里，狠狠拍了拍他的背，"好孩子，这一路累坏你了。"

这两巴掌拍得我心惊，就怕陆海空被他打得吐血。

我埋头细细打量陆海空的神色，哪儿想他竟涨红了眼，晶亮的泪水在眼里打转，就是不肯轻易落下，他几乎是咬着牙道："不累。只是爹……爹娘他们……"

叔父摸了摸他的头道："我知道。"

陆海空一闭眼，满眶的泪水终是顺着脸颊簌簌落下。

这是出事以来他第一次在人前落泪。

一时间我心里竟然有些失落，并非因为他找到了另一个可以依赖的人，而是因为我突然明白，原来，在宋爹算计了大将军一家之后，陆海空再也不能像小时候那般坦诚地对待宋云祥了。

即便有依赖，有尊敬，甚至有爱慕，但还是有了隔阂。

这个孩子坚强却脆弱，聪明而极度敏感。

# 第 三 章

# 陆海空不是白眼狼

当夜，陆海空与他叔父陆岚在屋里秉烛谈了一整夜。我回房仔仔细细梳洗了一番，睡了近些日子以来最踏实的一觉。

后来……便没什么后来了。

陆海空的叔父陆岚第二日便软禁了朝廷派来的监军，打出了"清君侧，除奸逆"的旗号，高调举旗反对新皇，南方亦有人跟随。从那时起，陆海空便全身心地投入复仇大业之中，小小的孩子失去了笑容，整日沉着脸读书习武，跟在他叔父身边跑。

而我则爱上了鹿凉城中一家名叫兰香的酒馆，卖酒的娘子兰香是个美丽的寡妇，她有一双神奇的手，酿的酒比我在天界买的都好喝，当然，可能也是因为那时我银钱太少，买不到天界好酒的原因……

我不喜都护府里面紧张戒备的生活，每早一醒便跑到小酒馆坐着，喝喝酒，瞅瞅来往的酒客，与兰香老板混熟之后偶尔也吃吃她的豆腐。兰香常笑我："若你是个男儿，早被我当作登徒子打出去了。"

我也总是扼腕道："早知会遇到兰香这么温软的女子，当时我便该狠狠心，投个男儿胎的。"

若是投了男儿身，李天王总不能逼着我与初空那家伙在一起吧……我心头一亮，暗自记下了这个法子。

我二十岁时，陆海空仍旧心系报仇，塞北军的势力也越来越大，我更加不喜欢待在都护府里，每日都在外面晃荡到傍晚才回去。

这日，我同往常一般在日暮西斜之后才回都护府，可刚一走到大门我便惊了一惊，都护府门前虽没有摆出什么多余的东西，但来往不绝的人提醒我，今天着实是个不一般的日子。

看着进府之人手中提着的礼物，我恍然，原来，今日竟是陆海空十五岁的生辰。我看了看自己空空如也的双手，挠了挠头，转身又往兰香酒馆那方走去。

到酒馆的时候兰香正准备打烊，见我去而复返，她奇怪道："怎么又回来了？"

我本想说装壶酒让我带走，但转念一想，今日的陆海空怕是没空与我一起聊天吧。我有些感慨地叹一声："自己养的小孩跟着别人走了，总觉得命运无情得让我想骂街。"

兰香没多问，只浅浅笑道："人生不如意之事十之八九，要不要进来坐会儿？"

我立即扑在了兰香身上。"还是我的小香香善解人意，亲口。"

"德行！天晚了，我给你泡茶，不准喝酒了啊。"

我趁着兰香进后厨烧水的时间从她柜台里偷了一壶酒出来，仰头便闷下一大口。这壶烈酒辣得我直眯眼，等兰香将泡好的茶端出来时，我已软绵绵地趴在桌上了。

我意识尚还清楚，知道兰香在气恼地抽我，但身子不大受自己的控制了。我突然好怀念那个有着几百年小修为的仙人身体，千杯不醉的体质多么好用。

我不知自己在桌上迷迷糊糊地趴了多久，忽听耳边一声惊惶与颤抖并存的呼喊乍起："云祥！"

费力地撑开一只眼，我看见陆海空撞开酒馆大门疾步向我走来。"咦？"我恍惚地坐直身子，"臭小子寻来了啊。"

陆海空如今长得比我高出半个头，他走到我身边，蹲下身来，根本不管我说什么，只拽着我的手握了好一会儿，才平复了情绪，轻声道："今日我本来只告诉了叔父，我没想到那些人也会来。我知你不喜人多，府中侍卫说你一直没回来，守门的侍卫却说你回来过又走了，我以为你生气了……"

他年纪虽小，但有时候处理起事情来并不比他叔父逊色，可今天就这么几句解释的话，他却说得颠三倒四，毫无逻辑。我咯咯地笑了起来，摆了摆手道："紧张什么，我现在可不会揍你。"

陆海空望了我一会儿，轻笑道："云祥从没对我动过粗。"

那是我阴你的时候你都不记得罢了。我不再继续与他探讨这个话题，用手在荷包里摸了摸，实在没摸出什么像样的东西。我一恼，掂了两块碎银子出来。"喏，生辰快乐。别的，我真不知道送什么了。"

陆海空怔怔地望着这两块碎银，眨巴着眼问我："送我的礼物？"

我立即戒备地捂住荷包。"就这两块，多的没了。"

他愣了好一会儿，哭笑不得地接过两块碎银，带着些许可怜意味地说："云祥，你可吝啬了。"说完却乖乖地将两块碎银贴着心口放了起来。

我脑袋往他肩头上一搭。"礼尚往来，你背我回去吧，不想走路了。好累。"

陆海空自然不会拒绝，乖乖答了声"好"，便将我背了起来。出门之时，我忽然想起一件事，冲店里呆呆的兰香道："小香香，要钱去大西都护府。那里有大款。"

出了酒馆，我才知道原来陆海空竟是自己一个人来的，以他如今的身份，一个人在天黑时出行实在太危险。我的脑袋无力地搭在他的肩头，随着他走动的弧度一抖一抖，我说："你得先保护好自己，才能做别的事。"

"我还得护好你。"陆海空带着几分骄傲道，"我现在定能将你护得好好的。"

我没再说话，一路上只有陆海空的脚步声踏得沉稳。走了半晌，陆海空又问道："云祥今日为何……喝如此多的酒？可是不高兴了？"

"酒好喝，没有不高兴。"我有问有答，老实交代道，"我这是在感慨人生，时光荏苒，岁月沧桑。"陆海空脚步一顿。我在他肩头蹭了蹭，找了个舒服的姿势准备睡去。"我想以前的日子了。"天界那般全然舒心逍遥的日子，难怪令凡人艳羡啊。

陆海空听了这话半天没动，等我都快要开始做梦了，才模糊听到一句：

"对不起，云祥。"

也不知到底是我在做梦，还是真的有人在那般愧疚感伤。

陆海空生日之后，天朝的空气中突然有了点剑拔弩张的意味，朝廷终于无法对日益扩张的塞北军视而不见了，据说皇帝开始整军，准备北伐。宋爹作为宰相监守京城。

陆海空整日整夜忙得不见人影。

我说不清楚陆海空对我是怎么个看法，也不知道自己是怎么看陆海空的。在我眼里，他始终不像是一个真实存在的人，他只是仙人初空在人间一次短暂的停留，等下一碗孟婆汤喝过，陆海空这个人便再也不复存在了。

我每天更长时间地待在兰香酒馆里，总是喝到半醉才迷迷糊糊地回去睡觉。

塞北下了第一场雪的那天，我如往常一般去了酒馆。奇怪的是，这天兰香说什么也不给我酒喝。我很不高兴，将兜里的碎银子全都拍在了桌上。"我有钱！你瞅我有钱！给酒！"

兰香只道："要酒自己去酒窖里面取。"

我毫不犹豫地站起身来，揣回银子，扭身便进了酒馆的后院，径直往地下的酒窖走去。可刚一踏入酒窖，一只宽大的手掌就捂住了我的嘴。一个男人粗哑的声音在耳边响起："不许出声。"

他这警告说得就像我已经出了声一样。我眨巴着眼，表示我会很配合。

见我态度确实端正，男子松开了手，一撩袍子竟给我跪了下去，他垂着头，恭敬道："大小姐。请恕属下无礼。"听见这个久违的称呼，我明了，原来是宋爹派来的人。

黑衣男子的身后还站着一个青衣书生，塞北大冷的天，他还在手里捏着一把骚包极了的折扇。我不屑，噘嘴道："哦，原来是你们哪，青山子和黑武。别来无恙。"

这对一文一武的朋友一直投在宋爹门下，做了许多年的食客，黑武负责替宋爹办实事，青山子则心黑地替宋爹出谋划策，铲除政敌，说不准五年前灭陆海空一家时，他也出了不少力。

今日这两人皆到了塞北，想来是我爹铁了心要将我带回去了。果然，青山子摇着折扇笑道："大小姐还记得我二人，实在是荣幸，今日我二人前来，其实是为相爷带话的。"

我堵了耳朵转身就走。"别说了，我不听。"

黑武从地上"噌"地起来，紧紧扣住我的肩。青山子笑道："相爷说，在外玩够了，该回家了，皇上已为你指了婚，是三皇子。"

即便我再不愿意听，这些话仍旧是钻进了耳朵里。我不敢置信地瞪大了眼。"篡位的治候王爷那第三个儿子居然活到了现在？他不是傻子吗！我爹竟要我嫁给他？而且，我与陆海空不是订过婚吗……"我摇头，"我爹……他不爱我了。"

黑武扣住我肩膀的手一紧。"小姐，谨言慎行。"

青山子叹息道："小姐离开已久，不知相爷的处境。因小姐出走，相爷已被皇上质疑过许多次，而今战事将起，皇上唯有将监守京城的权力放在相爷手上，但因为小姐……当今皇上多疑，若是此刻稍有偏差，相府的下场，不会比将军府好。小姐为人子女，还请多考虑考虑相爷的立场。此时回京与三皇子成亲……"

"得了，别说了。"我有些烦躁地抓了抓头发，"你容我再想几天。"

黑武性急，立时皱了眉道："我们没时间耽搁。"

我心下正烦着，听得这话登时便恼了："你今日若是强绑了我回去，我日后便与我爹说你将我强暴了，你日日凌虐我，施辱于我。只要我清醒一日，我便让你一日不得安宁！"

黑武的脸立马青了，想来我当年"混天魔王"的称号也不是白得的。青山子笑呵呵道："小姐莫恼，我二人绝无强迫小姐的意思，望小姐深思熟虑，仔细权衡利弊，不论如何，相爷都仍旧是养你护你的父亲啊。"

这句话说到我的软肋上了，宋爹虽然在外做了很多对不起别人的事，却是从来没有亏待过我的。我抿了抿唇，不耐烦道："三日后，若我愿随你们回去，自会去南城门那方等你们。若我那天没去那儿，你们便也别等了，直接回去和我爹说我不孝吧。"

黑武还要说话，却被青山子按住。青山子笑道："三日后，我二人在南城门静候小姐。"

我转身出了酒窖，在酒窖外看见面带些许愧疚的兰香。我道："你不过是替我爹看着我，也是替我爹瞒着我，这些年你确实也照顾了我不少，没什么好愧疚的。"

我早早回了都护府，守门的侍卫都有些惊讶。我说要见陆海空，守门的侍卫更惊讶了，毕竟我鲜少有主动去找谁的时候。但即便惊讶，他们也没有随意开口告诉我陆海空在哪儿。我本道是那孩子又在做什么机密的事，可走到大厅，却恍然听见陆岚一声爽朗的哈哈大笑："海空，你看我那义女能文能武，与你倒是配还是不配？与那相爷女儿比起来，是差还是不差？"

陆岚问这话的时候，那个"义女"自然是不在这里的，他们两人对话专心，谁也没看见我，我便直挺挺地站在厅外，垂眼看着地砖，等了半天也没等到陆海空一个答案。

心底涌出一股不明的情绪，拖住了我本想撤身离开的双脚。

我一噘嘴，冷哼一声径直越过门，跨入大厅之内。"哦，两个女人最不好比较出好坏了，你们不妨将那'义女'拖出来与我摆在一起，大大方方地比个高下可好？"

陆海空一惊，大惊失色地转过头来。"云祥……"

我想到他刚才那一番沉默便是一通血气上涌，想打他，但是看见他灰蒙蒙的右眼，我又怎么都舍不得动手，只狠狠地跺了地板儿脚，怒道："闭嘴！你竟敢默认我比别的女人差！"我气得大吼："白眼狼离我远点！别让我再看见你！"

陆海空脸上的血色便在这一瞬消失殆尽。

我立即意识到这是一句伤人的话，果断捂住嘴，但伤害已成。看着陆海空惨白的脸色和他隐忍着委屈的眼神，我心里的感情不知交织出了什么样的滋味，扯得胃一阵难受地抽搐。但这样的情况我又拉不下脸皮来道歉，只是狠狠抽了自己两耳刮子，而后抓着头发气恼地跑了出去。


头一次觉得睡觉这回事原来如此艰难。

我在床榻上辗转反侧，滚来滚去，脑海里怎么也甩不掉陆海空那瞬间苍白的脸色。我坐起身来，狠狠地捂住脸叹息。初空那家伙怎么投了个这样的胎，他明明是个傲娇又臭屁的死男人啊！怎么会变成这个样子……

只要陆海空将我惹火一次，哪怕只有一次，我不就能狠下心干掉他了吗！为什么！为什么……摆出那样的表情，委屈得几乎让我愧疚。

我又是一声长叹，正茫然之际，忽然看见一个黑影在我房门前一晃。我一挑眉，猜想着是不是青山子他们不要命地找过来了，但是听见门口传来的喃喃自语的声音，我心头居然不由自主地一紧。

是陆海空，在那样委屈之后他又屁颠屁颠地跑来找我了，真是……让人完全没法感到硌硬。

他一直在门口徘徊，不敲门也不进来。倒是我等得着急，走到门后，隔着门却听见他在外面呢喃自语："云祥，对不起。我不是默认，我只是在想怎么拒绝叔父，怎么和他开口提……提……云祥，对不起。我不是默认……"

他的话来来回回念叨了几遍，又绕回了这句，我听得抓心挠肝地着急，一把拉开了门，对陆海空道："你到底要对你叔父提什么！"

突然打开的门将陆海空吓得不轻，他呆呆地盯了我一会儿，脸慢慢红了起来，没一会儿又白了下去。

我哪里猜得透他曲折的心思，只深吸一口气，刚想和他道歉，他却忽然捏住了我的衣袖，轻声道："云祥，我不是白眼狼。我知道我的右眼不好看，但……你别嫌弃它，也别嫌弃我。"

再复杂的情绪，再多的言语都被他这一句话给打散。

他在门外徘徊了这么久，准备了这么多，看见我时脱口而出的却是这一句话。可见眼上的伤，他虽不说，但仍旧成了他的死穴。我也明了我那句气话到底带给了他多大的打击，更知道了他原来这么害怕我看不起他。

一时间，我望着他竟不知道该用什么样的表情。

十五岁的陆海空已长得比我高了，我头一次这么认真地观察他的眼睛，月光映着庭院里的雪，在他黑色眼瞳中投下一片晶亮。这个孩子是真真存在的，不是作为初空生命中一个转瞬即逝的片段，而是作为一个人真实地活着。

我清楚地明白宋云祥这一生只如虚幻泡影，也活得随意，但于陆海空而言，这却是他的一生，唯一的一生。

许是今夜太凉，我竟受了蛊惑一般跨出门槛，一把将陆海空抱住。双手环住他的背，紧紧抱住。

陆海空的身子蓦地一僵，随后越来越僵："云云云云云云……祥？"

"对不起。"我道，"那只是一时口不择言的气话，对不起。我没有嫌弃你，你别难过。"

陆海空呆了呆，身子软了下来。他迟疑了一会儿，也把手放在了我背上，松松地搂住，像是怕抱紧了就会得罪我一样。我听得他在我耳边一声叹息："云祥，那时我不是默认，我只是在想怎么拒绝叔父，怎么和他开口提……提……提娶你的事。"

我双眼一凸，呆住了。

"前些年是没办法，而今时机已成，云祥也耽误不得了，正巧大军南下之前还有空闲的时间，所以……所以我便想着将婚事办了……方才我已说通了叔父，云祥，你答应吗？"

我想象不出若我此时告诉他"我要回京城帮我爹，我要去嫁给三皇子"这话，他会是怎样一副神色。我推开了陆海空，挠了挠头道："你先别急，我琢磨琢磨。"

陆海空拽着我的衣袖没放手。"我知道云祥陪我来塞北丢下了很多东西，你到这边之后也受了很多委屈，可无论如何你都一直陪在我身边，我知道云祥对我好，我不想辜负你……"

我揉了揉额头。要说来塞北后受的委屈，我还真没什么切身体会，一来我成日混在兰香酒馆，闲言碎语也听不到；二来，我一个相爷之女能在"叛军首府"里安然无恙地度过五年，想来是陆海空帮了我不少，他受的委屈也一定比我多许多。按说现在于情于理我似乎都该先答应陆海空，但偏偏今日下午青山子给我带来了那么一条消息，这一生我虽过得没什么代入感，但好歹孝道还是得守一守的。

我想了半天，终于想到了一个借口："陆海空，你说我对你好，你不想负我，可你爱我吗？"问完这话，我自己先打了个寒战。我按捺住肉麻的情绪，继续问："你敬我，尊我，但我要的不是这些，这并不是男女之爱，夫妻之情。你……还是再想想吧。"

陆海空怔了怔，仿似没想到我会说出这么一番话来。他想了想，道："我不懂那些，但是，这辈子我是不会再娶别人的，云祥，要再想想的人，是你吧。"

他没有再逼迫我解释什么，只笑了笑道："云祥若愿意了，来和我说一声便是，你若想再缓缓，我们就缓缓。雪夜寒凉，云祥注意保暖，我先回去了。"

看着他的身影消失在庭院中，我立在门口狠狠捂住了脸，浑小子要不要笑得这么好看啊！你也不要用一副成熟大人的表情来应对这个问题啊！你弄得我像一个闹脾气的小孩，让我很尴尬好吗！

三日后，我在房间的桌上留书一封：进山打猎，归期未定，陆海空你决定好了要打仗就打吧，别等我回来成亲了。

最后我还是决定独自去南城门，跟着青山子他们回京。因为我知道现在的陆海空离了我也能好好地活下去，而京城有已经年迈的宋爹，有我许久未见的侍女翠碧，还有很多人，他们不该在所谓的政治斗争中死去，像五年前的将军府众人一样，被一把火烧得尸骨无存。

若我回去能起到那么点作用，我便应该回去。

回京的路比来时快了许多。

这一路上，剑拔弩张的警戒意味充斥各地的每个角落，百姓脸上皆有惶惶之色。原来不知不觉中局势已经如此紧张了。在塞北我把自己隔绝得太好，陆海空也将我护得太紧。

离开五天后，我们行至塞北军的势力边缘，再过一座城，便算进入了朝廷的控制范围。青山子把我易容成一个老太太的模样，他与黑武扮作我的儿子，做的是儿子送娘回乡的戏码。我虽然对老母亲这个身份很有异议，但想了想自己几百岁的高龄，被叫声娘亲应该也不算什么大事，便也勉勉强强地答应了。

路过最后一个城门，官兵正在进行例行的检查，突然一个骑着高头大马的青领军士自街的另一头过来，踢踏的马蹄声混着他的高声呼喝："急令！扣住所有年轻女子！不准放出城！"他一遍遍地高呼，守城的士兵立即用红缨枪挡住所有百姓的去路，道："年轻女子皆不许出城！"

青领军士骑马奔至城门口，呼马停下，自怀中掏出一张画像顺手贴在告示板上。"与画像中人面容三分相像者，不分男女老少全部给我带回府衙！"

身后的黑武与青山子立即紧张起来。青山子低声道："小姐，头埋低。"

我却在琢磨一个深刻的问题："三分像是有多像？"

我听得身后的二人莫名叹息，我不明白他们在叹些什么，抬头遥遥望了一眼告示上的画像，霎时便呆住了。哪个画师能把我画得如此像我？

在塞北，除了陆海空，谁还那么仔细地观察过我。

我心绪有点复杂，将身体佝偻下来，倒真有几分苍老的模样。

年轻女子皆被扣下来了，士兵们一个一个地检查着放人。青山子走在我右边搀扶着我，黑武走在后方一步，经过士兵身边，青山子在我身边装模作样地轻声唤道："娘，不过是官兵在查人罢了，没事。"

我懒得理他，只埋着头往前走，眼瞅着便要踏出城门。忽然，青领军士猛地拦到了我面前。"老人家，且将头抬高一点。"

听闻这话之后我竟有些犹豫起来，若是在此地被逮了回去，我和陆海空……

哪儿想我心头的念头还没闪完，身后的黑武突然拽起了我的手，我茫然地看向他，黑武道了一声"得罪"，立即便用孔武有力的手臂将我生生扛到了肩头，青山子也在这时从腰间抽出了一柄软剑，二话没说直直刺向青领军士坐骑的双眼。

马儿撅蹄，在它的惨声嘶鸣中，黑武大喝一声"跑"，两人脚下轻功施展，踩着前方人的肩膀便飞出去老远。

我趴在黑武肩头，看着乱作一团的城门口，不知为何，突然想到了那日我投胎时，奈何桥前的鸡飞狗跳。只是今日，没有少年怨毒的眼神将我死死盯着。我忽然欠虐地觉得心头一阵空虚。

回了朝廷的地盘，青山子与黑武两人行事便大方了许多，买马走官道，速度更快了不少，不日便回到了京城。

久违的京城。一入京，青山子与黑武便推说有事，让我自己回相府。我心里觉得奇怪，他们就不怕我跑了？但转念一想，都到京城了我也跑不到哪里去，便乖乖地自己回了相府。

相府对门的将军府残迹已被清理干净，于天朝的历史而言，昔日大将军府只成了史书上一笔可有可无的记载。

相府守门的侍卫还是以前那几个，看见我，他们皆吓得不轻。"小……姐回来了？"

我点头道："回来了。"

一个侍卫腿一软，忙不迭地跑了进去。回府第一个要见的人自然是我爹，但与我所想的不同的是，我并没有在大厅看到暴跳如雷的宋爹，而是在他的卧房看见了一个缠绵病榻、骨瘦如柴的老人。

我有些不敢唤他，不敢相信岁月真的会把一个人折磨成如此模样。

宋爹躺在床上，迷迷糊糊地看了我一眼。他闭眼歇了好久，又是一声叹息，眼角微有湿意。"走了……走了，便不该回来。"

我原身是朵祥云，天生天养，无父无母，不懂父爱如山到底是怎么个感受，但此时此刻，我觉得，这个老人即便在外是个十恶不赦的恶徒，我也应该好好对待他，因为在我面前，他只是一个孤独的父亲。

"爹。"我道，"女儿不孝。三皇子，我肯嫁。"

宋爹唇角有些颤抖，又沉默了很久才挣扎着坐起身，严厉道："谁将你接回来的！你爹我再不济，也不至于要卖女求生！"

我一愣，有些搞不清状况。"不是你让青山子和黑武将我接回来的吗？"

宋爹双目一散，蓦地苦笑出声。"那两人，早在前年便被当今皇上诛杀了。去接你那二人只怕是禁军易容的吧……"宋爹摇了摇头，"当年那般千方百计地送你与海空去塞北……如今却还是把你牵扯进来了。云祥，爹对不住你，对不住你娘，对不住陆兄与海空，更对不住先皇。"

千方百计地送我和陆海空去塞北？

我心底仔细一想，才恍然发现火烧将军府那晚后的所有事情都透露着诡异的气息。那两个黑衣人走后相府再没传出任何消息，将军令如此重要的东西不见了，朝廷竟没第一时间派人来追，我和陆海空那一路走得几乎龟速，但没有一个追兵赶上来，塞北军陆岚公然宣布造反，朝廷居然隔了五年时间才腾出手来去收拾……

这期间宋爹与当今皇帝进行了多少明争暗斗我不知晓，但看宋爹如今的模样，我知道这个不过四十来岁的男人已经耗尽了心血。

我拍了拍他干枯的手背。"爹，没事，我没那么脆弱。"

翌日，宫中传来一道圣旨，定了我与那三皇子的婚期，又道宫中礼仪繁杂，要我即日起便入宫学习，直至成亲那日。

皇帝的意图很明显，只要他将我囚在宫中，便不用害怕他出征后宋爹在他后院点火，因为一旦京城有变，我必定是第一个死掉的炮灰。所谓质子便是如此。

传旨的太监走后，我去宋爹的卧房与他道别。他紧紧盯着那道圣旨，眸色深沉。我蹲在他床边轻声道："爹，只要你还在，皇帝便不会对我怎样，所以你一定要好好保重身子，长命百岁，气死皇帝。"

宋爹一声叹，抬起枯槁的手，轻轻放到我的头上，如同小时候那般摸了摸我。"我们云祥，也长大了。"

我静静陪了宋爹一会儿，直到他再也撑不住，疲惫地睡了过去，我才出了府门坐进大红轿子，摇摇晃晃地入了宫。

我没见到皇帝，管事的太监将我安置在后宫中一处废置的宫殿里，隔壁约莫是冷宫，每到半夜便能听到女人的呜咽声。我觉得她哭得挺好听，像在唱曲，每夜倒睡得十分香甜。

宫中的日子寂寞如雪，但也过得快，一如我在月老殿门前守门的时候。只是那时的我只知空想一下永远买不起的美酒，感叹一下月老的抠门，而现在却会在偶尔放空时，脑海里想起那个雪夜中，陆海空对我说"娶你"二字时脸红的模样。

出嫁的日子快要到了，在我宫殿门口巡逻的侍卫也渐渐多了起来，晚上再也听不到女人呜咽的声音了，只有侍卫们走来走去的沉重脚步声，比在塞北的都护府更让我压抑。

又是一个雪夜，我睡不着，索性披了衣裳起身，走到窗边，推开窗户，正巧瞥见外面一个黑衣人身形轻灵地打晕了在我门外看守的侍卫。我眨巴着眼，觉得这人的身影熟悉到让我不敢置信。

"喂……"

我刚一张嘴，黑衣人便身影一动闪至窗边。他从窗户外探进手来径直捂上了我的嘴。"噤声。"他脸上蒙着黑布，发出来的声音闷闷的，但好歹也一起生活过十几年，我还不至于认不出他来。

他侧耳听了一会儿，随后一把拉下蒙面巾，双眸映着雪的光亮。"云祥，是我。"

我拍了拍他的手，示意他放开，然后道："嗯，看出来了。"陆海空竟不要命到这个地步，他一个叛军首领到底是怎么无声无息地潜入皇宫内院的？我不由得伸出手，捏了捏他的脸，狠狠用力，将他脸皮掐红了一块。

他歪着嘴发出了疼痛的"咝咝"声，但没有拉开我的手，只委屈道："云祥，疼。"

"陆海空。"我望了他好一会儿，道，"你不要命了？"

他也直直地盯着我："要，可我也要你。"

明明是这么猥琐的一句话，可此时从他嘴里说出来，我愣是没有听出半分猥琐的意味，就像一个小孩赌咒发誓他要认真读书一样正经。

我沉默。陆海空道："我不是没有理性，也不是没人劝阻……"他顿了顿，像是想起了什么可怕的事，眼眸微微往下。"只是，听闻你被人绑走……"

"没人绑我。"我打断他的话，冷漠而清晰道，"我给你留了书，是我自己愿意回来的。"

陆海空不看我，自顾自地说道："己城军士告诉我你被人扛在肩上蛮横地带走……"

见他这样的神色，我的心一时竟有些酸软，深深吸了一口寒凉的空气。我道："陆海空，我给你留了书，你知道，是我自己愿意回来的。"

他唇角颤抖了几次，像是要反驳我，要为我，也为他自己掩饰。但最终，他仍旧沉默了。他弯起了唇，眼中却没有笑意。"云祥，你别总是这么老实。"

"你回去吧，护好自己。"

"为何？"他站在窗外，垂头盯着地面，"十五年相识，五年生死相伴……云祥，我知你必有缘由。"

我该怎么告诉他？宋爹当年谋害了陆将军一家是为了自保？我背弃他回京是为了我爹，他的杀父仇人？塞北五年相伴我与他绝口不提过去，因为就这一世而言，我的血缘与他的仇恨才是我们之间最致命的结。

我也弯唇笑了，做出一副苦情小媳妇的模样。"陆海空，你对我，没有男女之情。"

陆海空一怔，面色慢慢青了起来，他近乎咬牙切齿道："宋云祥，事到如今，你还是不愿打开自己，你还是不愿信我！"

远处隐隐传来大内禁军疾行而来的脚步声，我心底一紧，却咬紧牙愣是不催促陆海空走。陆海空望了我好一会儿，像是失望极了的模样，终是一扭头，提气纵身，施展轻功，消失在茫茫夜色中。

他刚走一步，禁军随后便到，看见前殿里横七竖八躺着的侍卫，禁军首领对站在窗户里的我道："贼子在何方？"

"贼子？"我打了个哈欠，"没看见。"

"何以侍卫尽数被打晕？"

我眉一挑，横道："方才睡觉放了个屁，响了一点。"

禁军首领蹙了眉，勉强躬了个身道："宋小姐冒犯，卑职奉命搜寻刺客。"他说完这句看也不看我，对身后的禁卫一挥手："搜！"众人便踢开了我的房门，在这卧寝之中一阵乱翻。

我冷眼看着他们最后一无所获地离开。

关上门，我整理好被翻乱的床铺，重新躺在了上面，脑子里翻来覆去都是陆海空临去时的那句话。打开自己？相信他？这小屁孩长大了就会说一些完全听不懂的屁话！

我将被子抱住狠狠捶了几拳。小媳妇苦情的模样终于出现了！我几乎能想象到李天王那张抖着大胡子淫笑的面庞。心头呼啸而过的羊驼踩碎了李天王的脸，我一边捶被子一边在心里大叫，你丫看够了吧看够了吧看够了吧！

不管接下来的几天我心里有多么纠结，最终成亲那日还是来了。

鲜红的轿子在官殿门口等我，侍女给我化上了我从未化过的浓妆，又给我穿戴上了凤冠霞帔。我穿上了这一生最隆重的衣裳，要去嫁给一个我连面都没有见过的男人，据说那男人脑子还有点问题……

三皇子是当今皇帝活着的儿子里面最大的一个，虽然他生了病，但作为皇家仪式，排场还是要有的。我的夫君将在官门处迎接我，他骑着高头大马，我坐着八抬大轿，我们要绕过半个京城，登上祭天台，告天地，祭宗祖。

坐在轿子里的我，盖着闷人的红盖头，听着轿外踢踏的马蹄声，心里突然有种莫名其妙的堵塞感。

从这一生初始，我便知道自己肯定会有这么一天，可我却一直以为走在轿外的人会是陆海空。我也一直怀着叛逆的心理对此十分不满，但现在，我对现况更不满。

真想……伸一只脚出去把那个男人从马背上踢下去啊。

最终，我还是克制住了这个冲动，直至红轿停下，轿帘被掀开，然后一双男人的手伸到了我的红盖头之下。看着这双细白的手，我忽然想到了那天夜里陆海空跑到我窗前，伸手探过窗户捂住我的嘴时，他满手冰凉，掌心有粗粝的触感，那个孩子，生得与皇子一样尊贵，可却吃了太多的苦。

我按捺住心头翻涌的情绪，握住了他的手。

红盖头挡住了我的视线，我只能看见自己脚下这一寸之地。身旁的男子拽着我，一个劲地问："娘子贵姓啊，哦，娘子姓宋，宋家宰相的闺女。娘子芳龄啊，哦，娘子年纪有点大了，都二十了。娘子想成亲不？哦，这个问题不该问的，嘿嘿。"

我觉着他脑子果然不大好使。

"阶梯！"走了几步，三皇子突然道，"阶梯要怎么上？哦，阶梯要一步一步上，上面是祭天台，得严肃。"我撇了撇嘴，任由他牵着我慢慢往上走，跨上最后一步阶梯，他牵着我往前行了三步。"要做什么呢？哦，拜天地，拜宗祖，拜父母。"

我全然不想搭理他，只如同一具尸首一般跟他行动。

"哎呀，宰相怎么不在？哦，宋宰相昨晚病逝家中了。"

我心底猛地大寒，不管不顾--把扯下红盖头，也不管这是什么场合，一把拽住了三皇子的衣襟，厉声问他：

"你说什么！"

三皇子的目光在我脸上一扫而过，可我却忽略不了他眼底的幸灾乐祸。皇家钩心斗角，哪儿能由傻子活到现在。可现在这些事都与我无关了，我只怒红了眼，狠狠瞪着三皇子一字一句道："你说什么？"

"说什么？哦，宋勤文宰相病逝了，相府小姐日后没有靠山了。"

我身子一软，松开了手。不久前我还握过宋爹的手，他还疼爱地摸过我的头。原来人世沧桑，生离死别真的太容易。恍惚间我仿似明白了醉酒的月老常在嘴边念叨的那句话——

凡人无奈，神仙薄凉。

耳边所有的嘈杂、混乱，包括眼前的人都消失了一般，我孤零零地站了一会儿，抬头仰望苍天，咬牙切齿道："你大爷的！"

忽然有人大力拽住了我的手臂，将我的双手反拧至背后。我疼得不由自主地弯下腰去，耳边的声音这才渐渐清晰起来，是禁军的人在我耳边大喝着："大胆！竟敢行刺三皇子！"

我抬头粗略一扫，数名禁卫已将三皇子护着往后退，三皇子摸着脖子一脸被吓呆了的模样。我恨得咬紧牙关，但心中更多的是无奈，想我堂堂祥云仙子，今日竟被几个凡人欺负了。这感觉实在过于糟糕。

可下一个瞬间，不知从哪方传来了嘈杂的声音，我还没弄清状况，身后扣住我手臂的两个禁卫倏地"扑通"两声栽倒在地。我一愣，有一只手臂紧紧地搂住了我的腰。

来人手起刀落间，四周的禁卫便全倒了下去。

我愕然，在他稍稍停顿下来之时，狠狠推开了他。我怒道："你是不是傻啊！这是你该来的地方吗！"

陆海空被我推得微微往后退了一步，站稳身子抬起头来，红着一双眼瞪着我道："我就是傻！"他在塞北军中学到了不少骂人的话，偶尔路过训练场还能听着他粗着嗓子骂士兵的声音，但他对我从来都是百依百顺的，连大声说话也不曾有过。

今日，他是急了。

祭天台下不知从哪里蹿出来了许多黑衣人，与下方的禁卫战作一团。祭天台上，禁卫本就不多，被陆海空砍了几个，其余人皆紧紧围在三皇子周围，也不轻易攻过来，我与陆海空便在这天朝的祭天台上破口大骂起来。

"我不要你救，给我滚！"

"我偏要救！"陆海空大声道，"不要找那些狗屁借口！什么男女之爱夫妻之情，我不懂又如何，我只知道你今日若真是心甘情愿嫁给他，我大可立即转身就走，你若今后能过得快乐安宁，我断不会再说一句废话！可你会吗！宋云祥你敢和我保证你以后每天都能开开心心地活下去吗！你若可以……"他声音一顿，手摸上了我的脸颊，他的指腹带着不属于这个年纪的粗粝，是他辛苦生活的证明。陆海空哑了嗓子。"你若可以，你还哭什么？"

"我……怎么知道自己在哭什么。"我想了好久，心里飘过了无数话语，辩解的，刁蛮的，耍浑抵赖的，但所有话到嘴边都生生变成了一句颤抖着的"爹去了"。

陆海空怔了怔，把手放在了我的头上，有些不习惯地摸了摸，安慰我道："莫哭。"他话音一落，脸色倏地一沉。"云祥，我们回去再细说。"

我还在怔神，陆海空却不由分说地一把揽住我的腰，提气纵身飞速往祭天台下而去。他将手指放在嘴里，响亮的口哨吹出，数百名黑衣人皆欲从缠斗中抽身退出。

但奇怪的是禁卫越来越多。我心里这才觉得蹊跷。

若说宋爹去了，皇帝不知有多高兴，我与三皇子结亲也没用了，他人可立即昭告天下，命我守孝二年。但皇帝偏偏将消息压了下来，仍旧办了这场婚事，既然办了便肯定有他非办不可的理由。

如今看来，皇帝约莫是猜到陆海空会来。而陆海空不会不知道他一旦出现就会有多大的危险……

我抱着陆海空的脖子，看了看这个少年郎日益坚毅的侧脸，突然有点不甘地想，凭什么这只能是一世情劫？

忽然眼角余光中有一点晶亮闪过，我转头一看，是祭天台上的三皇子推开了周围的人，站了出来。

我对陆海空道："这样抱着，我有些喘不过气啊，陆海空，你背我吧。"

陆海空手臂微微一用力，我只觉眼睛一花，一下便好好地趴在了他的背上。我惊叹："这是什么功夫！"我咳了咳，又清了清嗓子道："搬东西多方便啊。"

陆海空轻声道："云祥，出城再说。"

我点头应了："好。"脑袋有些无力地搭在他的肩头，我突然想到陆海空小时候有一次在相府玩累了，央我背他回家时的场景，那时本来我是想将他扔在那里不管的，可是他哭得委实可怜，我便不情愿地背了他回去，彼时夕阳斜暮，相府到将军府不过几步的距离，他却在我肩头沉沉睡着了。

而今艳阳高照，我却愣是瞅出了点日落的模样。我闭上眼，轻轻道："原来被人背着这样舒服啊，难怪都能睡着了。"

我身子有些酸软，手攀不住他的脖子。一直不停地奔走，陆海空的气息变得急促，他唤道："云祥，搂紧些。"

"嗯。"我应了，拼尽全力死死抱住他的脖子。还没出京城，还没有安全，我便不能松手。

意识有些模糊，我好似看见李天王在书案前抓耳挠腮地急道："不一样啊！这和我写的不一样啊！怎么死错人了！"

我看得咧嘴笑了出来，哼哼，大胡子李，你道我小祥是这么好欺负的。你想让陆海空先死，若我喝过孟婆汤，那后半生必定郁郁寡欢，生生愁死，但现在，他死不了了。

他还有好长的一生要走，还有好多美好的事情要去经历，不是作为初空历劫的瞬间，而是作为陆海空，一个活生生的、完完整整的人，精彩地活下去。

不知过了多久，我感到有人在拍我的脸。"云祥？云祥……"
他声音压抑，带着三分嘶哑。

我睁开眼，看见漫天飘雪，陆海空的脸在我上方，白雪覆得他满头苍白，仿似他今生已老。

"哎呀，下雪了。"我声音沙哑，但出奇地觉得精神头十足，浑身轻极了，比我做祥云那阵子还要轻盈许多。

陆海空搂着我，轻声道："你别怕，我们去找大夫，一定能治好你。"

他这么一说，我才想起来，在离开祭天台的时候，三皇子投来的那枚暗器扎进了我的背心。不用猜都知道暗器上有毒，而皇家的毒，哪是随随便便能治好的。

我现在这么精神，只怕是……回光返照吧。

"陆海空，我爹当初对不住你，现在，便当我替他还了吧。"

"宋云祥，你从来不欠我什么。"陆海空几乎咬牙切齿道，"你拿什么还。"

"啊，那正好。"我笑了笑，"咱们两清，以后谁也不欠谁了。"我眯起眼，仿似看见了鬼差自远方而来。"陆海空，下辈子你别再撞见我……"

我话音未落，他却猛地埋头。我惊骇，感觉到他温热的唇贴在我冰凉的唇上，离得太近，我反而看不清他的脸，只觉一滴一滴咸涩的水珠滚进我的嘴里，让我唇齿间皆是一片苦涩。

一时间，我竟不想去计较他的行为算不算非礼，只觉自己心口也灼热得发疼。他在我唇上摩擦，赌咒发誓一般道："下辈子，下下辈子，我都得撞见你。"

我苦笑。"别这样说。你会后悔的……"

这一世一过，我如此早早地去投了胎，陆海空寿终正寝之后下来肯定找不到我，且那时他变作了初空，恢复记忆之后应当也不会想来找我了吧……

从此以后我都与他错开了，不会再遇到了。

"你好好过完这一生，努力活着。"我眯眼笑了笑，"我先走一步。"

魂魄离体，我立即被鬼差捉住，他们叽叽喳喳地叫着，牵着我往黄泉路上走。

我心头陡然生出一股奇怪的感觉，似不舍，似心痛，我回头一望，却见陆海空贴着那个已停止呼吸的冰凉身体，哭得像个孩子。

第 四 章

# 所谓的风水轮流转

鬼差牵着我入了地府。以后的六世情劫可算被我躲过了，我长舒一口气，想要仰天长笑，可是笑声还没发出便莫名消散了。嘴里仿似还残留着陆海空泪水的味道，让我心底发酸。

他还活着，可是我的生命里却再也不会出现那个叫作陆海空的傻小子了。

我回首黄泉路，有一瞬的茫然失神。

"快走快走！磨蹭什么！你又要耍什么诡计？"一个鬼差用他尖细的声音喊着，他紧紧盯着我，十分戒备。

我撇了撇嘴。"急什么，这次我会乖乖喝孟婆汤的。"暂时遗忘这些破心情也是一个不错的选择。

哪儿想小鬼听了我这话，冷冷地笑了出来："孟婆汤，你还想投胎？先乖乖在地府关上十年八年的把罪赎了再说吧！"

我愕然："赎什么？"

小鬼牵着我往地府深处走，走的却不是通往奈何桥那边的路。我心里陡然紧张起来，莫不是要拖我去下油锅吧，天地可鉴，我在人间可没有做什么天诛地灭的事啊！

我正猜测着，小鬼又道："你上次和那个初空神君将我们地府闹得鸡飞狗跳，孟婆一怒之下休假三千年，地府本就人手不够，这下更是耽误了不少事。那个初空神君还算有礼，在地府乖乖赎了五年的罪。你倒好，一拍屁股居然溜去投胎了！哼哼，我们冥界不管人界的事，但你总得再回来，这一次可便宜不了你！"

我咽了口唾沫，怎么将这一茬给忘了。

地府天界各司其职，地府要罚人，我便是有千世情劫在身，也是要把处罚挨完了才能走的。

这……这一耽搁，我若是被罚到陆海空死了下来了，那岂不是还要和他一起投胎？我这方心里兀自混乱着，小鬼已将我牵到了阎王殿上。

"阎王，祥云仙子已带到。"

小鬼说完这话之后，宽阔的阎王殿中便再无声响。我抬头一看，只见阔气的书案之上只有两只脚交错着摆在上面，在书案之后，黑衣男子的身体半瘫在硕大的椅子上，脸上盖着书，睡得正酣。

身边的小鬼又大声吼了一句："阎王！祥云仙子带到！"

瘫在椅子上的人浑身一颤，猛地惊醒，脸上的书"啪"地掉在地上："啊……嗯，好好。"他放下腿，抹了一把嘴，坐起身来，随手翻着杂乱的书案，眼中尽是初醒的迷茫。"啊，那个啥，仙子。嗯？犯的什么罪来着？"

我抽了抽嘴角，这货当真是阎王？顶替的吧，长得像个白面小生，行为却像个猥琐大叔。

坐他左边的判官很无奈地叹了口气。"是二十年前扰乱地府的那个祥云仙子。"

"哦！"阎王拊掌，眼睛一亮，"是你啊！小姑娘不错，那时地府很热闹，本王看得很欢！哈……"旁边的判官一声清咳，阎王强压下唇边的笑，严肃道："嗯，判官，你觉得该怎么判？"

"二十年前，初空神君赎了五年的罪，祥云仙子却私自投胎，逃向人间。其情节比较恶劣，属下以为应当处以三倍的惩罚，令其为地府工作十五年，以告诫众鬼，地府司法严明，自首从轻，反抗从重。"

阎王一点头："好，就这样办。"说完，他又倒头倚在椅子上睡熟了。这量刑随便得就像在决定今天中午吃韭黄炒鸡蛋还是番茄炒鸡蛋。

出了阎王殿，小鬼将我带到了奈何桥边，众鬼还是和以前一样在规规矩矩地排队。小鬼指了指奈何桥边一个巨大的铁锅道："以后你便代替孟婆在这里熬汤，不要让汤底煳掉了，等熬到十五年，你自可去投胎。"

　　我在心底一琢磨，觉得十五年也不是一个太长的时间，初空在人间还要活四五十年呢，于是我便安下心，老老实实地握了汤勺，开始熬汤。

　　地府没有白天黑夜之分，永远都是混沌阴暗一片，在我熬汤这个位置一抬头便能看到从黄泉路那头走下来的人，各种类型的人到地府那一瞬间皆有同样的惘然。初时我看见他们的模样还有片刻的唏嘘，时间久了我也就麻木了，不管他们是痛哭失声还是怆然大笑，我只在他们失魂落魄得不能自已时，淡淡提一句："排队，领汤。"

　　不知不觉间，我已在地府干了十二年时间，眼瞅着还有三年便要熬出头了，可命运偏偏给我开了个天大的玩笑。

　　在那个如往常一般阴沉的日子，黄泉路那头骇然出现了一个我再熟悉不过的身影，我惊得连汤勺掉进锅里了都不知道。我抖着手指，不敢置信地指着他：

　　"陆海空！"

　　本以为再也见不到他了，本以为我们错开了剩下的六世情劫……我扼腕痛恨："千算万算没算到你丫命短啊！"

　　地府极静，听得我这声咬牙切齿的叹息，众鬼皆空茫地望着我，黄泉路那一头的陆海空也微微一怔，眸光遥遥穿过遍布的彼岸花，落在了我身上。片刻的失神之后，他双眼危险地一眯，迈步便向我走来。

　　速度之快，让我心中陡然生出几分不祥的预感。

　　这个家伙下了地府，回忆起了从前的事，他不再是一往情深的陆海空，而是昴日星君手下十二个骚包神君之一的初空神君。即便他还记得陆海空这一生的经历，但这于他而言也只是生命中的小插曲。在现在的初空神君眼里，我是一个咬烂了他一块肩肉的疯子，是个和他在地上滚来滚去、撕扯抓挠、不顾颜面地打过架的悍妇，是那个陷害了他、让他在地府冤枉地做了五年苦力的扫把星！

　　现在的初空，只怕是将我碎尸万段的心都有了吧。

　　我心里有些虚，但是转念一想，这些事明明都是他先来招惹的我，我不过是为了自保小小反抗了一下，另外，在上一世我那般伟大以身做盾救下了他，让他得以幸福快乐地在人世活了这么些年，他应当还欠我个人情，得好好谢谢我才是。

我还没将自己安慰完，初空凭空抓了一根通体赤红的长鞭出来，他一声大喝，二话不说，"啪"的一鞭便向我抽来。

我傻住了，看着他那张和陆海空一模一样的脸，我的腿竟僵得半分也动不了。呼啸的鞭子擦过我的脖子，火辣辣的疼痛将我唤回了神，我摸了摸脖子，指尖沾染上了几点血迹，想来是被鞭子抽破皮了。我转眼望向初空。

初空见真的抽到了我，一时也有些愕然。"你……"他眉头一皱恶狠狠道，"你痴呆吗！挥得这么慢的鞭子都躲不开！"

我眉头不可抑制地一抽。"你抽了我，还敢凶？"

"谁……谁知道你躲不开。"

确实，他方才那鞭换作以往我定能躲开，我躲不开的只是陆海空。我走上前，一时也管不得自己究竟打不打得过初空了，当下便抓住了他的衣襟道："你这短命鬼！白瞎了我为了救你丢的那条命！"

初空愣了一瞬，眉头一皱，也狠狠道："谁稀罕你救！"他顿了顿，眉目中那份奇怪的情绪退去，更添几许怒火上来。"你居然还敢跟我提这一世情劫的事！你竟敢……"初空喉中哽了一阵，"你竟敢让我……"

他憋了半天没憋出个所以然来，我又接着道："我都布好局了，以后都再撞不见你，结果你居然不给我努力好好活着，这么早就死了！"我声音一顿，忽然想起当初我快要死的时候陆海空对我说的话，我恨道："好啊，难怪在我死的时候，你要说下辈子、下下辈子还要撞见！你就是在诅咒我啊！你这个恶毒的男人！"

初空脸色一青，也拽住了我的衣襟道："你也下地府十多年了，还不去投胎！明明就是你居心叵测，意图下辈子也与我纠缠不休！你这阴险的女人！"

"阴险？！"我指着身边那一锅孟婆汤道，"熬了十多年的孟婆汤叫哪门子的阴险！要不是因为你这小王八蛋上次把地府闹得鸡飞狗跳，我能受这份罪？！"

"上次是我把地府闹得鸡飞狗跳？！"一提到这个，初空仿似气得失去理智，连拔高的声音都变了调，"我冤枉地做了五年苦力，到头来你这臭丫头居然还倒打一耙！孟婆汤……你还敢跟我提孟婆汤！"

初空拽着我衣襟的手突然凝了个咒，我只觉得浑身一僵，霎时动弹不得。

我惊慌失措，惊呼："你要干什么！你想干什么！"

初空将我拖到奈何桥前，随手便抢来了一碗汤，周围的小鬼都被他身上的仙气吓得连连躲闪。时隔三十二年，奈何桥前又来了一次鸡飞狗跳。

初空一手钳住我的下颌，强硬地令我张开嘴。他冷冷笑着，将孟婆汤灌入我的嘴里。"上一世你便是逃掉了这汤，才让我一生过得那么萧瑟，下一世，你再逃个试试。"

他的法力比我高，将我定住了我便是半点都动弹不得，只有在嘴里咕噜噜地吐着泡泡，意图将他灌进来的汤全部吐出去。而初空仿似陷入了执念，见我吐得多，他便也灌得多，喝完一碗，又给我拿了一碗。"方才是将上一世的补上了，你这一世的也不要想逃掉！"

"小人！"我一边咕噜噜地吐着泡泡，一边狠狠骂他，此刻我多希望自己能练就一种神功，一种能将眼里的杀气凝成利刃的神功，唰唰地剃光敌人的骨头，剃得干干净净！

我不知道自己到底喝了多少进去，但等耳边听到远处传来判官的惊呼声时，初空已经跳过奈何桥直奔六道轮回而去。

这……这小王八蛋！居然敢剽窃我的创意！

他记得啊！他拥有所有的记忆啊！我下辈子会过得有多凄凉啊！

而这些还不算什么，真正的噩耗，是判官惊慌失措的一句话："快！将那祥云仙子倒提起来！孟婆汤喝多了，投胎之后可是会变傻的！"

我躺在地上，满脸狼狈地打了个饱嗝，此时此刻，我望着天，却似乎望到了我的心里，那是一片荒芜悲凉的场景，寂静、悲凉……寸草不生。


我抱着阎王的大腿狠狠哭了一场又一场，只求他让我在地府里多熬几年的孟婆汤。阎王很为难，心软地将判官看了又看，冷面判官仍旧只是一句不变的"地府司法严明，不该罚的人便不能罚"。

我痛号："是我求虐好不好！我求虐啊！你们再多虐我几年吧！最好虐我三四十年，我烧高香谢谢你们！"判官不为所动，阎王叹了一声，摸了摸我的脑袋道："小祥子，莫哭了，逃不掉的始终逃不掉。"

我不甘。"为什么！这一次明明我们也将地府闹得好生乱了一通，为什么没有惩罚！"

阎王挖了挖鼻孔。"这个嘛，因为没有人为这事抗议休假，对我大地府的影响还不是很大，所以不足以量刑。"

我涕泗横流。"我现在可以去把那锅孟婆汤掀了，耽误所有魂魄投胎的时间。"

判官冷冷斜了我一眼。"奉劝你最好不要，那可是会受鞭笞之刑的重罪。"

我垂下头，哭得不能自己。阎王咂巴着嘴道："嗯，那初空神君既要与你渡一世情劫，将你弄傻了他也轻松不到哪里去。"

我抹了一把辛酸泪道："这一世他没有喝孟婆汤，什么都记得清清楚楚，他定是不会再喜欢上我的。到时候我一个傻子落到他手里，除了死得很惨就只有死得更惨的份儿了……"

"嗯，那可说不准。"阎王接过我的话头，在杂乱的书案上翻找了一会儿，摸出了一面颇为气派的方镜来，"你来看看前世镜，初空神君上一世对你可谓用情至深啊。"

我扭过头不肯看镜中陆海空的经历，就怕看见他哭我也跟着坏了心情。我闷声道："那不是初空。"

"是与不是只在一念之间，连他自己都分不清是不是，你又怎能断言呢？"

阎王这话说得含糊，就像天上那些揣着明白装糊涂的佛祖菩萨。我掐了一爪子阎王的小腿。"直白点！"

阎王"嗞嗞"抽了两口冷气。"情之一事还须小祥子你自己参破才行。"我掐他小腿掐得越发用力，阎王忙道："判官，快将她拉开，让她自己安心回去熬汤，等着三年后投胎！"

我被无情地拖了出去，阎王殿的大门合上之前我终是忍不住瞟了一眼前世镜中的陆海空，他尚年少便生了一头华发，孤立于一座覆了白雪的坟头前，慢慢倒下一壶清酒，神色不明。

我只觉心口被揪住一般，猛地窒息了一瞬。

熬汤的日子一日痛过一日。

但不管我如何纠结，三年时光转瞬即逝。我被小鬼们抬着，丢进了轮回之中。

"初空！下次再到地府见到你，我一定要拔光你全身所有的毛！"毛……毛……毛……轮回井中怨恨的声音经久不绝，而我眼前一片眩晕之后便彻底失去了意识。

滴答滴答。

黏腻的液体在耳边不停地滴下，世界一片寂静又一片杂乱。

不知过了多久，滴落的液体停了下来，头顶上的木板被人掀开，阳光有些刺目，一个男孩的脸出现在我眼前。娘说，看见比自己大的男孩子要叫大哥哥。我乖乖地唤："大哥哥。"

哪儿想这个男孩却嫌弃地咋舌："居然在这种时候碰见了！浑蛋李天王。"我呆呆地盯着他，他也皱着眉头盯着我，像是很困惑的模样。忽然，有个粗哑的声音唤道："少主。"

男孩撇了撇嘴，头顶上的木板重新被盖上，他离开的脚步声越来越小。

我抱着腿继续蹲在水缸里。娘说要和我玩捉迷藏，她没找到我，我便不能出去。可是真奇怪啊……明明是娘把我放到这里来的，为什么这么久了她还是没有找到我……

难不成，大人们在偷吃好吃的不告诉我？

我奋力推开头顶上的木板，又费力地爬出水缸。"娘。"我一声唤，却没在院子里看见任何人的身影，只有遍地的血，像厨子每次杀过鸡后留下的痕迹。我很不满。"吃鸡不叫我。"

我找过了厨房和爹娘的卧房，但都不见他们的身影，跑到大厅时却见一堆黑衣人跪在地上，唯有方才那个男孩背着手站着。我高兴地叫："大哥哥，有没有看到我娘亲！"

黑衣人们转过头来盯着我，有一个人站起身来，提着一把还在滴血的大刀向我走来。我眨巴着眼问道："你们是客人吗？是你们帮厨子杀的鸡吗？但是厨子呢？"

黑衣人冷冷道："你很快便能见着他们了。"他对我举起了刀，黏腻的血滴到我脸上，我仍旧眨巴着眼望他。

"喂，把刀放下。"是那个男孩在说话。眼前的黑衣人稍犹豫了一会儿，男孩继续道："让她跟我们一起回去。"

黑衣人们一时有些议论："可是少主，她……"

"我说带回去。"男孩从黑衣人的身边走过，停在我的面前。他盯了我好一会儿，突然把脸凑到我的眼前，小声道："本来想让你自生自灭的，但偏偏你要撞到我手里来。既然如此，我便不客气地笑纳了。"

他捏了捏我的脸。"小祥子，你说我是该欺负你呢，还是该认真地欺负你呢，还是该狠狠地欺负你呢？"他笑了起来，"不论如何，想到以后的日子，都让我心情有一种说不出的舒爽啊！"

"我不叫小祥子，我叫杨小祥。"我继续眨巴着眼望他，"大哥哥，脸蛋捏疼了。"

他松了手，笑眯眯地看我，有点像我家厨子提着杀猪刀看见小肥猪时的表情。"从今天开始，你就叫小祥子，做我的……嗯，徒弟怎么样？"

"不怎么样。"我道，"娘亲杀了鸡还没给我吃，我不跟你走。"

"你娘亲到我家吃鸡去了，你一起来便是。"

我想了一会儿，问："爹和厨子他们也在吗？"

"都在。"

"大哥哥，牵。"我把手递给他。

男孩却顿了顿，犹豫了一会儿才牵住了我的手。他清咳了两声道："你得叫我师父，我现在可比你大一辈，你要尊敬我。"

"好，大哥哥。"

"叫师父。"

"知道了，大哥哥。"我的额头一痛，是他用手指狠狠地弹了我一下。我摸了摸额头，有些委屈地撇了嘴："师父……"

他满意地点了点头，看起来心情很好的模样……

我同师父离开我家之后便再没有见过我爹娘，师父说爹娘把我托付给了他，以后我就只用听他的话。我挠了挠头，不太明白这些话背后的含意，但师父看起来不像坏人，我便乖乖应了下来。

随师父去了他家之后我才知道，他叫初空，今年八岁，是圣凌教的少主，教中的人对他总是充满褒奖，走在哪儿都能听见天才、神童，诸如此类的赞扬。不过师父对这些称谓好似全然没放在心上，明明只比我大了三岁，却总是一副大人的模样。

他老爱使唤我，让我给他端茶倒水，穿衣叠被，即便是大冷天也要我在他床边打扇。一开始我并没觉得有什么不对，毕竟师父给的吃食还是挺好的，顿顿有肉，但日子一久我便觉得很是奇怪，最后经多嘴的教众一提醒，我才恍然大悟："师父，我不该叫你师父。"

此时初空正斜倚在榻上看书，闻言，他淡淡扫了我一眼。"你有什么异议，嗯？不用提了，不接受。"

"可是……"我很委屈，"他们都说我是师父养的小媳妇。"

师父身形了僵，沉默了一会儿，又翻了一页书，不咸不淡地问："谁说的？"

"他们。"

"下次再有说这种闲话的人，直接踢他裤裆。"

"好。"我老实应了，又继续给他打扇。

后来果然又有人在我面前说那样的"闲话"，我照着师父的意思，勇猛地踢他的裤裆，但是踢到一半就被人捉住了，圣凌教的人武功都不错，那天我挨了狠狠一顿抽。

我号啕大哭，直将在屋子里看书的师父都吵了出来。他皱着眉头出现在我视野里的那一刻，所有的委屈顷刻爆发了，我扑到他身上，抱住他的腰，抹了他一身的鼻涕眼泪。

师父的身子有些许僵硬，他冷着声音问："这是怎么了？"

我呜咽着含混地告诉他事情经过，但师父好像一个字都没听清楚，他蹲下身来，我顺势抱住了他的脖子，把脸放在他的颈窝里蹭。我嘟嘟囔囔地说，说到最后，只会重复着一句"屁股痛，屁股痛"。

师父好像很不开心，他手一搂，将我抱了起来，我的腿自然地夹住了他的腰，整个人贴在他身上，嘤嘤哭着。师父现在还不高，但是足以将我抱稳了。我听见他严肃地问："你揍她了？"

抽我屁股的那人吞吞吐吐了半天，终于"嗯"了一声。

"为什么？"

那人又吞吞吐吐了半天："她要踢我……"

师父点了点头，好像瞬间明白了所有，他向前走了两步，道："腿张开。"

四周一片抽气声，我不明所以，暂时止住了哭，在师父身上蹭了蹭，换了个姿势，转头朝抽我那人看。那人面色青了一会儿，一咬牙蹲了马步。

只见师父飞身一脚，踢上他的裤裆，那人身形晃了晃，却还稳稳地站着没有倒下。师父道："这次轻罚，若下次再让我知道你们在本公子背后议论什么不该议论的……"师父一脚跺在地上，白玉石的砖哗啦哗啦地四分五裂，"裤裆犹如此砖。"

四周又是一片狠狠的抽气声。

师父搂着我帅气地转身离开，可没走两步，他又停下来，淡淡地甩下一句话："还有，不要欺负你们不该欺负的人。"

我听不懂这话，却知道，那天之后，圣凌教的教众对我的态度有了很大的改变，最直观的莫过于吃饭的时候碗里的肉又多了。而也是那天之后，师父对我有了新的要求。

他捏着我的脸说："你这一世怎么看起来蠢了这么多……"我啃着鸡腿，糊了一嘴的油，茫然地看他。师父颇为嫌弃地皱了皱眉，松了我的脸，一边擦手一边道："好吧，你现在年龄还太小。不过，既然你是与我初空神君为敌的人，自然也不该太弱。被路人甲欺负未免也太没出息了些，拉低了本神君的档次。"

"师父，你说我能听懂的话好不？"我和他打商量，不过师父好像没听进去，他望了会儿天，忽然道：

"嗯，决定了，你今天开始学武，本神君亲自教你。"

"学武是什么？"

"就是在你以后要踢人裤裆的时候，不会再被人拎起来抽了的神奇技能。"

我琢磨了一会儿，觉得这个东西实在太有必要，乖乖地点头应了。


圣凌教后面有座大雪山，山顶终年覆盖着白白的雪。圣凌教恰好在山顶盖有一座别院，名为风雪山庄，山庄中没住人，只做教中武功高强者静修之用。

师父自从说要教我习武之后便一直想带着我到山庄里去打坐，说是山顶灵气足，利于修炼。

但爬山对我来说便是一个对体力极限的挑战，试了大半个月，没有哪一次我能爬到山顶。常常走到一半就坐在雪地里起不来了，任师父如何捏我的脸，我也只是呆呆地望着他。

最后总是师父认命地将我背下山。

有一次师父气狠了，狠狠掐了我一通。"你故意的是不是！这是在锻炼你还是在锻炼我啊！今天我还就不背你了，下得了山就下，下不了山你就一直坐在这里吧！"

说完他果然走了，我也老实地一直坐在那里，从晌午一直坐到傍晚，然后眼睁睁地看着月亮爬上山头。

肚子饿了，腿也麻得没知觉。天上的月亮从一个变成两个、三个，最后亮晃晃的一片，我眯了眯眼，有些想睡觉，刚要躺下却被人猛地抱了起来。"傻子！"来人一边骂着一边利落地将我背后的雪拍干净。

我使劲嗅了嗅，是师父身上的味道，温暖干净得像每年初始的第一缕阳光。我下意识地攀住他的肩，手臂软软地搂着，脑袋在他颈窝里蹭了蹭。"师父，好冷啊。"

"冷不知道自己站起来走吗！"

"之前累得走不动，后来饿得走不动，然后师父让我一直坐着……"

师父沉默了许久，终是嗤笑道："你现在倒是听话。"

"我知道师父会回来找我的。"我晕晕乎乎地闭上眼，"下次……师父，下次，我们不这样锻炼了好不好？"

师父到底应没应声，我没有听真切。

倒是后来，有许多声音在耳边响着，我听见一个苍老的声音说："少主，你……你这实在太胡来了，五六岁的女娃娃，你把她丢在半山腰不管，伤风感冒便罢了，要是被野兽叼走了……"

"她不是好好的在这里吗，念叨什么，治病就治病！"

"我是说少主啊，她生病受伤了，你不是也跟着不舒坦吗……"

"谁不舒坦了！滚滚，不给你治了，多嘴！"

我再醒来时是躺在师父床上的，师父脸色沉沉地坐在我旁边，见我醒了，他探手摁在我的额头上，一言不发地停留了许久，又把手收回去，扭着脑袋道："简直没用极了！这么点风寒就躺了三天。哼……"

我有些不明所以，但既然师父不高兴，便是我做错了吧。我抓住师父的手，怕他又像那天一样自己转身走了。"师父，对不起。"

"你道什么……"他一句话没说完，咬了咬牙，又扭过头去不看我，"你身子太弱，待病好了便先与教众一起练些寻常功夫，以后你能自己爬上山了，咱们再去山上修炼。"说完，他甩了甩手。我仍旧紧紧抓住不放，师父有些恼怒道："拽着做甚？"

"师父你别扔下我了。一个人又冷，又饿。"

他表情奇怪地僵了一瞬，嘴动了动，却又沉默了一会儿才道："知道了，以后不丢下你。"他顿了顿，仿似极不甘心地扭过头来捏住我的脸。"你再摆出这副可怜兮兮的模样试试，你再敢卖一个可耻的萌试试！"

师父掐得用力，我疼得泪水滴滴答答往下落，我很委屈，不知道自己哪里做错了，惹来了师父如此大的怒火。"师父……"

掐住我脸的手一松，师父好似累极了一样垂头自语道："你要是在天界和地府像现在一般……我哪儿会抽得下手。"他万分恼恨地捶了捶床，几乎咬牙切齿。"偏偏！偏偏……在我能随便欺负你的时候……你装的吧，你装的吧！"

那天之后，因为太害怕师父将我独自一人丢在雪山上活活饿死，我努力跟着圣凌教的人锻炼身体，学习师父非常不齿的那些"寻常功夫"，直至八岁那年，我终于可以爬到山顶了。

那以后师父与我便在风雪山庄里住了下来，他也不教我别的，就给了我一把剑，告诉我一些我怎么背都背不通顺的心法口诀。

师父一边嫌我笨，一边又安慰他自己说我年龄小，可是一眨眼五年时光飞过。我十三岁，师父十六岁，他终于拍着我的肩膀承认："孟婆汤灌多了把你灌傻了吧……"他说这话时的语气也不知是在高兴还是在难过。

不过他老是说一些我听不懂的话，我已经习惯，倒是今日去山下圣凌教拿吃食时，我听到了一个新的东西，感到万分不解，当时没好意思问，现在只有师父与我，我便爽朗地开了口：

"师父，我们如今是在和合双修吗？"

当时师父正在饮茶，听我这样问，他一口茶喷得老远，抬头来看我时耳根竟莫名有些红。"你从哪里听来的？"

"今天下去拿吃食，一堆教徒围在一起，说咱们两人整天待在风雪山庄里，是在没日没夜、没休没停地和合双修。"

师父嘴角动了动，重复了两遍"没日没夜、没休没停"这八个字，忽然摁住额头揉了揉。"山顶灵气足，你我只是在进行普通的修炼，不对，你太笨了，根本就没有修炼，只有我一人吸纳天地灵气，蕴化体内。"

"不是啊……"我心下觉得可惜，挠了挠头道，"师父，听他们说来，那个和合双修貌似是个很好的法子，简单方便效果又好，不然，咱们试试？"

师父淡然地将茶杯放在桌上，一边往外走一边道："这法子不适合你我。为师有事下山，你把两月前教你的心法背下来。"

"哦。"

后来，我听说，那天山下的教众都挨了狠狠一顿揍……

只是那天在教众挨揍的同时，我在山上遇见了妖怪。

说来，我能看见一些寻常人看不见的东西都是在学了师父教的口诀之后才发生的。我本没觉得这能力有多大作用，但今日，我觉得师父教的东西还是有用的。

因为迈着长腿，一脸惊惶地闯进风雪山庄后院的妖怪，是一只大大的人参精。他瑟瑟发抖地与山庄后院放养的母鸡站在一起，自然而然地在我脑海里被炖成了一锅香喷喷的汤。于是我盯着他，流了一地晶莹的口水。

我正欲拔出腰间的剑，那漂亮的人参精忽然双膝跪地，跪行到我面前来，狠狠磕了三个头。"好姑娘，好姑娘，好姑娘！救命！"

这三声好姑娘让我觉得出奇地受用，人参炖不炖也不急在一时了。我拉了他起来，问："你怎么了？"

人参精抹了一把泪，泣道："我……我被人追杀。"

这妖怪应当不知道我看出了他的真身。我点了点头，心里琢磨着，有好东西应该等师父回来一起炖了吃，当下便应了："那你先进来躲一躲吧。我师父本事大，等他回来，一定会帮你的。"

傍晚，师父一脸神气地回来了，我还没找机会向他说明情况，他一进大厅，便皱了眉，问我："你招了些什么东西回来？"

我正要开口，人参精一脸委屈地走了出来，对着师父拜了拜道："在下楠佩，今日冒昧打扰，实在是无奈之举……"

他话没说完，师父一挑眉，连连冷笑着走过来捏了我的脸。"男配？

你倒是会给我招人回来啊！"

师父捏我的脸仿似已经成了习惯。我也没有反抗，顺着他的力道，凑到他耳边说："师父，人参精，炖了吃大补！"

许是我这话说得大声了一点，旁边那人参精霎时吓得面色全无，连连抽了几口冷气，摔坐在地上。"你……你……不是好姑娘……"他绝望地盯着我与师父。

师父挑了挑眉，揉了揉我的脑袋道："嗯，难得你聪明了一回，不过……"他瞟了人参精一眼，撇嘴道："草木千年成精，吃了太损阴德。你我不比寻常人。这家伙还是放了为好。"

我大惊，忙拽了师父的衣袖道："院子里的母鸡养得太久……都老了。"

"如此便将鸡杀来吃。"

"可是！可是……"我觉得不甘心，但是又找不到话反驳师父，只好挠着头，委屈地看着师父。师父不看我，回头瞟了人参精一眼。"从哪儿来的回哪儿去。不然被这丫头啃了，我可不管。"

我磨了磨牙，真有些想扑上去将人参精直接啃了。

"可是……可是外面有追杀我的人，他们要将我刨了熬汤……"人参精瘫坐在地上，一边抹泪一边道，"我逃了好些天，真的筋疲力尽了。"

"有人敢在我圣凌教后山挖东西？"师父语调微微往上一挑，我抬头，见师父沉思了一会儿道，"好吧，本少爷就是太心善。男配，我允你在山庄内躲三日。"

我直勾勾地盯着人参精。师父将我的眼一捂，拖着我便往内室走。"说不准吃就不准吃。为师今日累了，来给我捶捶肩。"

师父使唤我也是一件习以为常的事了，只是今日我做得有些不开心。"师父，人参炖鸡大补。"

"嗯，改日让厨子给你一篓子人参，爱怎么补就怎么补。"

"那是长腿人参精……"

"吃了损阴德。"

总之就是不让吃。我很不开心，肩也没给师父捶完便快快地回了自己的房间。

月色如洗，我在床上辗转反侧，睡不着觉，脑海里转来转去都是人参精与老母鸡站在一起的样子。忽然，我脑子里灵光一转，想起了另一件事。山下的教众说和合双修是个快速提升修为的法子，师父说我与他不大适合这个法子，这人参精既然成了精，也一定是要修炼的，不如我就与他一起和合双修，没日没夜、没休没停地修个十天半个月，到时我一定能进步得很快，师父也不会再说我笨了！

如此一想，我越发觉得自己其实没有师父平时说的那么傻，我还是很聪明的。

第二天，师父不知为何又下山了，我在山庄里找了好久才将蹲在柴房角落里的人参精找到。他看见我登时吓得面色惨白，忙叫唤着："别！别吃我！我什么都可以做！什么都可以做！"

他这样一说，我立马笑了。"好啊好啊！咱们来和合双修吧！"

人参精脸上慌乱的神色僵了一会儿，然后整张细白的脸莫名涨红了起来。"我一直是清修的……我不会……"

我一皱眉，觉得这人参精除了炖了吃掉果然一点用处都没有。

他抬头瞟了我一眼，像是从我的神色中看出了我的想法，他涨红的脸又挤出了冷汗。"不……不过，我大致知道是怎么回事，如……"人参精莫名其妙地哭了，看起来十分凄惨，"如果你十分……需要，我愿意和你试……试试。"

"嗯，那就在这里先试试。"

人参精白了脸。"这里？"

"不然换大厅里？"

"大厅里！"他又愕然。

我怒了。"不然你说在哪里？"

"这个，这个在内寝比较适合……"

我的寝房太小，又没练功的地方，我想了一会儿，还是觉得师父的寝房好，又宽又大，透气通风，有练功的地方，要是出了什么意外师父回来也知道。于是我便带着他去了师父的寝房。

我与人参精在师父寝房的八仙桌边坐了许久，我不知道该怎么修炼，便一直直勾勾地盯着人参精，他不知在想些什么，仿似整个人都陷入了癫狂的状态，浑身发抖，满脸通红。

他……应该是正在进入状态吧？

我也跟着配合地一起浑身颤抖，努力把自己憋得满脸通红。人参精愕然："你……你这是在做什么？"

"配合你啊。"我眨着眼问，"咱们怎么开始？"

他颤抖着指了指师父那张又大又软的床。"从……从那里开始。"

我老实走过去坐在床上。"然后呢？"

人参精也磨磨蹭蹭地坐到我身边，他埋着头，使劲戳手。"然……然后，大概是，大概是脱……脱衣服。"

我想起了师父曾对我说过不准随随便便在人前脱衣。但又一想，师父也曾说过，不要把练功当作一种随随便便的事。左右一权衡，我还是老实地把外衣扒掉。"然后呢？"人参精忸怩着将他自己的衣服也扒掉一件，他将头埋得更低了，声音小得我几乎听不见："继续……继续脱。"

我又老实地脱掉了中衣，正静待着人参精将他自己的衣服脱下来时，突然看见一股血柱从人参精脸上流了下来。

我大惊，抬起人参精的脸一看，发现他流了满脸的鼻血。"啊！你走火入魔了！"我忙将他放平在床上，正无措之际忽听房门"吱呀"一声响，被人推开了。

师父站在门口，望着我，眉往上挑了挑。

"师父！"我大喊，"出事了！"

师父脚步缓慢地踏进屋里，站定在床边。他眯着眼来回打量了我和人参精半晌，忽然音色缥缈地问："小祥子，你在为师的床上想做什么？"

我盯着师父认真回答："在与人参精和合双修。"

师父微微往后退了一步，面上神情瞬间变化，奇怪得让我觉得陌生。

我还要说话，师父却突然动手拎住了人参精的衣领，将晕倒的人参精当口袋一般在地上一拖，扯到窗户前。师父好像连窗都懒得开，一掌将窗户整个拍碎，提了人参精便将他当作垃圾一样抛了出去，远远的也不知扔到后山哪一块地方去了，只留一溜鲜明的鼻血在地上证明人参精他曾经来过。

我讶异地张大了嘴，呆呆地望着师父。

他回头，窗外的山风荡进屋里，吹得他发丝微乱。他望着我，像是平时打趣我一样说道："小祥子，胆肥了嘛，你再仔细说说，干了什么？"我隐约看出来了，师父眼里的东西和平时又有些不大一样……

而不管师父现在心里怎样波动，我只觉得全世界没人能理解我内心的波动。我摇着头盯着师父，声泪俱下："炖鸡你不让，和合双修你也不让，你还把他扔了！你怎么就见不得我好！"我抱住脑袋，声嘶力竭："你不是讨厌小祥子，就是爱上楠佩人参精了！"

我听见师父深深呼吸的声音。

一想到师父不再像以前一样喜欢我了，我就觉得天要塌了一般，沉重得让我无法面对现实。

我拽了衣服，一边穿一边往外面跑。"师父不要我！我也不要师父了！没有人参炖鸡，总有小鸡炖蘑菇！"

十三岁，我干了这辈子干过的最大一件事，我小祥子，衣衫不整地跑出师父的房门，一路哭着，狂奔下山，然后……

离"师"出走了。

# 第 五 章

# 睡梦中的紫衣男子

车轮骨碌碌地转。

我抬头看了看对面紧闭着眼的紫衣男子，又拽着粗木头做的栅栏使劲拍了拍，冲前面驾车的两人喊道："喂！肚子痛，尿急！"

"臭丫头就是事多！"一人吁马停下，另一人跳下车来，给我开了栅栏的门，他拽着我手上的绳子一拉，将我拖下了车。"快些。"他指了指路边茂密的草丛，"解决了就出来。"

那人牵着绳子的另一头，背着身子站着。我左右看了看，别无他法，只好蹲下在草丛里解决。

远远地听见坐在马车上面的人在骂，说该把我丢在荒山野岭，普通人类一个，带着麻烦，还卖不了多少钱。另一个人大笑道："此行已是大有所获，虽让那千年人参精跑掉，但逮着了更好的猎物。这女人嘛，卖不掉还可以自己带回去玩玩，左右是个傻子也翻不了什么天。"

我揉了揉空空的肚子，对师父的想念越发强烈起来。

没错，我被绑了。

事情变成这个样子，还要从三天前我离"师"出走的那一刻算起。

我本打算离开师父之后跑到圣凌教去蹲两天，然后再扛着食材回去继续给师父捶腿捏肩，但不承想，衣衫不整的我跑到半山腰时遇上了两个壮汉，便是现在我眼前的这两人，那时他们正扛着一名晕倒的紫衣男子，便是现在在囚车里睡着的那名男子。

当时两个壮汉正在讨论下山之后要去哪里找地方喝酒吃肉，我好心地给他们提醒了一句："圣凌教里的东西可好吃了。"然后这两个壮汉戒备地盯了我许久，忽然对我动起了手，我没打赢，便被一同带走了。

走了三天，紫衣男子在我身边睡了三天，我想念师父也想念了三天。

印象中，我从来没有离开师父这么久过。虽然每天师父都会使唤我做许多我不喜欢做的事，给他洗衣叠被，捶腿揩肩，他还老是揶揄我当作消遣。但是，当我生病的时候师父总是在的，噩梦惊醒时也能看见师父，被人欺负了，师父也会帮我欺负回来。

我挠头想了想，其实比起人参炖鸡和小鸡炖蘑菇，还是师父揉着我的脑袋叫我"小祥子，乖"的模样看起来更好吃。

真想回去啃师父一口啊……可是，现在要怎么才能重新回到师父身边呢……

车轱辘像是碾到一块石子，我被狠狠一颠，一头栽在了对面的紫衣男子身上，压得他猛地一咳，呼吸乱了几拍。我抬头一望，见他迷蒙地睁开了眼。

"啊，你醒了。"

我这一声唤让前面驾车的两人一同转过头来，他们警惕地盯了紫衣男子一会儿，才安了心继续驾车。我不解，这个男子手脚都被铁链铐着，面色青白，气息虚弱，看起来就是一副快死了的样子，这两个壮汉还警惕些什么？

男子动了动手脚，铁链叮当作响，他好似猛地察觉到自己的处境，浑身一僵。他抬起头来将四周一打量，目光在两个壮汉的背影上停留了一会儿，又转过头来看我："你是谁？"

"我是小祥子。"我好心提醒他，"我们被绑了。"

他眉头皱了皱。"你看起来很高兴的样子？"

"因为现在有人和我一起不舒爽了，师父说，在糟糕的时候看看比自己更糟糕的人，心里就会平衡很多。"

男子叹一声，垂下了头。"傻子啊……"

我见他确实太消沉了，便好心地凑到他耳边小声安慰道："你莫忧心，再过不了多久我师父就会来救我的，到时候我让他把你顺出去。"

男子斜斜瞅了我一眼，没再说话。

因为有了同伴，我不再寂寞，所以我便开始与他聊起天来。这个人好似不喜欢说话，于是我就慢慢跟他细数我与师父的生活趣事。他眨巴着眼一直听着，我从下午说到傍晚，这个男子一直没应声，倒是前面两个壮汉之一恍然大悟似的吼了一声出来：

"她！是那个圣凌教少主当宝贝一样宠的傻子徒弟！"

我挠了挠头，正想说师父没有把我当宝贝宠，忽然平地一阵大风起，吹得我眯了眼，再睁眼，却见路的尽头，迎着日暮昏黄的光，有一个人影缓步踏来。

"啊！师父！师父！"我大喊，急得直往粗木栅栏上撞，恨不得立时将这东西撞碎了，能直接一头扑到师父怀里去。

可师父还未走近，我便听到一阵"呵呵，呵呵"的冷笑。我脊背一寒，浑身寒毛不由得一竖。记忆里，师父很少这么笑，但一旦这么笑了……

"好极好极。"师父忽然自腰间抽出一根长鞭。

我从未见他用过鞭，但不知为何，看见他一手持鞭，笑含杀气的模样，我竟觉得格外地和谐。

"小爷翻遍山头寻人，这二货却被尔等绑走了。"长鞭一振，抽在地上"噼啪"一声厉响，我也跟着浑身一抖，颤了几颤。师父笑道："让小爷空忙了几天，说吧，你们想怎么死。小爷成全你们。"

前面两个壮汉对视了一眼，其中一人道："我兄弟二人无意冒犯圣凌教，这姑娘既是少主门徒，我们自当归还于少主。"

我看了看坐在旁边的紫衣男子，他仍旧一言不发，静静打量周围的情况。我小声道："你放心，我师父不是个心胸宽广的人，这两个壮汉肯定得挨抽。"

紫衣男子静静瞅了我一会儿，突然道："你师父若是听到这话，待会儿你也得挨抽。"

"师父不会抽我。"说来，师父还真没动手抽过我，每次他莫名其妙地对我发火，气得再狠也只是用力捏我的脸。越想我便越觉得师父好。回头回了风雪山庄，我一定卖力给他捶腿捏肩。

我这边正想着，师父忽然道："还？被偷走的东西，我向来更喜自己抢回来。"他身形倏地动了起来，两名壮汉也立时拔出了身侧的大刀。而师父第一鞭挥向的地方却不是那两人。

我只听头顶"啪"的一声响，我用脑袋撞了许久也未曾动一下的粗木栅栏应声而裂。师父抛下一把匕首到我脚边，十分嫌弃地瞥了我一眼，转身又与那两人斗在了一起。这两个壮汉的功夫出人意料地不错，一时半会儿竟与师父战成了平手。

我立马捡起匕首，费力地割断了绳子，又转头对紫衣男子道："我帮你把铁链砍断。"

"别费力了。"紫衣男子淡淡道，"玄铁石的铁链不是普通匕首砍得开的。那两人不是普通武夫，而是捕妖人。你师父功夫再好，同时应付这两人也是相当吃力的。你若聪明一些，便知道现在该赶快逃走。"

我眨巴着眼盯了紫衣男子一会儿。"我师父也不是普通武夫啊。"我举起了匕首，心中默念师父之前教了我好几个月的口诀，狠狠砍下，铁链应声而碎。我将匕首收好，对有些讶异的男子道："这也不是普通匕首啊。"

我拽了男子的胳膊将他拉起来。"咱们先躲着，等师父收拾完了再出来。"

哪儿想我刚带着这人要走，忽听一个壮汉怒吼道："丫头休想拐走我们的货物！"话音未落他竟抛下另一人不管，抢着大刀便向我冲来。我吓了一大跳，口里唤着师父，手里拖着紫衣男子没命地往路边树林里跑。

我听见师父在嫌弃地骂我："你又去哪儿勾搭的妖精！"声音离我不远，想来是追过来了。

紫衣男子被我拽着跑了几步，像是喘不过气来一般吃力道："你放……放开我……他们不会对付你。"

我一听这话立马放了手，脚步还没停下来，忽觉膝关节被重物一击，我腿一软，在地上狼狈地摔花了整张脸。我抬起头，愤怒地指责紫衣男子："骗子！我放手了他们还打我！"

他张了张嘴，哑口无言。

下巴火辣辣地疼，像是磕破了皮，我还没来得及哭，一道阴影便罩住了我。我扭头一看，却是那壮汉挥舞着大刀，眼瞅着便要将我劈作两半。我眨巴着眼，忽见一道长鞭缠上壮汉的腰，不知使鞭的人怎么用的力，好似轻轻一甩，那壮汉便像木偶一般被抛到一边去了。

师父一袭白衣飘飘，帅气地落在我身前。他一手捏着鞭子，一手将我拽起来。

此时师父再是阴沉的脸色在我看来都犹如春天的花一样美丽，我将他的腰紧紧一抱，在他胸口蹭了几蹭，便卖力哭了出来："师父，我错了！呜……不要人参炖鸡了……呜……"

师父却将我从他的怀里拉开，看了看我的下巴，又捏了捏我的胳膊和腿，脾气不好地问："挨了多少揍?!"

我抽噎着想了一会儿。"没数……"

师父脸色更难看了。"还回去没有?!"

"打不赢……"

"蠢丫头！"师父咬了咬牙，一脸愤怒地瞪向后面又重新站在一起的两个壮汉，切齿痛恨一般自语道，"我养的猪，你们居然敢先给我宰了……"

被师父扔出去的那名壮汉扶着腰道："我兄弟二人已给你道过歉，且愿意将这丫头归还于你，这几日我们并不曾虐待她。你为何还要与我们为难?"

师父冷冷一笑，将我护到身后，颇为猖狂道："为难你们还需要理由吗?"

"圣凌教莫要欺人太甚！我二人不过想要回货物……"

"小爷不想还。"师父执鞭一振，高傲道，"你来抢啊。"

看着师父与那两人又打在了一起，我挠了挠头，在一旁挨着紫衣男子坐下。"你瞅，我师父心胸可狭窄了。"

紫衣男子沉默了一会儿。"你师父并非常人。"

我点了点头。"嗯，比常人要心胸狭窄些……不过师父对我总是宽容的。"我转头看了看紫衣男子，"啊，这么熟了还不知道你的名字。"

他沉默了一会儿道："我叫紫辉。"

我刚想友好地和他打个招呼，忽然眼角余光有一丝亮光闪过，紫辉面色大变，一把将我推倒在地，大喝："暗器！小心！"我还没反应过来什么情况，微微抬头一看，又是三根银针迎面而来，此时要躲已来不及，我正呆愣之际，忽然一根通体赤红的长鞭卷了过来，细鞭仅有绳粗，却尽数将银针拦腰截断。

我一声"师父威武"刚要吼出，却见那两名壮汉趁着师父分心之际，一人制住师父的动作，一人挥刀便向师父砍去！

我大骇，一时嗓门竟发不出半丝声响，瞪大了眼死死盯着那方……

"不准欺负我师父！"

电光石火间，师父身子微微一转，大刀砍在他的左肩上，鲜血直流。师父却像半点也感觉不到痛一样，身子顺势一沉，手下不知用了什么力，轻轻在那两人身上抚过，两人皆是浑身一震，霎时被震开丈远，口中狂涌鲜血，晕死过去。

挨着我的紫辉浑身一僵，我却来不及管他僵还是不僵，推开了他便迈步跑到师父身边。看见师父肩头皮开肉绽的伤口，我一时竟不知自己应该做怎样的动作说怎样的话。

"吓傻了吗？"师父脸色苍白，但语气却与平时没什么区别，"你下次再乱跑试试。"他一拂衣袖转身就走，心里定还是有火气没发出来。

我拽了他的右手，害怕得直颤。"师父……伤，痛不痛……"

"死不了。"他冷冷道，"哼，你现在倒是认我这师父了。我不让你吃人参炖鸡，你跑出来可有找到小鸡炖蘑菇？"

我乖乖认错。"师父，我错了，再也不乱跑了。"我心里害怕，声音忍不住抖了起来，"你不要生气……不要不要我。"

一听这话，师父扭过头来斜着眼看我，声音有些奇怪地道："哦，先前是谁扯着嗓门吼，不要师父了来着？"

"我错了。"

"嗯，为师是个心胸狭窄的人，不接受认错。"

"我错了……"我翻来覆去只知道说这一句话，却越说越没底。像有冷风呼呼地往心口里灌。我觉得这次师父是当真不要我了。我仰着头，愣愣地望着他。师父斜眼看我，没一会儿他眼睛一眨，神色有些怔怔。"喂！"他转过身子带了些许哭笑不得地道，"蠢祥子，逗你玩呢，哭什么。"

大颗大颗的眼泪止不住地从眼角滚落，师父的身影在我眼里变得模糊不堪，我紧紧拽着他的手，就怕稍微一松，他便扔下我跑掉了。"不要……不要不要我……"

师父一声叹息:"你简直蠢毙了。"

"不要嫌弃我。"我止不住地抽噎。

"没有嫌弃你!"他不耐烦地说完这话之后又沉默了许久,我只顾不停地抽噎。忽然,师父将右手抽离,我心下一空,正惶然无措之际,手心蓦地一暖,是师父重新将我牵住了,一如小时候带我爬山时那样。

他在我模糊的泪光里无奈地弯起了唇角。"算了,回风雪山庄吧。"

明明是不屑的语气,可我却觉得师父的声音如同他的掌心一般温暖。

"师父……伤,痛。"

"皮肉伤,看起来吓人而已。"

师父牵着我走了两步,我又停了下来,回头指着坐在一旁的紫辉道:"师父……还有一个。"

师父身子一僵,回过头来,上下打量了紫辉一番,挑了挑眉望我。"哦,你还真找到小鸡炖蘑菇了,这是鸡精还是蘑菇精?"

我忙抱紧师父的手,赌咒发誓道:"我什么精都不要了!只要师父!"见我这副模样,师父微微一怔,扭过头轻轻哼了一声:"算你识相。"

正在此时,寡言的紫辉忽然开口道:"小……阿祥姑娘,你且与你师父回去吧,我并无大碍。"

我眨巴着眼望了望他,觉得他绷着一张惨白的脸说出这话,特别没有说服力。将这么一个虚弱的人独自扔在荒山野岭,而且我与他好歹也算互相熟悉过了……我这方还未想完,师父毫不留情地拽了我便走。"石头万年成精,那家伙修为不知比你高出多少,还用不着你去担心。"

"比师父还高吗?"

师父沉默了一会儿,忽然回头狠狠捏了我的脸。"要不是因为你这丫头,我能落到这步境地!"

师父掐得有些疼,我努力眨着眼,不让眼底的泪水流出来。不然师父消不了火,他又得把我扔下了……掐着我的手渐渐无力地松开,师父一声叹息:"算了……你又什么都不知道。"

我随师父回了风雪山庄。

之后好几个月的日子里，师父借口肩头有伤，连翻书的活都一并让我包了。我几乎每时每刻都在师父的眼皮子底下转，但师父看起来好似很舒坦的模样，我便当作赎罪，认认真真地将他伺候着。

某日午后，师父正在午睡，我坐在床边的小板凳上为他打扇。

正扇得迷迷糊糊之际，忽觉脚下有什么东西"咚咚"地滚了过来。我眨了眨眼，定睛一看，却是一块拇指大小的石头，晶莹剔透。我捡起来，将它对着阳光一照，竟见它周围散着紫色的光，极是漂亮。

"改天下山，让工匠打个扳指出来吧，师父戴着肯定好看。"话音刚落，不知为何我手猛地一抖，那石子落在地上滴溜溜不知滚去了哪里。我正欲弯腰去找，师父不满意地哼哼了两声：

"小祥子！打扇，不许偷懒。"

我忙给师父扇起风来，心想等待会儿空下来再来寻。可是之后不管我怎么找那块石子，都再不见它的踪影，久而久之我也便将它给遗忘了。

又是一年冬季，风雪山庄里的雪积得有膝盖深。师父像是天生讨厌下雪天一般，一旦屋外刮风飘雪，没有重要的事情，他便会在屋子里烤着炉火看一整天的书。

炭火、熏香、饭食，皆命我在外跑来跑去帮他准备。

这日，我与师父吃完饭，洗了碗筷，又要去打扫院子。我拿着扫帚粗粗扫了几下便坐在雪地里打起了瞌睡。昨天师父考我心法，我没背上，他训了我大半夜，今日又早起，我实在困得不行，迷迷糊糊便躺在雪地里睡了过去。

梦里面有个紫衣男子在唤我的名："阿祥姑娘，阿祥姑娘。"

我嫌他扰了我的美梦，嘟囔了几句，不想理他，可他却一直唤一直唤，最后一句竟是带着笑意的打趣："阿祥姑娘再不起，你师父可要打你屁股了。"

"师父"二字刺痛我的神经，我一睁眼，正好看见师父披着墨竹印花的大氅站在我跟前，他皱着眉头，神色紧绷地盯着我。"起来，不许在雪地里睡觉。"

师父鲜少用如此严肃的语气与我说话，我吓得一愣，忘了反应。师父竟懒得说第二遍，直接动手将我从雪地里拽了起来。"你若累了，便自己去屋子里睡。"他说完这话转身便走，剩下那句随着寒风刮来的话也不知是我的错觉还是他真的说过。

"有人在雪地里闭了眼，就再也不会睁开了。"

我理解不了这句话，就如同我理解不了为什么在那之后，师父偶尔看着我会有些许失神，像是在看我，又像是在看另一个人，甚至有时还会出神地呢喃：

"见鬼了……越长越像！"

师父从小便喜欢说一些我听不懂的话，我也懒得在意，倒是自那以后，我常常会在梦里看见一个紫衣男子，他总是站在一片黑暗之中望着我，唤我……阿祥姑娘。

一开始我不敢与他交谈，后来多见了几次，我便鼓起勇气问他："你是何人？"

他浅浅地道："梦中人。"

第二天一醒，我便跑去问师父："什么叫梦中人？"

师父在床上打了个哈欠，懒懒地回答我："鬼魂，幽灵，根本就没活在这个世界里的怪物，你脑子里乱七八糟的杂念凝聚在一起而形成的妖魔。嗯……你觉得哪个合适，哪个便是梦中人。"

我挠了挠头，觉得哪个都不大合适，隔天趁着下山去圣凌教取食材的机会，又向圣凌教的教众请教了这个问题。大家给我的答案又是千奇百怪的，无法统一。

护教伯伯拍着我的脑袋，一脸欣慰地望着我说："小祥子长大了。"堂主姐姐望着远方，像秀才吟诗作对一般告诉我："心魂所系，梦寐以求的另一半。"厨房杀猪的大叔告诉我："你这么大年纪就做春梦了啊！得了，以后找相公便瞅着那梦中人的模样找吧。"说完这话，杀猪的大叔摸着下巴想了一会儿，呢喃自语着："嗞……我这话被少主听见了约莫有些不妥吧……"

我眨着眼望了他好一会儿，又问道："相公是拿来干吗的？"

"相公能干吗……"大叔哈哈大笑起来，"赚钱养家，让媳妇过好日子！"

我心底一喜，眼睛一亮，忙问道："那以后我可以找个相公做他的媳妇吗？"这样，师父交代的活都可以让相公做了，洗衣叠被，捶腿捏肩，我也就可以过上好日子了！

不想我问了这问题，杀猪的大叔却为难地挠了挠头："可以是可以……不过……你得问问你师父才行。"多一个人伺候师父，师父肯定高兴，没什么不好，师父肯定会答应的。

我拎着食材兴高采烈地回了风雪山庄。

用完晚膳，我见师父今日心情挺好，便兴冲冲地问道："师父可想多一个人来伺候你？"

师父喝了口茶，扭头看了我一会儿。"笨徒弟一个就够了，我可不想再收一个回来折腾自己。"

"不是收徒弟。"我道，"我给自己找一个相公，然后把他带回来一起伺候师父可好？"我掰着手指，一二三四五地细数讨了相公之后的好处。"我洗碗时他扫地，我生火时他劈柴，我洗衣时……嗯，他也与我一同洗衣。事情肯定做得又好又快。"我满脸期冀地转头望师父，"师父你说，这样是不是很美好?!"

师父不动声色地转着茶杯，一言不发地坐着。

他约莫是没听清我的话吧，于是我又大着嗓门问了一遍："师父，你说我给自己讨个相公怎么样？"

"啪"的一声，师父手里的茶杯应声而碎，茶水洒了他一身。我惊愕，却听师父笑了出来："好，自是极好，有人贴上门来伺候我，怎么不好！"

他这么说着，脸上的表情却有些癫狂。我很想说："师父，你这个样子看起来和你说的话一点也不符合。"但在我开口之前，师父便走到我身前，狠狠地将我的脸捏了又捏。

"很有胆量嘛，嗯，小祥子，已经想着寻找帮手，有组织有纪律地来对付我了。"

"是伺候你。"我纠正他，但显然师父没有听进去。

"好啊，凡人女子及笄之后方可成婚，还有一年多的时间，一年之后你若找到合适的人便去嫁吧。"师父几乎是在用鼻孔看我，"到时候没人娶你，你可不要哭着来和我诉苦。"

我挠了挠头，很是不解。"师父，你不想让我讨相公，我不讨便是，你别生气。"

不知这话哪里戳到了师父的神经，他浑身僵了僵，立即便松了手，扭头道："哼，谁爱管你讨不讨，只是……只是你是我徒弟，到时候没人娶反而丢了我的脸！"

师父果然是个死要面子的人，我叹了叹气，道："师父不用担心，我现在有目标了，会努力的。"

我收拾了碗筷往屋外走，师父却像个木偶一样定在了房间里，直到我快要到转角时，忽听身后传来师父沉沉的声音。"喂。"他唤住我，却又想了好一会儿才问，"你看上谁了？"

我望着天想了一会儿，答道："我的梦中人。"

转过墙角，没走几步我便听见身后传来掀桌子踢板凳的声音。

师父一吃完饭就开始练功……真是勤奋啊。我也要加油给自己找相公，这样以后才能多帮师父的忙，少给他添乱。

自那以后，师父使唤我的事越来越多了，几乎连睡觉都恨不得让我在他床边打个地铺。每次去圣凌教取食材，师父也跟闲得没事一样在我身后晃悠，初始大家对我都与寻常一般，但渐渐地男教众都不找我说话了，隔了没多久，厨房杀猪的大叔也不大与我说话了。

如此过了一段时间，我有些不开心，觉得自己大概是哪里做错了被大家嫌恶了。师父每当看见我不开心，脸色都更难看，偶尔还能听见他脱口而出的自语："果然是圣凌教里的人……"


又是一场梦，寂静的黑暗中，紫衣男子静静地看着我。

我也望着他许久，最后万分惆怅地开口："你别看着我了，就算你是我的梦中人，我也讨不了你回去做相公。"

眼瞅着明天便是我及笄的日子。师父让圣凌教的人给我组织了一场声势浩大的招亲宴，而他自己的脸色却随着日子的临近越来越难看。我虽然不知道原因，但也能看出师父是不喜欢让我讨相公的。因而我也万分不解，既然他不喜欢，我不讨就是了，他为什么非要张罗这一场招亲宴给他自己找气受呢？

我又叹了声气，告诉紫衣男子："我师父是个怪人，虽然他给我办了招亲宴，但他其实是不高兴我讨相公的，所以，就算我挺想要个相公，我还是不会讨的。而且，你永远都只出现在我的梦中，又来不了。

嗯……所以，我想了一下，你以后还是不要出现在我梦里了，让我有过好日子的念想，最后又过不了好日子，挺揪心的。"

紫衣男子听了我这话，不知为何却笑了出来。"别揪心，我努把力，让你过一过好日子，可好？"

我眼一亮，可是一想到师父那张阴沉沉的脸，我又挠了挠头。"我过了好日子师父不开心……还是算了吧，我就这样陪着师父就好。"

紫衣男子沉默了许久。"阿祥姑娘可是喜欢极了你师父？"

"喜欢极了。"我点头，"师父吃肉我也吃肉，师父开心我也开心。"紫衣男子没再说话，我耳边隐隐能听见师父唤我的声音，想来是天亮了，我对紫衣男子挥了挥手道："我走咯，以后咱们也别再见了。"

睁开眼，天刚蒙蒙亮，我心中不解，师父今日不知哪里来的精神头，竟比我起得还早。视线慢慢清晰，我见师父站在我床边，眯着眼打量我。"梦见什么了，一直在嘀咕！"

"嗯……"我揉了揉眼，答道，"在和梦中人告别……"话音未落，身上一重，却是师父坏脾气地将繁复的衣裳扔到了我的床上，他又青了脸，咬牙切齿地站了许久，才道："今天起来就能看见了，不用在梦里那么留恋！"

我刚想解释以后都不会再看到了，师父却一个转身离开了房间，只抛下一句怒气冲冲的："换了这身衣裳就出来，今日招亲宴在圣凌教中，你随我一同下山。"

唉……师父又为难自己了。

师父给的衣服一身白，我在铜镜前照了照，觉着这衣服和前几年圣凌教某个堂主去世时大家穿的衣服差不多，不过也不难看。我提了衣裙，出门找师父。

师父见了我，先是一怔，眉头又皱了起来。"不许笑，装什么妩媚！"我乖乖抿了唇，他又皱眉，"别装出一副成熟的模样。"

我很委屈。"我没装啊。"

"别吵！不许露出可怜兮兮的表情！"

我闭了嘴，有些不知所措地望他。师父捂了脸，一声长叹："罢了……下山吧，下山。"我跟在他身后埋头走路，只听见师父在前面捶胸口自言自语："我怎么了！我怎么了！都是那个梦中人的错，今日别让我知道你是谁，看小爷不收拾你，不收拾你！"

我在师父身后，轻轻拉了拉他的衣角。"师父，你要是实在不高兴，咱们今天就不下去了，我以后再也不在你面前提'梦中人'三个字了。"

师父脚步微微一顿。我仰起头来看他，见师父侧过来的脸上带有些许讶异的表情。他好像不想让我再看见他的神情，很快便扭过了头，又一言不发地在前面走。我拽着他的衣角在后面跟着。

就像一个小尾巴……

忽然一只温热的手包住了我拽他衣角的那只手，只听师父的声音在微凉的空气里响起。"我没有……对你生气的意思。"他牵着我走过下山的青石道，"你不用害怕。"

我盯着师父的手，如此轻易地便安下心来。

圣凌教已经布置妥当，师父牵着我进去的时候，我看见的几乎都是女教徒，她们嘻嘻哈哈地对我道喜称贺。路过庭院，我看见有男教徒在打扫落叶，脚步不由得停了一停。"相公啊……"真好啊，圣凌教里的粗活都由男人来干，风雪山庄里要是有个男人就好了……

当然，师父是凌驾于男人和女人之上的另一种存在。

我这脚步一停，师父的脚步也停了停。当我再回过头来看师父时，不知为何，他又青了脸。

我眨巴着眼，完全无法理解师父这说来就来的脾气。

师父带着我径直走上了圣凌教中一方两层高的阁楼上，阁楼有个阳台，能直接看到下方平坦的场地，素日里圣凌教的教众便在此处比武练习，今日也被清了场，说是供我挑选夫婿之用。

我与师父站在阳台上，没一会儿，下方的男教徒皆站了出来，一一列队站好，就连厨房杀猪的大叔也流着满头冷汗站在下面。他们看起来都不大情愿，就像每个人都在胃疼，疼得连头都抬不起来，我放眼一望，几乎只能看见黑黑的脑袋瓜子。

有人给师父端了把太师椅过来，他坐了下来，端了杯茶在手里，看也没看四周一眼，凉凉道："好了，小祥子，你总算等到今天了，挑吧，你的梦中人在哪儿？"

我左右瞅了瞅，对师父道："师父……你不高兴我挑，我就不挑了。"

师父眯眼笑了笑。"不好意思挑？好吧，那么，你们自己来报名吧。"他对下面的教众道，"我这养了十年的徒弟，你们谁想把她收了？"

下方的人把脑袋垂得更低，一阵静默。

我眨了一会儿眼，心想，这么多年了，居然没有一个男子愿意随我回去做我的相公，我不由得有些惆怅地一叹。我这一叹，将师父叹得冷哼一声，他盯了我一会儿，呵呵笑了几声。

"好啊，你们也不好意思报名？"师父从身后的人手里拿过一个红色的球过来，"那今日咱们抛绣球可好？砸中谁便是谁，小祥子，你可看着你喜欢的扔。"

师父将红球递给我，我抱在手里琢磨了一会儿，轻轻一用力，又把球扔到了师父怀里。

师父浑身一僵，看着怀里的球怔住了。我直勾勾地盯着师父道："我觉得，我最喜欢的还是师父。"

全场静默了一会儿，下面响起了此起彼伏的舒气声，背后伺候的人更是"噗"的一声笑了出来，而师父在愈发嘈杂的环境中，慢慢涨红了一张脸。

"大……大……大逆不道！"师父猛地站起身来，一把捏住了我的脸，"你胆肥了，居然敢调戏小爷！"

"掉了掉了。"我看着那个红球滚到地上又慢慢滚出阳台的木栅栏，落向下面的场地。下面的人一时均作鸟兽散，红球落到地上弹了两弹，骨碌碌滚到场地中间，而此时，离它三米之内，已没人了。

"啊……"我有些失落地垂了眼，"原来大家都这么害怕做我的相公啊，大家都这么嫌弃我笨啊。"

捏住我脸颊的手微微一僵，师父道："谁敢！"他声音一顿，又清咳道："不是这个原因。"

我抬头望师父。"那为什么没人要做我的相公？"

师父张了张嘴，还没说话，忽听天外飞仙一般传来一个熟悉的声音，是那个在梦里常常出现的紫衣男子。

"阿祥姑娘，我愿意的。"

我转头一看，紫衣男子衣衫翻飞踏空而来，他跃过众人，慢慢走到红球旁边，白皙的手将落在地上的球捡了起来。他拍了拍球上沾到的尘埃，望着我笑了。"我努力让你过好日子来了。"

"梦中人？"我呆怔着呢喃，不敢相信他真的出现在了现实之中。在梦里，我从来看不清他的脸，现在将他看清了，才恍然记起来，这可不是一年多前，与我一同被捕妖人捉了的那个男子嘛！

"紫辉！"我有些惊喜地唤了出来，那时与师父走了，后来便不知他的死活，现在见他活得挺好，我便也高兴起来。

"哦，梦中人。"师父突然开口，语调奇怪地往上一扬。我心底莫名一颤，小心翼翼地转头看了师父一眼，只见他唇角扬起阴恻恻的弧度，瘆人地笑着："呵呵，原来如此，原来如此，千算万算没算到竟是圣凌教外的人啊。"师父斜眼看我，眼中的戾气让我没出息地抖了抖腿。他捏了捏我的脸，笑道："出息啊小祥子，这一年多以来，你是在哪儿与这家伙神不知鬼不觉地勾搭在一起的？"

师父这副癫狂的模样让我有些害怕，我抖着嗓门老实答道："在床上睡着的时候。"

捏着我脸的手猛地一松，师父的表情空白了一瞬。"你……你们，都已经生米做成熟饭了？"

"没有米也没有饭，我只是在梦里见了见他，偶尔说说话。"我连忙解释，"我只给师父做过饭，别的人都没有，师父你别气。"虽然我确实不知道给别人做一顿饭到底有什么好气的，不过师父总是莫名其妙地发火，我便懂事地让他一让好了。

听了我这话，师父回过神来，脸上的神色又沉了沉。"入梦术。"师父望着下面的紫辉，冷笑道，"兄台为了我这傻徒弟着实煞费了一番苦心啊！"

"一年前相别，在下对阿祥姑娘日夜挂念。"紫辉脸颊有些红，他轻声道，"在下左思右想，觉得唯有这个法子才不大唐突，布阵施术离魂入梦虽有些风险，但为了阿祥姑娘，不管做什么都是值得的。"

我眼睛一亮，全然被最后这句话引去了心神，仿似看到了日后有个男人在风雪山庄里忙来忙去的美好场景。我痴痴地望着紫辉，充满期冀。

师父手下扶着的木头栅栏"咯吱咯吱"响着，像是快被捏碎一般。忽然间，师父将我一拽，我只觉眼前光线一暗，是师父的背影挡住了我所有的视线。我听得师父声音沉闷道："死了这条心吧，小祥子不嫁圣凌教以外的人，你哪儿来的回哪儿去。"

说完，师父将我一拽，牵着便往阁楼里面走。

我有些不舍地回头望紫辉，忽听他在外面大声喊道："师父此举是否太独断专行了！阿祥姑娘如今已经及笄，而圣凌教中无人想娶阿祥姑娘，师父用这种理由将阿祥姑娘留在身边，可有考虑过如此是否会耽误阿祥姑娘的终身大事？"

师父脚步一顿，停了下来，他深深呼吸，不知在压抑着什么。紫辉的声音不停，又道："在下秉着一颗真心来求问的是阿祥姑娘的意愿，师父即便是再不待见在下，是否也该先问问阿祥姑娘的意思？毕竟，她只是你徒弟，你并不能决定她的一生。"

手被师父握得疼痛，我忍了忍，终是没忍得住，小声唤了出来："师父……捏痛了。"

周围静得吓人，阁楼里还有服侍的人，此时都如同死了一般，连呼吸的声音都听不见。师父沉默了许久，终是松开了我的手。他转过身来，神色晦暗地看了我一会儿。"小祥子，你说，这个叫紫辉的，你要，还是不要？"

"我……"我为难地将师父看了又看，最后耷拉着脑袋道，"师父不想让我要，那我就不要了。"

我盯着脚尖看了许久，始终没听见师父吭声，好奇地抬眼看了师父一下，才发现他眉头皱得死紧，紧抿的唇角和微白的脸色像是被人狠狠抽了一巴掌一样。

"师父……"

"我问你，你是不是想嫁他？"

"师父不想让我嫁，我就不嫁。"

"不是我的意愿，只是你。"师父像是陷入了执念，紧紧盯着我问，"你想不想嫁？"

我望着师父难看的脸色，有些着急地想上去拽他的手，我想说，师父，咱别做为难自己的选择了好吗……但不给我开口的机会，师父兀自点了点头。"好，你想，就随你。"他转身离去，冷冷扔下一句，"自己把人带回风雪山庄去安排。"

我追在他身后走，刚下阁楼，师父一看见迎面而来的紫辉，忽然坏脾气地冲我吼道："不准跟过来！"

我脚步一顿，老实站在原地，心里却不由得害怕起来，师父生气了，他又扔下我了。

"阿祥姑娘。"紫辉与师父擦肩而过，他走到我面前来，脸颊还带着红，"不好意思，昨晚听见你那般说，我有些心急了，今天来得仓促，阿祥姑娘你别气。"

我目光追随着师父渐行渐远的背影，紫辉的话从左边耳朵进来便一溜烟地从右边耳朵跑了出去。

"阿祥姑娘？"一只手在我面前晃了晃，我眨巴着眼，目光终于落在紫辉脸上。我绞着手指有些不满。"我们说好了不再见的。"

紫辉愣了一愣。"抱歉，不过我始终压抑不了自己，我觉得还是得来试试……"

有一个人这么愿意做我相公，我心里还是高兴的，不过师父不愿意……头上一暖，是紫辉摸了摸我的脑袋，他道："师父现在不愿意约莫是不大放心将你交到我手里，等日后相处的时间一多，我相信他会看见我的真心，都会好的。"

我埋头想了一会儿，觉得他这话在理，心里稍稍安定下来。

转眼瞥见了他手上的红球，我伸手指了指。"这个是给师父的，你还给我吧。"

头上的手掌微微一僵，我抬头，见紫辉笑得温暖。"好，给师父。"

我接过红球，对紫辉道："我带你回风雪山庄，今天，你先把院子扫了吧。"

"……好，扫院子。"

# 第 六 章

# 私奔是没好结果的

当晚，我没等到师父回风雪山庄。

我抱着膝盖在山庄大门口坐了大半夜，深夜寒凉的山风像从我的骨子里刮出来的一样，透心地凉。漫天星斗在我头顶旋转而过，我呆呆地盯着山庄门前往下延伸的长长青石阶，盼着师父的身影在不经意间出现，然后捏着我的脸吼我回屋睡觉。

可师父一直没出现，我倒是将紫辉等了来，他给我披上了一件衣裳。"回去睡吧，我替你守着，等师父回来了我就去告诉你。"

我固执地摇了摇头。紫辉便不再劝，在我身旁坐了下来，陪我一直望着下面长长的青石阶。

"紫辉，你为什么很想做我的相公？"闲来无事，我开口问道，"圣凌教里的人，我与他们那么熟，他们都没一人愿意。"

"嗯，大概是因为我喜欢你比害怕你师父更多一些。"

"为什么喜欢我？"

紫辉顿了一会儿，接道："你猜猜。"

"我笨，猜不出来。"我把脑袋放在膝盖上，睡意袭来，眼皮一眨一眨的要合上。我老实道："我总觉得你的眼睛怪怪的。"

"嗯？"身旁的人仿似有些怔怔，"哪里怪？"

"不知道，可是，我就觉得……你心里大概是不愿意做我相公的。"我闭上眼，脑袋往旁边一偏，搭在了一个厚实的肩膀上，"其实……你不愿意就算了……我不强求。”

身旁的人没再吭声，我也慢慢沉入睡梦之中。

第二天一早，我听见"沙沙"的扫地声。迷糊地揉了揉眼，我定睛一看，却是紫辉拿了把扫帚正在打扫山庄门前的青石阶。空气中飘散着一股奇怪的味道，我隐约记得厨房杀猪的大叔曾经告诉我，这是酒的味道，酒是种很奇妙的东西，可是大叔却从不让我碰，说是女孩子喝了会变成疯子。

我想我现在虽笨了点，但还是有理智的，若碰了这种东西，变得又疯又傻，到时候师父才是真的会不要我了。所以我一直对这种东西敬而远之，风雪山庄里也没有酒，我挠了挠脑袋，奇怪地问："紫辉，地上怎么会洒了酒？"

紫辉抬头看我，笑道："方才师父回来了，见我俩坐在门口，他约莫是脚滑了一下，将手中酒坛里的酒洒了些出来。"

"师父回来了！"我耳朵里只听进了这句话，别的都变成了云烟，"在哪儿？"

"现在约莫回房间了吧……"

不等他话音落下，我猛地站起身来拔腿便要往山庄里面跑，可蜷着腿坐了一夜，这猛地一起身，我腿脚一麻，眼前一黑，便重重地摔在了地上，鼻梁狠狠撞在地上，哗啦啦流了一地的鼻血。

脑袋晕乎乎，我的视线一时有些模糊，只闻耳边紫辉一声又一声惊慌失措地唤："阿祥姑娘，阿祥姑娘！"

"没事。"我坚强地撑起身子，抹了把脸，看见一手的鼻血，一时也有些被吓住了。正无措之际，紫辉将我扶了起来，他用他的衣袖替我擦了脸，也不嫌脏地帮我捂住鼻子。"还有哪儿摔着了？"

我仰着头，声音闷闷道："没了，皮厚。"

紫辉看了我一会儿，忽然摇着头笑出声来："真是……太笨了。"

这是句实话，我否认不了，只有望着天沉默。

紫辉替我捂了一会儿，稍稍松开手，他凑近我的脸，仔细地打量了好一会儿才道："嗯，不流了。"他扶着我站起身来，搂着我的肩轻声问："可要回屋？"

我瞅了瞅他放在我肩上的手，有些不自在地扭了扭。"嗯，我要先去找师父。"说着，我跑开了两步，想了想又回头对紫辉道，"谢谢相公！"

紫辉一怔，还没来得及做任何表示，我又转身跑开，满山庄寻找师父去了。

翻遍了风雪山庄，我却没看见师父的身影。我挠头自语："紫辉骗我啊，师父明明还没回来。"哪儿想这话音还未落，忽见一个陶罐从天而降"啪"地砸在地上，碎了一地，酒的味道又随风散开。

我嗅了嗅，觉得与在山庄门前闻到的味道一样。我往后退了几步，仰头一望，见师父坐在青瓦屋顶上，手里还提着一个酒罐，面无表情地看着我。

我兴高采烈地冲他招了招手，左右看了看，将放在墙角的长梯搬了过来，搭在屋檐边，抖着腿抖着脚爬了上去。

"师父！你怎么在这儿？"

师父阴阳怪气地回答我："站得高，看得远。"

我小心翼翼地走到师父身边坐下，盯了他一会儿，见他没有发火，这才问："师父昨晚怎么没回来？"

他看也没看我，直直地盯着远方道："我不回来不是挺好的吗，你与你那相公相处得可好？"

听他这样问，我连连点头："很好很好。"我伸出手指头，正准备告诉他我使唤紫辉干了些什么事，还没开口，师父忽然伸手猛地一拉，将我拉得身子一歪，毫无准备地在屋顶上躺下。师父趴在我身上，遮天蔽日一般挡住了我所有的光线。

屋顶的青瓦掉下去几块，碎得清脆。

我眨了眨眼睛，望着师父有些泛红的眼，嗅到了他一身的酒气，有些惊慌。"师父，你怎么了……不是说只有女孩子碰了酒才会疯吗！"

"疯……"师父眯眼呢喃，"我大概真是疯了。"他冷冷笑着。"上一世便罢了，这一世……这一世……这浑蛋李天王，你不是说喜欢小媳妇追相公吗！"

"师父？"他又说我听不懂的话了，我推了推他的肩，觉得我在下他在上的这个说话方式太过于压迫，"咱们起来说。"

"起来？"师父语调往上一扬，眼睛眯得危险，"你与那紫辉面对面时，可有叫他起来？"

"我们没这样说过话。"

"哦？没有。"师父往身后一指，"那方才是我白日里瞎了眼，才看见你们搂搂抱抱的凑作一堆？"

我顺着他指的方向一望，看见山门那边，紫辉正拿着抹布将我落在地上的那摊鼻血抹净。这处确实高，看得也确实远。我眨巴着眼道："方才是我摔了，紫辉扶我。"

"扶你。"师父眉一挑，不知为何，他这两个字说得让我心口莫名一紧，"那我便也扶你一把可好？"

"……好……"

唇上一软，师父的唇带着酒气浸染了我的思绪，我全然呆住，忽觉下嘴唇猛地一痛，是师父将我狠狠咬了一口。我很是委屈，待师父放开我之后，我立即捂了嘴，道："师父这不是在扶我，是在咬人。"

我这话音还未落，便见师父忽然之间变了脸色，他捂着嘴，好似被咬的人是他一般震惊地凸着眼。

他直愣愣地站起身，晃着身子退开几步，忽然脚下一滑，整个人骨碌碌滚下屋顶。我大惊，连忙爬了梯子下去，可一落地便没再看见师父的身影，只留一地碎瓦，带着些许仓皇的意味散得零碎。

师父又消失了一整天，直到傍晚，我与紫辉做好了饭，师父才神色憔悴地进了屋来，他二话没说在我与紫辉中间插个位置坐下。

我见师父面色不好，便不敢开口说话，给他摆好了碗筷，乖乖地在一旁坐了下来。倒是紫辉隔了老远给我夹了块肉放进碗里，颇为热情地道："阿祥今日辛苦了。好好吃肉。"

我点了点头，埋头啃肉。今天唇上被师父咬了个血窟窿，温热的肉烫在伤口上，我一个哆嗦，直接把肉吐了出来。一抬头，见师父与紫辉都望着我，我捂了嘴，含糊地说："烫到了。"

师父清咳一声，扭开了头，紫辉看着我一直眯眼笑。"如此，便先吹凉些再吃吧。"说着又夹了块肉给我。

我老实埋头吹肉。晚饭吃到一半，紫辉又开口了："阿祥，你我既已订下婚约，那这婚期定在何时？"

"咔嗒"一声，师父将碗放下，不大的声音却让我神经一紧。我望着师父，师父打量着紫辉，紫辉像不要命一样又道："说来，婚事之中还有些许繁杂之事，比如说要邀请你我父母前来证婚。"

师父身子微微一僵，脸色沉了下来。

我眨巴着眼望着师父。紫辉在耳边念叨："实在惭愧，在下年少时便失了双亲，而今只身一人，不知阿祥姑娘父母可还健在，若是可以，能否请他们前来？婚姻大事，有长辈的祝福自然是好的。当然，师父应是主婚人的不二之选……"

"够了。"师父开口打断紫辉的话，他声音清冷道，"我不管你是何人，不管你有何目的，我且告诉你，小爷的耐性已耗尽，识相的今日便滚，小爷不与你计较，你若还想留下……"

师父顿了顿，手指在桌上轻轻敲了敲。"我不介意多颗石头来垫桌脚。"

紫辉却也不退缩，浅浅笑道："师父这是在威胁在下。"

"不，是通知你。"

我来回望了望他们两个，开始听不懂他们的对话了。

"师父何不问问阿祥姑娘的意思，毕竟这婚约是顺着阿祥姑娘的意愿订的，师父先前也点头答应了，如今毁约……"

"小爷我就是要毁约。"师父身子往后一仰，靠在椅背上，轻蔑地打量着紫辉，"你倒是打我呀。"

"师父。"紫辉微微眯了眼，"你为何就是不想让阿祥姑娘讨个相公回来过好日子呢？"这话我听明白了，原来紫辉是在替我说话，在维护我！我本下定决心师父说什么便是什么，但听紫辉如此一说，心里的委屈便被勾了出来，又要使唤我，又要欺负我，还不准人帮我忙，回头还给我脸色……动不动就抛下我。

一想到这些，我便忍不住盯着师父，哪儿想师父却是一声冷笑道："我就是不让她过好日子又如何，你也别再说小祥子的意愿，小爷还就告诉你了，我的意愿便是她的意愿。"

师父拽我的手将我拉起来："小祥子，送客。"

我垂头不语。

周遭静了一会儿，我委屈地低声道："师父……我还是有自己的想法的。"

师父的手一松，似压抑着大怒，又似不敢置信道："你……竟是铁了心要嫁他！"

"我只是……"我绞着手指，"我只是觉得师父方才那话说得不对。"

"阿祥姑娘。"我正与师父争吵着，不知何时紫辉竟走到了我的身边，他将我的腰一揽，瞬间便离了师父三步远。师父脸色一白，神色倏地狠戾起来，他身形一晃，向我抓来。我正茫然之际，忽听紫辉在我耳边轻轻道："既然师父不理解我们，我们便私奔吧。"

我骇然，转头见紫辉一脸轻笑。

师父的手还未触碰到我的脸颊，我只觉脑袋一晕，师父阴沉的声音在我耳边越来越远："小妖找死！"

眼前一黑，我失去了知觉。


"私奔……是没有好结果的！"

我醒了之后对紫辉说的第一句话便是如此。我紧紧拽着他的衣襟，一脸严肃。"圣凌教厨房杀猪的大叔曾告诉过我，他以前村里有个寡妇与人私奔了，后来被抓回去浸猪笼了。"我心里害怕师父也将我抓回去浸猪笼，连尸骨也找不到。

紫辉盯着我愣了好一会儿，倏地笑了出来。"既然如此，我们不私奔不就好了？"

"好。"我立即点头。我此时心里对师父虽然还有些许埋怨，但从没想过从他身边离开。"我们回去和师父认错。"说罢我抬腿便要走，却被紫辉拽住了手。

"你若是要从此处走回圣凌教，可得花大半个月时间呢。"

我大惊。"我竟睡了大半个月！"

"非也，阿祥不过才睡了一夜。"紫辉道，"想来你也是知道的，我乃石头炼化成精，并非常人，这缩地成寸、日行千里的功夫也是我练的一种法术罢了。"

我点头表示理解："这样就更好了，我们再缩一次回风雪山庄。"

"阿祥你看先前师父那样，如果我们回去认错，师父可会承认咱们的婚事？"

我想了想，有些颓然地摇了摇头。"可是咱们还是不该私奔的。"

"当然。"紫辉笑道,"私奔是因为没有经过长辈的同意,若是我们能征得父母的同意,师父便是心里再不愿,也定不会再说什么了。"

我眨巴着眼想了一会儿,觉得紫辉这话确实说得有几分道理,可幼时的记忆早已模糊不清,我已记不得家在何方,也记不得爹娘的模样了。紫辉颇为奇怪道:"这么多年来,阿祥就未曾想过要回家见一见父母?"

我挠了挠头。"有想过,可是师父说我爹娘将我托付给了他,让我没学好术法便不要回家,这么多年来,我的术法一直没学好,所以便不敢回家,后来我觉得有师父陪着挺好,便也收敛了心思。"

紫辉若有所思地盯了我一会儿,垂下头小声呢喃:"如此……你师父着实混账了些……"

"什么?"

紫辉笑了笑。"没什么,只是我沿路探听了一些消息,大抵知道阿祥家怎么走。我们先走走看吧,停在这里也不是办法。"

我点了点头,也没多想,老实跟在他身后。

没走多久,沿途的景色慢慢开始让我觉得熟悉起来,我高兴地拽了拽紫辉的衣袖。"没错没错,好像是这条路!"我加快脚步,难掩兴奋地小跑起来,"应该不远了,绕一个弯,就能看见一条小河,一直叮叮咚咚地响着,跨过河上的小桥,便是我家大门,门前有威风的石狮子……"

绕过弯,看见小河对面破败的府门,我愣了一愣,又呆呆地往前走了几步。

"不对啊。"我一边走一边呢喃,"小河没这么窄,桥也没这么小,门前的石狮子可比这两个要威风多了。"跨过小桥,我站定在府门前,书写着"杨府"二字的牌匾残破地挂着,大门紧闭,封着官府黄色的"禁"字条。

我呆住,脑子里空茫茫的一片。

"阿祥。"紫辉唤了我一声,又摸了摸我的脑袋,"兴许是我找错地方了……"

他话音未落,旁边急匆匆路过一个男子,见了我与紫辉,那人奇怪道:"哎哟,两位,你们怎么停在这里,快些走吧,这儿可是出了名的闹鬼之处。要不是上山采药必过此路，打死我也不会过来。"

我猛地反应过来，转身便扑了过去，紧紧拽住那人的手。那人吓得不轻，连连惊呼："姑娘你做甚?! 你做甚?! 莫不是被厉鬼上身了吧!"

"你……知道这里是哪儿?"

"杨……杨府啊。"

我像抓住救命稻草一样问他："你知道，这里以前住的什么人?"

"一个经商的人家，姓杨，早在十年前便被仇家屠了满门。"

我手一松，脑袋有些晕乎，身后有只手撑住了我的背脊，我才勉勉强强能站直身子，呆呆问："什么叫……屠了满门?"

那人打量了我一会儿，叹了口气道："你是这家人的远亲吧。十年前不知这杨家得罪了何人，一府三十余口一夜间全被灭口，听说他们的仇家雇了江湖上鼎鼎有名的圣凌教杀手来杀人，那些杀手来无影去无踪，半点痕迹和证据也没留下，官府也无从查起，这便成了无头案，委屈了杨家那几十条怨魂啊!"

"圣……凌教?"我觉得是我耳朵出了问题，我使劲掏了掏耳朵，又问道，"你再说一遍?"

那人奇怪地看了我一会儿。"圣凌教啊，哎，小姑娘，那些江湖神秘教派的事不是咱们清楚的，你这远亲也别探了，别连累了自己。"

我狠狠掏了掏耳朵，几乎有些急迫地抽了自己两巴掌，紫辉将我的手拽住。"阿祥!"我将自己抽得耳朵嗡嗡作响，可却半点没感觉到痛，还是呆呆地问他："你说圣凌教?"

那人吓呆了，一边往后退一边自言自语："还真魔怔了……"

"你说的是圣凌教吗?"我大声问，正准备追上去，紫辉却一把将我抱住，我只能看着那人仓皇逃去。我怔怔地推了推紫辉。"你拽着我干吗呀，我还没问清楚呢。他说是圣凌教屠了……这家……这家满门，可是，可是护教伯伯，堂主姐姐，还有厨房杀猪的大叔，还有师父，他们……"明明那么好。

我喉头一哽，说不下去，只因脑海中陡然闪过的画面，是那一天我从水缸里爬出来，看见遍地的鲜血和黑衣人的大刀，闪着寒光的刀刃上温热的血滴落在我脸上，恍惚间，那灼痛的感觉仿似穿过了十年的迷雾，清晰透彻得宛如昨日发生的那般，烧得我钻骨地痛。

我捂住脸，思绪混乱。

"阿祥，今日我们先离开吧。"紫辉拍了拍我的背道，"你现在需要休息。"

我推了推紫辉，手有些颤抖。"不对，我要回家。"离开紫辉的怀抱，我腿微微发颤，一步一步慢慢走向大门。我撕掉官府的封条，用力推了推门，可是尘封的大门却纹丝不动。

我拍着门，喊道："娘……"话一出口声音却嘶哑。"我回来了。"幼年的记忆像破开了迷雾的阳光，昏黄地照在残败的大门上，把门上的斑驳尽数抹去，变得光鲜一如往昔。我用力拍着门。"开门啊！"

"开门啊……"

大门上的灰落了我一脸，紫辉拉住了我的手，几不可闻地叹息一声。"我来吧。"

他手放在门上，轻轻一用力，老旧的大门"吱呀"一声响，缓缓打开，绕过门后的一字影壁，一眼便望见了大厅，里面的摆设与记忆中分毫不差，我走进去，低头望了望地上暗红的痕迹，又抬头看着大厅之上，那一日师父高高在上地站着，将我带回了圣凌教。

师父永远都是高高在上的，让我不敢有半分不敬，可是，我这样尊敬的师父却……

我甩了甩头，想把所有纷杂的声音从脑海里抛出去，可是晃着晃着，脸上却变得湿漉漉的。我抹了一把脸，没一会儿泪水又流了下来，我站在大厅中央，无声无息地，一遍又一遍抹着眼泪，直到紫辉拍了拍我的肩。"阿祥，莫哭了。"

"我没哭。"我道，"只是……没办法让眼泪不流出来。"

紫辉一声叹息，还没来得及说话，忽然侧身一躲，连连退开两步，"啪"的一声鞭响在我耳边炸开。我吓了一跳，转眼一看，师父一袭白衣飘飘，落在大厅外，通体赤红的鞭子捏在手上，他冷着脸，眸色森冷地盯着紫辉。"念在你身为玉石万年修行得道不易，我本打算放你一马，你却不知好歹，处处挑战小爷的极限。"师父冷冷勾了勾唇角，"既然你存心找死，我便承了你的愿，可好？"

紫辉没有说话，我知道紫辉定打不过师父，一个心急，蹿到紫辉身前，伸出手将他护在身后。我盯着师父，见他面色一白，如同被谁抽了一巴掌一般。

"小祥子。"师父微微眯着眼，"你摆出这副架势，可是为了护你'相公'，要与我打一架？"

他语调轻佻，可我却知道师父是真动了怒。此时我心绪也杂乱不堪，只摇了摇头，不知该说些什么。师父面色稍霁，他伸出手，像以前唤我回去那般轻轻一招："过来。"

而在此时此地我却怎么也迈不出腿，师父也不急，一直摊着掌心等我抓住他。我定定地望了师父一会儿，喉头一动，脱口道："师父……我爹娘……"

师父眉头一皱。"此间事宜回去再与你细说。"

看着师父的眼睛，我却不由自主地打起了寒战。身后的紫辉轻轻扶住我的肩，轻声道："阿祥莫怕，有我在。"

师父手中赤鞭一紧。"你有什么身份？"

"师父。"头一次，我大逆不道地打断他的话，质问一般开口，"我爹娘，是师父杀的吗……"我直勾勾地盯着师父，不敢眨眼，他却一直沉默着，没有说出反驳的话。

"是师父吗？"话一开头，我自己倒先哽咽了起来，"是师父吗？"

知他的沉默便是承认，我的世界坍塌得一塌糊涂。

"小祥子。"师父声音有些喑哑，"很多事你不明白，待回去我都可以与你说明，可今日，你却断不应倚在这妖怪怀里，他不是个什么好东西，你过来，我们先回去。"

我摇头，只想拿个东西将他打走，我不管不顾地拔下来头上的发钗，狠狠向他砸去。"师父骗子！大骗子！你走开！"头发散下，乱成一片，贴在我满是泪水的脸上，我不知自己到底会狼狈成何种模样。

泪眼模糊中我全然看不清师父的脸，只知他如同呆住了一般，站在原地半分也未动。

肩上的手一紧，是紫辉将我抱进怀里。他拍着我的背，道："师父不肯走，我们便先走一步吧，现如今，你们相见不如不见。"

我一个劲地点头，鼻涕眼泪把紫辉胸膛的衣裳都沾湿了，这次师父有没有来拽我我不知道，但耳边再没有听见他咬牙切齿的声音了。

石洞之中，水声滴答作响。

"这是哪儿……"我坐在石头上不停抽噎，紫辉蹲在我身前给了我一块方巾。"算是我家吧，阿祥莫要哭了。"

我扯过方巾擦了眼，哽咽着说："我虽然笨，但还记得幼时爹娘对我的好，师父，师父明明也那么好……可他为什么要杀了我爹娘？又为什么要骗我？"

紫辉沉默了一会儿才道："阿祥，你如今定是不能再回圣凌教了，接下来你有什么打算？"

"我……没有打算。"我摇了摇头，"我打了师父，师父不会再要我了，我也不想回圣凌教了，家……家也回不去。我……不知道。"

紫辉牵了我的手，静静地望着我，在他幽黑的眼眸里我似看见了一丝紫光滑过。"如此，阿祥以后便跟着我一起生活好不好？"他伸手摸了摸我的脸，我却莫名觉得有些不适应，刚想要躲，他的手便识趣地离开了，"你做我的妻，我会比你师父对你还要好，不会骗你也不会抛下你。"

我看了他好一会儿。"可是，师父始终没同意……"

紫辉愣了一愣，随即笑道："师父？傻姑娘，他屠了你满门，你却还要认他作师父吗？"

我的眼泪又啪嗒落了下来。"不可以认了吗？"毕竟，师父对我一直那么好。

"对啊，结下血海深仇，哪里能再为师徒。"紫辉紧紧握着我的手，像是诱惑一般说道，"我会娶你，代替你师父来对你好。你可愿意？"

我看着泪水一滴一滴地砸在手背上，然后点了点头。

紫辉笑了，他站起身来摸了摸我的头。"阿祥真好，只是我家族有规定，凡嫁入我族者，都必食一种汤药，使其身体更适合与我族一起生活，阿祥要喝吗？"

我机械地点头。紫辉离开了视线，不一会儿便端着一碗红色的汤药回来。我也没有怀疑，仰头便喝了进去，温热腥甜的感觉，就像是喝了一大口鲜血，让我说不出地胸闷。

紫辉拍了拍我的头，一脸欣慰，他指着一旁的石床道："你这两天想来是累极了，先去躺会儿吧。"

其实我并不想睡，但是听了紫辉这话，不知为何，脚却像有意识一般，自己走到床边，乖乖躺了下去。我合上了眼，世界一片黑暗，脑中杂乱不堪，堆满了圣凌教和风雪山庄，还有师父或笑或怒的脸……

我想以后我再也见不到那样的师父了。

做了紫辉的新娘之后，我便在这处石洞中安定下来。

我不愿意踏出这一方闭塞的空间，如同外面有张牙舞爪的妖怪，时刻想要吃掉我。我变得很懒，这里没人让我洗衣叠被，没人使唤我打扇翻书。紫辉常常不在，我整日在石床上一坐便是半晌，也不知外面时日。如此随性地生活，可我并没有觉得日子过得悠闲轻松，就像有块石头一直压在心头，闷闷的，喘不过气来。

这日紫辉回来，我与他抱怨这山洞里空气不好，让人心闷，紫辉愣了愣，笑道："抱歉，我缺了一颗心，不懂什么叫心闷。"

"心？"我不解，"可是每个人都有啊，在这里。"我给他比画，想到这还是以前师父教我的东西，我又是一阵惆怅。

"嗯，我知道。"紫辉仍旧眯眼笑着，可神色变得有些恍惚，"我以前也有过，可是没有珍惜，把它给别人了。"

"心还可以给别人吗？"

"常人不行，妖魔神仙却是可以的。"紫辉唇角的弧度拉直，声色有些清冷，"以这四者之心入药可制成极好的灵药。"

我惊了一惊。"别人把你的心拿去做药了？"

紫辉沉默了一会儿，倏地冷冷一笑，似嘲似讥："不是，是我自己把它掏出来，拿去送给别人做药了。"他说得那么轻描淡写，我好奇地走近他，戳了戳他的胸口。"里面是空的啊，痛不痛？冷不冷？"

等了许久也没等到紫辉的回答，我抬头望他，却见他有些呆滞地望着我，隔了好一会儿才摸了摸我的头，带了些苦笑道："傻姑娘。"

忽然之间紫辉眼珠转了转，他的笑容微微一敛，变作往日的模样。他牵着我到床边坐下，手掌在我脑袋上轻轻一拍。"休。"他只说了一个字，我便觉得眼前一黑，五感尽失。

不知过了多久，我又奇怪地觉得眼前一亮，还是这个石洞，我依旧坐在石床上，紫辉站在我身边，只是眼前多出了一个人。看见他，我浑身一颤，直觉想上前抓住他，但不知为何，我竟半点也动不了。我害怕地想开口说话，可是连唇也张不开，身子如同被定死了一般。

"恭候初空神君多时。"

"你把她怎么了？"师父盯着我，眉头紧皱。

"神君莫忧心，她不过是被我暂时封闭了五感，感知不了外界而已。"

"直说吧。"师父的目光从我身上转开，寒凉地开口，"你费尽心思来诱惑我这蠢徒弟，到底想要什么？"

"半仙之心。"

我骇然，紫辉他……他竟想要师父的心！

"呵，小妖野心还不小。"师父的目光淡淡扫过我，"你凭什么就笃定我会给你？"

"我不能笃定，不过是碰碰运气罢了。我大抵能猜到神君下界应当是为了历劫，于初空神君而言，这一世不过是一场劫数，你这一世的身体也不过只是个暂寄天地之间的躯壳，神仙对生死之事极为冷漠，而神君却对这傻姑娘格外上心，我便赌上一赌，左右我也不过还余一个月性命，也不怕得罪你。果不其然，即便阿祥那般对你，你还是巴巴地追来了。"

师父微微眯眼，紧了紧手中的鞭子。"呵，这蠢徒弟你道我是真的稀罕吗？你爱将她杀了便杀了，爱将她吃了便吃了，我来，不过是想灭了你这大逆不道的石头妖，竟敢算计小爷，魂飞魄散都不够你还的。"

我莫名心安，可铺天盖地的寒凉接踵而来，像蛇一般将我缠紧，正茫然之际，忽听紫辉笑道："我身体中残余妖力确实斗不过神君，神君要杀便杀，我无可奈何，只是阿祥与我已结为夫妻，我以我的气血接了她的气血，她与我魂脉相通，生死相连，神君既然不稀罕这笨徒弟，就让她与我一同魂飞魄散了吧。"

"结为夫妻，魂脉相通……你们……"师父咬牙，手中的鞭子有些颤抖。

我感觉紫辉的手从背后揽过来，搂住了我的肩，他在我身旁坐下，道："神君你看，是今天便将我俩了结了，还是等一个月之后阿祥陪着我一起魂飞魄散，永不入轮回，彻底消失？如此可能消解神君的愤恨？"

师父沉默下来，眼神幽冷，颜如修罗。忽然，他一鞭挥来，狠狠抽在紫辉的脸上，而我却莫名感到一阵刺痛，脸上火辣辣地疼，接着像是有血溢出，脸颊变得黏腻。

"这一鞭，神君抽得可不大用心呢。神君若不信我的话，大可将我杀了试上一试。"紫辉笑道，"我乃清修石妖，不能做阴损之事，不管是做我的妻子还是给我半仙之心，都要别人心甘情愿，因为哪怕有半点强迫，于术法功效而言皆是巨大的损害。半仙之心能助我找回曾经失去的力量，我能变回不死的妖，阿祥也能长长久久地活着。事实摆在神君面前，要救要杀全凭神君处置。"

我紧紧盯着师父，心头惊骇一阵大过一阵，忽见师父勾唇笑了笑，我呼吸一窒，听他道：

"很好，这梁子，小爷算是与你结下了。"

师父自鞭子的底部拔出一柄十余寸长的刺刃刀，他反手将细窄的刀刃刺入他自己的胸膛，师父面色猛地一白，又像不知道疼痛一般将刀刃往下一划，我几乎能听见血肉撕裂的声音。

我骇得失了神志，肩上的手微微一僵，仿似也有些出乎意料。

师父竟在此时不咸不淡地说道："石头妖，你以为小爷我是中了你的算计吗？"他手腕一转，面色又是一白，神色未变，额头上却已汗如雨下。"不过是你运气好，正巧碰着小爷运背的这些日子。以后若叫小爷碰见你……定叫你生不如死。"

可是以后……哪儿来的以后？

我心神巨震，挣扎着想要喊出声来，却半点也动不了。

师父将刀刃一绞，胸口的血顿时浸透衣物，伤口扩大，我仿似能听见他胸腔里的心跳声。从前我做噩梦后蹭到师父床上去，他说："有我在，别人都不敢欺负你。"那时我趴在他怀里听到的声音沉稳而安定，隔绝了外界的一切繁杂和不安。

师父……

师父身子一颤，微微弯了腰。我听得一声按捺不住的闷哼，鲜红的血啪嗒啪嗒地落在地上，师父将手头握住的红色物什轻轻一抛，随意得就像丢了一颗不值钱的石子。"拿去……喀，小爷赏给你的。"

肩上的手抽走，我目光转动不了，只得呆呆地盯着师父，见师父也正望着我，他苍白如纸的唇轻轻动了动："不准将今日之事告诉她，不准再与她提起我，这丫头蠢笨至极，你多骗她几次她便什么都会忘了。"

师父……不会的。

"为了一个傻丫头搭上一条命，还不让她记着你的好，你不觉得吃亏吗？"

"喀……关你屁事，只是……"师父捂住心口，冷冷一笑，"你若不让她长长久久地活得安好，我多的是机会让你吃亏。"言罢，他身形一晃，扶着石洞的墙壁，挺直了背脊，艰难却不失从容地往屋外走去。

胸腔中的热度仿似也被掏空，我什么都来不及想，只觉得现在我应该陪在师父身边，不管做什么都好，不管我们之间隔着怎样的血海深仇，我都应该陪着他，像以前那样给他翻书打扇，为他洗衣叠被。

不知师父走了多久，头顶一暖，是紫辉在我头顶轻轻一拍，一个淡淡的"解"字，让我浑身一松，像是瞬间被抽了骨一般，我周身皆软，颤抖不止，看着地上那摊血迹，我鼻头一酸，落下泪来。

"阿祥？"紫辉有些诧然，"你竟……"他恍然大悟似的点了点头。"你与他在一起那么久，定还是学了些仙家法术的，难怪能冲破封印。"

紫辉伸手来拉我。"无须太过执着于这一生一命，你师父并非常人……"

我猛地拽住紫辉的手，狠狠地一口咬下，恨不得能将他的骨头都咬碎。"你把心还给师父！你还给他！"我含糊不清地呢喃，嘴里既有紫辉的血，又有自己的泪。

紫辉也没有推开我，只轻轻道："他应当走不了多远，待会儿你与我一道去将他葬了吧。"他温热的血液滚入喉头，这些日子以来慵懒的身子忽然间轻松了起来。师父……师父……我想不通什么紫辉，什么半仙之心，什么血海深仇，但我知道师父现在一定很难过，他只身一人，胸口空荡荡的，流了那么多的血却没人照顾他。

我不再理会紫辉，站起身来，沿着石洞跑了出去。

多日没有走动，我感到眼前有些眩晕，跑出石洞才看到这里竟是一方荒石山岗，四周皆是悬崖峭壁，唯有一条小路蜿蜒着往山顶而去，路上落着鲜红的血迹，我跟着追去，嘴里模糊不清地唤着："师父，师父。"

风荒凉地吹着，绕过一个弯，攀上山顶悬崖边，师父躺在那处，周身的血淌了一地。我只觉心口倏地紧缩，再也舒张不开，喉咙仿似被堵住，说不出话来，只能呜咽一声，跪到他身前。"师父……"

我抱起他的头，指尖触到一片冰凉，他那么厉害，像无坚不摧的英雄，为何此时却成了这般苍白脆弱的模样？

师父紧闭的眼忽然动了动，睁了开来。他眼中闪过我看不明白的慌乱，随即叹息一声，唇角动了动："笨……"

"我笨！"我忙应道，"都怪我……都怪我。"

"蠢徒弟，鼻涕眼泪都滴到我脸上……又脏又丑。"师父的手抬到一半，却无力地放了下去，我牵着他的手，埋下头，贴着他的手泣不成声。师父一声叹息："十年前，屠杨府并非我意，不过三十余人的性命确实是葬送在圣凌教手中，你要怪我，便怪吧。"

"不怪。"我摇头，"不怪，我这便与师父回风雪山庄，我还替你打扇翻书，还给你捶腿捏肩！我……我再也不要相公，我只要师父，我们回去，一起回去。"

"出息。"师父目光涣散，仿似看穿了苍穹，他声音虚弱而微小，"我不是中了妖怪的算计，也不是败给了你……"师父咬了咬牙，仿似能恨出血来。"我只是没斗过天命。"

"不过……也罢了。你救我，我救你，上一世……这一世，我们……"师父累极一般慢慢合上眼，"扯平了。"

"我们回去，我们回去……"除了这句话，我再说不出别的。

山崖的风呼呼地刮，不只是师父，就连我的心也像被掏出来了一般，世界空成一片。

"阿祥。"

我抱着师父不知坐了多久，忽听一声呼唤，是紫辉寻了来，他站在离我两步远的地方静静道："承了他一恩，日后我会替你师父照顾你，我会和他一样对你好，放开些。"

我恍惚地看他，又摸了摸师父空荡荡的胸口，迷糊地想，师父不是个好人，但是他对我的好，这世上没人比得了。

再没有谁能变成我的师父，再没有谁能牵着我的手一起登上风雪山庄，我再也回不去……

我抱紧了师父，身子往后一仰，山风在我耳边呼啸，天空离我越来越远，一切都那么迷离，只有师父已僵冷的身体还陪在我身边。

我会等着他，一直等着他。直到未来有一天，在某个阳光明媚的午后，透过袅绕的熏香，我能听见他轻声唤我："小祥子，过来。"

我闭上眼，世界一片沉寂。

鬼差给我套上枷锁，黄泉路一步步踏过，每走一步都有一幕疯狂的记忆扑面而来，天界，冥界，月老殿，奈何桥，孟婆汤……

呵呵……呵呵……

初空，你好样的！你果然好样的！

第 七 章

# 掉入畜生道的二货

黄泉路走了一半，还没看见地府的牌坊，心里的悲伤沉沉地压着我，让我再也抬不动脚。我唤住带路的鬼差，蹲在开满彼岸花的路边先独自一把鼻涕一把泪地狠狠泣了一场。

耻辱！奇耻大辱！

只要一闭上眼，脑海里便有一个蠢得不成人样的二货捧着大脸亢奋地唤着"师父，师父"。我捂住脸，一头长毛宛如秋风中的落叶，只待凉风一吹便能掉光。

那是我……那几乎与哮天犬同等智商的人居然是我！

"我最喜欢的还是师父。""我这便与师父回风雪山庄，我还替你打扇翻书，还给你捶腿捏肩！""师父。""师父……"

师父师父……

记忆中傻子的言语如同佛祖的经文一般不停在我耳边回响，时时刻刻提醒着我到底过了多没尊严的十五年，我抓住头发，恨得咬牙切齿。这简直是我几百年人生中最无法磨灭的污点。

没错，初空，你做到了，你确实把我使唤得犹如太监一样！

旁边的鬼差仿似看不下去了，终于来拍了拍我的肩。"喂……你还好吧？"

我流着一脸血泪，惨笑着转头望他。"没事，什么都已经过去了，我平静下来了。"

鬼差吓得倒退了一步，抽了抽嘴角道："如此便快些上路吧，这次可别再出什么幺蛾子了，连着两次失误，天界都派人下来指责我们地府办事不力了呢。"我站起身来，一边随着鬼差继续往前走，一边听他抱怨。"哎，祥云仙子你和那初空神君可是与我们冥界有什么仇吗，两人一碰了面便要将我们地府好生闹上一通，本来就忙，你们简直就是在给我们添乱！"

我点了点头，一句"对不起"刚出口，抬头一看，又是那条忘川河，又是那座奈何桥，桥边又是那个死男人，他笔直地站着，端着孟婆汤，正在与鬼差说话，是马上就要入轮回的模样。

我知道自己应该冷静，也知道自己应该理智，等他喝了孟婆汤，一脚踹他下轮回，下一辈子的事情什么都好办。可不知为何，我此时想起来的全是他让我给他捶腿捏肩打扇翻书那可恨可耻的卑劣模样。最可恨可耻的是，我居然在死的时候还想着要去给他捶腿捏肩打扇翻书！还想回去？

回去你个头！

这是怎样深入骨髓又令人唾弃的奴性啊！

这一切！让我受辱的一切！全是因为这个男人，这个骚包的神君……

"初空……"我拳头握紧，浑身止不住颤抖。"对不起啊……"我直勾勾地盯着初空，与旁边茫然的鬼差道，"对不起啊，又要给你们添乱了。"

不等话音落下，不等鬼差反应过来，我身形一动，眨眼便落在初空跟前，我看见他震惊地睁大了眼，又听他愤怒地喝骂："×！石头妖居然坑了小爷！"

我咬牙切齿一笑，一拳对着他的脸挥出，力道大得几乎要打碎自己的骨头。"坑了你……老娘今日还要废了你！"

众鬼的目光跟着初空飞出去的身体在空中画了半个圆。

他"咚"的一声，径直落到了六道轮回那一方，他慢慢爬起身来，抹了一把嘴角的血，眼神冰冷。"居然敢与为师动手？小祥子你胆肥了啊。"

我仰着头用鼻孔看他。"啊，你居然还敢这样和我说话，你以为我还是那个傻子吗？"

初空神色微怔，场面静了一瞬。地府的鬼差们立即行动起来，急急忙忙疏导投胎的鬼魂去阎王殿避难，有鬼差拿了套索要上来抓我，有鬼差在旁边一个劲地劝："冷静！冷静！两位仙人冷静！"

我的周身仿似燃起了熊熊烈焰，烧得整个人都沸腾了。我提气纵身，径直跳过奈何桥落到初空身边。"师父？这么恶俗又蛋疼的称谓亏你想得出来，还自得其乐地听了十年！很好很好，如今趁着我们两人都还清醒，便把之前的烂账都一起算一算吧。"

"烂账？"初空站起身来，没有直接对我方才那一拳给予打击报复，他拍了拍衣裳，眯眼道，"小爷心胸宽广，以德报怨，将上一世智力有问题的你收留了，最后还救了你的命，你现在下了地狱居然还要找我算账？"

"呵呵，你居然还敢和我提上一世，你居然还敢提上一世。"我笑得有些癫狂起来，"好好，你心胸宽广，你救了我，那我求求你再救我一次吧，救救地府好不好？你接着剜心，接着死一死，好不好！下不了手？没关系，我帮你，手起刀落，可利落了！"说着我又是一拳往初空身上招呼。

他一惊，侧身拽住我的手，也有些动怒。"你这悍妇！就不能好好说一次话吗！"

"好好说！"我也跟着怒了，"脑子里充斥着被你欺辱的十年人生，还有导致这十年人生产生的那两碗血一样的孟婆汤，我们之间隔的是血海深仇好吗！比屠了全家还惨好吗！你让我和你好好说？你先躺下变成尸体吧，我会坐在你身边和你好好说的！"

"哈！"初空气笑了，"说得好似这些年只有你吃了亏一样！你那是个傻子吗！你不说我都以为你是装作那副模样来整治我的！小爷胸怀宽广，不稀罕去计较那些，最后舍己为人救了你的命，你到头来居然还敢怪我？"

脑海中蓦地闪过初空那张苍白的脸，心头莫名生出一丝不祥的情愫，我僵了一瞬，立即用冲天怒火将那点苗头按捺下去。"救我？我谢谢你大爷！谁稀罕你救了！你装什么高尚，什么让我长长久久地活得安好，你分明就是想快点下地狱来投胎与我错过后面几世情劫，不要以为我看不出你这卑劣的私心！"

初空下颌一紧，神色一厉，嘴一张又立即闭上，脸色气得发青。

我继续道："我偏不成全你，我偏要下来与你一起投胎，偏要和你死磕！你打我呀你打我呀你打我呀！"

"小爷我今日就是要打你！"他似气狠了，一手揪住我的衣襟。我此时也怒红了眼，反应奇快，双手伸到他脑后，拽住了他的头发。"你放手！不然我今天拔光你这一头毛！"

"你还威胁我！"

"我就威胁你！"

我们两人一同喘粗气，大眼瞪小眼地对峙半晌，愣是没有一人先动手，这时，旁边弱弱地插了个声音进来："两位，你们还是把孟婆汤喝了再慢慢谈吧，谈完了就去投胎，这才是真解脱……"

我耳朵动了动，扭头一看奈何桥那方，一名鬼差将孟婆汤端着，他身后站了无数的鬼差，阎王殿那方有人急急赶过来，看样子像是阎王与判官。我眼神转了一圈，最后落在鬼差手中那碗孟婆汤上，黑乎乎的药汁，它的味道犹在喉头回荡。

我转过头来望着初空，初空也正望着我。

就是这男人……这男人给我生生灌了两碗进去，让我有了那般耻辱的一生，心头邪火又起，我道："喝，当然喝，这一世我一定给你灌三碗进去！"说完我奋力将初空往那方一拽。

初空大惊，立即扎稳下盘。"歹毒！"我一时没拉得动他，又听他这声骂，想到之前他灌我的时候怎么不说他自己歹毒！我登时大怒，奋起而咬之，一口咬在他的胳膊上，他痛得一声闷哼。"哮天犬是你家亲戚吧！"他捏了我的脸，"撒口！"

我嘴上不放，又在他肚子上狠狠搂了一拳。我第二拳又要打下，初空身子一转，躲了过去。事实上我是打不过初空神君的，所以没一会儿我便觉得眼前一花，后背一痛，是初空将我摁在了畜生道的井边，他掐着我的脖子，青着脸道："道歉！否则下辈子你就去给我做畜生！"

好啊，看谁做畜生！

我一咬牙，膝盖弯曲，径直顶在他小腹上，趁他瑟缩之际，我一声大喝，使出了全身的劲，将他身子顶了起来。初空愕然，我再接再厉把他往井里一翻，让他头朝下，直直落进畜生道里面。

我心中狂喜，下一世终于可以摆脱初空了！可脸上还没来得及笑，忽觉头皮一痛，竟是初空拽住了我在方才抓打之时散落下来的头发。我只觉重心一偏，身子一轻，头皮剧痛，我心中不祥的警铃大作，想要伸手拽住什么东西，可只抓到了一片虚空。只有初空宛如厉鬼一般地戾笑，拖拽着我落下无底深洞。"你倒是来与我死磕啊！你磕啊！"

神魂皆惊的我，睁大眼，看着幽黑的地府离我越来越远。耳边仿似还有阎王不咸不淡的感慨："哎呀，糟糕，两个仙人投了畜生道，这该如何历劫呢？嗯，我还是回去打个报告吧。"

畜生……

你们这群畜生！

再睁开眼，我看见的世界仿似与我往日看见的有些不大一样。视野出奇地宽阔，嗅觉出奇地灵敏，泥土的味道，青草的味道，还有或腥或骚的一股膻味。

我眨了眨眼，觉着身子有些许不协调。我抖着腿站起来了，却是四肢着地，用的是毛茸茸的肉爪。我抬起"手"，伸出软软的还没长好的爪子，颇为稀奇地看了一会儿。这……若是我没猜错，它应当叫虎爪吧。我扭过头，往后面望了望，看见自己长长的身子和长满毛的屁股，还有一条花纹相间的漂亮尾巴。

我怔了一会儿，随即恍然大悟，我回忆起来了。哦！我投了畜生道，成了一只畜生。

畜生！

我用爪子捂住了脸。奇耻大辱啊奇耻大辱！想我祥云仙子如此缥缈的一个存在，而今却落到这步田地！我暗暗为自己流了一把辛酸泪。但是再痛彻心扉的悲伤也改变不了我已做了畜生的事实。哀大莫过于心死，我恍恍惚惚地望了望天，心间五味杂陈。但转而一想，初空也投了畜生道，变成了一只四肢着地的动物，我心情又难得地一阵晴朗。

好啊，李天王，你安排一下吧，两只连人话都不会说的畜生如何来场惊天地泣鬼神的虐心之恋？我等着呢。

我这边正感叹着，忽觉脖子猛地被咬住，我大惊，却嗅到了母虎的气息，原来是我"娘"来了……

或许是天性使然，我现在虽被母虎叼着脖子，它只要轻轻一用力便能将我咬死，但我生不出半点戒心，任由它叼着我，晃荡晃荡地回了自己的"家"。

连草都没有垫的窝，还有我的两只兄弟姐妹在咬耳朵玩闹，见母虎回来，它们都围了过来缠着娘亲要奶喝。母虎将我放下，便慵懒地躺在地上，一副任由你们吃奶的模样。我的两只兄弟姐妹立即屁颠屁颠地凑了过去，我看了一眼娘亲毛茸茸的肚子，实实在在地流了一把不知所措的苦泪。

我待在母虎嘴边的位置瑟瑟发抖，忽然，背脊一暖，温温热热而有些舒服的诡异触感爬过脊梁。我骇然转头一看，母虎伸出了长长的舌头，对着我长满毛的脑门又是一舔，舔得我傻愣得怔了神。

于是，它便在我怔神期间，上上下下完完整整地将我全身舔了一遍，最后心满意足地碰了碰我的脑袋，好像在说："嗯，好了，去玩吧。"

我居然就这样……被一只母老虎给轻薄了……

虽然我知道它是在用舌头上粗糙的倒刺给我梳理毛发，可我……我……我泪流满面，在地府时我怎么就脑抽了没喝那碗孟婆汤呢。

怀着极其矛盾的心理，我蹒跚着脚步，走到它肚子那方，望着正在吃奶的兄弟姐妹，又听得肚子在咕咕作响，我一闭眼，一埋头，也凑了过去。

这样的人生，又何尝不是一种历练。

过了数日这样的生活之后我幡然醒悟，现在我虽是一只畜生，但这并不妨碍我修道，我大可修炼成妖，继续过体面的人类生活！

只是，现在问题在于我是个修炼未成便被月老点化的仙，说白了就是走了后门的水货，在以前的修炼中我只会提高自己的修为，但对如何入门没有一点头绪。

我一声叹息，耷拉下脑袋，头顶暖阳倾泻，透过茂密的树叶星星点点地洒在我身上。我懒懒地打了个哈欠，恍惚之际仿似看见初空躺在摇椅上一晃一晃地看书，他说："小祥子，'我守其一，以处其和'这话你到底学懂了没？"

我当然懂，不懂的是那个傻子。

对了！我现在犹记得上一世初空一遍一遍教过我的那些道家心法，之前那个我太笨，一直学不会，初空便一直在教我入门，现在只稍稍一回忆，初空指导的声音言犹在耳，我兴奋地起身跳了跳，我旁边的两只小老虎也跟玩似的与我一起跳了跳。

我不理会它们，独自找了个草丛坐下静静回忆那些入门的法则，宁神静心，开始了我的修道生涯。

不过三个月，到了母虎教我们捕猎的时候，我的反应与感知明显比其他两只幼虎要强，按照目前这个形势，我估摸着再循序渐进地修个一年，我便能口吐人言了，这项认知让我十分高兴。心里对初空与他修仙修道的法子也万分叹服，难怪上一世他以一个凡人之身便能在短短二十年里修成半仙，那家伙傲慢虽傲慢，想来还是有点真本事的。

今日阳光正好，在修炼空隙小憩的我在地上打了个滚，回味起了前世。

其实静下心来想想，上辈子的初空对我也没有坏到极致，下地府那会儿是因为新仇旧恨叠在一起了，我才那么出离愤怒。现在看来，初空这家伙除了爱使唤人、爱欺负人、脾气奇怪、对人苛刻、做事浑蛋了一点，对傻祥那个徒弟还是挺不错的。

他最后还能剜了心救我，也算是尽了一分同僚之谊。

可只是同僚之谊？我想，他当时剜心剜得可是毫不犹豫啊，换作我，只怕都没法做到手起刀落那么利索，毕竟那是自己的肉，这和当初我救陆海空时，由别人下手完全是不一样的概念。

阳光照进眼睛里，有些迷眼，不知为何，我陡然间忆起了那日屋檐之上，初空带着浓烈酒香的温热一吻。

四肢一僵，我的思绪霎时一片空白。

他是没有喝孟婆汤的，我清楚，他比我更清楚，但是上一世他……

是酒后乱性，还是……脑海里飘过的一个想法让我烧红了脸。但是老虎是不会脸红的，所以我整个身子都热了起来。不会吧……不会吧！

那傲慢的初空神君居然真的……真的与我生了情？我甩了甩脑袋，强迫自己把这个荒诞的想法甩出去。我与他可是狭路相逢的仇人，命定的冤家！

虽然，历前面两世情劫的时候，不管是我有记忆还是初空有记忆，我们都很默契地没对对方下狠手。

但我与他一见面就打架！

不过，这一次好像只有我在埋头揍他，他只是嘴上不饶人了些……

我在替他解释什么！

我在树干上奋力磨了磨爪子，把它想作初空的脸，刨了个痛快。心绪平复下来之后，我趴在树边耷拉着脑袋，脑海里突然闪过一个奇妙的想法……其实，如果是陆海空那样子的初空，他要喜欢我，我也是欢喜的。

身子有些燥热，但我并没有觉得这样有什么不好。

在母虎身边成长的日子十分快，又过了一年多的时日，母虎又怀孕了，它将我们驱走，让我们各自去寻找自己的领地。这时我已经能口吐人言，算得上灵物了，不再需要像我的兄弟姐妹一般整日为了食物而奔波。

在山林间做一只万兽之王，还是挺舒坦的，至少没有哪个动物活得不耐烦了敢招惹到我头上来。

照常理来说，确实是那样的，但生活总会有不按常理出牌的时候。

那是个美丽的日暮，我趴在湖边静静地喝水，忽然，一阵微风掠过，我陡然嗅到了猎物的气味，只是这种猎物向来过群居的生活，此时为何只有一只的淡淡的味道……

我抬头一望，日暮霞光映照得晶莹的湖面波光粼粼，湖的对岸，一只黑乎乎的大型动物也在静静喝水。它那副模样莫名让我觉得十分熟悉。心里一个念头闪过，我轻轻开口："初空？"

它浑身一僵，随即也抬起了头。

眼神相交，我瞬间确认了对方的身份。

"噗！"舌头一吐，我无良地笑了。那动物的身形僵硬得越发厉害。我趴在地上，止不住用爪子狠狠拍地。"野猪！哈哈哈！你居然投成了一只公野猪！哈哈哈！"

初空又羞又恼，一扭头，转身便走。我一看，忙止住了笑，踏进湖里向他游去。"哎！你等等，有事和你商量。"

我再度踏上岸，甩了甩一身的水，然后望着他又"噗"一声笑了。

初空仿似彻底恼了，他冷哼一声，傲慢地仰起头，嫌弃我道："真不知一个女子变成了母老虎有什么好骄傲的，这是上天的讽刺吗？"

他声音粗壮，比往日低沉了不少。我也顾不上反驳他，笑得全身没了力气。初空忍无可忍，蹄子将地上的石子一踢，一颗一颗连续不断地打在我的头上，砸得我生疼。我恼了："你不是喜欢我吗！为什么还老是欺负我！"

初空一惊，连连往后退，结结巴巴了好半天才怒冲冲道："谁……谁……谁喜欢你！"

"你上一世没喝孟婆汤还亲了我！"

"那是因为醉了。"

"你不喜欢看见我和石头妖在一起是在吃醋。"

"那是因为讨厌石头妖。"

"你最后还为了救我把心挖了。"

"那只是为了还你一个人情。"

"不管其他怎么说，你陆海空那一世绝对是喜欢上我了！"

"那只是因为喝了孟婆汤，神志不清！"

我一问，他一答，天衣无缝得就像是他已经在心里排练过无数遍一样。不知为何，听到这些答案，我心头有些失望。好在动物的脸从来都是做不出表情的，我点了点头道："原来如此，你在心里果然还是想害我的。"

初空猛地抬头。"这个结论你到底是怎么……"他声音一顿，愣是把后面半句憋死在肚子里。顿了一会儿，他呼呼喘了几口气，咬牙道："没错！我就是想害你，你赶快去投胎，不要碍着我的视线了。"

"哼，你道我稀罕看着你吗。"我揉了揉额头，道，"野猪空，咱们打个商量吧，划分一下楚河汉界，在这一世，你不踏入我的领地，我不踏入你的领地，管他李天王怎么安排，咱们老死不相往来，这总行了吧。"

初空看了我一会儿，还没说话，忽然大地猛地一震，林间鸟儿成群飞起，日暮的山林顿时叽叽喳喳吵闹起来。

我怔了怔。"地牛翻身？"

初空的声音却严肃了起来："不对。"他扭身便往西边跑，我挠了挠头，不明所以，也揣着好奇与他一起跑了过去。

"喂。"在草丛中隐藏好身形，我轻声问初空，"他们在拜什么？

此时太阳的光辉已渐渐退去，夜幕降临。两名男子举着三个火把，跪在地上，对一个黑乎乎的洞口行三叩九拜大礼。

初空没有回答我的问题，紧紧地盯着那两人，略微沉吟了一会儿，道："你，去，嚎两声。"

他这态度令我心生不爽，我冷冷一笑。"你自己嚎去啊，凭什么要我去？"初空二话没说，一撅蹄子，径直叉在我的爪子上，我一声痛呼，虎啸惊了山林。

我咬牙，这家伙……这家伙……

"啊！"一个男子惨声惊呼，"老……老虎！"他手中的两个火把掉在地上，如同吓瘫了一般，一点一点往后挪。另一个年长些许的立即举着火把对着我，他一边往后退，一边把地上那人拽起来。"冷……冷静些！它怕火，不会轻易过来。"

他既然都如此说了，我一迈步，仰首挺胸便踏了出去，那两人吓得浑身颤抖，汗如雨下。我盯着他们上上下下地打量，那胆小点的男子吓得两眼一翻，倒了下去。我一愣，正在琢磨自己是不是吓死了人造了杀孽，另一人忽然拔腿就跑，眨眼间便没了人影。

想来是他觉得我已经有了食物，定不会再去追他了。

我摇头叹息，生死之间方能见真情，这话果然没错。身后草木作响，是野猪空走了出来。我用肉肉的爪子轻轻拍了拍晕倒在地的男人的脑袋。"喂，你看，是你支使我出来的，出事了，你自己把他驮回山下村庄里去。"

"你现在还有心情管这些愚蠢的人类。"初空不咸不淡地讽刺了我一句，"还真是一如既往地没眼识。"他不再搭理我，径直往黑乎乎的山洞里走，四只蹄子行得极为慎重。

我虽对他这态度极不满意，但见向来傲慢的初空都行得如此小心，我便也忍住脾气，小心翼翼地跟在他后面走。

山洞里漆黑一片，若是人类进来怕是片刻便找不着北了，但好在老虎的夜视能力着实比人类强上不少，洞中的事物我皆能感知得清清楚楚，哪里有石块，哪里有水坑，等等，这水坑为何有鲜血的味道？

我顺着水滴落下来的轨迹往上一望，见洞壁上裂出了一个牛头大小的缝，水正是从这裂缝中流出来的。

我抬着头还在打量，忽见一个人头从裂缝中慢慢挤了出来。我心头大惊，正愕然之际，看见那人的表情扭曲，形容瞬间枯槁，皮肉不知被什么东西一下子吸了去，只留下一副枯骨，"哗啦啦"从裂缝中落了下来，在我前爪前堆成一堆白骨。

我虽已成仙，但在仙界从来过的都是安乐的生活，没见过死得这么惨的人，登时被吓得倒抽冷气，下意识想拽住前面的初空，哪承想他现在却是只野猪，在前面拿屁股对着我，我露了尖利的爪子，一个不小心，抓在野猪空皮糙肉厚的屁股上。"有妖怪！"我大叫。

初空也是一阵大叫："你想被我剁了爪子拿去泡酒吗！"

"可是真的有妖怪！"我抬起爪子指了指洞壁上方的裂缝，又指了指不远处的白骨堆，"刚才掉在我脚前的，才被吃干净了。"

初空没再指责我，转头看了看那堆白骨，声音微冷："现在你可知道方才洞外两个男子是在拜什么了？"

我摇头："不知道。"

初空觉得无可救药一般看了我一眼，道："两个人拿了三个火把，显然是之前来了三人，而有一人进了这山洞里来。"初空用蹄子指了指地上那堆白骨。"这个人成为祭品，他们是在祭祀，上的是活祭，供的……"初空沉思了一会儿，"供的是谁我不知，但能肯定的是，绝对不是天界的神仙。此处阴气十足，简直就像……"

地府。

初空没说出来，但我大概已能猜出他的意思了。我的修行进度到底还是比他慢了一点，一开始察觉不出这里气息的诡异，但经初空如此一提点，我稍一留意便感觉出来，此处气息阴冷，与冥界简直一模一样。

初空四处探了探，道："这里地脉极阴，应是与地府相连。"他声色凝重。"看方才那两人的样子，这活祭应该是常有的事。"

我奇怪道："可接受活祭极损阴德，且容易堕入邪道，这明明是被明令禁止的，没听说过地府里哪个神仙在干这勾当啊。"

"哼，神仙做了妖怪的恶行，还敢到处招摇？"初空嫌弃我道，"你在天界这么多年来到底都干吗吃的，脑子里一点常识都没有吗？"

我露了尖尖的利爪，森森道："你再这样和我说话，我就挖掉你屁股上的肉。"

初空将野猪尾巴甩了甩，继续道："地府在职的神仙，诸如阎王、判官之类的，为了平等对待每个鬼魂，是不能接受祭品的。地藏王菩萨不杀生，下面的鬼差没有享受祭品的权利，所以在地府工作的人不会要祭品，更别说活祭了。除了他们，地府还有天界下来的神仙，天界的神仙下地府无非两种可能，第一种是如同你我这般，为了历劫而来，中途做个短暂停留。我们没时间也没能力要祭品。至于第二种嘛，便是犯了大罪，要到十八层地狱受重刑的罪神。"

我心中一惊，道："明明在地府受刑，现在居然还做这样的事，这可是罪上加罪，哪个不要命的神仙敢造如此深重的孽啊……"

初空沉默了半晌。"这事必须尽快告知阎王。"

我赞同地点了点头："但情况咱们还没摸得太清楚啊。"说着，我一个纵身攀上了旁边的洞壁，探出脑袋往裂缝中打量。"我先看看……"

"不可！"初空的声音还没传到耳边，我脑袋已探入裂缝中左右转了一圈。左边右边没有东西，上面没有东西，下面……

一道金光在阴暗的洞穴中忽然闪过，我还在惊讶，忽觉呼吸一窒，一股森冷之气扑面而来，径直撞在脸上，将我大力往后一推。我身子一仰，四脚朝天摔在地上。"好痛！"我大呼。

野猪蹄子跑得踢踏作响，初空在我旁边停了下来，长长的鼻子在我脑袋边蹭了蹭。"伤到哪儿了？"

阴冷的气息尚还萦绕鼻尖，我说不清心里是何感受，只愣愣道："不知道……脊梁摔得痛。"

见我确实没事，初空愣了一会儿，勃然大怒。"你再鲁莽试试！这是能随便乱看的吗！你当真以为现在是在历劫就死不了吗？到时候魂飞魄散了你看谁能给你拖回来！"

"你生什么气！我魂飞魄散了你不是正好不用历接下来的几世情劫了吗？"我奇怪地看他，见他听到我这问题之后愣了一瞬，我恍然大悟，忍痛站起身来，搭了个爪子到他头上拍了拍，"我懂我懂，你果然是喜欢我的。"

"喜欢你个鬼。"

"你不用口是心非地遮掩了。"

"遮掩你个鬼！"

我无奈地摇头叹息。"我魅力太大我知道，在感情方面我有时候确实太迟钝了，喜欢上我着实是辛苦你了。"我顿了顿，"你就且辛苦着吧。"

野猪空的喉头发出"咕噜噜"的声音，似怒似恼。他一扭头，甩掉我放在他头上的爪子，怒气冲冲地往洞外走。

我琢磨了一会儿道："你是在害羞吗？喂！这种时候你心里是不是想让我来追你啊！你直说嘛，我说了我有点迟钝！"我小跑着，跟在他身后。初空仿似忍无可忍地扭过头来，恨道：

"小爷要去自尽！你离我远点！不准和我死一堆！"

我觉得历经前面两世情劫之后，我与初空都把生死这东西看透了，瞧他说自尽说得多么轻松自然。

可等我们走到洞口，看见外面的数个火把将天都照亮了，我点了点头："我好似已经预见到我的皮毛被扒下来卖，你的肉被煮熟了吃的场景了。"

洞口外，数十名壮硕的汉子拿着各种棍棒刀叉，举着火把站着。想来是方才那个逃走的男人去他的村庄叫了人上山来杀虎。

"还有只野猪！"

"是那老虎的食物吧。"

"看起来不大像啊……"

壮汉们议论纷纷，我看着他们手中的武器，心中有些打鼓。这些兵器看起来又钝又旧，肯定是不会让我死得痛快的，脊梁现在还在隐隐作痛，我小声对初空道："咱们可不可以换个体面点的死法？"

初空淡淡扫了我一眼，声音中依旧带着对我的嫌弃："小爷我去引开他们的注意力，你自己瞅准机会跑。别蠢得连几个人都躲不过。"

言罢，他一撅蹄子，找准人最多的方向，一头冲了过去，那方的村民登时乱作一团，武器换个往初空那皮糙肉厚的身体上砍。但再是皮糙肉厚应该也还是会疼的吧……

他知道我怕死又怕疼，所以这是在给我找机会逃走吗……

看着他笨重的身体被人群围攻，明明画面滑稽可笑，但我心头不知是什么滋味。就像第一世时，在那冲天火光之中，我看见家破人亡的陆海空被卡在狗洞里时一样，仿似心尖最柔软的那根弦被轻轻一触，我分不清这感觉到底是酸是涩。

这个傲慢的初空神君，或许在内心里也与那一世的陆海空一样，有着隐藏在心底的温柔和体贴，一旦不经意间透露，便会直接攻得我溃不成军。

明知他的目的就是找死，也知道他或许是想借这个法子错开与我后面的几世情劫，但我就是头脑一热，一声长啸将所有人都震得呆住。我扑身上前，先摁住了一个打初空打得最厉害的人，对着他的脸便是一通吼，那壮汉被我吓得神情呆滞，连颤抖都忘了。

有此虎威，我万分骄傲，可对方人多，没一会儿我便耗尽了力气，趴在地上。我瞅了一眼野猪空，他两眼翻白，显然已经踏上了黄泉路。

我一声叹息，冲动啊冲动，白白搭上一条逍遥虎命。

被扒皮取骨，作为畜生杀掉，我这一世死得比哪一世都惨……

第 八 章

# 初空他……真的有了

黄泉路我已熟悉得根本就不用鬼差来引了。

我一路轻快地走下去,在地府的招牌前看见初空正在与一个鬼差说话,走近了隐隐约约听见他说:"劳烦通报,我有要事要见阎王。"想来他也才下来没多久吧。

矮了初空半个身子的鬼差点了点头,正要去给他通报,转眼过来瞅见了我,一张青黑青黑的脸登时变得更加青黑起来,他连连往后退了数十步,大叫道:"来了来了!他们俩又撞见了!"

地府本就寂静,他这么一唤,仿似忘川河水在那瞬间都停止了流动一般,整个地府僵了一瞬,鬼差和来投胎的鬼魂们登时作鸟兽散,独留我与初空尴尬地伫立。

我撇了撇嘴,无言地抹了一头冷汗,心道,我和初空站在一起,是给他们带来了多大的心理阴影啊……

我正感叹着,初空扭过头来望见我,危险地眯了眼。"不是叫你自己想办法逃吗,怎么蠢成这副德行?"

不想去与他解释我心里那些九曲十八弯的思绪,我道:"顶着一副畜生的皮毛能活得舒坦吗,我才不稀罕做一只虎妖呢。"我径直往阎王殿走去。"且去与阎王告知了上面那事,该喝孟婆汤便喝孟婆汤,该投胎便投胎吧,下一世李天王爱怎么折腾便怎么折腾去吧,我可不想费心费力与你斗了。累死了。"

我往阎王殿那方走了一会儿，没听见初空的冷嘲热讽，也没听见有脚步声跟来，我奇怪地往后一望，见初空有些怔愣地盯着我。我奇怪道："你不是要去阎王殿吗？走啊。"

初空眨了眨眼，仿似这才回过神来，他傲慢地一仰头道："哼，小爷要做什么自己当然清楚，谁要你提醒。"

我捏了捏拳头，这家伙真是……忍下怒火，我不再理会他，心想偶尔让他嘚瑟一下也没什么大不了。

推开厚重的大门，我迈步走入阎王殿，难能可贵的是今日阎王竟然没有仰头在书案之后睡觉，而是一本正经地伏案而书，像是在处理什么重大事件。他身边的判官却看着他写的东西，忍出了满头的青筋。

"阎王。"我规规矩矩地对他拱手拜了拜，"又见面了。"

阎王抬头望我，眼神倏地一亮。"哦！小祥子！好好，你又来了啊，初空神君没来？"他一脸诡异的兴奋，直到看见随后步入大殿的初空，他才满意地点了点头，搁下了笔道："你们来得正好啊，方才天界给我传了书信一封。"阎王倚在宽大的太师椅上，抱着手，笑眯眯地望着我和初空。

我被他笑得心里发毛，往后面退了退，初空却在这时一步跨到我身前来，用半个身子挡住了我。他问："天界的书信说什么？"

"是给你二人的。"阎王将书信拈起来，"嗯，我念这信之前你们不先来一架？"

我抽了抽嘴角，这阎王素日里是有多无聊啊，这么喜欢看我和初空把地府闹得鸡飞狗跳？

见我们都不搭理他，阎王颇为无趣地撇嘴道："好吧，这信是李天王寄来的，说是你二人在地府人间的种种作为着实太过分了，他写的命格一个没中，第一世死错人了，第二世完全改变了他所写的命格走向，第三世，嗯，他还没写完，但你们已经下来了。如此种种，皆让他灰心失望，叹白了不少头发。"

他如此一说，我确实觉得有些对不起大胡子李。

"所以嘛，李天王在这信里说了，下一世投胎，要你们必须在人界活过二十年，如若不然，你们再下地府后，皆交由我来处置。"阎王兀自咯咯笑了一会儿，"我已经预料到了，你们一定活不过二十年。"

喂……这家伙到底是抱着什么样的心态来做阎王的啊？

阎王磔磔笑道："两位仙人知道，做阎王确实是个憋屈的活，有一次能随意处置人的机会是多么难得……嘿嘿。你瞅，我已经把怎么罚人都写好了。"

我定睛一看，登时虎躯一震，骂道："你真是个狗东西！"前面的初空亦是狠狠一震："不如狗！"

逗阎王大笑十次，给阎王捶背十次，轻吻阎王脸颊十次……这都是些什么！

原来，他方才是写这东西写得这么认真，也难怪判官看得一脸抽搐。阎王一脸期冀地望着阎王殿的天花板。"你们尽量早些时候下来啊。"

我揉了揉额头，初空也在前面揉了揉额头，他沉默了会儿，收敛了心情道："阎王，正经事。"他向前跨了一步，声音严肃了起来。"此次投胎，我见着了人界有一方洞天与地府地脉相连，有人在那里用活祭供奉神仙。"

阎王一听这话，神色一凝，脸上所有玩笑的表情尽数敛去。"具体方位？"

"约莫在麓华山那一带，若是地府这两日未收到作为活祭的魂魄……也就是说，那位接受祭祀的神仙，是将祭品的魂魄也一并吞了，这已是邪魔之道，须得尽快通报天界，早做防备才是。"

阎王点了点头，沉吟了一会儿，他对一旁的判官道："立即着十名鬼差与我下十八层地狱看看。"

知道事情严重，判官也半分不敢耽误，一躬身，立即退了出去。阎王也坐不住了，跟着判官一同出了大殿，一边走一边道："你二人无须操心此间事宜，自去投胎吧。"

我望了望初空，初空也望了望我。"傻愣着干吗？"初空冷哼道，"你不是很期望去投胎吗，去啊。"

"你这么大火气干吗，我又没说不去。"

我转身出了阎王殿。地府工作人员本就不多，被阎王抽走了十名就更少了，而今看守鬼魂喝孟婆汤的就只有一个鬼差，且这名鬼差看起来还有些呆头呆脑……心底的恶性因子滚动起来，我突然又心生歹念。

回忆起自己什么都记不得的那一世被人欺压的苦难，我恍然觉得什么李天王的失落都可以滚远一点了。我理了理衣襟，正要上前讨要孟婆汤喝，忽然背后传来初空的声音："喂，小祥子，打个商量。"

我侧头看他，他指了指那鬼差。"骗过他，咱们这一世谁也别喝孟婆汤，待转世之后，延续你上一世说的那什么，划清楚河汉界，老死不相往来。"

陡然听见这话，我不知为何心里空了一空，眨巴着眼愣了好一会儿，才道："好，好啊，当然好。"

初空盯了我一会儿，擦过我的肩头，径直走向那鬼差，要了一碗孟婆汤。我不知初空要玩什么花样，也忙跟上前，同样要了碗孟婆汤。

初空一只手端着汤，却不急着喝，另一只手从怀里掏出了一个圆圆的珠子，高深莫测地对那个鬼差道："此珠天上地下唯有一颗，有大法力，我不能带去人界，待会儿等阎王回来了，你且帮我把此珠交予他。"

我看着这天上地下唯有一颗还有大法力的珠子，抽了抽嘴角。你确定这不是方才在路上捡的破石头？

初空将珠子递给鬼差，却猛地一手滑，圆圆的珠子掉在地上，骨碌碌滚远了。呆鬼差约莫觉得这是神君委以大任于他，连忙跟着珠子追去。初空一侧身，将一碗孟婆汤尽数倒在忘川河中。我心里万分唾弃他这种欺负老实人的行为，然后一侧身，跟着把一碗孟婆汤尽数泼进忘川河中，让它跟着河水晃晃悠悠地流向远方。

呆鬼差没找着珠子，回来了，挠着头一个劲地对初空道歉。初空摆了摆手，继续做出一副高深莫测的模样。"罢了罢了，都是天命吧。"

一颗石头滚到一堆石头里面，找到了才是天命好吧……

过了奈何桥，行至六道轮回旁边，我看着井中阴阳两分的世界，心头忽然闪过一个念头："初空，我觉得在咱们身上发生什么意外都说不定，划分楚河汉界老死不相往来什么的太虚幻了，咱们还是来点实际的吧。"

初空斜眼看我，我郑重道："下一世，你投成女人好了。"

他危险地眯起了眼。"小祥子，咱们不妨再换个方式吧。"他道，"你干脆投成男人好了，左右你有颗糙汉的心，下一世既让你的身体和你的心灵达到统一，又避免了咱们生出那不该有的感情，这岂不是更好？"

"我不会做男人，习惯不了男人的身体。"

初空冷哼："好笑，小爷堂堂血性男儿就能习惯女人的身体吗？"

他一用这样的语气说话便极容易挑动我的情绪，我深呼吸，强迫自己冷静下来。"好，咱们还是各投各的。"

我跨上轮回井，正准备跳进去，忽觉肩头一紧，是初空拽住了我的肩膀，将我往"阳"的那方拖，他想让我去做一个彻头彻尾的男人。

我怎能让自己吃这个大亏，便顺着初空的手抱住他的脖子，使劲把他往"阴"的这一边拽。

衣袂翻飞中，我俩拉拉扯扯混乱得不知道最后是用什么样的姿势落进了轮回井。但我记得，在黑暗来临之前，心头恍然有丝阴冷的气息冒了出来，将我周身缠绕……


心口有股被撕裂的疼痛，这是以往投胎都不曾有过的现象，难不成……我这一世患有心疾？

病弱的女子苦追贵公子不成，最后痛苦而死的桥段在我脑海里闪过。我睁开眼，看见有精美雕花的檀木床，想来我投的是个相当富贵的家庭，瞅着床幔上用金线绣出的凤凰，嗯……搞不好这一世还投在了皇家。

心口的疼痛一阵强过一阵，我忍不住用手摸了摸，登时大骇，连连倒抽冷气，这是什么！

我的胸膛上竟插着一把锋利的匕首！更惊悚的是我的胸膛又是怎么回事！怎么会这么平！这手掌为何如此大？上面还长满了老茧，我的纤纤素手去哪里了？即便不是纤纤素手，小孩该有的粉嫩小拳头呢？这明明就是糙汉的手啊！

我挣扎着蹭起身来，胸口尖锐的疼痛，还有失血过多让我的脑子开始发晕，一投胎就要死掉吗？

"……下一世投胎，要你们必须在人界活过二十年，如若不然，你们再下地府后，皆交由我来处置。"阎王的话言犹在耳，我想到了那张纸上的惩罚，宛如有把比匕首更尖利的东西扎进心头，我痛得颤抖。

不行……虽然搞不清现在是什么状况，但是我才来这人世这么一瞬间，不能就这样死掉！若是这么快又下了地府……我的后半生会被毁掉的，绝对会被毁掉的！

我握住匕首的柄，用力向外拔。正在我独自挣扎之时，陡然听见了另一个连连惊呼的声音。

我扭头一看，是个身着华服的圆脸女子，她面色青白，才一起身便"哇"地吐出一大口黑血来，看样子是中了剧毒。

这……这又是什么状况！一个富贵女子与一个糙汉躺在同一张床上，糙汉胸膛插着匕首，女子身中剧毒。我×！我到底是赶上了什么烂摊子！

"我×！什么状况！"华服女子看见我，也是一阵大惊，说完这话，又捂着胸口一阵狂呕。

一种不祥的预感再次浮上心头，我战战兢兢，气喘吁吁地问："初……初空？"声音出口，浑厚雄壮，我暗暗抹了一把辛酸泪。

女子同样惊骇地抬头望着我。"小祥子？"初空娇喘不停，"……阴魂不散。"

"阴魂，呼呼，阴魂不散的是你吧！楚河……楚河汉界，给我划清楚了，不准……靠……靠近我！"一句话说得我上气不接下气，我好似已看见了阎王在向我招手。

"谁……还理你，小爷……小爷先活了命，你自己回地府，去……去亲阎王的小脸蛋吧。"

我浑身一哆嗦，这实在是一个让我赌上骨灰也要勇敢活下去的巨大动力。我手一紧，牙一咬，使出最大的力气，狠狠一拔。匕首退了约莫一寸长出来，但还是有一部分插在我的胸膛里。鲜血流得更多，我气得大骂："哪……哪个龟孙子捅的！老……老子胸膛里面，有黄金吗！"

初空颤抖着滚下床榻，一边吐着血，一边奋力往桌子那方爬，他一抱住桌上的茶壶，便开始大口大口地喝水，可没喝多久，茶壶里的水便没了。

初空也是勃然大怒，手一拂，将桌上的茶具尽数打翻在地，瓷器噼里啪啦响得欢乐。"穷鬼！你家连水都没得喝！"

正在我俩皆陷入绝境之时，这穷鬼家突然有人推门而入。

"将军！"一个劲装男子大步向我走来，"将军！怎么会这样！"初空那方也有两个婢女叽叽喳喳地奔了过去。"啊！公主！公主你还好吗？"

我已经没力气答话，也没力气多想了，只奋力地眨了眨眼，在内心奔腾着羊驼，我和那公主怎么样了，还好不好……你们有眼睛看不见吗……

我再醒来的时候，胸膛的匕首已经被拔了，伤口也已经包扎好了，那个劲装男子跪在我的床边，埋着头，一言不发。我咳了两声，想要坐起身来，那人忙来扶我，给我伺候好了，又跪了回去。我奇怪。"你这是做什么？"

"属下护主不利，请将军责罚。"

我挠了挠头，很想说自己什么情况都还不知道，但是看见一个英勇的汉子在我面前虎目含泪，我还是不忍心告诉他，你家主子已经驾鹤西去了，我只是一个来逛一逛人间的弱女子。我清咳了两声，问道："那个，初……嗯……公主呢？"

跪在地上的男子猛地抬头。"将军何必还挂念她！那青灵公主害了馨云姑娘，又对将军你下此毒手，实在是歹毒非常，将军万不可再容忍她为非作歹！属下恳请将军将此事禀报皇上，太后便是再护着青灵公主，也不能对谋害亲夫这事实视而不见！"

我摸了摸鼻子，心道，原来这还是个三角恋的故事，公主喜欢将军，将军娶了公主，心里却喜欢别的女子，公主一气之下杀了那女子，又杀了将军，咦……不对啊，那她自己怎么会中毒？难道是谋杀亲夫之后心生绝望，服毒自尽了？

我沉着脸不说话。那汉子又道："将军！青灵公主此举实不能再忍了！"

我为难地撇了撇嘴，就算他这么声泪俱下地控诉，我也没办法啊，因为现在在那个身体里待着的是天上的初空神君，又不是什么青灵公主。而且这事情我摸不清前因，预见不了后果，对自己身边的环境也不熟悉，甚至连人都不认识。这一世我又没修仙不会法术，还要在这世上尽心尽力地活上二十年。我若是现在把这个青灵公主给不明不白地坑了，初空死了便算了，他要是死不了，回过头来不知道要怎么坑我呢！这险冒不得，我与初空现在好歹也算一根绳上的蚂蚱，在情况明朗之前，我绝不能和他窝里斗。

我摆了摆手道："你先下去吧，此事我再自己斟酌斟酌。"

男子虽面有不甘，但也不敢冲撞我，咬了咬牙，埋头恭敬地答了声"是"。

我心里正在为这种使唤人的滋味暗爽，忽听门外一阵叽叽喳喳的吵闹声："公主不可啊！您现在还不能下床！""公主若要见将军也不急于一时啊！注意身体啊！""公主！公主！"

我的属下脸色一变。"哼，这青灵公主实在欺人太甚！将军，且待属下去将她赶走。"

"慢着！"我忙唤住他，"那个谁，嗯，且让她进来便是，无妨。"

"将军！"

"让她进来。"

"是……"

哪里还用叫，初空穿着飘逸的衣裳，一脚踹开房门，迈步便走了进来。他面色依旧苍白，但比那日狂呕鲜血时好了许多。"将军？"他冷冷一笑，手指往外面一比画，"除了床上躺着的那个，其他人全给我滚出去。"

我那属下拳头捏得死紧。"青灵公主，你！"

"吵得头疼，都出去吧。"我一开口，那人咬了咬牙，强忍不甘，退了出去。

关上门，屋子里只剩我与初空二人。

"你最好能解释这到底是怎么回事！"初空行至我床边，恶狠狠地瞪我。

我表示无奈地摊手道："我要是知道这是怎么回事就好了。"

初空仿似恨得想捏死我。"叫你投男胎你便乖乖投就好了，你要是不挣扎，能闹出这些么蛾子来！"

"叫你投女胎你干吗不投啊！"我反驳了一句，又道，"不是你怀着小人之心想坑我，我们能变成这副鬼德行！"

"好笑，这馊主意到底是谁先提出来的？你倒往小爷头上扣屎盆子！"

"谁稀罕把屎盆子扣你头上啊！别浪费了肥料！"

初空大怒："你一个女人说话还能再难听一点吗？"

我也大怒:"你要是和陆海空一样,我能把话说这么难听?你还好意思指责我,活像你说话有多好听似的!"

"啊,你还敢跟我比较,你要是像傻祥一样乖乖的,我能对你凶得起来?"

这话一出口,我没能接上来,初空也是一怔。

房间里沉默了许久。初空咬了咬牙,冷哼一声在我床边坐下。

我本不打算再理他,但看见一个雍容美人叉开两条腿在我身旁摆出如此爷们儿的坐相,我觉得有些诡异滑稽,埋头看见自己平坦而宽阔的胸膛,我又是一阵深深叹息。

我一叹,初空便也跟着叹,房间里此起彼伏的叹息声之后,我发出质疑:"可性别再如何转,投胎也该投成婴孩才是,这不伦不类的……还半点不给我适应的时间,这算什么!"

初空转过头来,与我互望了一会儿,我们几乎是同时捶床低骂:"该死的李天王!"

我烦躁地挠了挠脑袋。"那咱们现在该怎么办?一个是将军,一个是公主,还真成了亲住在一个屋子里,这要怎么去划分楚河汉界,老死不相往来啊?"

初空闻言,恼怒的表情一缓,眉头微微挑起。"说来也是。"他摸着下巴沉吟,"二十年……"

我愁眉苦脸地重复:"是啊,还要拼死拼活混满二十年,这才一投胎就险些死掉了,以后要怎么混啊!"

初空沉吟了半晌,忽然抬头望着我。"小祥子,打个商量。"

我一听他说这话下意识便皱了眉头,每次我俩打商量最后都不是商量的那个结果,乱七八糟的意外多得几乎让我自己都惊讶。"你又想干吗?"

"咱们先合作一段时间吧。"他抱着手摆出平时那副高傲的模样道,"现在周遭的情况都太不明朗,待我们把这一世的形势分析清楚之后再做打算。"

他这话说得在理,但这副表情就好似是他在恩赐我一样,我按捺住心头的不满,问道:"怎么合作?"

"真蠢。"初空嫌弃地瞥了我一眼,"我们要在这人世活二十年,要保命，有两种东西绝不能碰，一是江湖，二是庙堂。江湖不用说，一群土匪拼着一腔热血，成天没有缘由地杀来杀去，朝不保夕。至于庙堂，我还好，而你嘛，啧……"他弯唇一笑，说不出地嘲讽，"只怕是活不过两个月。"

我将拳头捏得噼啪作响。

"玩政治，太心累，还是皇家政治。小爷可不想蹚这浑水。所以待情况明朗之后咱们瞅准机会便归隐吧，在深山老林之中安安稳稳地躲着，我还不信天上能下刀子把我给截死了。"

我点了点头，道："蠢，你想将周遭形势分析清楚，找个人来问不就行了吗？"

他冷冷一笑。"搞清楚你我的身份！咱们现在是顶着这副皮囊在生活，断不能让人看出端倪，倘若到时直接被冠上邪魔妖道的名头拖出去烧了，你连哭都来不及。"

"是吗。"我高声一呼，"来人哪！"

我那忠心的属下立即推门而入，戒备地看了初空几眼，跪在地上向我行礼："将军。"

我点了点头，声色俱厉道："你且告诉她，我是何人！"

属下抱拳正经道："回将军，将军乃先皇钦点护国虎将之一，现任骠骑大将军，十五岁时便上阵杀敌，十八岁时带兵突袭敌营，于万人之中取匈奴王子首级！二十三岁大败匈奴，令其五十年内再无精力犯我大齐！"

我点了点头："很好，你再告诉她，她是什么身份？"

他看了初空一眼，埋头道："皇上幼妹。"

我挑了挑眉，这还是桩门当户对的婚事啊，男子英勇女子秀美，天赐佳缘，怎么最后成了怨偶……我陡然想起那日我和初空在月老殿里打的那一架，那一次可是毁了不少姻缘啊……我背上出了点冷汗，清咳两声，回过神来，我接着端着架子问："你再说说，我素日里对公主好还是不好？"

我属下奇怪地瞟了我一眼，但碍于我严肃的神色，又垂头答道："将军待公主……相敬如宾。"

嗯，如此看来这将军素日里对公主其实是不大好的。"公主素日对我又如何？"

属下语塞，正沉默之际，门外忽然有个丫头冲了进来，我犹记得是那日在狂呕鲜血的初空身边一直问他好不好的丫头。

丫头扑在地上，一连磕了三个响头，抬起头来声泪俱下地哭诉："奴婢狗胆，奴婢深知以自己的身份轮不到在这里说话，但将军今日此问着实太让公主难堪！往日公主待将军一片诚心，天地可鉴！公主待将军如何，将军岂会全然无知无觉！公主往日不让奴婢说，可奴婢今日要是再不说怕是要让公主受一辈子的委屈！"

我竖起耳朵，等待她的下文，初空也静静地看着她。

那丫头见没人阻止也愣了一愣，随即才道："馨云姑娘摔的那一跤不是公主绊的，她肚里的孩子也不是公主让她流掉的！她自导自演的一出戏，诓将军看了进去，这一切都不是公主的过错，将军为何又要责罚公主！将军只知那馨云有将军的孩子，将军可知公主也有了将军的孩子！"

宛如一道晴天霹雳，砸在我与初空头顶。

我一晃神，觉得世界有些惨白。我僵硬地扭过头去看初空，他睁大了眼，带着极度讶异后的些许空洞，盯着跪在地上的丫头。"你……你……"

丫头继续声泪俱下地痛号："公主！你别瞒着将军了！奴婢知道你心里苦，但你为何不与将军说！为何还要自己扛着？这次竟……公主便是不想着自己，您好歹也想想腹中胎儿，他何错之有！而今尚不知那毒药对胎儿有无伤害，公主实在不该再为难自己！"

初空脸色又是一白，"胎儿"这个词敏锐地戳到了我与初空的神经，我眼神转了转，落在初空的腹部……那里有个"我"的孩子？孕育在初空的肚子里？

我一时觉得这一世荒唐得如此可笑。

"我……我怀……怀孕？"初空面色惨白，眼神涣散。他揉了揉额头，像是在强迫自己冷静下来，"不对。一定是哪里出了问题。"他站起身来，一边小声呢喃着这话，一边往门外走去，跪在地上的小丫头要起来跟着他，被他狠狠地喝止："站住！趴地上！不准动！"想来他现在思绪定是混乱至极。"我得好好冷静一下……必须要冷静。"

其实，问出这么个结果来，我的惊讶程度并不亚于初空，但是因为对象是初空，所以这件本来很悲催的事在我脑海里愣是转出了几分喜感来。

我接着问跪在地上的小丫头："孩子有多大？"

"约莫三个月了……"

"胡说！"我忠心的属下发话了，"三个月前将军基本没怎么回府！青灵公主何来身孕？"

"奴婢对天发誓句句属实！"小丫头立即反驳道，"三个月前将军有次醉了酒，宿在公主房内……知道自己有身孕后公主本来也想差人去告诉将军，但将军日日与馨云姑娘待在一起……公主又是心高气傲之人……"

我点了点头，心中有些感慨，真正的公主或许到最后也没把这事和将军说，真正的将军永远也不会知道他其实还有一个孩子。

白白让初空捡了个当娘的便宜……

突然之间，我好想看一看初空分娩之时会有怎样的表情。

## 第 九 章

# 初空他……又没了

白日里初空听了有孕在身这个消息之后也不知道跑哪儿去了，我在床上躺了一整天，此时突然来了兴致，觉得自己便是摸不清别的东西，至少应该把自己住的地方给摸清了，当下忍着胸腔的疼痛，掀了被子，披了衣裳便走了出去。

推开门便看见了一直敬业地守在门口的属下，他见了我，大惊道："将军，你伤还未好，要多多歇息才是。"

我清了清嗓子，装出一副深沉的模样道："躺久了乏得很，我出去走走。"

"如此，且待属下为将军安排步辇……"

我揉了揉胸口，心道凡人就是事多，这点伤走几步路还能死人不成？我摆了摆手道："不用了，你点个灯笼给我带路便好。"

这属下从前定是极为敬重将军的，虽然面有犹豫，但还是不敢说什么，打了灯笼便在前面给我看路。"将军想去哪儿？"

我眼珠转了转。"安静点的地方。"

一路他在前面静静地走着，带我弯弯绕绕走过许多小径，最后停在花园围墙外。我点了点头道："你在这里等等，我想一个人走走。"

他自是没有异议。我独自迈步走进花园，一来我便后悔了，此处确实安静，半点嘈杂声也无，大半夜的什么也看不清，唯有假山后一个池塘映着月光闪闪发亮。

等等……池塘边上立着的那人是谁？

我眯了眯眼，定睛一看，登时大惊，那竟是公主模样的初空！他……他这是在做什么？难不成是因为生活对他的打击太大，他想自寻短见？这可使不得啊！他死了，我孤军奋战，岂不是更难做了！

"公主空！不准跳！"我大呼，"珍爱生命啊！"

初空淡淡转头看我："啊？"

语言的力量始终是不大管用的，当下我脚一踩，几步冲了过去，一把抱住他的腰，将他紧紧搂在怀里。"你冷静一点，我们谈谈！"

"你在干什么！"怀里的人奋力挣扎，但现在他一个女子的力量始终是没有我一个糙汉来得强的，任由他纤细的手在我宽厚的胸膛不痛不痒地捶了几拳，我松了他的腰，将他肩膀一抓，捏着他狠狠晃了晃，他整个人仿似都被我晃散架了一样，身子一软，我就势又揽住他的腰，沉痛地说："我知道你心里苦，但是你也不能这样对待自己。好歹……你也是有身孕的人了！"

初空在我怀里颤抖起来。"你……"

我侧耳，认真倾听他的话语，他却抢了拳头，狠狠打在我的脸上，趁我呆愣之际，他一把推开了我，指着我鼻子骂道："你别入戏太深了！"

我揉了揉脸，鉴于如今我二人体格的差距，他这一拳实际是没给我造成多大伤害的。我也万分理解他现在的心情，所以便不与他计较这一拳头的事了。

盯着初空看了好一会儿，我奇怪地问道："你不是要自寻短见吗？"

他气得跺脚："你以为我是有多着急要赶下去和阎王亲热！小爷我傻吗?！"

我又指了指亮晃晃的池塘。"那你是在做什么？"

初空的神色瞬间变得萧瑟起来，仿似一下就苍老了数千岁。"我在感叹天命难违，李天王心狠手黑。"

我无言，与他一同沉默地哀叹了会儿人生。

"那……"我迟疑地开口，"孩子，你还是要的吧？"初空瘦削的肩膀一抖，我抬头，眼神四处乱飘。"其实我还是挺想看你生孩子的……毕竟为人父母，我还是第一次经历。"

初空的肩膀抖个不停，我仿似听到了牙齿都要咬碎的"咯咯"声。我打着哈哈，摸头一笑。"当然，这事还是要女方做主。"

话音未落，一块石头狠狠砸在我的头上，我脑袋一晕，踉跄了两步摔坐在地，胸膛一痛，我感觉有温热的血液流了出来，我呆呆地一摸，在皎洁的月光下抹了一手的血，我骇得倒抽冷气。"救命救命！我不要见阎王！"

那方初空也被吓到了，他呆了呆，忙跑到我身边蹲下。"有无大碍？"他一只手捂着我的伤口，仿似想要以法术为我疗伤，但是捂了半天，连屁也没憋出一个，初空青了脸。"该死的凡人！"

我忙拽了他的手。"不准说死！还没到二十年啊！"

初空喉头一哽，紧紧闭上了嘴，他在衣袖里掏了掏，颇为粗鲁地掏出一方丝绢来，捂在了我胸口上。我也别无他法，只有乖乖让他捂着，静待血液自己止住。

月色朗朗，我能看清初空紧蹙的眉头，清风徐徐，我能听见没了法力的两个凡人交错的呼吸声，如此贴近。

脑海里有很多模糊又清晰的画面闪过，有陆海空仰头望着我静静微笑，也有初空轻轻拍着傻祥的背一同入睡，我恍然发觉，这好似是我与他第一次在两人都拥有记忆的时候和谐相处，互帮互助。

"喂……"

"喂。"

我与初空一同开口，也一起愣了愣。

"好吧，你先说。"

"你先说……"

我俩又是一愣，望着对方沉默了下来。初空深吸了口气，道："……对不住。"

我呼吸一窒，忙转了眼望天上的月亮，看是不是有人做了个假的挂在天上。但令人稀奇的是月亮居然是真的，更稀奇的是，初空方才向我道歉……也是真的！

我傻眼了。

初空眼神闪烁，飘向不明的远方。"在第二世的时候屠了杨府，虽然并非我本意，但也是我没来得及阻止，我赶去之时，圣凌教众教徒已经动完手了，之后未告知你实情，也是我……"

"等等。"我打断他的话，"你要给我道歉的，是这个？"

初空眉头一挑。"不然你以为是哪个？"

我内心的狂风在呼啸，难道不该为经常动手打女人道歉吗？难道不该为害得我要陪着他历七世情劫道歉吗？难道不该为之前做的种种对不住我的事情道歉吗？他甚至都不是为现在将我的伤口打裂了道歉。只是为了……

他做的无数对不住我的事情其中最特定的一件！

我懂了，点头道："原来你好那一口啊，原来你喜欢傻子啊！"

初空听了这话却出人意料地没有发怒，他盯了我半晌，眼神持续往远处飘。"哼，你不也好那一口吗？那个叫陆海空的傻子，还是个瞎了一只眼的。"

他这句淡然的讽刺微妙地将我心底某根神经刺痛了。

我忘了胸口还在淌血，也感觉不到疼痛，拽了初空的衣领，强迫他看着我。我盯着他，严肃而郑重道："你给我听清楚了，陆海空不傻，他眼睛不好，但看得比谁都清楚，他心里比所有人都清明。别再说他一句坏话。"

初空呆怔地望着我，一双黑瞳里全是我那被月光映白了的脸。

隔了许久，他才失神地问道："你果……果真……"

我觉得自己这点心思着实没什么遮掩的必要，而且陆海空也早已经死了，死在初空的过去里。

我点头，直直地望着初空。"没错，我喜欢他，很喜欢。"说完这话，我有些伤感地垂了眼眸，只可惜，这世上再没有一个人会像陆海空那样对我好，我也再不可能那样心疼和喜欢一个人。

整理好思绪，我再抬眼，看见初空的那一瞬我又傻眼了。

他涨红了一张脸，全然不似被我警告过的模样，连耳根子都有羞涩的痕迹。

我讶异地抽了抽嘴角："哎……"

"闭……闭嘴！"初空恼怒地将染了血的丝绢扔在我身上，他自己站起身来，踉踉跄跄往后退了几步，"小爷……小爷不想听你说话！"言罢，他扭身便跑，俨然一副娇羞的模样。

我眨巴了一会儿眼，还没回味过来其中滋味，便见胸膛血液持续而

131

汹涌地往外淌。我大惊失色，连忙捡了丝绢将伤口堵住，挣扎着向花园大门爬去，嘴里呼唤着："救命！救命！"

还没看见初空产崽，我怎能在这时去亲阎王的脸蛋！李天王你让我如何甘心！

花园一夜之后，我又捡回一条命。时光飞逝，眨眼间我养伤已养了两个月。这两个月以来，我的伤已经好得差不多，周遭情况也了解得差不多了。

我知道我的名字叫楚清辉，是个凭着自己出色的军事才能混到将军位置的武将，我那忠心的属下名唤楚翼，是将军的左膀右臂。那公主名号"青灵"，名字叫芙盈，是皇帝的幼妹，当今太后最疼惜的一个女儿。

话说，公主与将军的这段孽缘要从将军从小兵变成将军的那一天说起。将军入宫受封，公主在宫中对将军惊鸿一瞥，从此非君不嫁，愣是让皇上下旨，逼着将军娶了她。

而这时将军还有一个与他私订终身的女子，也就是之前我那属下无数次提过的馨云姑娘。那姑娘是个医女，曾救过将军的命，将军与她感情笃深，但碍于皇命，无奈之下只好先娶了公主。但将军与馨云的联系并未就此断绝，他用不归家的方式来抗议皇命，日日住在馨云姑娘的别院之中，后来馨云姑娘怀了将军的孩子，却流掉了，据说是公主干的，至于到底是不是公主干的，这还有待商榷。

而馨云的孩子终究是没了，将军将这怒火发在了公主的身上，殊不知公主也有了他的孩子，心高气傲的公主无法忍受这样失败的婚姻，最后选择与将军同归于尽。

这是我了解到的事情经过，但这事的疑点尚有许多，我总觉得事情没有表面上看起来那么简单。

我与初空的目的是摆脱目前皇亲贵胄的身份，归隐山林，但按照目前这情况，公主有孕，将军有婚外情，公主她哥定是不会放我们归隐的，而且朝堂上的形势不如家事这般容易了解，要脱离将军公主的身份，实在是让人没有头绪啊。

我坐在凉亭之中，静看亭外秋色，饮下一口酒，又是一声叹息。

在我身边伺候着的楚翼又立即给我添上了一杯酒。我满意地点了点头，除开情势不大明朗之外，我现在的生活还是相当惬意的，吃喝不愁，还有贴身伺候的人，美好得堪比我第一世的日子。

我打量了楚翼几眼，心想，归隐之后，我若还想过不用自己动手便能丰衣足食的生活，必定要想个法子把这家伙给诓走，挑水砍柴，洗衣做饭，看门守家，他一个人可以全部包干，甚至多诓一诓，还不用发他月钱。这实在是一个完美的劳动力啊，我现在必须将他拉拢着。

我清咳两声。"楚翼，你也坐，来陪我喝两杯。"

楚翼一惊。"属下不敢。"

"坐。你我亲如手足，实在不该有尊卑之分，日后有我一杯酒喝，便也有你一杯。"

"将军……"

楚翼正待说话，一个侍卫却走了进来，抱拳道："将军，馨云姑娘求见。"

对了，我还差点忘了，目前这三角恋当中还有一个人活着，这馨云流产了却没死，现在还来求见将军，想来是多日不见君，心里思念了吧……我有些苦恼，和一个女人谈情说爱，这不是为难我吗。可骑虎难下，我只能点了点头道："让她进来。"

那侍卫有些迟疑道："可是……公主好似也正往花园中来……"

楚翼立马道："将军，我且去将馨云姑娘接到内房？"

我估摸着初空总不会和一个女人打架吃醋，当下便豪气地一挥手道："还用躲着她不成，让她们都来。"

凉亭中秋风瑟瑟，我又饮了几口酒，一个粉衣女子蓦地跪在了我跟前，想来这便是那名唤馨云的姑娘。可是情人相见，你一直跪着干吗……我打量了她半晌，见她一直埋着头不说话，我摸了摸脸，觉着自己是不是脸色摆得太严肃了，当下弯了弯唇角，笑道："起来吧。"

馨云却开始颤抖起来，她一磕头，战栗着道："将军……妾身……"

听到这两个称呼，我稍有些惊讶，看来这个将军素日虽确实将馨云当内人看待，但还是有严格的尊卑之分。我摆了摆手道："你先起来。"

馨云这才抬头看我，眼里藏着打量："将军……不罚我？"

有内情！

我挑了挑眉，做出一副高深莫测的模样。"你何错之有？"

馨云埋头琢磨了一会儿，才慢慢站起身来。"将军。"她软软地唤了我一声，坐在了我旁边的位置上。"妾身思念将军多日，今日……"她脸一红，"奈何相思不解相思，无奈之下才来求见将军，若是为难了将军，还请将军责罚。"

我挠了挠头，正想告诉她说话的时候别老往我身上蹭，结果耳边听得一声冷哼，我一抬头，看见初空领着几个婢女走进园子里来，我呆呆地望着他，不知为何，却见他蓦地脸红起来……

初空在那方兀自脸红了几番，竟不躲我，缓步走了过来。

我饮了杯酒，打量周遭的人精彩的面部表情。馨云将我挨得更紧，一脸惊惶。楚翼比我还紧张，悄悄靠到馨云旁边，就怕待会儿初空过来将她杀了一般。初空身后几名婢女的神色也愤慨得十分精彩，唯有初空一脸淡然，抬着下巴，高傲地行至我跟前。

他的脸色有些苍白，想来是怀孕让他身子有些虚弱吧。我摸着下巴想，这样的情况下公主和将军的对话应该是怎样的呢？我苦苦思索不得其果，却见初空一拂衣袖，在我身侧坐了下来，他指了指馨云的手轻声道："放手。"声音不大，但语气中带着把人鄙视到鞋底的傲慢。

馨云立时被烫到了一般撒了手，又"扑通"一声跪在地上，杏眼含泪，楚楚可怜地望了望我。

此时我还没想出将军该有什么样的反应，所以一直装作高深莫测地饮酒，等初空自己收拾场面。

初空也拿了个杯子，倒了杯酒，他身后的侍女立即道："公主，您有孕在身，不宜饮酒。"初空不动声色地把玩了酒杯一会儿，将杯子往桌上一放，推到靠近馨云的那一方。"我倒是忘了这回事，既然如此，馨云姑娘便代本宫喝了这杯酒吧。"

馨云浑身一颤，眼神中皆是惊恐。

我恍然忆起在皇家赐酒与赐死没什么差别，又知道初空这家伙虽傲慢无礼，但绝不会如此随兴杀人，这酒约莫是在逗她玩吧……于是我便也睁大了眼，兴冲冲地望着馨云。

"将军……"身后的楚翼比我还急，我摆了摆手，让他闭嘴。

馨云求救一般看了我一眼，我也直勾勾地盯着她。仿似知道了我不会开口救她，她一咬牙，拿起酒杯，一仰头，将杯中酒尽数饮下。她紧闭着眼，恐惧地等了半晌，却没等到什么反应。她更为惊骇地睁开了眼，望向斜眼打量她的初空。"青灵公主你……"

"本宫如何？"初空笑了笑，"本宫如何，你都只有受着。"

馨云垂下头，拳头捏紧。

场面一时静了下来，初空的手指在桌上轻敲，他垂着眼不知在思考什么，我觉得我这样一直沉默下去也不是办法，便让楚翼将馨云送走了。初空与我坐了一会儿，也让身后的几名侍女到园外去守着。

屏退了左右，我悄悄对初空竖起了大拇指。"你着实很有公主的派头。瞧这傲娇的模样，啧啧……只是如此逼迫一个女子，你心中不会愧疚吗？"我恍然忆起初下地府的那一次，初空身边站着的那个粉衣女子，我努力想了想，终于忆起她的名字，我笑问初空："你对那莺时仙子可曾如此恐吓过？"

初空淡淡扫了我一眼。"莺时断不会做她那副令人厌恶的模样。"

听他如此维护一个女子，又想到他当初说要把我当作太监一般虐待七世之后回去陪那人看星星，我心里陡然不爽起来，将酒杯往桌上一放道："我瞅着馨云那模样没什么不好，柔弱得恰到好处。"

初空斜眼看我，眉头轻挑。"给你一个躯壳你还真把自己当男人了？"

我不想与他再争论这话，扭头望天。"嗯，今日秋高气爽，天气不错。"

初空冷冷一笑，道："我忙里忙外地查消息，某人却闲得在这里左拥右抱地喝酒，男女通吃，你这日子过得确实不错。"

我抗议："第一，我没有左拥右抱，也没有男女通吃；第二，我也在认真地摸清周遭环境。"

"哦，那你倒是说说你都摸清了些什么？"

我肃了脸色，正经道："将军府的厨子水平太次了。"我拿了一个放在桌上的糕点，一边咬一边嫌弃道："真不知道之前那将军和公主是怎么忍受他做到现在的，我正想改日寻个错处将他给辞了。"

初空嘴角抽了抽，毫不客气地将桌上的点心连着盘子一扔，尽数丢进池塘里喂鱼去了。"没出息。"他如此评价我，而后敛了神色道，"你可看出来这馨云不简单了？"

我一惊，忙将一嘴的点心咽进肚里。"她有多复杂？"

"用你仅有的聪明劲想一想，若是心高气傲的公主都决定与将军同归于尽了，又怎会放过她？得知这个女子还活着时我便将她彻查了一番，果不其然，她背后确实是有人在操控的。"

"什么人？"

初空摇了摇头。"我现在能查到的还不多，但此女必定要小心。"初空摸了摸下巴，眯眼道，"以我现在掌控的势力便能查出这馨云的不妥，之前那将军既能从一名小兵爬上将军的位置，想来也是极聪明的人，他必定也能查出馨云来历奇怪，但为何还那么宠爱她呢？还真的被迷晕了头脑不成……"

我摸了摸酒杯，猜测道："会不会……将军并没有像外人看见的那么喜欢馨云？"也没有像外人看见的那么厌恶公主……

初空皱眉想了一会儿，低骂道："这些麻烦的凡人，成天就知道整些破事出来！"

我也挠心肝地着急。"好想去地府抓住他们把前因后果问个明白啊！"

感慨了一会儿，我俩坐在亭子里静了下来，秋风萧瑟，我小声地吐出一句话来："怀孕……感觉怎么样？"初空的声音轻得仿似要消失，我继续问："肚子大起来了吗？我怎么觉得你好似没什么动静啊……"

我本以为听了这话初空可能会发火，哪儿想他只是恹恹地瞅了我一眼，道："要有什么动静，你说来听听。"

我伸出手指挨个数道："食欲不振，浑身疲乏。"

"有点。"

"乳房胀痛，反胃呕吐。"

初空摇了摇头："没有。"

我奇怪。"腹部没有变大吗？"

"我怎么知道它变没变大。"初空奇怪地反问我，"小爷没事还在一个女人的肚子上摸来摸去吗？"

"可是这现在是你的身体啊！"我�‌嘴道，"你以为我每天提着那玩意如厕是有多爽吗？我一个青涩的黄花大闺女都舍了脸皮这样做了，你每天摸摸肚子关心一下小孩又怎么了？"

初空一眯眼。"你以为做女人很轻松吗，胸口沉重得跟铁球一样，每天还要挺着腰走路，真是不嫌累。"

"胡说！你以为我没做过女人吗！哪儿有这么夸张。"

初空挑眉，静了一会儿，忽然诡异地牵扯嘴角笑道："嗯，我想你永远也体会不了我的忧伤。"

我暗自捏紧拳头，这货……到底是在嫌弃我什么……

初空忽然站起身，将桌上的酒壶提走。"下午我再去探探那柔弱得恰到好处的馨云姑娘，将军大伤未愈，酒还是赏给别人喝吧。"他走出了园子。

我盯着空无一物的桌子想了想，初空这孕怀得好似有些奇怪啊，我还是去问问大夫，给他开几服安胎药吧……好歹我们现在也是合作关系，公主攘外将军必得助他安内才是。

用完午膳，我晃去了府中养的大夫那里。张大夫是个中年男子，有些猥琐，有些怕死，从我进他这房里开始他便一直瑟瑟发抖。我皱眉问道："最近可有去给公主把脉安胎？"

张大夫又狠狠抖了几下。"禀将军，自上次公主中……中毒之后，她便不再让小的替她把脉了，送去的安胎药也尽数退了回来。"

"胡闹！"我怒道，"公主任性也便罢了，你竟敢帮着她隐瞒不报！"要是耽搁了初空生孩子，以后怕是再也看不见这种奇观了！

张大夫吓得磕头："将军恕罪！将军恕罪！"

我见他抖得可怜，便让他起来答话。我将初空告诉我的症状告知了张大夫，还没开口询问他，他又"扑通"一声跪了下去，身子抖得越发厉害。我奇怪道："我又没欺负你，你怕什么？起来。"

"小的不敢！小的不敢！"

他这副瑟缩的模样倒将我惹得有些怒了，厉声道："起来！有什么话给我好好说！"

张大夫将头贴在地上，声音颤抖道："小的……小的以为，公主这症状，肚里……肚里怕是怀的死胎。"

我眨了眨眼，一时没反应过来他说的话是什么意思。"你再说一遍。"我蹲下身子，用耳朵对着他，"大声些。"

"公主……公主怀的许是死……死胎。"

我听清楚了，站起身来，觉得脑袋有点晕。张大夫又颤抖道："将军，将军，若是不早日将那胎儿引出来，怕是对母体有极大的伤害啊！

弄不好公主也会……"

我心头大惊，一手提了张大夫，一边迈步往初空的住处疾行而去。死胎便死胎吧，看不见初空产子便看不见，但若他死了……我心头莫名有些慌，若他死了，我还玩什么？

我这边一路急急忙忙赶到初空的院子，他的婢女却闪烁其词，不肯告诉我初空在哪儿。我急得上火，脑筋一转忽然想到先前他不是告诉我下午要去探探那馨云姑娘吗，此时他定是在馨云的别院里。

我又拽了大夫，让楚翼驾了马车，急匆匆赶去馨云的院子。

馨云住在城西一处小别院中，是将军特别为她安置的。马车尚未在院门前停稳，我一步跳下，忽听院子里传来初空一声惊呼，夹杂着骂人的声音。他声音紧绷，仿似带着难以忍耐的疼痛。

楚翼的眉头微妙地挑了挑，他定是万万想不到高傲的青灵公主会骂这样的脏话吧。

而我现在也无心去管我俩的身份是否会被别人怀疑，心道，里面定是出事了。两步迈上前，我一脚踹开了院门，径直走了进去。

看见院中场景我惊了一惊，三名黑衣人站在院中，一人架着馨云的胳膊，她仿似受了不轻的伤。而初空蹲在地上，他额头上全是冷汗，脸色惨白一片，宽大华丽的裙摆铺了一地，两名婢女倒在初空身边，也不知是晕过去了还是已经踏上了黄泉路。

我猛地出现，两方人马皆是一惊，三名黑衣人对了眼色，随着一个"跑"字音落，爆裂的声音乍响，尘埃翻飞，我身后的楚翼未等尘埃落定提了轻功便追上前去，一眨眼也不知道跑哪儿去了。

我根本没心思去管这些来来去去的人，三步并作两步奔到初空跟前。我拍了拍他的脸，让他已经有些涣散的意识集中起来。"喂，你怎么了？受伤了？伤哪儿了？"

初空紧紧地抓住我的手，唇齿间吐不出一个完整的词语，我费力听了半天也没听懂。

他开始不受控制地翻了眼白，嘴里断断续续总算说出了两个比较清晰的字："生……了……"

我脑袋空了一瞬，也顾不得其他，将他的身子打横一抱，掀了下面那宽大的裙摆，只见一摊血以我难以想象的速度晕染开来，头一次经历这样的场面，我也吓得抖了起来，慌不择言道："初空，不对啊！你生孩子怎么跟来大姨妈似的……这不对啊！"

躲在门外颤抖的张大夫仿似看不下去了一般，他瑟缩地跑到我身边，又看了会儿初空，慌乱道："将军！是死胎……胎儿流出来了！不能让公主如此流血啊，必须得止血！"

我在惊慌之中大脑又是狠狠一惊。"该……该……该怎么止血？堵住吗？用什么堵住？擀面杖？"

大夫尚未给我答案，我以为已晕过去的初空却在这时忽然拽住了我的手，他恶狠狠盯着我说："你敢乱来……试试！"

我急得快要哭出来，眼眶红了又红，鼻头酸了又酸。"那你怎么办，你痛不痛啊，你要我怎么办，要我做什么！"

初空见我这模样却怔了怔。"不过……一场轮回……"

他说的，我又何尝不懂，这世间对我和他而言不过是一场轮回，但每一场轮回都是唯一的，错过了便不再存在。凡人太脆弱，所以他们会更珍惜，生而为仙的我与初空或许在心里并不能理解凡人对死亡的畏惧，但在此时此刻，我知道他下腹流出的曾是一个生命，眼睁睁看见一条鲜活的人命在眼前慢慢消逝……

我没办法不害怕，不战栗。

神仙薄情，或许只是因为事不关己。


我在初空床边守了三天三夜。

头一次看见高傲的初空如此虚弱苍白，我十分不习惯，虽然他现在是个女人。这么老实乖巧地躺在床上任人打量，让我感觉好似又回到了他还是陆海空的时候，极脆弱极坚强，只对我毫不设防……虽然他现在是个女人。连我自己都没想到，看见他流血我会慌成那样，就像天快塌了一样，这种新奇的感觉我还是第一次体会到……虽然对象是个女人。

我捂脸，一声长叹。不想我叹了一声后，躺在床上整整三天没作声的人忽然一声呻吟，我精神一振，立马凑到他脑袋边轻声唤道："初空，公主空？你醒了？"

他眼皮抖了抖，极其艰难地睁开了眼。我紧紧盯着他，就怕他再出点闪失。

初空眯着眼，困难地盯了我一会儿，忽然眼睛又闭了回去。我心头大惊，心道方才难道是他回光返照？这可不行！我用手指使劲掰开了他已经合上的眼皮，对着他的眼白，沉痛唤道："不！不要！你不要死！"

"死……不死，是我能说了算的吗……"初空的声音沙哑而虚弱，他眼珠转了转。我总算能看见黑色的眼珠了，心中一安，放开了手，长吁道："你这眼睛一翻一翻的，我真以为你不行了。"

初空斜眼瞟了我一眼，立马又把目光转开了，声音颇为嫌弃道："一醒来便瞅见一个形容邋遢的糙汉蹲在自己床边，闹心。"

他一用这样的语气说话，我便知道他肯定死不了了。心头一直压着的大石头陡然落地了一般，我也不去计较他这态度有多欠揍，在床边坐着便笑了起来。"活过来了就好。"

初空眉毛稍动了动，别着脑袋斜眼看我。"你……很担心我？"

"很担心。"

仿似没想到我会答得这么直白，初空没吭声，脑袋往被子里钻了钻，然后我看见他的耳朵慢慢红了起来。

我暗自抹了把辛酸泪。"你不在了，谁还冲在前面挨刀子，到时候我也死了，要去地府亲阎王的脸蛋，还是你亲过的，想想就觉得恐怖，是吧。"

房间里静了一会儿，初空的脑袋又从被子里伸了出来，他盯着我声色无情道："你出去。"

"去哪儿？"我恍然大悟，"瞧我糊涂的，应该先让大夫来给你诊诊脉！"我拽了初空的手紧紧握住。"我知道没了孩子你定是难过的，但是，人生没有过不去的坎，每一次灾难我们都要把它当作丰富我们人生的财富。"我深深地望着初空苍白中带着些许青黑色的脸，"你一定要坚强！"

初空用力把手抽了出来，颤抖着指着屋门，咬牙切齿道："滚！"

我如他所愿离开了屋子，将张大夫和一众婢女唤进屋去时，我语重心长道："公主才没了孩子，情绪难免低落些，你们好生伺候。"

不眠不休地守了初空三天，任这将军的身子再是铁打的，我还是扛不住疲惫。回了自己的房间，我径直往床上一躺，闭了眼便想睡，可世界越安静，我越能听见胸膛里有什么东西在蠢蠢欲动。

我摸了摸自己莫名其妙有些烫起来的脸颊，仰天长叹，情况有点不妙啊……

"你……很担心我？"

"很担心。"

想到这段对话，我情不自禁地捂住了嘴，简直……就像脱口而出一般，没有遮掩住。

我这是怎么了，到底出了什么问题……

一觉醒来天已大亮，我翻身下床，推门一看，吓了一跳。"你又跪着干什么？"楚翼又规规矩矩地跪在门口，听我询问，俯身磕了个头道："请将军责罚，那几人逃掉了。"

我摸了摸鼻子，心想这将军以前到底是怎样的脾气啊，他家里的人怎么这么喜欢跪来跪去？我摆了摆手。"罢了，逃了便算了。"言罢，我抬脚便要往初空那方走，楚翼却还没起身，又磕了个头道："将军，馨云姑娘……您布了这么久的局，就此放她走掉……"

我脚步一顿，眼神落在楚翼身上，那将军之前果然对馨云这女子起了疑心！看样子，楚翼对将军布了什么局相当了解。我眼珠一转，道："事已至此，也只能走一步算一步了。"

楚翼把额头贴在地面上，声音中带着自责与痛悔："都怪属下无能！让馨云同那几个卫国细作一同逃掉了。"

我点了点头，原来那馨云竟是卫国细作，想来之前那将军定是识破了馨云的身份，将计就计把她留在身边，以此反过来刺探卫国的消息。果然是一个聪明的将军。我坦然道："无妨，兵来将挡，水来土掩，你且先起吧。"

楚翼总算肯起来，他看了我几眼，颇为忧虑道："将军，如今边境形势一日紧似一日。只怕用不了多久战事又要开始，而自上次重伤以来，您的身体……"

他的忧心我听在耳里，落在心里的却只有六个字"战事又要开始"。我忽然觉得，之前初空与我说的什么江湖和庙堂都不算什么，最容易死人的地方明明是沙场啊！千军万马之中，死了连尸体都找不全好吧。

我揉了揉额头，佯装淡定。"嗯，我自有打算。"说完，也不看他的表情，急匆匆往初空那里赶，这事我们必须得好好商量。

走进初空的房间时他正在喝药，婢女用精美的小勺子一口一口地慢慢喂他，我见他喝得眉头皱成了一团，想来像这样品茶一样喝药定是让他痛苦不堪。我两步走上前，从婢女的手里拿过药碗，道："我来，你们都退下吧。"

几名婢女面面相觑不肯走，直到初空开口让她们退下，几人才鱼贯而出，把门关上了。我毫不客气地在他床边坐下，把碗递给初空，让他自己喝药。初空不满地看了我一眼。"你倒是喂我啊。"

我心里正火烧一样着急，听了他这话也懒得与他争，一起身，抬了他的下巴又捏了他的嘴，一碗药"咕咚咕咚"地给他灌了进去，一如他当年在奈何桥边灌我孟婆汤一样干脆。

将碗往旁边一放，我严肃地告诉他："大事不好了。"

一个拳头呼啸着揍上了我的脸。"你先去给我死一死！"

他这一拳自然打得和挠痒似的，倒累得他拉风箱一般在旁边咳了个半死。我拽了他的手，帮他拍了拍背，继续严肃道："初空，我觉着咱们到了该私奔的时候了。"

初空喘气和咳嗽的声音一顿，他斜眼看我，极为蔑视。"你又闯什么祸了？"

"你知道吗，那个馨云居然是卫国的细作。"

"嗯，知道了。"

"将军之前也知道馨云是细作，他是在反侦察！"

"嗯，也知道了。"

"齐国与卫国可能就要开战了，搞不好上战场的就是我啊！"

"这个大概也猜到了。"

我气得咬牙。"你怎么什么都知道了但是什么都不和我说！你个阴险的家伙是想看着我身死沙场然后去改嫁吧！"

"这些都是在我去馨云那院子后知道的，小爷只是一直没找到机会与你说罢了。"初空道，"当时若不是肚子突然痛了起来，那四个家伙早被我捉住了。"

我奇怪道："你不是没有法力了吗？"

初空嗤笑道："有的东西是深入灵魂之中的，算了，与你说了你也不懂。小爷现在就是这身体碍事了些，咱们俩若换一换，看我不玩死那几个凡人。"

我叹息。"事实是咱们俩没办法换一换啊，所以我们还是跑吧，你若还想留下来玩，那我自己可先跑了。"

我话音未落，忽听敲门声起，婢女的声音在外面响起："将军，皇上有旨，要将军即刻入宫。"

初空望着我，淡淡道："嗯，看来，你是跑不了了。"

我捂住胸口，默默淌了一脸辛酸泪。

第 十 章

# 一起愉快地去打仗

进……宫?

最近,我这将军和初空那公主相处得不大太平,前两个月自相残杀了一次,昨天公主又小产了,皇帝作为"我"的小舅子,应该不会给我什么好果子吃……

我心中忐忑,在进宫的路上无数次萌生了逃跑的念头。但看了看骑马跟在我身侧的楚翼,我觉得他约莫是不会跟着我一起跑的吧。没有这么个打杂的手下,我的平民日子应当过不逍遥。我咬了咬牙,心一狠,安慰自己道,皇帝也没关系,就算他再怎么厉害,也不可能透过这副货真价实的男人皮骨,看见我那脆弱的女子内心。

在第一世的时候我曾随宋爹入过几次宫,宫里的礼数现在还都记得,走过重重深宫,太监带我行至御书房。

宽大的书案后坐着一位身穿黑红色龙袍的男子,他正伏案而书,神情极为严肃。我在心里嘀咕,同样是王,这位人界之王坐得可比地府里的阎王端正威严多了。我不知道素日里皇帝和将军见面是怎么个相处方式,也不知道这两人平时关系好不好,索性一埋头,一言不发地跪下。

面对强者,服软总是好的。

太监识相地站在皇帝身边,垂眸屏息,降低自己的存在感。

我听见皇帝搁下笔的声音。"清辉。"他声音低沉,轻声道,"芙盈身子还好?"

我想了半天才想起来皇帝说的这个清辉和芙盈正是我和初空，我心中哀叹，果然是兴师问罪来的，我埋头道："微臣有罪。"

皇帝那方默了默，我忽听一声轻笑，皇帝道："你且起吧，而今这里已无太后眼线，不必再做如此模样。"

咦，什么状况？我心里打鼓，佯装镇定，站起了身子。书案后的皇帝唇边挂着一丝若有若无的笑，但眼神如寒冰般刺骨，他直勾勾地盯着我道："清辉，你说芙盈这腹中之子掉了，于我们而言是利多还是弊多？"

这皇帝和将军之间不纯洁啊……

我眼珠一转，捧皇帝的臭脚道："微臣愚钝。"

皇帝又轻笑了几声。"多日不见，清辉竟学得谦虚起来。"皇帝的手指在桌上轻敲，"昨日知晓这消息之后，朕既高兴这皇位暂时保住了，又忧虑……再隔些时日，大齐江山恐怕不保。卫国这着棋下得妙极。"

我全然听不懂他在说些什么，只有死死盯着自己前面的地砖。

御书房中沉寂了一会儿，皇帝忽然站起来，缓步行至我跟前，道："说来，清辉最近对朝事好像有些怠慢。"我心中一惊，想要跪下，皇帝像早就料到我的动作一样，将我手臂一揽，把我扶了起来。"清辉不用拘礼，我这并不是在责怪你，你我兄弟多年，我自然知道你忠心不贰，只是……你在芙盈这儿，是否心软了太多次？"

我浑身僵了僵，心里苦道，我对"芙盈"没办法不心软啊……

"我知道芙盈自幼对你痴心，两人在一起久了难免生了些不该有的情愫。"

我心里奇怪，将军和公主都结为夫妇了，这世间还有什么样的情愫是他们不该有的？

"我听闻，你看见芙盈小产之后形容哀恸，不眠不休地守了她三天三夜，甚至只让楚翼一人去追踪那几个卫国细作，而今这几个细作跑了，清辉你看，这事你是不是也有些责任呢？"

我听了他这话的意思，又感觉到皇帝还扶着我的臂膀，我心中的羊驼在呼啸，你这死皇帝有话直说行不行，到底是要我跪还是不要我跪啊，到底是让我请罪还是不让我请罪啊！直说一下会死吗！

我不知该如何回应他，索性当他刚才放了一通屁，继续沉默不语。

皇帝见我不说话，又兀自呵呵笑了一通。"清辉莫要紧张，你我情同手足，我怎么会惩罚你呢。"他缓步走回书案后，理了理衣袍坐下，"今日让清辉进宫，仅是想告知你一件事罢了。"皇帝提笔，重新拿了一张纸，一边写一边道："卫国不知何时会给咱们大齐下战书，彼时怕是要辛苦清辉上阵迎敌，此战只能胜，不能败。否则，你我都只有这一个下场了。"

他将写好的纸递给我，上面用血红的朱砂笔批了一个刺眼的"死"字。我嘴角抽了抽，这皇帝该直白的时候还是挺直白的嘛。

离开御书房前，皇帝幽幽地对我说了一句话："清辉，大战在即，兵符可得好好护着。"

我心口一紧，冷汗直下。

兵符……我上哪儿去给你找兵符，难道要我这个将军屁颠颠地跑去问楚翼，我之前把兵符放哪儿了？这不可靠吧！

回到将军府，我也顾不上其他，径直冲进初空的房间，这次他正在喝粥，一脸享受，我背后的冷汗却贴得我一身寒凉。我从婢女手中抢过碗，道："我来。"

婢女看了初空一眼，初空淡淡道："下去吧。"

房门掩上，我一脸沉重地坐在初空身边。"大事不好了。"

初空这次学乖了，从我手里将粥抢了回去，一边悠闲地喝着一边道："你进宫之前已经说过了。"

我急得上火。"这是真不好了！"我把入宫的事与初空仔仔细细交代了一遍，而后问他，"你说这皇帝到底是什么意思？还有这兵符，我之前和那将军又不认识，我怎么知道他把兵符放哪儿了，到时候上阵打仗倒是其次，一个将军拿不出兵符，我只怕还没出师便被皇帝拖去砍了吧。"

初空淡定地喝完粥，将碗一放，抹了抹嘴，十分坦然道："嗯，你说的兵符，是不是这玩意儿？"他自怀里掏出一块虎形的白玉石，上面精细地刻着虎纹。

我呆了一呆。"你从哪儿偷来的？"

"从咱俩来到这世间开始它便一直随我贴身放着，我之前虽不知这是个什么玩意儿，但看模样应该能卖个好价钱，所以便一直贴身收着，想等以后隐居山林之时，将它拿去典当了，嗯，没想到，这确实是个宝贝。"

我彻底迷糊了。"等等，将军的兵符怎么会让你贴身藏着？今天皇帝对我说的那一番话，明明皇帝和公主应当是处在对立面上的敌人啊。"

初空笑了笑，嘚瑟道："这之中的前因后果我已全摸了个清楚，你想知道吗？想知道就唤我一声大爷，认一句错来听听。"

"大爷我错了。"我十分干脆道，"快，告诉我到底是怎么回事。"

我兴冲冲地盯着初空，初空却咬牙切齿了很久没说出话来。我觉得这个傲娇少年越发奇怪了，满足他的要求也不是，不满足也不是，真是让人难做啊。

初空缓了好一会儿才肃容道："你可知当今皇帝的皇位坐得并不稳妥？"

"我怎么会知道。"

"我没要你回答！"初空额上的青筋乱跳了一阵，长叹一口气，道，"如今这太后并不是皇帝的生母，却自小抚育皇帝长大，先皇去世得早，太后便垂帘听政，掌控朝政。但皇帝一天天大了起来，也越来越难以掌控，太后便欲废掉皇帝，要立新帝，而皇帝膝下无子，没有人选，正巧这时太后自己的女儿青灵公主怀孕了。太后便想立公主肚中孩子为新帝。"

"可是太后怎么知道公主怀的一定是男胎？"

"是不是又有什么关系，只要太后想，不管公主生的是什么怪物，最后都只会变成一个男孩。"

我恍然大悟："他们要调包！"

初空点了点头："如此一来，皇帝彻底被废，太后立了新帝，便可更为彻底地掌控朝政。公主只怕不是自己服毒而死的，而是被卫国细作害死的。你想，除掉了公主和她的孩子，皇帝和太后便可以继续势均力敌地争斗下去。齐国内政不稳，受益最大的自然是卫国，他们大可趁齐国内乱之时发动战争，所以你今日入宫，皇帝才会告诉你，他既高兴又忧虑。所以他才会给你批一个鲜红的'死'字，告诉你，与卫国开战，你只能胜，不能败，你若败了，不用太后耍多少阴谋，他这皇帝，也该做到尽头了。"

147

"为了保护皇帝而战？"我不解，"可军队，从来不该为了维护谁的统治而战。"

初空挑了挑眉。"你说得没错，但你若不维护他，皇帝现在便可杀了你。"

我一声叹息。"凡人思想太落后。"我心思一转，问初空，"你怎么突然之间把这些事情都了解清楚了？"

初空一笑道："在你入宫之后，太后也派人来找我了，我便从那人的嘴里将这些事情完完整整地套了出来，我可不像某人，只会被别人拉去稀里糊涂地训斥一通。"

虽然他说这话的语气确实很欠抽，但我就此事不得不认真思考一番……我和初空，在智力上难道真的有差距吗？

初空往床上一躺，逍遥道："现在事情都弄清楚了，而今在京城你我是怎么也跑不了的，唯今之计只有等卫国与齐国开战了，毕竟在兵荒马乱之中丢一两个人，也是很正常的事情。"

这家伙……居然把临阵脱逃说得这么义正词严。

我表示鄙视地撇了撇嘴，心中忽然又闪过一个疑问："初空，那你说将军是怎么死的？他胸口的匕首又是谁插的？这将军看起来一副很能打的样子，但是为何那一天他好像并没怎么挣扎？"

初空闭目养神，懒懒道："这还重要吗？大局势中，谁还记得这些琐碎的儿女情长。"


三个月后，正值隆冬，卫国向齐国下了战书，此时在齐国国都，太后与皇帝正斗得白热化。出师之前，皇帝又将我唤进宫里威胁恐吓外加安抚了一番。我心想，既然他都这么说了，到时候我一定不到战场就溜掉。

回了将军府，初空一边烤着火啃着鸡腿，一边恨恨道："该死的卫国，隆冬腊月打什么仗，害小爷要在这种天气乱跑。小祥子，去，回头与他们战两场，将他们虐上一虐再跑。"

我一边盘算着自己要带哪些东西，一边嫌弃他道："你又不上战场，就知道使嘴皮子功夫，要虐你自己虐去。"

初空咬了一大块肉，含糊咕哝道："谁说小爷不去。"

我眼睛一亮，盯住他："你要扮作我的模样，替我上战场吗？公主空，变成女人之后你倒是越来越有人性了啊。"初空淡淡瞅了我一眼，忽然意味不明地冷笑一声，又继续啃自己的鸡腿去了。

他出人意料地没有反驳我，倒弄得我心里忐忑起来。

之后几天初空莫名其妙地不见了人影，直到出师那天我也没看见他。我开始有些忧心，并非忧心他，而是忧心自己——天知道他背地里又要玩什么阴谋诡计……

出师这一日，我与皇帝喝过血酒，走下长长的承天台，我身披重甲，骑上战马，战马脚步踉跄了一下，它甩了甩头，我想约莫是在铁甲里挂的金条太多了……我在京城百姓的目送中，一脸凝重地领着兵马，威风凛凛地出了京城。

我听闻这楚将军生前打仗万分勇猛，又极善兵法，有他参与的战争，己方再是劣势也仍能争得一个平局。是以卫国相当畏惧这个楚将军，于是，理所当然地，在大军尚未行至前线之时，我已经苦命地挨了多次暗杀。

只是我这时出奇地命硬，下毒有楚翼给我挡着，暗杀有楚翼给我挡着，他的肉盾实在挡不住了，我一身"含金"的铠甲也会替我挡着。每次有杀手近了我的身，我不动也不跑，稳稳地在那儿一坐，待杀手一挥刀砍向我，不管是脑袋还是肩膀抑或是腹部，首先崩掉的便是杀手的大刀。久而久之，军中竟传出楚将军英勇无敌，修炼有金刚不坏之身的说法。

凡人不知……将军我这"金刚不坏之身"不是英勇无敌，而是跑起来实在困难。

刺杀带给我最大的困扰是楚翼将我看得更紧了，他成日肃着一张脸在我身边转悠，我想要逃跑就越发困难起来。眼瞅着前线一日一日近了，我每日焦虑得夜不能寐。

这夜，军队在郊外扎营，我独坐营帐之中，愁得头痛，忽闻帐外传来楚翼的呵斥声："放肆！你是何人手下？竟敢冲撞将军营帐。"

又是刺杀？我等了半响却没再听见什么声响，心底一好奇，我走出营帐，见一名身材瘦弱的小兵被楚翼捉着，他眼神冷冷地望着楚翼，见我出来，目光便转到了我的脸上，他微微一挑眉，口型微动："小祥子。"

我也是一挑眉，没想到初空这家伙居然易容成了士兵混在我的军队之中。可是行军这么多天他都不来找我，今天跑来是怎么个意思？我清咳一声，道："小兵有何事禀报？"

在火光的映照下，初空的脸色显得有些苍白，他刻意压低了声音，沙哑道："将军，是性命攸关的大事。"

我点了点头："进来说。"

楚翼不肯放人。"将军，这恐怕不妥……"

"无妨。"我豪气地一挥手，将初空带进了营帐。只是这里不比将军府，一说话外面就皆能听得清清楚楚，我让初空来到书案边，递了支笔给初空，然后开口问道："何事禀报？"

初空一边说着"性命攸关之事"，一边在纸上写道："我肚里还有一个孩子。"

我愕然，瞠目结舌地望着初空，一时忘了接话。天地良心，他掉了孩子之后我可真没碰过他！难不成是这短短三个月，他……他竟在外面找了男人？我瞬间觉得自己头顶变成绿油油的，但仔细一想又觉得这事蹊跷得很。这初空神君当……当真喜欢男子？所以等终于有了个女人的身体，他就迫不及待地把自己……这当真是件匪夷所思的奇事。

许是见我的表情越来越奇怪，他又写道："把你脑子里乱七八糟的想法给我剪掉。"初空神色严肃，继续写道："上次那死胎只流了一半出去。"

我继续愕然，这公主怀孩子还半个半个的来？

初空凝重地看了我一眼，又写道："这身体又小产了。"

接二连三投来霹雳一般的消息，初空将我彻底震慑住了。我呆怔了好一会儿，然后一言不发弯身下去掀开了他的衣摆，只见他青色的裤裆有一片暗红色的印迹在慢慢扩大。

我愣了好一会儿，心头忽然有个念头闪过。我问："痛吗？"

他直截了当道："痛。"

我点了点头，站直身子，将嘴凑到他的耳边轻声道："我想，你是癸水来了。噗……"初空浑身一颤，转过头来，目光有些失焦地看我。我拍了拍他的肩说："这很正常，你要习惯。"

然后初空便捂着肚子蹲了下去。我见他一副受刺激太过的模样，一时有些心软，将他拖到我床榻边，然后走出营帐，对守在外面的楚翼道："拿件干净的衣服过来，再给我准备些棉布和针线。"

哪儿想我说了这话，楚翼却用一副奇怪的表情看我，等了好一会儿他才点了点头，欲言又止地离去。我不明所以，抬头扫了一圈外面的士兵，见他们皆是一副尴尬的神情。我回头一看，正巧看见营帐内的火光将初空的身影投射在营帐的帐面上，我清清楚楚地看见他翻了个身，躺上了我的床。于是我瞬间明白了这些人吃了蛤蟆一样的表情是怎么回事。

可事已至此我能如何解释……摸了摸鼻子，我等楚翼拿来了我要的东西后赶快闪身入帐，熄了帐内火光，杜绝他们再想一些乱七八糟的事。

让初空换了衣服，我又摸黑给他缝了块兜布，初空一脸惨白地躺在床上，细声怔然道："你们女人，确实活得不容易。"

我身体向来健康，从来不知道癸水之痛的厉害，但此时竟从初空嘴里听到了这么一句话，我登时觉得这样的疼痛定是让人生不如死的。将手探进被窝，我替他捂着肚子，悄悄地说："你知道就好，看你日后还能心安理得地欺负我不。"

"为什么不。"初空理直气壮，"现在我才是女人。"

我摁了摁他的肚子。"你真不要脸。"

替他捂了一会儿，我也困了，翻身上床躺在他旁边，我含含糊糊道："咱们什么时候跑啊，眼瞅着都到前线了。"

"我说了，要将那卫国人虐上一虐。让小爷受了这般苦楚，不还回去，对不住这一身伤痛。"

我一声叹息："又不是卫国人让你来的癸水，你和凡人计较什么，赶快跑路才是正经事。"

"偏不。"

我嘴角抽了抽，心想初空这货陷入执念了，我披着这一身金甲上战场只有让人砍的份儿，果然……明天我还是扔了初空自己跑掉吧，左右他现在来了癸水，也不能使什么阴谋诡计。

可计划总赶不上变化，第二日，我又遭遇了刺杀，只是这次刺杀我的……是卫国一支两千人的军队。此处正位于山坳之间，一边是高山，另一边是悬崖峭壁，下面便是一条大河，卫国军队埋伏在此，待我们走过之时突然从一边的高山之上滚下了块块巨石。

我骑在马上，初空骑马跟在我身边，他驾着马左躲右闪，没一块石头打中他，但是我这匹马虽是好马，碍于其负重太过，反应总是慢半拍，我也驾着它左躲右闪，躲掉了大石头，总有小石头砸在我脑袋上，没多久我便被砸得晕乎乎的，身手也跟着迟钝起来。

忽然我只觉头顶有阴影在向我急速靠近，我仰头一看，一块巨石轰隆滚下，直直向我倾轧而来。我心头一空，觉得这下真得被碾作肉末，然后下地府亲阎王了。

电光石火之间，一匹马猛地撞上了我这匹马，我只觉身侧有人猛地撞向我，我被他从马背冲撞到地上，巨石从我身边滚过，险些碾断我的腿。我怔怔地望着趴在我身上的这人，有点傻眼。"初空，你凭一个女人的身体，到底是怎么把我给撞下来的……"我现在自我活动都很艰辛啊。

初空揪了我的衣领破口骂道："你倒是越发愚蠢起来了啊！真想去亲阎王的脸吗！"

我刚想解释我确实是跑不动，但还未张口，忽觉身下地面一震，我一惊，初空也是面色一变。"不好，巨石将这路压松了。"他站起身，还未稳住身子，我只觉地面一斜，整个人骨碌碌往一侧滚去，侧头一看，下面是翻滚的河水。

这……还不如方才径直被碾死来得痛快……

手臂一紧，我回头一看，是初空趴在地上拽住了我，他面色苍白，疼得整张脸皆皱成一团。"你……怎么……这么沉！"

对不起，沉的是黄金……

"你撒手！"我道，"不用陪我一起死。"我始终还是个心善的人，死到临头，我不愿拖着一个垫背的，毕竟这一世总的来说初空对我还算不错，我俩关系也处得和谐，没必要在这里同归于尽。

初空却咬了牙，死死拽着我。我心头颤了颤，对着他这张易容成男人的秀气的脸莫名其妙乱了心跳。我心头恍然划过一丝感悟，原来这一世的小媳妇追相公是这么回事啊，原来，被小媳妇追是这样的感觉啊，原来，明知道他是初空，我还是会有控制不住心跳的时候啊……

黄金是伟大的，初空的身体是被我沉重的躯体生生拖下悬崖的。

"扑通"一声，刺骨寒水没顶而过，我被这身铠甲拽得直接往河底沉，恍然间想起初空现在还在来癸水，他……应该很是难受吧。

脖子一紧，一只纤细的胳膊抱住了我的脑袋，我感觉有人死命拽着我往河面上浮，但是怎奈这一身铠甲过于沉重，拽着两人一起往河底沉。

来救我的初空狠狠抽了抽我的脑袋，仿似气得不轻。

一路往下沉，我稳稳地站在河底，模模糊糊地看见初空在焦急地扒我的铠甲，缺氧让我的大脑开始迷糊起来，我下意识张大嘴要呼吸，却愣生生灌了一口水进来，我下意识想挣扎，嘴里吐出气泡，更多的水灌了进来。

正惶然之际，温热的唇轻轻贴上了我的嘴，一口气渡入嘴里，我脑子一下清醒不少，我身上一轻，沉重的铠甲落在河底，溅起河沙飞舞。初空提着我的衣领便往上游，他动作有些慌乱，想来……也是快窒息了吧。

眼瞅着河面上的光越来越亮，我忽觉脚下一紧，不知从哪儿蹿出的一根水草拽住了我的脚。我大惊，慌乱地挣扎，初空还没浮出水面，见又拽不动我，他回头一看，脸色变了变。

忽然，缠住我脚的那根水草猛地将我往下一扯，我心头奇怪，不对啊……这感觉明明就像是个活物在拽我……

我一回头，看见拽住我脚的那根水草竟变成了一条铁链，缠住了我整条腿，它将我又是一扯，我全然没反抗能力，被它拉了下去。我瞪大眼惊骇地望着初空，只觉一股大力卷来，我被狠狠拽了下去，脑袋撞在河底，黑暗来临之前，我感到有人紧紧抓住我的手，不管水流再汹涌都没有放开。


"叮咚，叮咚。"

水滴青石的声音在耳边回响，我睁开眼，看见一根根尖刀般的石柱锋利地指着我，仿似立马就要掉落下来，将我扎得百孔千疮，我被这景象吓得心头一寒，立即清醒了过来。

我翻身坐起，昏迷之前的记忆接踵而来，落水，扒衣，渡气，一个不落。没来得及因初空为我渡气而感到娇羞，我先想到他扒了我那身黄金甲，心头大恨。这活是活下来了，以后没有钱要怎么生活哟！初空那货是不知道没钱的窘迫，在回天界之前我可是真的不想再尝到那样欲吃肉而不得的痛苦了。

可是再恨也无用，如今事实已定，我也唯有接受。

我揉了揉脑袋，扭头看了眼四周的环境。此处好似是个幽深的溶洞，到处都是钟乳石。我万分奇怪，我记得我明明就是被那奇怪的铁链拽到了河底，为何现在却在这种地方？而且……初空呢？

我扶着一旁湿润的石壁想要站起来，忽觉下腹一阵刺痛，宛如针扎。我强自忍了一会儿，疼痛却愈演愈烈，仿似有把利刃在我腹中翻搅，令我疼得蜷成一团，紧咬着牙却还是按捺不住呻吟。

这是……谁给我灌了毒吗……

"小祥子。"有人拍了拍我的脸，"喂，你坚持一下。"来人抓着我的肩膀晃了晃。

我在疼痛之中努力睁大眼瞅他，溶洞中光线微弱，我只勉强看清了他的轮廓，然后我呆住了，还没来得及惊呼，下腹又是一阵绞痛，我弓起身子，努力想挣开那人的掌控，但是手臂使不出半分力气。我喘道："鬼……鬼大爷跑出来了……"

我看见那人竟长了一张"楚清辉"的脸。

"楚清辉"皱了皱眉，很是不满道："你大爷跑出来了，小爷是初空。"

我倒抽了一口冷气。"你怎么……现在长得和我一……一样？"话一出口，我又吓了一大跳，我嘴里吐出的居然是如此纤细的声音，近来一直用男人的嗓音粗犷惯了，突然女人起来我还相当不习惯。

初空很是嫌弃地撇嘴道："谁与你一样了，你仔细瞅瞅你自己。"言罢他捏着我的手一举，放到我眼前。我定睛一看，纤纤素手，柔若无骨，这……这竟是双女人的手。我有点不敢置信地动了动手指，发现这果然是自己的手。我心头大惊，下腹大痛，恍然大悟道："我们……我们这是又换身体了？"

初空点头道："虽然不知是怎么回事，但现在好像确实换了回来。"

我勃然大怒。"儿戏！胡闹！实在荒唐！"骂完这三句话，我先捂着肚子忍了一会儿，才有力气继续愤怒道，"灵魂宿于肉体之中乃是轮回秩序，天地大道所定，唯有轮回井方能使之转换，便是神仙也不能妄自调换生灵命魂，谁那么大胆敢把我们俩转换过来！乱了天地秩序！该杀！"

初空斜眼看我。"你只是不满意现在换成了这个公主的身子吧。"

我抱着肚子，切齿地恨道："谁愿意莫名其妙来受这份罪！"肚子痛便罢了，真正让我忧心的是，这公主的身子怕是不用别人害她，她也活不过二十年啊！先前痛在初空身上，我看着虽有些心软，但没有这么切身的体会。

原来……葵水之痛，痛如蛋碎……

腹部一暖，是初空从我身后探手来替我捂住了下腹。我身子微微一僵，听得初空道："我知道你现在疼得火大，可这也不是小爷我故意使的招。此处是何处，我们是怎么来的，我也是一头雾水。但我想此处定有蹊跷才导致了我们灵魂转换，若是寻得缘由……"初空神色扭捏道："若是行得通，咱们换回来就是。"

心头不知掠过何种感受，我侧过头，借着溶洞中微弱的光线细细打量初空的侧脸。

他扭着脑袋不知望向何处，许是我的目光太灼热，盯烫了他的脸，他眼睛一转，飞快地瞟了我一眼，又望着远方道："哼……哼！你可不要误会！小爷不过是觉得既然投胎都投成了那样，为神为仙者便应该顺应天意，应该……"他嘟嘟囔囔找不到接下来要说的话，我依旧目光灼灼地望着他，初空忍了一会儿，竟莫名其妙地自己生气起来。"总之，换回来就是了！你别盯着我！"他转过头来恶狠狠地瞪我。

我眼光一转，老实地不再看他，目光落在他捂住我小腹的大掌上。这双手掌的温暖像是在我的小腹点燃一星火苗，沿着血液的走向，烧了我一身。

我覆住了初空的手，激动道："你要记得！我们说好了！你说了哟！"

初空僵了僵，眼神斜斜落在我脸上，他看了我半晌，微微咬牙。"是啊，我说的……我嘴贱！"

下腹又是一阵绞痛，我忍了忍，笑道："那咱们就先四处找找吧，老在一个地方待着也不是办法。"我拉开初空的手，站起身来。"现在好

155

像没那么痛了，我们赶快四处看一下这个地方。"

初空盯了我几眼，率先走在了前面。"哼，这可是你说的，待会儿可不要给小爷喊累。"

一边走一边看，我才发现这方溶洞奇怪得紧，明明四周皆是石壁，没有任何透光的地方，但是这里仍能让肉眼视物，溶洞顶上的钟乳石与其说是石头，不如说更像是暗器，就等着入侵者一个不留神踩上机关，它们便会尽数落下。越是往溶洞深处走，头顶上凌厉的杀意便越发明显。

"喂。"我忍不住唤了前方的初空一声，"这里好像有点不对劲。"

"嘘，安静。"初空忽然顿住脚步。我急急忙忙跑到他身后，紧紧贴着他，有些慌张地四处打量。"什么？发生什么情况了？"

我的话音还在溶洞之中回响，忽听耳边"咻"的一声破空之音乍响，一支石箭从上射下，擦过我的耳边，直直钉在了地上。我愕然，抬头望了眼洞顶，然后拽紧了初空的衣裳。"这……这下糟糕了啊。"

像是要印证我的猜测一般，接二连三的石箭自洞顶射下。初空揽住我的腰，我腹中又是一阵绞痛，一时没忍住，哼唧了一声，初空道："忍忍。"

将军这副身子换到初空那儿确实好用了许多，他搂着我这个累赘左躲右闪，施展轻功飞檐走壁毫不费力，漫天箭雨竟被他尽数躲开。站稳身子，初空满意地看了看他的胳膊，带着半分得意道："这身体锻炼得还不错嘛，小祥子，之前你怎么把它用得如此窝囊。"

我抱着初空的腰哆哆嗦嗦半天，愣是没将直舌头吐出句话来。

这公主的身体之前小产过，后来初空也不懂保养女人的身子，不知都做了些什么，方才又泡了那般寒的水，此时痛得我生不如死，与此时得意扬扬的初空一对比，我现在简直像一个半只脚跨进棺材的废人。

初空想来是对我的疼痛深有体会，一时竟没有再打趣我。

洞中沉默了半晌，初空忽然一声轻叹："真是……"我忽觉身子一轻，竟是初空将我打横抱起，我吓了一跳，忙抱住他的脖子。初空皱紧了眉头，颇为不满地扫了我一眼。"真是个麻烦。"

我眼一瞪，我现在到底是在替谁受这样的苦啊！

但一想到幸亏我们俩现在身体调换了过来，不然方才那一轮石箭便能要了我俩的性命。权衡了一下利弊，我撇了撇嘴，识相地没与他呛声。

初空脚步稳健地往前走，速度竟比方才我俩一起走还要快一些，没过多久，越走我前面的光线越亮，拐了一个弯，登时光芒大盛。"这是出去了吗？"我眯眼适应了一会儿光线，上上下下将此处一打量，奇怪道，"我怎么觉得这地方莫名有点熟悉。"

这是一方石室，摆着简陋的桌椅，在石室一角有一张石床。我在脑海里努力寻找着和这方石室有关的记忆，忽闻初空冷冷一笑道："自然是熟悉的，小样子倒是健忘，你第二世时，要嫁的那个相公可不就住在这么个破陋的屋子里。"

"啊！"脑海中蹿出来一个紫色的身影，"紫辉！"我一唤出这名字，初空的脸莫名黑了几层。我想，约莫是因为那一世初空被那石头妖算计得太狠了，至今仍旧心有不甘吧。

我拍了拍初空的肩以示安慰，也让他将我放下来。

"若是紫辉住在这里，便让他送我们出去好了，好歹他也算欠你一个大人情不是。"

"哼，谁稀罕他帮忙。"初空话音未落，地面忽然一震。初空神色肃了下来，喝道："谁在此装神弄鬼，给小爷滚出来。"

石室中静了一会儿，一股阴风平地而起，绕着我耳边一转，忽听一个女声悠悠道："你们，识得紫辉？"

我张了张嘴还没答话，初空便抢道："不识得。"好像他这么一否认，过去的记忆就当真能全部抹去一般。我在暗地里抽了抽嘴角，他这种小孩子脾气到底是怎么养成的啊？

"你们可识得紫辉？"那女声又问道，她思绪仿似有些混乱，就等着别人给她一个确认的答案。我道："识得识得。"

石室中阴风一刮，有一点强光自地面冒了出来，我下意识地跑到初空身后躲着，探出个脑袋望着那方。只见一个青衣女子蓦地从地面蹿了出来，她摇摇晃晃地站在那方，眼神迷离地望着我与初空。

"你们识得紫辉。"

嗯，我想，若我没猜错，这女子应当是个鬼魂吧，还是一个三魂七魄残缺不全，在世间飘荡了许久的鬼魂。换作平时，我根本无须害怕这样的鬼能伤害到我，奈何现在我有一副如此没用的身体，只好躲在初空背后，紧紧拽了他的衣裳，问："认识是认识，不过与他不太熟。"

初空听了这话，回头来看了我一眼，又扭过头望向那女子。"你是谁？"

"我？"那女子晃晃悠悠飘了一会儿，"我忘了，我只记得，我是紫辉的妻子，我在这里等他。"

我呆了呆，犹记得第二世时紫辉那石头妖伴装深情男，以此来蒙骗我一颗又傻又天真的少女心，没想到，他居然是个有家室的人！初空又回过头来看了我一眼，这次带着过于幸灾乐祸的眼神。我恼怒得一掐他的腰，初空反手将我的爪子抓住，又面不改色地转过去问那女子道："把我们拖到此处的可是你？"

"是……"

"为何？"

"你们……我觉得你们很危险。"她揉了揉脑袋，"有极大的危险……我是想杀了你们的，结果不小心把你们拖到这里来了。"

初空又问道："现在为何又不杀我们了？"

那女子迷茫地抬头望了望我俩，然后敲了敲脑袋。"突然搞忘了。现在，又觉得你们不大危险了。"

我抽了抽嘴角，这姑娘是因为太笨了所以才被紫辉抛弃的吧。她莫名地围着石桌绕了几圈，嘴里喃喃自语，念叨着一些话，然后抬头盯着我："你说，你识得紫辉是吧？"

我往初空身后藏了藏，只露出眼睛盯着她，然后戒备地点了点头。那姑娘倏地一笑，宛如暖风之后春花开。"那，你能帮我把紫辉带来吗？我想见见他。"

见她笑得那么开心，我有些心软，不敢开口，她如今失了肉身，魂魄残败，早就耽误了轮回的时间，她入不了地府，注定是个没有来生的人，见了紫辉又能怎样呢。

生死两隔，他们的缘分早已散了。

我没答话，初空却道："帮你把他带来了可有什么好处？实话与你说吧，我背后这蠢货没心没肺计较不来得失，但小爷我心里可是有一杆秤的，你那夫君紫辉可以说已经欠了我好多笔债，小爷正盘算着哪日空下来了去找他讨回来呢。现在还要帮他，呵，为何？"

我戳了戳初空，小声道："你能不能不要落井下石，玩小人阴谋玩得这么开心？看见人家姑娘那个样子，你居然也能开口敲诈！"

初空斜眼看我。"为什么不能？"

那姑娘听了初空这话，呆了一瞬，神情有些无措起来。"我……我不知道紫辉欠了你们什么，可是，可是我这里没有什么可以帮他还债的……不然……我以身相许？"

不等初空开口，我一跳，生生从初空的背后跳到了他身前。"不行！"

声音大得连我自己都吓了一跳。

第 十 一 章

# 石室里的奇怪女子

这一声喊，在石室中回荡了许久才渐渐停歇，我的脸便在这一声声回音之中慢慢烫了起来。我僵硬着脑袋，扭过头看了背后的初空一眼，他也正怔愣地看着我。

"啊……不好意思，我不知道你们是这样的关系。"

女子在那方轻飘飘的一句话荡漾了过来，一抹红晕悄悄从初空的脖子蹿到了耳根。我也咽了口唾沫，一甩脑袋，找回神志，恶狠狠地盯着那姑娘。"胡说什么！我和他才没有关系呢！"虽然我与初空现在用的这两个身体确实有着不浅的关系……

那姑娘继续天真地开口："那为什么你吃味了？"

这……当真是一个好问题，我烧着脸，揉了揉额角。"谁吃味了，我……我不过是想提醒你，你生前既已嫁给了紫辉，便应当从一而终，一女不侍二夫。"

她恍然大悟似的捶了捶头。"方才忘记我已嫁过紫辉了。"

她果然是因为太笨了所以才被抛弃的吧！

"都怪时间太久。"女子望了望石室的顶端，"我等得记性都不好了。"她眼神空茫，呆呆地走了会儿神。我不忍心告诉她，她确实等得太久了，久到连残魂的力量都在慢慢消逝，若再继续等下去，总有一天，她会彻底在世间消失。

"你为何要在这里等紫辉？为何又不自己去找他？"我问，残魂消耗成这样，她在此地没有守上千年，至少也有百年了吧。

姑娘还是摇头。"我记不起来，但是，我知道自己不能离开这里。"她满怀期冀地望着我，"所以，你能帮我把紫辉带来吗？我会帮他还债的，想尽办法帮他还。"

我回头看了一眼初空，初空固执地摇头。"不帮，那石头妖不是什么好东西。"

"不对，你说得不对。"姑娘听了初空的话着急地反驳道，"紫辉，很好。他很好。"

"哦，你的紫辉那么好，为何留你孤魂独守此地，你残魂破败，在此处少说也待了几百年吧，他为何不记挂你？不亲自来寻你？他是你的丈夫，不心心念念牵挂着你，却还想着另寻新欢。"初空顿了顿，我觉得他这话意有所指，转眼瞅了他一下，他也冷冷地盯了我一眼，接着道，"如此性情薄凉的妖，你且告诉我，他好在哪里？"

姑娘沉默了很久，半透明的身子在石凳上坐下，她捂着脸，声音颤抖："对不起，是我不够好……"

初空张嘴还待言语，我实在听不下去了，径直探手将他的嘴紧紧捂住，抢过话头道："姑娘你别哭，谁好谁不好这个一时半会儿也没法争论清楚。我和这个斤斤计较、小肚鸡肠的男人不一样，我来帮你。"

初空拉开我的手，阴森森道："你想挨揍吗？"

我不搭理他，不觉得他现在还会对我动粗。那姑娘听我答应了，先是呆了一会儿，然后激动地飘到我身边连声对我道谢，可在我面前三步的距离她又停了下来，面露难色道："你……你身上有不好的味道。"

我一愣，抬起胳膊右右嗅了嗅，初空前几天用这个身体跟士兵的队伍里走，是沾染了些男人的血气汗味，但早在落水的时候便被冲刷得差不多了，此时身上还真没什么异味。我奇怪地盯着那姑娘道："什么味道也没有啊。"

"有……"姑娘瑟缩地答了一句话又退了回去，"你要小心……"她像是想起了什么，正待要说出口，却一声闷哼，抱住了头，蹲在地上，像是极为痛苦的模样。

我看得心惊，正要上前，初空却将我往他身后一拉。"你以为你现在还是个仙人吗，肉体凡胎可是很容易就死掉的。"我沉默了，老老实实站在他身后。

那姑娘呻吟了一会儿，总算缓过神来，她声音虚弱道："不好意思……方才要说什么，我又忘了。"

哪里还敢让她再回忆过往，我忙道："记不起就算了吧。"

姑娘歉然地看了我一眼。"谢谢你肯帮我，之前让你们受了那么多惊吓真是对不起。现在我送你们出去吧。"她身子晃晃悠悠地往石室的右边飘去，半个身子陷进石壁里，转身对我们招了招手，"来。"

我抽了抽嘴角。"姑娘，我们可是凡人，没有穿墙而过的本领。"

她笑道："这不是墙，你们过来就是。"

初空率先走了过去，我还在原地愣神，初空回头一看我，挑了挑眉。"怎么，你还想在这里待一会儿，睹物思人？"

我在心里嘀咕，这家伙从刚才开始就在生什么莫名其妙的气啊……初空却等得不耐烦似的一把将我的手抓住，拖了我便往前走。那姑娘的身影消失在石壁之中，初空便也带着我一头撞向那石壁。哪儿想这石壁竟如同空气一般，轻轻松松便被我们穿过了。

这一头又是一个长长的溶洞，鬼魂姑娘等在石壁旁边，轻轻说了声："顺着这溶洞一直往外走，便能出去了。"她身影一晃，接着便消失在空中，唯留余音飘散："若是见到紫辉，二位便与他说阿萝一直在等他。我……只记得这个了。多谢。"

声音飘散，我转身摸了摸方才穿过的这堵虚幻的墙，手在里面穿过来又穿过去。我呆了呆道："幻术？"

一个破败不堪的残魂居然还能施幻术！这个发现让我惊讶不已。那姑娘生前不是得道成仙者便一定是个祸害人间的大妖孽吧。初空斜眼瞟我，冷声嘲讽道："叫你随随便便答应陌生人的请求，这世上没有谁有你想象中的那么简单。"

我撇了撇嘴。"有什么关系，反正她又不害我们性命。"

"她本来是想害我们性命的。"初空说完这话仰首便往前走，我小步跟了上去，他走得太快，我腹下大姨妈淌得又欢又痛，忙将他拽住了。不知从什么时候起，在我与初空独处的时候，我的胆子会变得大起来，脸皮也会厚上很多，或许是因为我在这个男人面前，什么样的丑都出尽了吧……

是以我现在敢一噘嘴，借用方才那姑娘问我的话直白地问他：“初空，你在吃什么味？”

初空顿了脚步，身子一僵，沉默了半晌，他突然恶狠狠地扭头看我，颜如修罗。“你哪只眼睛看见我在吃味了！”

“两只眼睛都看见了。”

初空扭头就走。“你想多了，小爷没那闲空吃你的醋。”

我抬脚跟上。“你现在就在吃啊。”

他咬牙。“没有。”

我摇头叹息。“我都当着你的面指出过这么多次你喜欢我的事实，为什么你就不肯诚实一点呢？”

初空脚步一顿，我一个没停住，直接撞上了他的后背。初空突然反手拽住了我，一阵天旋地转之后，后背一痛，是初空将我摁在了石壁上，他身上属于男人的味道侵染了我所有感觉，明明……前不久这还是我自己身上的味道，可从另一个人身上传来，便让我情不自禁心跳微乱。

初空仿似要狠心一搏，扭转他在我面前一直处于颓势的地位，他一只手霸气地擒住我两只手腕，将它们举过头顶，固定在石壁上，另一只手挑了我的下巴，让我仰头看他。这样的姿势极为暧昧，而且充满了挑战性。我能感到他的呼吸近在咫尺，喷洒在我脸上。“那么，小祥子，”他语带诱惑，沙哑道，“你为什么不肯诚实一点呢？”

我直直地盯着他，过近的距离让我的眼睛几乎成了斗鸡眼。我眨巴了一下眼，把目光放在他头顶之上。“我一直很诚实啊。”

“哦，那你倒说说，现在你心里在想什么。”他在我耳边吹了一口气，暖暖的搔得我耳朵有些痒。我动了动手想去挠，初空却将我的手腕捏得更紧。“乖，诚实地说。”

我沉默了一会儿，果断诚实道：“下面癸水淌得很欢，兜布要兜不住了，我们要尽快出去找个地方把这东西换掉。”

手腕上的力道一松，我看见初空一脸被雷劈焦了的愕然。

我趁机抽回自己的手，捂住肚子，面无表情地往前走。“出去咯。”

身后的初空脸上的神色有多精彩我不知道，只听见他拍了拍脸，狠狠叹息的声音，颓败得惨然。“你实在太诚实。”

此时，任我再如何脸厚胆肥，也按捺不住地烧红了整张脸。初空的呼吸和男子所带有的灼热现在犹在我心口骚动，我在风波大起的内心世界仰天号叫："你从哪里学来的招数！勾引人……要不要这么成功！"

诚如鬼魂姑娘所说，沿着这溶洞一直走，没一会儿便看见了阳光，明明在洞中不久，但重新接触到阳光有一种恍如隔世的感觉。我欣喜地跑了出去，耳边渐渐听到了河水哗哗流淌的声音，出了洞口，我眯着眼适应了一会儿阳光，看见眼前是一片鹅卵石浅滩，再往前走几步便是欢快流淌着的河流。我仰头一看，河的另一边是悬崖峭壁，正是我与初空掉落下来的那条路。

我回头望了望身后的洞口，颇有些感慨道："这处竟不是紫辉住的那个地方，只是里面的东西为何都与紫辉住所中的摆设一模一样？"

"还用问。"一路走来，初空已收拾好了方才的情绪，又恢复了往常的模样，他颇为嫌弃地看了我一眼道，"一个死掉的女人最怀念活着的时候的幸福生活，方才那地方定是她用幻术凝聚起来的一个虚幻梦境，那堵墙是假的，其他的东西自然也都可以是假的。"

我点了点头，有些感慨道："原来，真正在睹物思人的是她。"

初空摸着下巴想了一会儿。"她方才说她叫阿萝？"

"嗯，应该就是她吧。这名字有什么不对吗？"

"没有。"初空若有所思地回望溶洞，"我只是想起了一些很久远的天界往事。"

"什么事？"

初空又斜了我一眼。"在某人被点化成仙之前发生的事，说了你也不知道。"鉴于这话中带有严重的对"被点化成仙"的神仙的歧视，我眯了眼，不满地看着初空。他不等我开口，又道："说来，你可有觉得方才那鬼魂有点像谁，嗯……或者说，谁有点像那个鬼魂？"

我也不屑地看着初空道："谁？你？"

"呵，笑话。"初空冷冷笑道，"在小爷的记忆里，能蠢得与方才那人有一拼的，也只有你前几世那个傻透顶的傻祥了。你难道不觉得你那一世与这女鬼呆傻的模样，简直像极了吗？"

我怔了怔，没反驳初空的话，老实将记忆里傻祥的蠢样翻出来与方才的阿萝一对比，真觉得这二者在某些方面还是挺像的。我仔细一琢磨，阿萝说紫辉是她丈夫，他们生前必定要相爱才能结为夫妻吧，想来紫辉也是喜欢着阿萝的。看阿萝这副死了很久的模样，她一定是在傻祥之前便与紫辉相遇相爱了，嗯……如此说来，紫辉在我第二世时要娶我，是不是有部分原因是我与他"前妻"十分相似呢……

我这方正想着，初空却爽朗地笑道："哈，知道你被人喜欢，不是因为你自己有魅力，我突然觉得身心都舒畅了起来啊。"

"你能不能不要笑得这么淫贱。"

"我这笑容叫畅快。"

与初空的架刚掐了个开头，忽听远方传来一声声嘶力竭的呼喊："将军！"我俩抬头一望，是楚翼领着数十名士兵从浅滩上小步跑了过来。还没走近，楚翼便忧心大喊："将军可好？"

我张了张嘴，下意识想答话，初空却先我一步，声音镇定而稳重："尚好。军队呢？"

"将军安心，军队已在前方集结，伤亡正在统计中。"

"好。"初空点了点头，"随本将回营，待整好军队，便入锦阳。"

"是！"

我听见初空在我身边阴恻恻地笑道："小爷要让卫国人后悔他们来过这世上。"

喂……初空，你较真了。


行至军营已是傍晚，此处离被卫国侵占的锦阳城只有二十里地。初空一到营地便鸡血满满地安排攻城作战去了。我躺在将军营帐之中，捂着肚子，安心地休养。

任营帐外的世界如何兵荒马乱，我自泰然不动，安乐自在，这实在是我追求的人生最高境界啊。

我现在这样的身体实在不适合与其他士兵同住，便一直睡在将军营帐中，晚上与将军同寝，白日里初空忙得不见人影，我也在营帐中睡着，不日军中便传出将军喜好男宠，连战时也离不得的绯闻。我心里替那已死掉的楚清辉将军抱屈，这当真叫一个晚节不保啊。

我每日悠闲逍遥，初空整天点着烛火在营中思索战术，他忘了我们要跑路的初衷，我也不小心忘了……

只因为他现在这一身铠甲满面严肃的模样，实在是像极了第一世的陆海空，那时陆海空背负着血海深仇，半分笑颜不展，年纪轻轻便故作老成，疏离而戒备地应对所有人和事，每次想到他挺直的背脊，我都忍不住一阵叹息心软，连现在也是如此。那时我太不会心疼人，没有哪怕一次正面给陆海空一个安慰……现在恐怕也是如此。

白日里初空在军营中安排军务，我会悄悄坐在营帐门口掀帘看他。夜间，他皱着眉头熬夜，我便躺在床榻上，盯着他呆呆出神。

到底是多么奇妙的缘分，他们是同一个人，又不是同一个人。在我以为那个人已经完全消失在这世间以后，他偶尔又会用这样的形式出现在我的面前，以至我几乎快要分不清，初空和陆海空到底谁是谁。一如我迷糊地分不清楚，现在我的心底对初空这种若有似无的感情，到底是傻祥遗留下来的，还是因为我自己不经意间动了心。

不论如何，有一种情绪，我无法否认——依赖。

那一世的傻祥像依赖空气一样依赖着师父，这样深入骨髓一般的依赖之情如同附骨之疽，钻进了我的血脉里，再也拔不出来。躲在他身后，拽着他的衣袖，便能让我无端生出浓浓的安全感。

我是自己还是傻祥，我也渐渐分不清楚了。或者，这本来就是一件说不清楚的事情，我是我，那个傻子也是我。

初空书案边的烛火"噗"地爆出了火花，他放下笔，转过头，直直盯着我道："从前天我就想问了。我是抢了你肉吃还是晚上没给你床睡？你这么成天成夜阴森森地瞪着我到底是怎么回事？"

我呆怔着，神游天外的心思还没缓过来，张嘴便问道："你说，怎样才会喜欢上一个人？"

初空被我问得一愣，沉默了半晌，突然恶狠狠地开口："我怎么会知道！"像是极为仇恨我问的问题一样。

我奇怪。"你不是喜欢我吗？来说说，你到底喜欢我什么？怎样喜欢上我的？"

初空将手里的笔杆子"啪"的一声捏断，咬牙切齿地道："你不要得寸进尺。"

"原来你也不知道啊。"我怅然，到底为什么会喜欢上一个人呢……不知为何，脑海里突然闪现出那日幽黑的溶洞中，初空暧昧而沙哑的嗓音在我耳边带起的瘙痒，耳朵莫名烫了起来。我沉默了下来，营帐中静默了一会儿，忽听初空一声清咳。

我抬头望他，见他重新拿了支笔，在砚台里翻来覆去地蘸墨。"你自己不知道吗？"他道，"曾……曾经喜欢上陆海空的时候，为什么会喜欢？"

为什么会喜欢陆海空？

他这个问题难倒我了，我想了许久，猜测道："大概是因为……他很好欺负吧。"任人捏扁搓圆，也不会反抗半句。我想了想，又道："或许还因为，他只对我一个人温柔。"想起陆海空每次满身疲惫都还坚持对我微笑的面容，我心头不由得一软，笑了起来，可下一瞬，酸涩接踵而至，我无言埋头。

歇了好一会儿才散掉心间情绪，我抬眼去看初空，却见他神色怔然，眼中是我看不懂的复杂情绪。我叹道："你不用纠结，我知道那不是你。"

初空眨了眨眼，垂下头，拿着笔在纸上慢悠悠地写了几个字，又开口道："别把别人都想得和你一样蠢。我一直都知道我是谁，谁是我。"

这话过于高深，实在是超过了我能理解的范围，我琢磨了一会儿，觉得与一个男人探讨感情话题其实是探讨不出什么结果来的，于是我识相地转了话题道："我以前倒是没看出来，你还会行军打仗，做将军还做得有模有样的。"

"你不知道的事可多了去了。"他斜了我一眼，语气又恢复了往日的高傲，"小爷在昴日星君手下做事之前，行的可是武职。"

我想了一会儿，道："也是，哪个文职能养出你这种脾气的神仙来。"

初空嘴角抽了抽。"你早点睡死过去吧。"

我如他所愿，双眼一闭，两腿一蹬，裹了被子在床上躺得直挺挺的，睡了过去。

经过几天的地形勘测与战术谋划，初空终于披上战甲，冲锋陷阵攻城去了。我与几个小队的士兵被留下来看守粮草，自然，我是被留下来的，而别人是看守粮草的。

对我来说，这是一个与平时没有两样的日子，只是军营里安静了许多，我掀开营帐门帘看不见初空忙碌的身影了而已。到了下午，锦阳城那一方硝烟四起，看来初空攻城的架势拉得挺大。我闲得就差沏一壶茶，跷腿看天了。

忽然，存粮草的那方军营突然有了响动，我心中一惊，犹豫了一番，心想，初空要赢了这一场仗才肯心甘情愿舒舒坦坦地归隐山林，我为了他更是为了自己，帮帮他也没什么不好……

我随身揣了一把匕首，手中提了一柄剑便悄悄摸了过去。果不其然，有数十名黑衣人正在与看守粮草的士兵厮杀，有人趁机放火，意图烧了我军粮草。这边既然能看见锦阳城那方的硝烟，那一方必定也能看见这边的黑烟，彼时后院起火，战斗中的军士难免乱了军心，初空想赢，可就困难了……

我现在是一名手无缚鸡之力的弱女子，一阵风便能将我吹飞似的，我没能力蛮干，只好躲在一座营帐后，仔细观察那群黑衣人。他们虽穿得一样，但不管什么任务必定有一个领头者，若将那人杀了，别的自然好办。

仔细看了一会儿，我渐渐发现这些黑衣人都有意无意地护着一个身材娇小的人，并且听从他的命令与指挥，我在心里呵呵一笑，没错，就是你了。

我看了看手中的剑，觉着凭我现在的能力恐怕连他们之中最弱的一个也打不过。

我左右寻了一番，猛地发现在不远处掉落着一把弓弩，心头一喜，我悄悄摸了过去，将弓弩捡了起来。我这方正在鼓捣，忽见一道黑色的阴影自我背后投下，我心头大惊，立即扭过身来，想也没想，弩箭径直射出，直中那黑衣人的裤裆。他蒙面黑巾后的眼睛倏地瞪大，一声惊天惨号脱口而出，其惨痛程度恕我无法累述。

他捂裆倒地，我心觉此招虽是情急之下的无奈之举，但还是过于阴毒，我忙一个劲地给他道歉，但倒在地上的人已经做不出反应，周边的空气静默了一瞬，一个女子的声音大喊道："活捉她！她是齐国的青灵公主！"

我扭头望去，是那个身材娇小的人在发号施令，这……竟是个女人，而且她的声音怎生让我莫名熟悉。

我想了一会儿，恍然大悟。"馨云！"不待我多做感想，后颈一痛，我眼前开始一阵一阵地晕乎，糟糕，我想，这次真要去地府亲阎王的脸蛋了！

初空会来找我的吧，找不见，他会不会像陆海空一样慌张失措呢？

突然有点想看看他阵脚大乱的模样啊。但是，那么傲娇又死要面子的人约莫装也会装出镇定来吧，更何况，他实在没必要因为我而大乱阵脚。我们不会"死"，谁都清楚。

再次醒来，周身皆是难忍的寒意，癸水虽完，但这样的寒冷仍旧让我感到刺入骨髓般难受。我抱着手臂搓了搓，扫视了一圈四周，不知这是何处枯木林，地上的雪被扫开了，一堆黑衣人坐在一起，没有点火，没人说话，沉默而压抑地闭眼休息。我看了看脚上的铁链，轻轻动了一下，铁链的响动立即惊醒了靠近我的几个黑衣人。

他们即便是在睡梦中也不曾脱下蒙面黑巾，透过黑巾露出的几双眼睛冷冷盯着我。

我撇了撇嘴，小声道："不能生火吗？好冷。"

"你以为这里是齐国都城吗，公主殿下。"一个女声在头顶嘲讽我，"想要温暖，就不该任性跟着楚清辉来战场。"

我仰头一望，馨云坐在我背后的枯树之上。她现在这副模样与在京城勾引楚清辉时全然不同了。我道："不是我想来的。"若不是初空较真了，我现在又岂会被绑到这里。

"那个楚清辉竟然会让你跟着上战场？"馨云的声调一变，她翻身跃下树，行至我面前，一手挑起了我的下巴，"你到底是用什么，才能把那样一个男人迷得不分轻重……"

我想了一下，继续发扬我诚实的美好品质。"用身体。"灵魂互换，身体共用，这一世的我和初空之间，没有秘密。

馨云僵了一瞬，脸色一白，倏地难看地笑了，她将唇凑到我耳边，轻声道："你现在且占尽嘴皮子的优势，你让我有多不舒坦，我便十倍还给你，还给楚清辉。"她的手摸着我的喉咙，带着危险的意味。"彼时，你再喜欢他，他再喜欢你，你二人反正是不能在一起的。"

我看了馨云一会儿。"你喜欢楚清辉。"

馨云盯了我半晌，倏地勾了勾唇角，而眼中却尽是怨毒。"公主说笑，这事，你不是早就知道了吗？"

"可是你是卫国细作。"我觉着楚清辉这男人生前未免太辛苦了，两个喜欢他的女人在政治上都与他处于敌对地位，他要是不知道便罢了，可他一旦知道了，这两个送上门的女人就都吃不得碰不得，多让人挠心肝。不过那将军好似也是个不按常理出牌的人，先让这馨云有过身孕，又让这公主有过身孕……

"是又如何。"她捉了一束我披散下来的枯黄头发，放在手中轻捻，"我得不到，你也得不到。时至今日，我也不怕承认，那碗打胎药不是楚清辉让我喂你喝的，我就是要让你们互相仇恨。看着你把刀刺入他的胸膛，然后自己服了毒，你知道我有多开心吗？只可惜，你们俩都没死。"

不用可惜……公主和将军真的已经被你玩死了。

我心中最后一个结终于解开，原来将军是被公主刺死的，想来当时是这个馨云以楚清辉的名义让青灵公主喝下了打胎药，公主心有不甘，在将军来看她的时候将他杀了。回想了一下当初我醒来之时胸膛插着的那把匕首，公主应当是把吃奶的劲都使上了。而将军身为一个身手矫健、孔武有力的男人，居然会被一个弱女子给刺死，他……应该也是心甘情愿的吧。

公主杀了将军，又知道自己即将失去孩子，伤心绝望之下自己服毒自尽了。

我在心底啧啧叹息，若是我与初空喝了孟婆汤，没有性别转换，我们就此投在了这公主与将军身上，从小种下孽缘，纠缠着长大，这真是一出极狗血的苦情戏。

只可惜……我们齐心协力把正剧扭曲成了爆笑剧，李天王，真是对不起。

头皮一痛，是馨云扯了扯我的头发，她冷冷一笑。"不过也没关系，让你们生不如死也是一种不错的选择。"

看着这个姑娘还在命运的摆弄下尽心尽力地演着正剧，我心里有些叹息，我相信每个人都有善良正直的一面，她会长歪成现在这个样子，不都是这狗血人生给逼的吗。

为了更好地配合她，我用心提出建议：

"生点火吧，不然你还没玩够，我就冻死了。"

馨云盯了我一会儿。"你倒是与从前大不相同。"

自然，一国公主背着一堆什么家国荣誉，断不会向谁低头，而我……为了晚一点见到阎王，暂时向别人低一低头也没什么关系。

"整装，上路。"馨云倏地大声发号施令。我便见那一群黑衣人快速起身，列好了队。馨云冷漠地看了我一眼，眼底带着嘲讽。"青灵公主既然觉得冷，就与我们一同赶路，应当会好些。"

我望着馨云，突然有种带她去黄泉路上晃一圈的冲动，这姑娘长歪得太厉害，还是回炉重造一下吧。

跟着卫国的一群细作赶路实在是个苦力活，大冷的天，白天夜里皆不能生火取暖，日夜颠倒地赶路，每日只能休息一会儿。这公主的身体本就不好，如今被这么一折腾，先是伤了风，后又开始呕血。我眼睛整日昏花得看不清东西，双脚也如灌了铅般抬不动，如今除非谁拿绳子将我拖在地上走，不然我是半点也走不动了。

馨云最终做了决定，将我扔在荒野雪地中，此时我倒是更希望她能一刀将我杀了，我还舒坦一些，左右，我挣扎着也活不过二十年了。

不知过了多久，我身体已经麻木得不知冰冷和疼痛，我忽而睁开眼看看头顶令人眩晕的光，忽而闭上眼能看见越来越清晰的黄泉路。生死之间，我仿似看见有个人焦急地向我跑来，越过生死，越过黄泉小道，然后——

狠狠抽了我几个巴掌，他将我当作破布一般抖了抖。"起来！你敢闭眼试试！"

……有你这样的英雄救美吗？来晚了不说，还如此粗鲁。

"我带你去找大夫。"初空一把抱起我，走了两步又骂道，"都跟你说过了不准在雪地里睡觉！不准在雪地里闭眼！"

他话音一落，我忽觉心头一空，神志消失了一瞬……于是，我在他怀里闭了眼。

黄泉路在我面前打开，没有鬼差来引路，我也没急着走，少了身体的束缚，没了寒冷与病痛的折磨，我站在初空身边静静地打量着他。他那张将军的脸上长了不少胡楂，许是连日来的追逐让他显得有些憔悴。

他身体有些僵硬，探手摸了摸我的颈项，我想，应该感觉不到脉搏的跳动吧。初空明明知道我是不会"死"的，但方才他那一瞬间的神情，让我恍然记起了多年前的陆海空，那个少年把他的哀伤都藏在了我的心底，此时却被初空不经意间勾了出来。

"蠢……东西。"初空咬牙切齿，一时竟让我分不清他骂的是我还是他自己。但我能听见他声音中带着让我无法忽略的哀伤。雪地、山野或许是勾起了他什么不好的回忆。

我一声叹息，刚想踏上黄泉路离开，忽听初空道："你若还在，便听好。"

我老实站住，听好。

"这笔债，我自会帮你讨回来。"我点头，这是必须的，时至今日初空若不虐一虐卫国，就太对不起我了。他捏了捏那具尸体的嘴，道："还有，下地府，不准亲阎王的脸。"

我抽了抽嘴角，这又不是我能决定的。阎王若是要强迫我，我能如何。

初空将那尸体抱了一会儿。"你不准亲，一切等我下去再说。"

开玩笑！他下地府肯定是二十年之后了，难不成我还要在下面等他二十年吗？我……干脆先跑了吧……走上黄泉路之前，我回头看了一眼初空渐行渐远的背影。

孤独，萧索，挺直的背脊像是什么也压不垮一样，倔强而且逞强。

我突然觉得，等一等他，二十年，三十年，或许也没什么大不了。

第 十 二 章

# 十个铜板的豪赌

再入地府，我望着高大的"幽冥地府"牌匾叹了好一会儿气，然后抱着必死的心态，在小鬼们的注目下含泪去了阎王殿。

推开阎王殿的大门，出人意料地没有听见阎王打呼噜和咂嘴的声音。只看到在阎王巨大的书案旁边摆着一个小桌，判官在小桌上埋头于一堆文案之中，奋笔疾书，连我进来他也没抬头看一眼，只丢出只言片语："有事，说。"

"呃……我又来了。"话音一落，判官终于肯从成山的文案中抬起脑袋来，打量了我一眼，然后继续埋头干活。"嗯，看见了。"

这么个冷处理的方式让我全然没想到。我等了一会儿，想着长痛不如短痛，狠心问道："阎王呢？我是来领罚的。"

判官冷冷答道："去天界出差了，还没回。"

我眼睛一亮。"那我是不是可以直接去投胎不用管他了？"

判官又冷冷看了我一眼，一副"你想得倒美"的嫌弃模样。"在地府乖乖等着。"

我失落至极，叹息着问："那我还要等他多久啊？"

"天上一天，人间一年，阎王去了快一年的时间，他至多在天界再待个两三天，不久。"

这对下界来说就是两三年的时间啊！神仙寿无尽，等个两三年也不算多久，但连着过了这么多世的凡人生活，我也逐渐在乎起时间来。

两三年……也够初空收拾卫国了吧。

我收拾好心情，振作起来刚想走出阎王殿，趁这两三年空闲的时间逛逛地府，忽听判官冷冷地唤住我："你去哪儿？"

"我打算做一个幽冥地府两年长假游。"

"长假？"判官听到这两个字，眼中绿光一闪，他狠狠地将一堆文案掷到地上，瞬间暴怒，"你居然敢在我面前提长假！地府因为人少，所以每个鬼都是全年无休的你知道吗！熬夜加班是没有奖金的你知道吗！带病上岗是最正常的工作态度你知道吗！你居然还敢在如此忙碌的地府做长假游！很好很好，我明白了，你们这些仙人下来投胎转世就是为了折磨我们的吧，很好很好，我懂了。待阎王回来，我定会让他要你帮鬼差们舔鞋好吗，让你尝尝辛酸的味道是什么样的行吗……"

我扶额，连忙摆手道："我懂了我懂了，你要我帮什么忙，我帮。"

判官又坐了回去，一边写东西一边道："先帮我把地上的文案捡起来收拾好，阎王桌上有需要盖章的文件，左边是可以盖章的，右边是要画叉的，你只要做这个体力活就好。"

便当我是在做善事积德吧，我如是想着，老老实实走到了阎王的位置，但看见桌下一堆小山般的文案，我瞬间傻眼了。"那个……阎王平时为什么会这么闲？"

判官面无表情道："因为这些东西他都一直剩在这里。若不是我在他出差之后打扫卫生，他的东西就会一直剩在这里。"

我果断道："既然如此，你便当你没打扫过卫生，也不知道这里有这些东西就好了。"

判官冷眼看我，我识趣地坐下去开始工作。然而事实证明，我如阎王一样，确实不是一个做这种死气沉沉的工作的料。

做了不到七天，我便开始左顾右盼，无法集中心神，瞬间我也有点明白为什么阎王每次看见我和初空下地狱后，都会露出那么兴奋的表情了，因为地府的生活实在太无聊，要找点乐子实在太困难了……

在阎王的书案上趴倒，有个硬邦邦的东西顶住了我的脸，我好奇地拨开重重文案，在里面找到了一面镜子，这面镜子让我觉得有些熟悉，我问判官："这个是什么？"

判官抬头扫了我一眼。"前世镜。你好好工作。"

我忽视他后半句话，又问："可以用来干什么？"

"看见你心中所想见的人的前世今生。说了你好好工作！"

我点了点头，又忽视了他后半句话，然后对着镜子睁大眼瞅了瞅，恍然记起先前阎王不就是用这个东西想让我看见陆海空的那一世吗，而那时我没忍心看，现在……也不忍心。

我心里正想着，忽见镜面一阵波动，我看见了一张熟悉的脸，是将军空，他身披重甲骑在战马之上，他身上的气场与将军这个身份奇妙地结合在一起。一时我竟有些不敢相信镜子里看见的这个男人会是我所熟悉的那个又傲娇又嘴贱的初空。原来，在我看不见的地方，初空竟也会有这样的神情，他这模样简直与那个背负着仇恨，心灵却如水草般柔软的陆海空一样……

至少，我看见的是那样。

"杀！"他举起长剑，直指苍穹。战场上的喧嚣和无数人在生死之间的嘶喊清晰地传进我的耳朵，凝肃的杀气仿似透过镜面，让我寒毛战栗。

我扣下镜子，不想看下去。

接下来的几天我出乎意料地能将心沉下来，反复地干着画叉盖章的工作，又或许我根本就没沉下心来，而是一直处在失神的状态。终有一日，我犹豫着一边盖章，一边问判官："你说，初空他还记不记得陆海空那一世的事情啊？"

判官白了我一眼。"你喝过孟婆汤那一世的事情你还记得吗？"我点头。判官冷哼："那不就结了。"

"可是……我是说，"我斟酌了一会儿语言，道，"那一世的感情也会留下来吗？"在我看来，傻祥遗留给我的，只有对初空的依赖，还有对他那种莫名其妙的信任。

虽然我很理智地觉得那一世的傻祥实在是所托非人。

面对我的问题，判官斩钉截铁地道："你若是问的初空神君，我这里只有一个答案。"我睁大眼望他，判官道："你瞎了吗？还看不出他一直喜欢你。"

"喜欢"这话虽然我一直都在与初空玩笑般说着，但陡然从别人嘴里听到，如此直白地捅破这层纸，我的脸霎时烧了个通红。"是……

是……是……是这样吗，啊，原来是真的啊，我还一直当玩笑来说……原来是真的……他是真的喜……喜……喜欢我啊。讨……讨厌！我好害羞！"

判官嘴角抽了抽。"你装什么纯情，这不适合你。"

我嫌弃地咂舌。"你就让我装一下呗，陡然听见这种话，我仅剩的女子情怀还是会娇羞一下的好不好，给它一个机会！"

"那你继续。"

我扭过头，脸颊是真的有些许灼烧起来。我想……或许这样的心情也是傻祥遗留给我的吧。

在书案上歇了一会儿，我又摸出了前世镜，我甚至都还没来得及意识到自己心里想的是什么，镜面便一阵波动，又显现出了将军空的脸。此时他跷着二郎腿大爷一样坐在太师椅上，与前几日在战场上的感觉全然不同，又变成了往日那般小贱小贱的模样。而此时，他跟前有一个被五花大绑扔在地上的女子，我眯眼一看，那人竟是馨云。

初空和馨云……

"你说说，你喜欢什么？"初空抿了口茶，眼神斜斜落在馨云身上。

即便是在这样的情况下，在初空面前，馨云仍旧没忘了抿唇浅笑。"妾身喜欢什么，将军还不清楚吗？"

言下之意，喜欢的便是将军吧。我撇嘴，若是将军这身体里装的还是我的灵魂的话，我应当会当场尿上一尿，然后再质问她喜欢还是不喜欢，彻底毁了她心中将军的形象，是为上上策也。

初空听了她这话，点了点头："说实话，我确实仔细调查过你喜欢的东西。落梅白玉簪，紫檀木佛珠，青花白底丝绒袍……若我没记错，这些东西应当都是以前我送你的吧。"

馨云含羞点了点头。初空眯眼一笑，若是我没理解错的话，他这个笑容的意思便是他有什么阴谋成形了。"当初你走得匆忙，这些东西都留在我京城别院中，这几日我命人给你寻了来，你可看看这些是不是你当初最爱的那些？"

馨云似有些不敢置信地望着初空，眼底带着茫然，但更多的是感动。"将军……"

我叹息，姑娘，你太认真了，你怎么能和初空较真呢？那是个毒物啊！

"你确定就是这些？"

"嗯，没错。"馨云眼里的温柔都揉碎成了一团光。

"很好。"初空点头，声色一转，冷淡道，"都给我砸了。袍子砸不坏便撕作布条烧了吧。"

馨云眼神一空，她眼睁睁看着周围五大三粗的汉子动手，将她最喜爱的那些东西砸了个粉碎。她呆呆地望着初空道："为什么啊？楚清辉，你是在报复我吗？因为我害死了青灵公主？"她仿似按捺不住心头的恨意，脸上的神色渐渐有些疯狂起来，一如当初她看"我"的眼神。"你就那么想报复我?！为了那个贱人！你把什么都给了她！地位，财富，还有孩子！你什么都给了她！就连咱们唯一一次也喊的是她的名字！我哪里不好！我哪里不好！"

初空静静地看着她。"你没哪里好，声音太尖，废话太多，心肠太毒，最不好的是，你手贱，把我的玩具给玩坏了。小爷心情不好，想将你也玩坏一下，你且说说，你如今还喜欢什么？还在意什么？我都毁给你看看。"

"呵呵，你想报复我，你尽管报复吧！"我深深觉得这两人的对话没有在同一个层次上，馨云还是阴狠道："以前你们中间隔着朝堂斗争，无法在一起，现在你们更没法在一起！你们永远都见不到了！这一辈子，楚清辉你都没办法过得舒坦！"

她这话若是听在真正的将军耳里只怕还有几分杀伤力。

初空皱眉，掏了掏耳朵。"把她的嘴给我堵起来，声音尖得吵死人。"他围着馨云转了一圈，道，"你且听着，小爷我收拾你只是因为你欠收拾，我不对女人动手……"我在心里默默道，骗子。初空那方接着说。"所以以后，这辈子过完了，你投胎都别出现在我面前，不然见你一次收拾你一次。"

初空命人将她架了出去。

他独自坐在太师椅上喝了一会儿茶，突然对着空无一人的大厅一声叹息，然后喃喃自语道："应该还没亲吧。"

他这没头没尾的一句话，我愣是听出了其中的婉转心思，当下傻了一般咧了嘴，对着一面镜子咯咯笑了起来。一旁的判官火大地拿了一沓文案砸在我头上。"好好工作！"

我心情颇好地扣下前世镜，心想，原来初空在我看不见的时候，诚实得这么可爱啊！他果然是个口是心非的死小孩。

若是我现在看不见初空，应当也会止不住想念他……吧？如此说来，我貌似也是……

喜欢他的……吧？

我埋头在一堆文案中，突然有点担心我这一脸灼热的温度会不会将阎王书案上的纸全烧起来。

在地府工作的日子伴随着我时不时偷看前世镜消遣着混过，眨眼间在地府便过了两年多。

镜中的初空在这两年多的时间里，领着大军收复了被卫国侵占的土地，连着反咬回去吞掉了卫国五座城池，卫国国君命人递了降书，初空径直撕了降书，让卫国再割地赔款，并承诺五十年内不犯大齐。卫国国君又挣扎了一番，于是初空又吃掉了他三座城池……卫国国君终是答应了初空的要求。

在齐国皇帝的召唤下，初空班师回朝，这一次将军的身边再没有各种闲碎流言。他凯旋的那日人间下了漫天大雪，骑在高头大马上的他望着天空，停驻了许久也没前进一步。他这样的身影竟让我觉得有点莫名的萧索和孤独。

或许初空天生便与雪这种东西气场不和吧。

他获得大成功后，应该会在人间风风光光过完剩下的十几年。我和他下一世应当真的会错过了……

存了这样的想法之后，我日子便过得无精打采起来，能偷懒便努力偷懒，就等着阎王下来将我罚完了走人。可在全年无休的幽冥地府某个工作日，我按往常的习惯，在地府溜达一圈之后正准备去阎王殿开始今日的工作，溜达至黄泉路那一方时，忽见漫漫长道那头走来一个熟悉的身影，我瞠目望他，不敢置信地揉了揉眼睛。

他也看见了我，脚步微微一顿。

隔着幽冥地府的瘴气，我俩遥遥望了许久，愣是没有一人先开口说话。

他终是抬脚向我走来，站定在我面前三步远的距离。我盯了他好一会儿，两年多时间只在镜中看见初空，现在陡然间见到真人，各种繁杂心情之上，我竟有种要冲上去抱抱他的冲动。

这个冲动让我心头一惊，我忙收敛了情绪，对着他笑了笑，一转眼，却见他双手放在身侧，拳头捏了又松，松了又捏，也像是在遏制着什么冲动，难不成……他也想抱抱我？

我脸上笑得灿烂。"哟！好久不见，在人世干得还不错……"我话未说完，一个小鬼突然从我背后跑过来将我狠狠一撞，我趔趄了一步，紧接着第二个小鬼也撞上了我，我又趔趄了一步，第三个小鬼又撞上我，我再趔趄一步，身子一个没稳住，一头撞在了初空怀里。

接二连三撞了我的小鬼们向着黄泉路的那头狂奔而去，一会儿就没了影，独留我尴尬地撞在初空怀里，感觉他的双手环在我的背上，将我轻轻搂住……

当真，抱了一抱啊！

我脸颊有些发烫，但是私心发作没有挣开初空的手，任由他将我搂着，他也出人意料地不说话，不松手，只是轻轻抱着我。

这……场景怎么看怎么暧昧啊……

"初空。"憋了半晌，我终于烧着脸皮道，"你这是什么意思？"

头顶上隔了半天才传来一声傲娇的冷哼："小爷……小爷不过是手抽筋了，暂时拿不下来而已。你别多想。"

"我……我也只是腿抽筋了，暂时靠你一会儿而已，你也别多想。"


忘川河水在我耳边奏出欢快的曲调，穿梭而过。

初空的胸膛带着记忆中的温暖，让我仿似又回到了风雪山庄的那个小屋，和那一生唯一的师父静静躺在床上，全心全意依赖，全心全意信任和喜欢。

那些不习惯和僵硬不知不觉慢慢消失，我伸手，正要环住初空的腰，忽听一个熟悉的声音带着莫名的亢奋，从黄泉路的那头传来："哎呀，我这是看见了什么？亮瞎眼！有俩冤家二货抱在一起了哎！"

宛如平地一声雷，惊得我与初空瞬间推开了彼此，惊魂未定地看着来人。

刚从天界回来的阎王还穿着一身繁复的礼服，他摸着下巴，睖着一双亮闪闪的眼在我与初空之间看来看去，约莫是觉得一回地府便看见了我与初空，打心眼里高兴吧。

"你们别紧张嘛，我又不是来做小三插足的，你们可继续啊，方才我见你俩搂得挺销魂啊。"

"谁！谁和她搂得销魂了！"初空在我身边鼓着腮帮子吼，"小爷……小爷不过是抽筋了！只是抽筋了！"

我也鼓起了腮帮子吼："谁稀罕和这二货抱一堆！我不过也是抽筋了而已！"

"我明白我明白，我都明白。"阎王贱贱地笑着连连点头，"年轻人嘛，折腾折腾也是好的。"

这家伙看我们折腾心里其实是在暗爽吧。我留了情面，没有戳穿他，毕竟，我想到我与初空在人世没活过二十年，还要受他的惩罚呢……我这方还没想完，初空忽然将我的肩一拉，严肃地盯着我道："你亲了没有？"

我眨巴着眼，怔了许久。他……这算是在意我吗？看过前世镜中的将军空，我怎会还不明白他心中所想。面对如此隐藏在暗处的赤裸裸的感情，我难免有些羞涩。

哪儿想在我羞涩之际，阎王却摸着下巴，憨厚地笑道："亲了哟。"捏在我肩头的手蓦地一紧，初空的脸登时青了起来。阎王继续憨厚地笑。"可狠狠亲了呢。"

初空捏着我肩头的手又是一紧，他咬牙道："你就不能等我一等……"

我……一直都在等你。当然，这样的话我说不出口，只狠狠瞪了阎王一眼，冷声问道："我什么时候亲了？"

阎王继续憨厚地笑道："你在地府日日思君不见君，为君消得人憔悴，你这形容可比之前消瘦了不少，肯定轻了，我说错了吗？"我挑了挑眉，初空捏着我肩头的手一松，神色怔然了一会儿，而后恍然明白过来他被耍了。

我清楚地看见他额上的青筋跳了跳。"阎王，你竟敢……"赤红的长鞭对着阎王呼啸而去，阎王侧身一躲，忙道："哎呀哎呀，我错了，初空神君真是不可爱，玩笑嘛，玩笑。"阎王被初空的鞭子逼着连连退了几步，刚一站稳身子又眯眼笑了起来。"不过，可见初空你对小祥子着实用情至深，脸都绿了。"

他说得那般亢奋，活像是初空为了他的贞操而和别人急绿了脸。

为了不让初空失控，我忙上去拦住他，道："你忘了，咱们还要受他处罚……"初空一怔，咬着牙，颇为不甘心地收了鞭子。阎王挠了挠头，也摆了一副颇为不甘的模样。"说来，你们倒是不必担心这事了……"

他话音未落，黄泉路那头蓦地踏来一团白乎乎的仙气，如此祥瑞之气让久不曾回天界的我精神都跟着振奋了一下。

在那团仙气的脚边是方才撞了我的那三个小鬼，他们笑眯眯地在那仙人身边转悠。"大仙，这边请。""大仙慢慢来。"笑容和蔼可亲，与方才撞了我便狂奔而去的背影全然不同。

待走得近，我才看见那白乎乎的仙气之中竟然是太白金星。他不好好在天界享清福，来地府做什么？

"阎王行得可真快，我都跟不上您了。"太白金星走到阎王身边，摇头叹了一会儿，"老骨头走不动了，您地府的瘴气可真是越发重了啊，老骨头可不能多吸，初空神君与那祥云仙子何在啊？传了陛下的旨意，我可得快点回去。"

阎王指了指我："可不在那儿吗。"

太白金星在天界是出了名的眼瞎，他向我与初空这方走了好几步，才将我们看清楚，他连连点头："没错没错，是了是了，嗯，来，陛下的圣旨在这里。"

老人家弓着背在怀里摸了许久，然后挠头道："嗯……咦……陛下给的圣旨去哪儿了？哎呀，我这老骨头，莫不是赶路赶掉了吧。"

我嘴角抽了抽，初空也跟着我一起抽了抽。"你袖子里的那个不是吗？"

太白金星恍然大悟。"啊，这里这里，老骨头记性不好了啊，你们等等，我来念。"

初空忙道："别，您歇着，我们自己看就好。"说着，他从太白金星的手里接过圣旨，打开一看，眉头一挑，又眯起了眼。他合上圣旨，望着阎王道："你最好解释一下这是怎么回事。"

我好奇地凑了脑袋过去要看初空手里的圣旨，却被初空瞪了一眼，那眼神简直就像是在说"大人办事，小孩在旁边乖乖等着"，我觉得我被深深地鄙视和被嫌弃了。

阎王摸了摸鼻子。"嗯，总的来说就是，十八层地狱下面破了个洞，那个洞恰好与人界的某处山脉相连了，为了防止地狱中的邪气泄漏到人间，特命你与小祥子二人去采石填补这处漏洞。考虑到这事着实有点困难，所以玉帝琢磨着给你二人一点嘉奖。"

听到"嘉奖"二字，我脑海里登时塞满了金灿灿的黄金，亢奋地大声问道："什么嘉奖？"

阎王摸了摸下巴，意味不明地笑道："本来嘛，你们还有三世情劫要历，但是呢，若你们完成了这个任务，下面那几世情劫便不用历了。正好李天王也苦恼着你们没有哪一世是乖乖按照他写的命格走的，他也不想再给你们安排情劫了。"

这个奖励方式听得我与初空皆是一愣，我心头莫名空了一空……

照理说，我是一直怀着逃离七世情劫的心态在渡劫的，但此时陡然听见有一个方法可以让我光明正大地摆脱初空，回到仙界，继续做我的闲散仙子，我竟莫名其妙地开心不起来。

我身边的初空也沉默着。

阎王继续道："考虑到人间的秩序，你二人还是要以轮回转世的形式投胎去人间，只是每一世你们用的都还是自己的身体，都还有自己原来的法力，若在人世不幸死掉了，就回到地府继续投胎。总之，你二人什么时候将那洞口堵上，什么时候就能恢复仙身，重返上界。"

我侧过头望了初空一眼，见他正皱眉思索着什么，便开口问阎王："要补那个洞，得去采什么石头，那石头又在哪里？"

"西方昆吾山中，有纯白萤石，积天地灵气而成，可消地狱烈焰邪气，用此石来填补漏洞是最合适的。"

我点了点头，初空却蓦地将圣旨往地上一扔，道："不干，别以为我不知道，那地方有上古赤焰兽守着，无论谁挨着它都得被烤熟了，我可不会傻得去接这差事。"

太白金星忙将圣旨捡起来，道："初空神君不可如此啊，陛下可是点名让您与祥云仙子去的。"

"天界那堆人都死了吗？本事比我大的多了去了，干吗非要让小爷和这二货去冒这险。"

阎王凉凉道："这不是最近只有你二人犯了错吗，这是让你二人将功补过。而且也算不得冒险，左右一不小心死了，也不过是来地府走一遭罢了。"

初空大怒："你以为死的时候不会痛还是怎样！"

他在那方奋力反抗，我却在这边琢磨了一番，照阎王那个说法，其实去采石头与历情劫在本质上并无差别，只是目的不同了而已。历情劫的目的就是折腾我与初空，而采石头则是为了堵邪气，顺便折腾我与初空。

左右都是折腾，而采石头还可以让我们光明正大地不喝孟婆汤，可以拥有自己本来的身体和原来的法力，这是件多方便的事！有法力的人在人间，那可是大大地赚了啊！我立即将初空往我身后一拽，拿过太白金星手中的圣旨，道："我是个明事理的仙子，玉帝能委以大任于我，我必不负所托！"

初空在我身后拽我的头发，阴森森道："你又欠抽了是吧。"

太白金星连连点头："好姑娘好姑娘，有担当有担当。"

阎王继续在一旁凉凉道："嗯，既然如此，便让小祥子一人去采石头吧，初空神君你接着喝孟婆汤，接着历情劫去，嗯，这着实是个皆大欢喜的安排。"

初空气得咬牙，磨蹭了一会儿，狠狠地从我手里拽过那道圣旨。"采石头便采石头。"他瞪了我一眼，"你到时给我走远点，不许拖我后腿。"

言下之意便是"我去冒险，你在我背后躲着吧"。我现在慢慢能琢磨出他话里话外的隐意。我一声叹息，这明明是句让人很温暖的话，这家伙为什么偏偏要用这么恶劣的态度说出来呢……真是不诚实。

阎王笑道："哎呀，没看出来，初空神君还是个会心疼人的好男人啊。"

"谁心疼了！"初空恨恨地瞪了阎王一眼。

阎王摇头叹息："真不坦诚啊，一点也不可爱。"我也跟着叹息："就是，一点都不坦诚。"太白金星也连连点头："不坦诚不坦诚。"

初空摁住额上跳动的青筋。"要采石头便快些走，小爷可没闲工夫跟你们磨蹭。"

"初空神君等等！老骨头还有一事相告。"太白金星突然眼睛一亮，利落地凑到初空身边，轻声道，"初空神君可知，如今天界已摆上了赌局，赌的正是您与祥云仙子最后会不会在一起。"

我斜眼望太白金星，陡生嫌弃。初空嘴角一抽道："你们这些人在天界未免太闲了，有空的话，不如去收了昆吾山中的赤焰兽，让我好采石头一些！"

"初空神君别气嘛，天界好不容易出了你们这一对，自然受关注多一些。"他凑到初空耳边小声道，"就我之前的观察和研究来看，我押了三两金赌你们最后不会在一起。初空神君可千万别让我失望啊。"

初空火大地推开太白金星的脑袋。"回你的仙界去。"他回头唤我，"小祥子，走。"

我在身上四处摸了摸，最后掏了十个铜板出来，塞到太白金星的手中，郑重嘱咐道："回去记得帮我押一个，我赌我们最后不会在一起，话说这个赔率是多少，现在有多少人下注了啊？赌局完了什么时候能拿到钱……"

手腕一紧，是初空拽住了我，我抬头一看，他颜如恶鬼。"你倒是也挺有闲情逸致的嘛。"我张了张嘴，还没说话，他一扭头，像是生了大怒一般，沉默地拽着我便往奈何桥那方走。

路过阎王的身边，他笑眯眯地望着我，悄声道："我押了十两金，赌你们最后会在一起。"

我愕然地看着阎王，他对我们挥了挥手，示意我们一路好走。

等等，我挣扎了一下，初空将我拽得更紧。阎王这个人精说的话还是有几分参考价值的！等等！我要改注啊！十个铜板，赌我们最后会在一起！太白金星，别走！我心头的话没法说出口，初空拽着我头也不回地走到轮回井边，二话没说，一脚便把我踹进了轮回井。

等等！那是十个铜板啊！十个铜板啊！

第 十 三 章

# 这是你要强了我的

一片黑暗，我感到初空的脸在我正上方，他的唇紧紧贴着我的额头，我便在他脖子那处空隙间喘息，他双手抱住我的背，硬邦邦的胸膛挤得我胸前那两团肉有点奇怪地疼痛。

"你倒是……起开啊！"我手使劲推了推他的胸口，"喘……喘都喘不过气了！"

"你急什么！"初空也怒，"你以为我想挨着你吗，且容我缓一会儿。"

我继续喘气，感到被体温融化的雪变成了冰水，浸入单薄的衣裳中，冻得我一阵战栗。正在这时，初空一提气，我只觉他又将我勒紧了一些，然后耳边一阵闷响，我俩终于离开那个狭小的空间，破土而出……或者说，破雪而出。

站在惨白的雪地上，我与初空大喘不停。我几层薄衣已被雪水浸湿，此时刺骨寒风一吹，更是要将我冻成冰棍，这情况真是要多糟有多糟。至于我俩为何境况会糟糕至此……

初空恨恨地捏了拳头。"若这有天意，必定是李大胡子的恶意报复！"

我深深认可初空的观点，天上的狗血李定是为我二人没按着他所写的命格生活而生了闷气，且他以后也不能书写我俩的命格了，所以便在我们投胎入世的时候做了手脚！

这卑鄙小气的李天王，居然让我们一投胎来世间便遇上了雪崩，被活埋在了里面！这分明就是徇私报复！可耻！太可耻！

我一边打哆嗦一边道："我……我们快去弄几件袄子来吧……省得石头没找到，又见阎王了。"

初空此时已经缓过劲来了，他斜眼看我。"你不知道用仙力御寒吗？"

我一怔，一拍脑袋，做了这么几世凡人，居然把我会仙法这回事给忘了。我忙捻了个诀，驱散身上寒气，然后扭头望着初空道："虽然你提醒我让我用仙力御寒是件好事，但是，你居然没想到趁机蹭到我跟前来占我几分便宜。"我摇头叹息。"活该你单身啊。"这是为人处世勾搭女人的手段问题，而初空的手段，显然还不如我来得高明。

初空盯了我一会儿，然后面无表情道："你有什么便宜好让我占的。"

我嘴角抽了抽，觉得这家伙其实心里对我是没有意思的吧，那一张嘴跟抹了鹤顶红似的。

我斜眼嫌弃他道："活该你单身！"言罢，我转身便走，行了几步，没听见初空踏雪跟上的脚步声，我心头奇怪，扭头望他，却见他失神地站在原地，一手摸着嘴唇，一手捂着胸口，眼神虚幻地落在我们逃出来的那个雪坑里，脸颊带着些莫名的红。

我心头一跳，也急急忙忙扭过头，不敢看他，只觉自己的额头和胸部都有些灼热起来……

那个……那个口是心非的二货，哪里是不占便宜……他明明就是已经将便宜占够了！

我与初空找了许久，终于寻着被雪掩埋的下山小路，顺着小路一路向下，我渐渐察觉到有点不对。看了看正在中天的太阳，我问初空："这里既然有下山的路，也就是说往日上山的人还是挺多的，而这种天气即便看不见山下的村落，也应当能看见升起来的炊烟吧。"我指了指头顶的太阳。"可都这个时候了，怎么没哪户人家做饭？"

初空也站住脚步，他皱眉思索了一会儿，忽然道："你可觉得这山上的雪有些奇怪？"

我神情严肃地望他，道："不觉得。"

初空无奈。"算了，是我蠢，居然问你。"我俩又沉默地走了一会

186

儿。我四处张望，奇怪地发现地上的雪里竟还掺杂着一些碎木头，正思索间，突然一头撞在了初空的背上。初空没理会我，郑重道："这雪山不对劲，有人在此处摆了阵。"

我迷惑道："可是没有看见哪里有阵法啊。"

"你当然看不见。"初空一如既往地嫌弃我，"你看这路边的雪，排列整齐，就像是有人刚刚打扫过一样，走不了多远便有大石块压在路边，你仔细瞧瞧，一块石头与下一块石头之间的距离永远是固定的。"

我依着初空的言语老实地将周围环境打量了一遍，然后心头一惊，脸色微变。"我们方才从山上走下来便一直有这些东西，有人竟用一座山摆了阵？他要做什么？端了这座山吗？"

"若只是针对这座山倒也还好……"初空欲言又止。我们正在揣摩之时，忽见路边的大石块蓦地一亮，闪过一道血红的光，石头上浮现出我看不懂的复杂符文，初空眼中神色一沉。"是嗜血阵，它会吸干所有待在阵中的活物的血！"

我立即拽了初空的衣角，紧紧贴着他的后背站着。"活物，包括我们吗？"

"你说呢？"

我仔细想了一会儿。"我还真不知道包不包括我们。"

于是初空也沉默下来。

我贴他后背贴得紧，初空一挥手，赤红的长鞭出现在他手里，他回头看了我一眼。"你是没本事还是没出息，都恢复仙身了居然还害怕这种阵法，找到阵眼破了它便是。"

听得初空这话，我微微一怔。其实今日若是我一人陷入此阵，我不见得会表现成这样，但看见初空挺直了背脊站在那里，我便屁颠屁颠地躲了过来，这好像已经成了一种我无法控制的行为。

当然，这样的事我才不会告诉初空。"你当我愿意躲在你背后吗？要不是你当初将我那柄团扇给绞碎了，叫我如今没有法器护身，我会站在你后面？"

初空沉默了半晌，一声冷哼："不就是一把破扇子吗，你这穷鬼居然跟我记了这么久的仇，回头赔你一把便是。"

我眼睛一亮，忙拽住初空的手。"这可是你说的！咱们说好了啊！

我要织女织的锦云扇，要最好的。"初空嫌弃地一撇嘴道："没眼识的东西。"

"大爷你有眼识，你找更好的来赔我啊，我绝不拒绝……"

话音未落，初空忽然伸手一揽，扣住我的肩，将我往旁边一拉，跃空而起。我还在愣神，忽听下方发出了奇怪的声音。我回头一看，只见方才我俩站的地方陡然长出了数条触须，凌空乱舞，像是要把它们抓住的所有东西都绞得粉碎。

我问："这些是什么？"

"阵法启动了。"初空神色一凝，"找阵眼！"

我仰头一望，看见山顶之上有一束金光闪烁，没入苍穹之中。我戳了戳初空的手。"那边那边，初空，上！"

"你在这里等着。"初空二话没说，松开手，立即向那阵眼而去。我凌空站着对他的背影挥了挥手道："努力啊！"待他与那阵眼斗上了，我才恍然发觉，方才我使唤他使唤得如此自然，他竟也没觉得哪里不对。

大地一颤，发出沉闷的响声，是阵眼动了。我仰头望着山顶之上的初空，隔了这么远我已看不见他的神情，但能想象出来在他眼中流转的光会有多漂亮。

初空他确实有些本事，而且他的本事已经超过我最初所预见的范围，他分明不像一个在别的仙人手下做事的人。现在仔细一想，好似不管是阎王还是太白金星，他们都唤他为"初空神君"，而"神君"这个称谓明明超过他所担任的职位应有的称呼。

初空应该没有看起来那么简单……

大地又是一颤，却并不是源自阵眼那方。我下方不远处，有一只动物突然从雪地里钻了出来，它通体雪白，长了一身白毛，连脑门上都有毛垂下，遮住了它的眼睛。"何人破我嗜血大阵！"

它一声怒吼，声音浑厚。我挑了挑眉，用一座山布了阵，还有妖兽护阵，这事看来不简单。

我向初空那方望了一眼，这正是破开阵眼的关键时刻，不能被打扰。地上那妖兽甩了甩脑袋，撅蹄子便冲山顶跑去。我身形一动，落到妖兽面前，手中捻了一个诀，以仙气凝出一个大网，手一挥，径直抛到妖兽头上将它罩住。

188

"虽然我不大厉害，但是你也不能不拿正眼瞧我啊。"我走到被仙网覆住的妖兽面前，小声道，"初空在办事，我怎能让他有后顾之忧。"我本是如此温柔体贴之人啊！

妖兽的喉咙里发出"咕噜噜"的威胁声。

大地又是一颤，头顶上的天空像是要破了一般发出清脆的碎裂声，躺在地上的妖兽忽然开始挣扎，像要拼死一搏，以仙力凝聚而成的网竟在它的不断挣扎间破开了洞，一个，两个。

没想到凡间妖兽居然还有这等能力。我心头微惊，上下摸索着自己周身，看看有没有什么防身法器，但最后发现果真如初空所说……我是个穷鬼，身上什么都没有。

"你给我离它远点！"头顶上传来初空的粗声喝骂。

我精神一振，忽觉余光处有猩红光芒一闪，定睛一看，竟是那妖兽被长毛覆盖住的眼中闪着红光，它一声惊天怒吼，彻底将覆于它身上的仙网震碎，然后扭头对准我。我汗如雨下。"其实，你不拿正眼看我，也没关系。"

它又是一声长啸："破阵者死！"挥爪便向我打来。我往地上一滚，堪堪躲过这一击，还没缓过神，它第二爪又挥了过来，速度之快，让我有些应付不来。

阵法破碎的声音越来越急促地响起，想来是初空那边在加快破阵速度。

我捻了个诀，凝出一个仙罩将自己护在里面，拖延时间等初空过来。怎料这妖兽如同发了狂一般，脑袋大的爪子狠狠往我这里拍。我大怒："破阵的明明在那边，你现在一个劲打我是怎么回事！"

我话音未落，仙罩竟立时破开，眼瞅着那妖兽一爪挥来便要打碎我的脑袋……

电光石火之间，我只觉腰间一紧，是一只手将我搂住，我一愣神，再回过神来的时候那妖兽已经离我老远了。

我仰头看见初空还在山顶那处与阵眼斗法，一回头，见一袭紫色的衣袍随风而飘。

"阿祥姑娘？"来人的声音中带着一抹惊讶。

我望着这人的脸，想了许久，终于琢磨了出来。"啊，你是那个阴险的石头妖怪，紫辉？"

"多年不见，阿祥姑娘说话依旧如此直白。"他一笑，眼角弯弯，"不过姑娘能记得在下，真是荣幸。"

我望了他一会儿，又扭头望了初空一会儿，突然有一种恶作剧的冲动，想要吼出声来，告诉初空："你情敌寻来了！"真想知道，他听了这话会是怎样一副表情。

空中一声轰鸣，我仰头一望，只见点点金光如同雪花一般簌簌落下。

嗜血阵已破。

初空衣袂翻飞，身影孤立雪山之巅，大风鼓动他的衣袍与长发，我看不清他的眉眼，但只是一个剪影便在恍惚之间击中我的心坎，我不由得捂住心口，想抑制住怦动的心跳。

那二货……没事摆出那么漂亮的造型干什么……

忽然初空头一动，转向我这方。我身边的紫辉笑眯眯地冲他挥了挥手，喊道："师父大人，好久不见。"

初空脸上的表情我看不真切，但恍觉脚下大地颤了两颤。紫辉悄然松开了还放在我腰间的手，笑道："糟糕，我竟不知师父大人这一世是神君之身，这可惹不得。"

于是我斜了眼看他，原来，大家都是欺软怕硬的动物嘛。

"破阵者死！"那只妖兽竟还未走，站在那处仰天长啸。我指着长毛怪问紫辉："这叫声是什么意思，阵已经破了，它觉得叫一叫能吓得咱们肝裂胆碎而死吗？"

紫辉眯眼笑。"阿祥姑娘还是一如既往地风趣可爱。"

"吵死了！"远远听见初空一声喝，他身形一动，霎时没了影，再出现时已立在了长毛怪头顶，长毛怪立即跳起身来往初空身上扑，初空只立在那处，不躲不避，手中结出仙印，拍在长毛怪头上，那头像一座房子般高大的妖兽浑身一僵，立时被定住了。

紫辉点头称赞："嗯，师父大人的定身诀使得颇有几分功底。"我则激动得直打战，屁颠屁颠地往初空那方跑。"好样的，初空！就这样把它宰来吃了！我来肢解，你去生火准备烤肉！"

"阿祥……姑娘……"紫辉唤我的声音已被我远远抛在脑后，我跑到长毛怪身边，摸了摸它一身顺滑的皮毛。"这身皮毛定能卖个好价钱，我琢磨琢磨从哪里下刀啊。可不能在这里掉了价。"

我正两眼放光地嘀咕着，初空突然走过来一爪子拍开了我的手。"我抓的，不准你吃。"

"为什么！"我很愤怒。

初空斜眼瞥了缓步而来的紫辉一眼，然后嫌弃极了似的冷哼一声："你不是有人帮吗，你让他去给你捉一头啊，这是我捉的，我偏不给你吃。"

紫辉清咳了两声，好像对自己陷于这种争吵中有些尴尬。我直勾勾地盯着初空，对他这种小孩一样的行为表示深深的不满："咱俩还分什么你我，我抓了它的皮卖的钱还不是咱俩一起用，我割了它的肉烤熟了，还不是咱俩一起吃。你突然又傲娇个什么劲，有意思吗！"

初空扭着脑袋想了想，然后只把眼珠子转过来看我。"我俩一起？"

我茫然又讶异。"不然我跟谁一起！"

听得这个回答，初空终于转头看了我一眼，嘴角往上翘了一翘，然后又压了下去，板着脸道："哼，好吧，勉勉强强让你动手好了，小爷我要吃背脊那块肉，你不准给我割坏了。"

这家伙……

对这种三天一小抽五天一大抽的人，我已懒得施舍言语去骂他了。我把注意力转到长毛怪身上，围着它转了一圈，觉着果然还是只能从肚子上开刀。我使唤初空："你把它翻过来。"

初空正准备动手，紫辉忽然道："在下以为……"

"没你的份儿。"初空冷眼望紫辉，径直打断他的话，"小爷大度，懒得与你算以前的账。现在你有多远走多远，别让小爷再看见你。"

紫辉一声叹息："我是说，这好歹是头妖兽，你们要吃了它，这是不是有点……"

我奇怪地望着紫辉道："不然拿它怎么办？"初空也奇怪地望着紫辉道："不然拿它怎么办？这是妖兽，不是神兽，它看守嗜血阵不知害了多少人性命，吃了它又不损阴德。"初空说得理所当然，看来与我待在一起久了，他的思想境界确实是有所提高嘛！

初空撸起袖子，手一用力，径直将大块头的长毛怪翻了过来，让它四脚朝天。我跳上了长毛怪的肚子，用手比画了一会儿："刀。"初空又伸出手对紫辉要："刀。"

紫辉一声叹息。"我是说，乱吃东西，不是个好习惯。"说着他便从怀里掏出了把匕首，正要递给初空之时，又收回手去，正经道，"用我的刀，应当给点报酬……"

初空脸色又是一冷，我抢在他前面道："嗯嗯，好，待会儿把前腿割给你。"

于是紫辉便心甘情愿地把刀递了过来。

第一刀要下在妖兽的锁骨中间，我抬起了手，正要刺下，那妖兽竟开口艰难道："破了……嗜血阵，君上……不会……放过你们。"

我转头与初空交换了一个眼神，我拿刀尖戳了戳它的脖子。"来，你老实交代，你家君上是何人，住何地啊？"

妖兽沉默着不再开口。我与初空又对视了一眼，初空摸着下巴道："它这样子约莫是被人下了咒术，大概也问不出什么话来，杀来吃了吧。"

"且慢！"紫辉一声唤，"你们……当真要吃它？我以为你们方才只是在威胁它……"

我瞟了紫辉一眼。"我这个样子像是假的吗？"言罢，刀刃"唰"地刺下，鲜血四溅。

用法力凝聚的火焰耀眼地旋转着，在雪地上投射出了三人的影子。妖兽的肉吃着鲜嫩肥美，我与初空摸着撑圆了的肚子满足地瘫在雪地上打饱嗝，唯有紫辉拿着我允诺给他的前腿肉，半分未动。紫辉轻叹："你们竟还真的吃了……"

初空不满道："你有什么意见吗？"他顿了顿，仿似怒气更甚。"从刚才开始你就一直待在这里是什么意思！谁让你来的，谁让你待在这里的？赶快走！"

紫辉笑了笑。"师父大人怒气深重啊，不过，我确实没料到能在此地碰见你们。我本在四处游历，听闻北方忽然有几个村落莫名其妙地消失了，我便想来探探究竟，没想到你们也在这里，更没想到你们转世还在一起，还是神仙之身，留有前世的记忆。"紫辉眉眼弯弯地望着我，"更让人意外的是，阿祥姑娘竟也是仙人。"

赝足的我脾气也好了很多，听了他这话大方承认："我那一世确实傻得没一点仙人的样子了，你看不出来也是正常的。"

一个雪团径直砸在我脑门上，我一呆，怒视初空，却见他冷冷睃了我一眼，哼道："我倒是觉得，你现在与那傻祥没什么区别。"

我也冷哼道："你与那一世时不也一模一样吗！闷骚、傲娇，还喜欢欺负人！"

初空扭头瞪我，眉头皱得紧紧的，我也不甘示弱地望着他。正对峙着，忽听紫辉笑道："你们这样子……可是很容易被人挖墙脚的。"初空二话没说抓了一个雪团照脸便对紫辉砸去，紫辉脑袋一偏从容躲过。"女子大都喜欢成熟沉稳的男子，师父大人这样可不好，你说是吧，阿祥姑娘。"

面对这个问题，我沉默了一会儿，直白道："以前是这样想的没错。"我看了看初空那张臭脸，然后扭过头，望着星星点点的夜空。"可是现在觉得人都有自己的个性嘛，某人这脾性也不错。"我脸颊微热，顿了顿补充道，"二得挺有特色的。"

空气沉默了一会儿，紫辉闷笑道："阿祥姑娘可真会夸人。"

"谁准你说话了！"初空咬牙的声音传进我耳朵里，"哼，你这妖怪着实成熟稳重，讨人喜欢，让人魂飞魄散都还心心念念地惦记。"

紫辉愣了一愣。"师父大人这话是何意？"

初空冷笑道："我可没你这样花心的徒弟。"初空说到这话，我陡然想起了在那石洞幻境中看见的魂魄残缺的女鬼。我道："险些忘了这事，紫辉，你可有个去世的妻子？她的魂魄托我们来找你来着，让你去看她，你赶紧上路吧，晚了她可就魂飞魄散，再也见不到了。"

紫辉将手中烤好的妖兽前腿肉又拿到火上转了几圈，才笑眯眯道："阿祥姑娘找错人了吧。"

我一怔，看了看初空，初空只是眯眼打量他。我又道："那女子要我带话说，阿萝一直在等你，你不认识她吗？"

肉的焦煳味在冷冽的空气中飘散，紫辉仍旧不动声色地答道："不认识。"

我撇嘴，没再多言。初空手一挥，火焰中的肉被打掉了，落在雪地里滚了老远。"这味道闻着让小爷心烦。"

紫辉笑了笑。"对不住。"他一顿，又道，"二位接下来要去哪里？"

初空立时警觉起来。"你想干吗？"

"左右我也没什么事干，二位若是有什么需要帮忙的，我也可尽点绵薄之力，以报当年初空救命之恩。"

"不用。"

"好啊。"我应承下来，换得初空横眉以对。"有人主动还债干吗不要，多个跑腿打杂的多好。"这是我变傻的那世毕生的心愿，那时没能完成，现在能补偿一下也总是好的。

初空摆着臭脸。"不行，小爷就高兴让他欠着不还。"

我沉默了一下，还没来得及开口，紫辉便抢了我的话头道："俗话说，只要锄头挥得好，没有墙脚挖不倒，初空这可是怕了我了？"听了他这言语，我便也眨巴着眼看着初空。

初空在我二人的注视当中，慢慢红了耳根。"怕你大爷！"他一声吼，然后扭过头，"跟着便跟着，你就等着小爷使唤你吧！这可是你自己给自己求的，别怪我没提醒你！哼！"

于是，我与初空的寻石补洞之旅中又多了一个人，或者说……多了一块石头。

"用他去补洞吧。"

紫辉在小镇上给我买了件狐裘，我穿得暖和，望着紫辉便是一阵笑。坐在客栈大厅的桌子边，紫辉去布置吃食，初空忽然脸色冷冷地对我道："他不就是个石妖吗，用他去堵洞，既报了我的救命之恩，又省了咱们的事，一举两得。"

我嘴角抽了抽。"背着人说这话，你不觉得自己卑鄙又阴险吗？"

初空冷哼。"我可不是背着他说的。"

"初空何必如此反感我？"紫辉放了一笼包子在我面前，"阿祥姑娘，趁热吃。"他笑望初空。"我如此尽心尽力报恩，却换得初空如此言语，实在是令我伤心。况且，照日前阿祥姑娘与我说的情况来看，地狱邪气泄漏，当用至纯至净的萤石去堵方能消解邪气，若用我这石妖之身，只怕是越堵漏得越多。"

初空伸手过来一把捏住我含了一嘴包子的脸，任由我嘴里的油流了他一手，他也不放开。"你倒是什么都和他交代了啊！"

"他唔是要帮吾们滴忙摸（他不是要帮我们的忙吗）……"

紫辉帮我翻译："她说，他不是要帮我们的忙吗？"初空怒气冲冲地打断他："我听得懂！"初空甩开我的脸，嫌弃地擦了擦手。"你这出息，一点小便宜就把你给收买了，没骨气的东西。"

我咽下嘴里的包子，望着他道："你有骨气，别动我的包子，别住紫辉找的客栈。"

"小爷我就是不住！"初空一踢凳子，站起身来，"爷今儿个住红楼去，你们便在这里待着吧！"我眨巴着眼望着初空渐行渐远的身影，忘了吃包子。"他说……他要住哪里来着？"

"约莫说的是红楼来着。"

我点了点头。"他这是要去找花姑娘啊。"

紫辉喝了口茶。"阿祥姑娘可是嫉妒了？"

我埋头吃包子。"哼，谁有那闲工夫嫉妒他！让他夜御十女，叫他明日染上花柳病。"

紫辉清咳两声，突然笑问："你们既然都这么喜欢对方，为什么不肯坦诚一点呢？这两日我与你走在一起，初空可气得不轻。"

"我喜欢他……真的表现得很明显吗？"

"很明显。"

我沉默下来，不知该说些什么。是啊，我都表现得这么明显了……初空你这二货和我告个白，让我安安心心地和你在一起会怎样！我气呼呼地又往嘴里塞了个包子，紫辉道："直接告诉他吧，以初空那性子，要他开口只怕是件难事。"

"又不是没和他示意过！他一直不和我挑明了说肯定是因为在天界还有个小白花一样的姑娘等着他呢！两人还要一起去看星星……"这脱口而出的话让我自己也怔了一怔。

原来……

在我内心深处，一直是这样怀疑着初空的。

一次次的暗示，厚着脸皮告诉他，他喜欢我，每一次都把话说到那个地步，我心里想的一定是让他鼓起勇气，直接告诉我，给我一个确定的答案吧。

但是每一次……都没得到他正面的回答。

他的表现、他的行为都不如一句扎扎实实的"没错，我喜欢你"来得实在。

地府见过的那个叫莺时的姑娘，始终悄悄埋伏在我心头的阴暗处，提醒着我，初空对别的女人会有那么温柔的一面。只这一个认知便足以推翻我对他所有的期待。

我用筷子将包子戳得百孔千疮，隔了好久才憋出一句："都没人和我一起看过星星。"

"既然如此，阿祥姑娘今日便与我一同去看星星吧。"我抬头望他，紫辉笑了笑，"我们一起去花楼看星星。"

我挑了挑眉，对紫辉陡生戒备。"你要干什么？"

紫辉神秘一笑。"让初空神君说出心底话。阿祥姑娘不想听吗？"

"不想……"包子的肉馅都被我戳了出来，"才怪……"

紫辉确实带我去了花楼，不过……我望着五层楼高的木头架子，架子上缠着美艳的鲜花，在那顶端搭了个丈宽的平台。我指着这东西问紫辉："这便是你说的花楼？这不是镇上的人祭祀用的高架子？"

紫辉笑了笑。"这也被本地人称为花楼，阿祥姑娘不想上去看看？"

"我想听初空说心底话。"

"阿祥姑娘何必着急，待初空回客栈看不见我们，他自会出来寻的。我已交代过小二，让他告诉初空我们在此地观星。"紫辉举起手中的酒壶，"在他来之前，咱们先上去浅酌几杯可好？"

我奇怪道："你怎么知道他会回客栈？"

紫辉冲我眨了眨眼，俏皮一笑。"若是连这都不知道，岂不是浪费了初空给我的这颗心。"

我沉默着将目光落在紫辉的心口处，盯了一会儿，我拿过他手中的那壶酒道："谁都想活下去，你那时的心情我可以理解。虽说过去的事再去追究已没有意义，初空不说，我也懒得说。但紫辉你得记得，这颗心始终是你从初空那里抢来的，你在我傻的时候坑了我俩一次，我不会允许再有第二次。"

"呵。"紫辉沉默了半晌，倏地笑道，"你与初空二人当真是天造地设的一对。你可知你方才说的话，初空已与我说过一遍了。只是这次，我当真只是来报恩而已。"

我一怔，紫辉翻身跃到高台之上。我看了看手中的酒壶，也一跃而起，飞身上了那处高台。

　　"坐会儿吧。"紫辉拍了拍他身边的位置，我不客气地坐了下来，两只脚在高台外面晃荡。拔开酒壶塞，清甜的酒香飘散，我一嗅，登时精神大振。"好酒啊，你从哪儿买来的？"

　　"这可不是买的。"紫辉仰头望着天上的星星，"许多年前我曾来过这小镇，这酒是我亲手窖藏，准备在自己成亲那日拿出来喝的。"我嘴刚碰到酒壶口，乍一听这话，恍觉喉头一哽，我忍痛将酒壶放下，侧眼看着紫辉，却见他笑道："喝吧，左右我现在也成不了亲了。"

　　想到那个给自己造了一个幻境居住其中的女子残魂，我问道："你当真没有一个过世的妻子？不认识阿萝？"

　　紫辉眉眼弯弯地笑着，道："我此生只爱过一人，可是那人却是我捧出心来也换不来的人。她在我们成亲前一天带着我原本的那颗心跑了。"他眯眼望着遥远的星空，神色空茫。"我没成亲，没有妻子，也不曾识得阿萝。"

　　可是那个叫阿萝的女子却识得紫辉。

　　看着他的侧脸，不知为何这话我竟说不出口。清甜的酒香在我鼻尖飘散，是一股清爽而甘甜的味道，像是穿越了时空，在给我诉说着当时窖藏这酒的人是怎样期盼的心情。我将酒壶递还给紫辉。"藏了这么多年的酒，第一口尝的人当然应该是你自己，现在的味道和当初的味道必定是不一样的。"

　　紫辉垂下头，唇角的笑带了丝苦意。"不用尝我就知道了。"

　　"呵呵，深更半夜，孤男寡女，花前月下，互诉衷肠，心灵相通，很好很好。"背后突然传来一阵磔磔怪笑，我一扭头，看见初空立在那里，他手中的赤红长鞭看起来有些煞风景。

　　紫辉转头看了初空一眼，又扭头来盯着我道："酒里有惊喜。"言罢，他拽住我的手臂，往上一抬，酒壶对着我的嘴猛地一倒，甘甜的酒霎时便灌进了我嘴里……

　　破空声"唰"地响起，紫辉身形一跃，堪堪躲开初空这一鞭，他眯眼一笑道："星星还是你们看吧，我想回去睡了。"言罢，他手一挥，在夜空中消失了踪影。

我被这口酒呛住了，捂着胸口咳嗽，可没一会儿便觉一股热气顺着喉咙滑进胃里，然后又反冲上来，打晕了我的脑袋……紫辉走之前说什么来着？酒里有惊喜？这是他准备在成亲那日喝的酒，那种良辰美景能喝什么酒？我用头发丝都能想出来！

可这是人家小镇祭祀用的地方啊！他想让我和初空野……野……野……野……合吗！

初空不知我喝了什么，还在一旁阴阳怪气地嫌弃我："你倒是忘得快，那一世傻了被人坑，现在还想被人坑是不是？一点小恩小惠就把你收买了，出息，当真出息！"

我脑门开始慢慢渗出汗来，情况很是不妙啊……

许是见我半天没说话，初空在我旁边蹲下身来。"你倒是应……你怎么了？"他脸色一肃，探手摸上我的额头，眼瞳中藏着怒气，"那家伙又耍了什么阴谋诡计！"

"酒里有药。"我本想诓初空两句便跑，怎料这嘴竟不听使唤了一般，这话脱口而出，捂都没捂住。

初空神情凝重地拿起酒壶，自言自语一般问："什么药？"

"春……"我伸出手紧紧将嘴捂住，但是我的嘴像是不受自己的控制，心里想的这两个字愣是挤出我的牙缝，蹦进了初空耳朵里，"春……药……"

初空凝重的神情怔了一瞬。他身子仿似忽然软了下来，在我旁边一坐，愣愣地望着我，失神沉默。我捂着嘴咽了口唾沫，惊疑不定地等待他表态。哪儿想他沉默了半天，却怔然地问我："那……那怎么办？"

除了你帮我还能怎么办！我在心头怒吼，没想到这话又一次冲破喉头禁锢，溜出了口："当然是你来帮我！"

空气一阵静默，我与初空温热的呼吸喷在寒凉的空气中凝成了一团团白雾。互相凝望了一会儿，我终是挪开目光，恨得连抽了自己的嘴数下。

不应该啊！为什么控制不住！

难道……我的目光落在初空手里握着的那个酒壶上。

初空忽然一个手抖，开了口的酒壶倒在木台上，酒洒了出来，酒壶骨碌碌滚下五层楼高的高台，在下面碎出一声脆响。我抬眼望初空，却见他向后仰着身子，一脸朝阳般通透的红。

"帮……帮？"他脑海里不知蹿出了什么样的画面，声音颤抖中带着点沙哑。

他这副羞涩的模样，看得我耳根也是一烫。我摸了摸脸，让自己冷静了一会儿。"你先别忙往深处想，这酒约莫是别的东西。"

这话初空听没听到我不清楚，我只见他猛地站起身来，背对着我，听他深呼吸了几下，然后飞快地说道："我们先回去，要实在没办法……你去雪地里打个滚看看。"

听得他这番言语，我觉得重点已经不在紫辉给的酒到底是个什么东西了，我望着他的背影呆了一会儿，心里的话再次脱口而出："我说初空，你真的喜欢我吗？"

初空的背脊僵了一僵，他又沉默了好半晌，才道："不然……你直接去雪地里多滚几圈。我给你守着，不让旁人瞧了去……"

我垂眼看着自己的拳头几度松开又捏紧，心头有一簇火无声蹿起，我憋了又憋，终是在初空这句带着些试探意味的话说出口之后爆发了。我站起身来，沉默地绕到初空身前，初空仰头望着星星不看我，我伸手拽住他的衣领。"初空，我们先躺下谈好吗？"

初空神情愕然了一瞬，我手一使力，脚下将他一绊，初空哪里会对我有防备，径直被我绊倒在木台上，摔出"吱呀"一声，乖乖躺好了。我坐在他的小腹上，揪着他的衣领，居高临下地盯着他。

"不行！"初空一张脸红得要滴出血来，他瞪圆了眼色厉内荏道，"药效再厉害你也给我撑住。"他说着便挣扎着要起身，我一只手撑住他的额头，将他往下一摁，把他的脑袋死死地固定在木台上。这一下可能让他撞疼了，他眉头一皱，右手擒住了我揪着他衣领的那只手腕。我心头一动，脱口道：

"我喜欢你。"

这一句话成功震傻了初空，他瞪大眼望着我，漫天星光映在他漆黑的瞳孔中，绚烂得让我找不见自己的影子。

我自己也张着嘴，不知下一句话该怎么接，但是心头纷乱的思绪封不住一般从我嘴里泄露出来："虽然你又二又暴力，不懂温柔，甚至偶尔还要打我，长得有些稚气未脱，脾气不沉稳，脑子也不是顶好使，对

199

女子心思更是半分不懂，生起气来的时候一点不知退让，情绪起伏不定，难以捉摸……"

初空本来诧然中带着期冀的表情愣是被我说得抽搐起来。

"但是。"我想闭上嘴，但这些话像是打开了我大脑里的某个枢纽，让我关不上门。既然如此……索性都坦白说了吧。

我想，初空是个傲娇的家伙，他说不出口，便由我来开头，他不敢直白，所以只有我来勇敢……然后，撬开他的嘴，逼着他说出来。

"但是！我还是想要你！我们亲也亲过，抱也抱过，曾经连对方的身子也毫无私密地触碰过了！你今日从也得从，不从，也得从！"我揪住他的衣领狠狠提了提，"说！你喜欢我！快点给我老实承认了！"

一通强势的话语说完，我望着呆怔愕然的初空，忽然有些无奈地想，明明，我是来听他的心底话的，但他一句没吐，我自己倒说了这么一大堆，真是……

本末倒置。

"你起开。"不知沉默了多久，初空忽然隐忍着说了一句。我分毫不松："你先承认！"

"说了让你先起开！"他怒。

我亦怒："你承认了我自然就起开！"

"真是个不知死活的东西！"他话音未落，我忽觉身子往旁边一倾，一阵天旋地转之后，我的背抵在凉凉的木台上，眼前是初空阴霾的脸和漫天繁星。我看见他烧红的耳郭，感受到了他灼热的呼吸喷在我脸上，听见他咬牙切齿地说："小祥子你给我记住，这是你要强了我的！"

唇上一热，有湿滑的东西钻进了嘴里，在这一瞬间，这一吻带着男子特有的强势，几乎完全掠夺了我的呼吸和生命。

这二货……居然还敢说是我要强了他的？

在热得发疯的思绪中，唯有一个念头能强制我拥有些许冷静——我那十个铜板，当真押错了！

第 十 四 章

# 初空！你病了！

这个湿热的吻渐渐深入，我心头一狠，心想今日话说到这份儿上，事办到这地步，若是不干得彻底一点，实在是太对不起自己豁出去的那张老脸了！我双手抬起，环住初空的脖子，将他紧紧禁锢住，开始用力地回应这个动情的吻。

仿似干柴烈火，又仿似将一直困在心底的魔鬼放了出来，这一吻动情便再也无法收拾，我无法探知初空的感受和想法，只知道他的手在我的背脊上游走，带着点青涩懵懂，不知从哪里下手一般来回摩挲，直磨得我心痒不已。

我虽也没经历过这事，但在月老殿当差的时候偶尔还是能从姻缘镜中看见下界夫妇成亲之时洞房花烛的场景，我知道，第一步，得先脱衣服。

我松了初空的脖子，手探到他的腰间，扯了许久，终于使蛮力将他的腰带给扯断了。初空此时全然没注意到我对他做了什么，手指还在我背脊滑动。我挪了唇，咬他耳朵："你倒是……拿点实际进展出来啊……"

话音未落，我只觉颈间大动脉被人狠狠一吸，些微刺痛之后是一股酥麻的感觉蹿上头顶，我不由得一声闷哼，眼瞅着这事便要渐入佳境，忽然"梆"的一声响，响彻夜空。

宛如当头一盆冷水泼下，更夫打更的声音由远及近传来："……小心火烛。"平淡至极的语调传进耳朵里，初空趴在我身上没有动静，我也憋住了呼吸，生怕喘大声了一点便被路过的更夫听了去。

梆梆。"小心火烛。"

"野合"二字在我脑海里海啸一般涌过，我们竟然险些就在这里……大庭广众之下！回过神来的我被自己的举动惊得满脸抽搐。

更夫从花楼下经过，初空默默地将我往他怀里抱了抱，给我扯了扯肩上散乱的衣襟，但他一直垂着头，额上的刘海垂下，让我看不清他的神情。直到更夫走过老远，再也听不见声音之后，他才松开了我，坐起身来，默默挪开了些许距离。

我也理了理衣襟，佯作淡定地坐直身子，道："喀，嗯，回去吧。"

初空扭着脑袋默默地点了点头，然后"唰"地站起身子来。可是他不知道，我也忘了，方才他的腰带已经被我扯断，所以他这一起身，裤子便径直掉了下来。

初空："……"

我："……"

他立即弯腰提起裤子，我扭头不敢看他。"我什么都没看见。"

风声呼呼在耳边刮过，空气奇怪地静默，待再回过头，那方哪里还有人影。

初空，他这是……落荒而逃了吗……

再回客栈，紫辉衣冠楚楚地坐在空荡荡的大厅里喝茶，见我回来，他眯眼笑了。"方才初空捉着衣裳，捂着脸急急忙忙跑回房了，这会儿阿祥姑娘神清气爽地回来，这情景怎么和我预料中全然反过来了？"

初空看见了紫辉竟然没有揍他！想来他心里一定是非常混乱的吧，作为一个寡欲的仙人竟然险些与我在外面……他脾气又傲，还在我面前掉了裤子，初空此时的心理活动肯定要多精彩有多精彩。

我上前一把揪了紫辉的衣领，冷冷地问："你倒还敢在这里等着我们啊，说，那酒到底是个什么东西！"

紫辉不紧不慢地笑道："那酒名唤真言，饮之能使人口吐真言。"

我恨道："那你走的时候倒给我喝是怎么回事啊！"

"非也，我本意是让你们俩一起喝。但不管是你们谁喝了那酒，都不当是现在这副德行啊，阿祥姑娘与初空果然与常人不同。"

我苦恼地抓了抓脑袋，松开紫辉，警告他道："不用你来做好人，我们的事我们自己会解决！"我转身上楼，心情复杂地在初空门前站了一会儿，觉得现在我们还是各自静一静的好。

在床上辗转了半夜没睡着，仿似一直有一个初空趴在我身上，紧紧贴着我的脖子，吮吸我的动脉。

黎明时分，房门吱呀一响，浅眠的我立时惊醒，看见立在我床榻边上的家伙，我傻傻地怔住。

他脸上的红晕仿似被烙铁烙上去的一样，一直烧着不停歇。"行了，我知道了！好吧！就这样！"他一来便冲我说了这通莫名其妙的话，我眨巴着眼看他，他深吸了一口气，扭过脑袋，"给……给你个机会，喜欢我。"

晨曦透过窗户，照在初空身上，他披散着头发，赤裸着双脚。我看得傻傻愣住，他眼珠四处乱看，就是不看我。"好吧，昨晚是我过分了。小爷……小爷会负责就是了！"初空目光扫了一眼我的脖子，然后一闭眼，几乎是用吼的喊出来：

"回天界就娶你行了吧！"

我怔然，反应了好一会儿才不敢置信地问："你这……这是在提……提亲吗？"

初空用鼻孔看我。"是给你个机会嫁我。"

我沉默了一会儿，伸出手。"聘礼呢？没聘礼我不嫁。"我和初空在一起我得赔十文钱，别的不说，这十文钱定是要初空赔给我的。

我这副公事公办的态度倒让初空一直烧红的脸慢慢凉了下来，他望了我一会儿，烦躁地挠了挠头。"回天界给你成了吧！要多少都给你，真是个势利的家伙！"

"等一下！"我坐起身来，肃容道，"你还得先告诉我莺时是什么人？"

"莺时？问她做甚？"

"当然要问，我的男人，从里面到外面都只能是我的，身边别的女人都得报备清楚！"

"我的男人"四字让初空红了红脸，他老实答了："是我小师妹。"

我不屑。"谁谁呢！别以为我不知道昴日星君府上十二个仙使皆是他从外面寻回来的散仙，从未听说过你们十二个人拜过谁为师，你哪里来的小师妹？"

初空眉头微皱。"我幼时曾拜在一名仙人门下，不过岁月太久，彼时我又小，记忆都模糊了，后来我那师父仙踪难觅，门下师兄弟便各自散走四方，我与鸢时太过年幼，在天界乱混一阵才被昂日星君招了去。"

听他这番解释我才点了点头："那咱们回天界就成亲吧。以后你养我。"

初空转过身去，抬脚往外走。"先去取萤石，把那漏邪气的洞堵了再说。"

他出了房门。朝阳已升起，屋里一片亮堂，我坐在床榻之上，抱着膝盖，默默红了脸。嫁人啊，嫁给初空……那么傲娇的家伙向我提亲了哎，从今往后，我们就能在一起了，想亲就亲想抱就抱，我和他，可以简称为……

我们。

离开客栈的时候我才发现紫辉不见了，客栈的小二说紫辉给我们留了一封书信和一把扇子。紫辉的信初空抢过去读了，他一目十行地看完之后将信捏成一团扔掉，接着没好气地把扇子递给我道：

"他说让你规规矩矩待在我身边就是了，这把折扇是给咱们的赔礼。"初空一声冷哼，"这种破扇子也敢拿出来送礼，不过聊胜于无，你先用它做防身法器，待日后我送你一把更好的。"

我接过扇子，淡淡扫了初空一眼。"你不用吃味，我不喜欢他。"

"哼，谁有那闲工夫吃味了。女人就是矫情。"

到底谁更矫情啊……

兴许是赶着回天界成亲，又兴许是因为在人间看到了越来越多因邪气泄漏而苏醒的妖怪，我与初空加快了脚程，数日后终于到了昆吾山。萤石在山中灵气最足的地方，而看守萤石的赤焰兽便常年栖息在那儿。

初空将我与他的战力一估摸，便暂拟了一个作战计划出来，大意是他去缠着赤焰兽，吸引它的注意力，我便潜进去将萤石偷走，待出来之后便给他一个信，我俩溜之大吉。

初空一而再，再而三地给我强调："赤焰兽浑身烈焰，火毒汹涌，

204

你真身是朵浮云，当心它直接给你烤没了，所以你看见了火赶快躲，万事不可逞强，石头可以再拿，命只有一条。"

这还用他来提醒？我连连点头，称知道了。

初空把我们夺萤石的时间定在了晚上，黑夜中，赤焰兽浑身烈焰，我们可以将它看得清清楚楚，它却看不见我们，敌明我暗，是个偷袭的好时机。

望着趴在山坳之中浑身赤炎的神兽，我戳了戳身边初空的胳膊，悄声道："你是说，你要和这么大个火团团去拼命？"

"不然呢，你去吗？"初空斜了我一眼，"知道小爷要承担多大的风险了吧，所以你待会儿记得赌上你这一生的智慧，赶快将那石头偷了……"

"知道知道！你这嘴就不能少嫌弃我几句。"我打断他的话，"我又不傻，你死了我不就成寡妇了吗。"

初空脸一红，还待言语，可下方山坳中的赤焰兽仿似惊觉到了我们这边的动静，猛地抬起头来，喉头发出威胁的咕噜声。神兽之威当真不是前些日子看见的那妖兽可比的。初空凝了神色，往我身前一站，凌厉的杀气让四周登时肃静下来，星月皆退，我也跟着星月一同往暗处躲了躲，寻了个方便冲下山坳的地方，好好藏了起来。

赤焰兽感知何其灵敏，它一仰首，喉头滚出浓浓烈焰之时，长啸声震彻苍穹，我捂了耳朵，只觉一阵心闷。电光石火间，赤焰兽腾空而起，我只见一团烈焰直直向初空冲来。

我在心头默默道了声保重，趁赤焰兽一心一意攻击初空之时飞身潜入山坳之中。

这一处山坳宛如乱石堆，我左右寻了一通，愣是没看见通体雪白至纯至净的石头。头顶上斗法的巨大声响传入耳朵里，一朵朵火花炸开，宛如盛宴时的烟火，我已看不清初空的身影，咬了咬牙，我向山坳的更深处寻去，必须得快点。赤焰兽是神兽，若是被它杀了，说不定连入地府的机会都没了，我可不能做寡妇。

我心思正转着，忽然抬头一看，见不远处一块巨石后面有另一个东西发出了莹白的光。我心头一喜，忙奔了过去，绕过巨石，第一眼看见的却不是我想象中的雪白石头，而是两只刚长了毛，身上还没冒出火来的小赤焰兽。

两个小家伙眨巴着水汪汪的眼望了我一会儿，我心头一抖，犹豫了一瞬，没来得及对它俩下杀手，忽然间，两张牙都没长齐的嘴里发出尖锐的叫声，凄厉得如同我已将它们肢解了一般。

空中斗法的声音陡然一停，我额上冷汗落下，僵硬地转头一看，空中那个大的火团团正怒视着我，它脚一动，眼瞅着便要向我冲来，初空横来一鞭，生生绊住了赤焰兽的脚步。我也跟着硬下心肠，掏出紫辉送的折扇，捻了仙诀，猛力一扇，大风忽起，两个小家伙便如球一般被卷出去老远，尖锐的惨叫声不绝于耳。

我走到巨石之后，看见地上全是雪白的石头，未及触碰便能感受到上面极为干净的气息，这肯定是萤石没错。我心头一喜，将事先准备好的麻布口袋掏出来，利索地捡了一口袋石头。我正想着今日要凯旋，忽觉余光中一团红色逼近，我转头看去，失口道："爹，坑人呢这是。"

我怎么就没想起来呢，都有孩子了，有娘肯定就还得有爹啊！初空把人家娘给引走了，人家爹怎甘忍寂寞……于是在山坳北方，另一头体形更为巨大的赤焰兽急速向我冲来。

扛上口袋，我捻了仙诀便跑，可背后灼热的感觉却无法避免地越来越近，初空的声音仿似从天边传来，他吼："丢石头！撤！"大脑还没来得及理解他的话，一股炽热的热浪便将我吞噬，我下意识地撑起仙罩将自己护住。

可它爹好似对我方才揍了它家孩子的事极为不满，一声冲天怒吼之后，我那仅有三百年仙力的仙罩如同陶瓷一般清脆地碎掉。背后传来灼热的撕裂般的痛，昏迷前的那一刻，我脑子里想的却是——

初空，你要做鳏夫了。

世界黑成一片，一如我只是一朵祥云的时候，没有神志，没有感知。岁月光阴，生死轮回，于我而言本无意义。后来月老点化了我，这本是他醉酒后的兴起之举，却成就了一个不大合格的仙人。我没有灵力积累，没有系统地学习，在天界帮月老看门的三百年岁月认真想起来，好似每天都是同一个模样。

是从什么时候开始改变的呢……

好像那个红衣少年从天而降之后，我再没有哪一天活得与昨天一样，他让我知道，原来，生活可以过得如此精彩。

耳边火焰燃烧的呼呼声一直未曾停歇，我艰难地睁开眼，望见眼前场景，然后傻傻呆住。人也好，神也好，在时光荏苒之中，总有些事物场景只用看一眼，便会在脑海里刻下碑一般沉重的印记，无论日后岁月如何流转，每当翻过那一页时，它都依旧崭新如故。

初空此时的背影便在我心中印刻下隽永的痕迹。

在烈焰燃烧的山坳中，赤焰兽威胁的咕噜声不绝于耳。初空立在我身前，像一道屏障，为我隔出一块安全的区域。他模样看起来没有半分帅气潇洒，头发散了，一身是血，左手无力地垂下，像是被打断了的样子。

我不知我晕了多久，想不出初空与这两只赤焰兽缠斗得多么艰辛，我只知道他一直不离不弃地守在我身前，像一个真正的英雄。

我动了动身子，想爬起来，可是后背撕裂的疼痛让我一声闷哼躺了回去。听见我的响动，那边的赤焰兽显得更加焦躁不安起来，只是它俩的状况也不大乐观，一只已经趴在地上一副奄奄一息的模样，另一只身上也有不少伤口。

"还能使仙术吗？"初空没有回头，他背对着我，声音带着疲惫沙哑，但仍旧冷静，"能跑多远？"

我暗自估摸了一下自己的能力，摇了摇头。"能跑，但是赤焰兽肯定比我快。"

初空沉默，正在这时，赤焰兽一声长啸，像是要做最后一搏般，欺身扑上前来。初空手持赤红长鞭，放于胸前，仙诀吟唱出口，长鞭化形为剑，通体鲜红，宛如浸血。

我头一次知道他手中的鞭竟还可以这样用。

初空手执长剑，周身仙气澎湃而出，他不回头，只轻声交代我："看准机会，自己先跑，这两只畜生不会追上你。石头拿着，记着去补洞。"

那你呢……

不用问这话我便猜得到他的心思，他是打算拼死相搏了吧，可是这一死，没人知道他能不能入轮回。

"我可……不想做寡妇。"

初空听了我言语，有些诧异地转过头来，我周身烟雾一起，吹得整个山坳间尽是白雾，连赤焰兽的火焰也被烟雾压得熄了一瞬。初空大怒："蠢东西，不准化真身！你当真想被烤没了吗！"

他这话说晚了，我已经化了真身，变作白云一团，将初空往云中一裹，腾空而起，我飞不快，而且背后拖了老长一串云烟，下方山坳中赤焰兽待烟雾一去，看不见对手的身影，登时大怒，一记火球便冲我扔来，没有实体，它打不痛我，但是我周身的雾气着实被它烤干不少。

晨曦穿过昆吾山巅遍洒大地，山坳之中有小赤焰兽尖锐的哭喊声，想来是幼崽饿了，赤焰兽对我啸了几声，便没再跟来。

我随风而起，在空中飘荡，这样自由自在的感觉已有许久未曾体会到了。

"喂！你没事吧。"初空的脑袋从云里钻了出来，他大声问我，我说不出话，但身子在往下面沉，其实……我很不好啊……

烟雾散去，我再次转为人身，使不出仙法，只有快速地向下落，后背撕裂的疼痛、心头被炙烤的难受让我挠心肝一样地痛苦。初空将我往他怀里一拉，大风将我们的头发向上吹起，初空拍着我的脸骂我："知道难受了吗！让你不要化真身你不听！这下元神被烤了的感觉可还舒爽！"

他的声音在风中破碎，我也哑着嗓子吼："要不是看见你快死了，我会这么做吗！你个不知感恩的东西！"

"到底谁才是个不知感恩的东西！我救你的命是让你拿来牺牲的吗！"

我一顿，继续道："知道了！你争这个有意思吗！补洞，补完洞就回去成亲！"

装了一口袋的萤石沉重地砸在地上，我与初空随即落地，背上的伤让我站也不是坐也不是，初空只有一条手臂可以用，他扶住了我便拿不了萤石，我俩一琢磨，打算原地休整一天再动身出发。

是夜，初空拾了干柴，点上火，我先忍着痛将他折了的胳膊用树枝固定绑紧，然后便脱了衣服趴下，让初空提了水来给我清洗伤口。上一世用那个将军和公主的身子倒还没什么关系，这一世换作自己真正的身体，便有些让人尴尬了。

我捂着胸口，紧紧贴地趴着，嘟囔道："擦背就老实擦背，别动其他心思。"

初空一声冷哼："看着你这皮开肉绽的血腥模样，我还能有胃口吃了你？少担心些有的没的。"初空这话虽说得冷漠，但给我清洗伤口的手温柔得像是另一个人。

即便他再是温柔，翻开的皮肉被水浸湿还是难掩疼痛，我呲呲抽气，感觉到初空的手不敢再往我背上放之后，我只有紧紧咬着牙，不再发出一点声音。伤口不洗只会更糟，我们现在只要补了洞，早点回到天界就好了，在这里软弱只会耽误时间。

继续清洗，直至初空将草药敷在我背上，我也没发出一点声音。疼痛令我满头大汗，恍惚间，我仿似感到初空摸了摸我的脑袋，声色晦暗："对不起……"

不知他是在为什么事道歉，我昏昏沉沉地答："你对不起我的事可多了，来，再多说几句听听。"

我以为初空此时即便不揍我也该和我呛声，哪儿想等了半天竟真的等到了他老老实实的一句"对不起"。

我有些讶异地抬头望他。"初空！你病了！"他扫了我一眼，目光又落在我的背上，我能感觉他的指尖在我那些翻起的皮肉上游走，他道："虽然你一直做一副糙汉般没天没地的模样，但是女子始终是女子，让你受这份罪，到底是我的过错……"

我傻傻地呆了一会儿，发现自己很难不为他这难得成熟一次的模样感动。

"丑也是你娶。"我趴了回去，闭目养神，"反正我是赖在你这里了。"

而且……

初空已经保护了我，他那笔挺的背影，足以让我心安。

神仙的身子着实比凡人的好用上许多，如此皮肉伤，虽未完全愈合，但也可勉强行路了。我与初空便连日赶路往麓华山而去，泄漏邪气的洞在那里，堵了之后便能了结我与初空这七世情劫了！

我心里打着如意算盘，觉着与赤焰兽一斗，让我伤了元神，回天界之后应当花初空的钱，给自己好好补补才是。

行至麓华山，这一地乃是当初我与初空变作老虎与野猪那一世待过的地方，旧地重游，别有一番滋味。我很开心，初空的脸色却不好，我把这种阴沉理解为，没有人愿意记起自己做野猪的时候是什么模样。直至看见当初那个山洞洞口之时，我才惊觉，原来初空这一路森冷的脸色竟是因为邪气泄漏得已经超乎了我们的想象。

在那洞口，瘴气弥漫，草木竟已枯死，我与初空进得洞内，在黑暗中摸索着踩下第一步，便听见"咔嚓"一声，我僵了僵，低头一看，竟是踩断了一截枯骨。

初空神色凝重道："定是那之后还有人来祭祀，难怪邪气泄漏得如此之快。"他转头交代我，"你元神已损，不宜入内，且在外面等我。"他提了装着萤石的麻布口袋大步往洞内走去，我在后面听着他每踩下一步便是一声"咔嚓"的脆响，忍不住抱住自己的手臂摸了摸。

我觉得此处只是瘴气与邪气重了些，并没有什么能伤人的厉害妖怪在，初空补洞也用不着我帮什么忙，于是便安了心在洞口蹲着，顺便结了几个印来净化净化周围的空气。

可是等了一刻钟还不见初空出来，我有些不安地往黑乎乎的洞中张望，终是忍不住唤了一声："初空！石头还没放好吗？"声音在洞穴里来来回回地回荡，但就是没有传来初空的回答。

我侧耳等了一会儿，忽听洞中传来一声闷响，我心头一跳，只道不好，拔腿便往里冲，突然之间，一道金光闪过眼前，一股似曾相识的阴冷气息扑面而来，生生将我打飞出去，直直撞在枯树树干之上，后背的伤口裂开，火烧火燎般难受，胸口又是一股阴冷气息徘徊，直激得我大口呕出血来。

"哦，这里还有一个小仙子。"陌生男子的声音带着几分从容不迫的优雅和残忍的冷酷。

我抬头一看，只见一个身着白衣一头金发的男子凌空而立，他肤色苍白得近乎透明，嘴唇却艳得惊人，周身皆裹着深重的邪气，令人不寒而栗。我惊骇于此人浑身散发出来的气势，又着急往他身后张望，盼望着初空从洞穴中出来，哪怕只是狼狈地爬出来也好……至少让我知道他还活着。

"你在等那仙君出来吗？"金发男子浅笑道，"如此的话，不用等咯。"

我想说话，可一张嘴便又呕出血来，只能看那金发男子贱贱地笑着，舔了舔嘴角，残忍地说："因为，他已经被我吃掉了。"

初空，被吃掉了？

那样目中无人又傲慢的家伙，居然……被吃掉了？

一时间，我不敢相信自己的耳朵。

"不过算他魂魄跑得快，没被我逮住。"我眼眸一亮，魂魄未灭，初空便能下地府，不过是再历一场轮回而已，他没事。我心头倏地一安，忽又听那男子道："不过，就算他去了地府，你可也见不到他了。"

我捂住心口，那股阴冷的感觉一直缠绕不去。一只手忽然掐住我的脖子，将我提了起来，我能感觉到他尖利的指甲刺破了我的脖子，有温热的血流了出来，我想挣扎，可敌我力量悬殊。邪气宛如千斤枷锁套在我身上，禁锢了我所有动作。耳边渐渐嗡鸣一片，只有男子的声音如蛇般缠绕心头："因为，你再也入不了轮回。"

颈项传来"咔"的一声响，剧痛袭来，我竟这样被人生生捏死了……

"真是的，青天白日遇见变态了啊！"我失声骂道，魂魄摆脱那个伤病缠身的肉体，我找见黄泉路扭头就跑，隐约看见那一头有人在等我，可是不待我将那人看清楚，忽觉一股大力将我捉住，我惊骇地一转头，却见那金发男子对我眯眼一笑，指尖只是轻轻地将我魂魄勾住，他自言自语道："让变态我看看元神在哪里呢？哦，在额头上啊。"

我拼命挣扎，可于他而言捏着我就如同捏了个虫子一样，他指尖在我额上轻轻一点，我只觉额头蓦地发烫，心中惊慌更甚，大喊道："小仙法力微末，素日修道不诚，满脑子肮脏污秽的想法，不好吃啊！你放我一条生路好不好！"

"不好。"男子仍旧笑眯眯道，"哦，竟是祥云化仙，难得难得。"

我是撞了狗屎运才被月老点化的！这一点也不难得！不待我将这话喊出口，额上一凉，是他将我的元神拖了出去，他眯着眼将我的元神端详了一阵，像是在研究什么食物。"嗯，这元神有损，还是个不成熟的东西，你是被别的仙人点化的吧？咦……你的元神中怎么还藏有我的邪气？"

他话一出口，我呆了呆。我的元神中有他的邪气？

难道……是我变成老虎那一世……不等我细想，金发男子摇了摇头，颇为无奈地叹息："仙根不正，元神有损，残次品。啧啧，鸡肋鸡肋，食之无味，弃之可惜。"

他……他这是在嫌弃我吗？

金发男子将我的元神拿在手里把玩，似在深思到底要不要将我吃掉。

突然，一道白影一闪，我的元神自金发男子手中消失，紧接着身子一松，我感到金发男子拽着我的那根手指头被人打掉，手臂一紧，初空的声音在耳边响起："逃！"

我二话不说埋头专心奔上黄泉路，身后传来过招的声音，跨入人间与地府的界线之前，我回头一看，初空以魂魄之身竟将那人逼退两丈远，然后他身形一动，闪身跑到我旁边。

见我还在怔神，他火大地一脚踹了我的屁股。"你个成事不足，败事有余的东西！"让我几乎是用滚的进入了冥界地盘。

最后往外看了一眼，那金发的变态男似乎没有追上来的意思，而是若有所思地望着初空的背影，神秘莫测地笑了。

我心头"咯噔"一声响，滚入地府之后，站起身来，拉了初空便问："方才那变态对你笑了哎！他……莫不是看上你了吧？"这句问话没有换来回答，初空一爪子抓住了我的衣襟喝问：

"他打你你就傻得只知道挨打吗！你和我打架的时候不是英勇得很吗？为什么不反抗！为什么不躲！你蠢得脑子里全是牛粪吗！"

我被他这火搞得一怔。"你凶什么？要能反抗我能傻傻挨打吗？要能躲我还会戳在那儿？我是有多想死吗？"在我看来，初空虽然傲慢了一些，但并不是不讲事理的人，我先前被赤焰兽伤了元神，与这金发男子的实力差距就摆在那里，连他自己先前都被人家吃掉了，他应当知道那人有多强，打不打、躲不躲都不是能由我说了算的，他这火实在发得有些莫名其妙。

"你不想死！你元神都被人夺了还不想死！你！"他语塞，咬着牙神色不明地看了我一会儿，然后忽然抬起手一巴掌拍在我的额头上，灼热的感觉烧了一会儿随即又消失不见，是他把从金发男子那里夺回来的元神还给了我。他垂下头。"你到底知不知道自己差点就灰飞烟灭了。"

看他这表情，我心里烧得再旺的邪火也瞬间消失不见。

他只是在担心我吧……在一旁忍耐着等待，等待着偷袭的时机，他或许只是在恼怒自己还不够强大，又或许只是在发泄方才强自按捺的心慌害怕。

这个不懂表达自己的笨蛋。

我伸手摸了摸他的脑袋。"你才是脑子里装满牛粪的蠢货。"

在地府这方歇了一会儿，我俩整理好着装与心情，向阎王殿走去。我好奇地问初空："方才那人到底是谁？满身邪气，这么厉害。你在那洞中到底遇见了什么？"

初空沉默了一会儿道："我正在拿萤石补洞的时候，他突然从洞中飞了出来，我与他过了几招。"他清咳一声，似乎有些不愿意承认自己仙力不如那人。"……因为之前与赤焰兽争斗的伤尚未痊愈，所以我才拜了下风。不过我可不像你，小爷在最后关头拼死以血肉之躯祭了萤石，将那洞堵上了，没有个两三千年，那里绝不会再有邪气泄漏。至于那人是谁……若我猜得没错，他应当是被关在十八层地狱中的罪神，借此机会逃了出来。此事当向阎王告之，让他自行去找人解决，你我补洞的任务反正已经完成了。"

听他如此一说，我心头一喜，道："这么说来，我们可以回去成亲了！"

初空脸一红，清咳了两声没有搭腔。我幸福地眯了眼。"从此以后，我也是有人养的了，你一月月钱有多少？真的能养我吗？昴日星君不会和月老一样抠门吧？"

我一路念叨着进了阎王殿，阎王出人意料地正拿着支笔神色凝肃地在文案上写着什么，他身边的判官也坐在自己的位置上批改文案。头一次见到这么像阎王殿的阎王殿，一时让我有些反应不过来。

我与初空皆愣了一会儿，才走上前去。初空对阎王抱了抱拳，以示礼节："阎王，麓华山的洞已经补上了，不过另有一事要给你交代交代。"

"我已知道了。"阎王不等初空说完便抢过话头道，"十八层地狱中有个罪神逃入人间了是吧，我正在陈书奏折，准备带去仙界，请玉帝指派天兵天将下界捉拿罪神。"

我愣了一瞬，阎王居然会有这样高的办事效率，那罪神跑了，莫不是一件毁天灭地的大事？

初空也挑了挑眉，然后点头道："总之，这个事我已经传达到了，洞我也已经补好了，阎王这要去天界，便捎上我与旁边这二货就是。"

"抱歉。"阎王身子微微往后一仰，靠在椅背上，神情严肃，"这次我恐怕还不能捎上你们……"

阎王话音未落，初空沉了脸色，拽了我便走。"如此，我们自己回去就好。"

"啊啊！等等啊！初空神君！哎哟，不要这样啊！有话好好说嘛！"阎王在身后连声唤，着急得如同要哭出来一样，"我是真的没人手啊！我这不是无奈着吗，如果有别的人我是绝对不会麻烦你的！天下苍生的性命皆掌握在你的手中，初空神君身司神职怎能见死不救啊！"

初空脚步一顿，我一头撞在他的后背上，红了鼻头，扭头对阎王道："我们赶着回去成亲！坏人姻缘这辈子都会倒霉的！"

"哎呀，你们还真在一起了，天界的赌局我赢了哎。"

"别扯这些有的没的！"初空微怒，"小爷不就乱了几条红线吗，这都被你们看了多久笑话，使唤着做了多少事情了！说好补完了洞就回天界，小爷别的事啥都不会做，你自己爱头疼头疼去，与我无干。"

"当真与你无干吗？"阎王声音一沉，道，"你可知这逃出地狱的罪神是谁？初空神君，你可知为何你拜在昴日星君旗下司仙职，众仙却还要尊称你一声神君？"

我也好奇地望着初空，他皱眉道："我怎么知道，从小他们便都如此叫我。"

阎王郑重道："今日逃出这十八层地狱的罪神名唤锦莲，许久之前，他是南极天尊的大弟子，因着天赋极高，深得天尊喜爱，是天尊最看重的弟子。他独自立了门派之后便喜欢在人间寻来有灵性的婴孩，让他们自幼修得仙法，得道飞升。天界不少战将都出自锦莲门下，是以他身份极为尊贵，而初空，你便是当初他寻来的婴孩之一。今天逃掉的这个罪神曾是你的恩师。"

我诧然，初空亦诧然。

我恍然想起方才入地府之前，锦莲那若有所思的目光，他……莫不是已经认出初空来了？

初空蹙眉道："我是记得自己曾拜过师，但只知道师父莫名失踪，门中弟子四散。他……那样的人，为什么会被关入十八层地狱？"

阎王一声叹。"这你自是记不得了，当初锦莲神君修炼独门仙法至关键之时，需要炼化一个法器做辅助，他着其妹锦萝下界去寻，但锦萝迟迟未归，后来锦莲神君走火入魔，犯下不少罪孽，这才被关进了地狱。"

原来是出人生惨剧……

但我想了想那金发男子狡猾而变态的模样，实在是不像那种乖乖等在天界，然后被自己妹妹给坑了的笨蛋啊。这其间应该还有不少隐情吧……

气氛沉默了一会儿，初空拉着我毫不留恋地继续往门外走。阎王凄声唤道："哎！初空神君，你怎的还走啊！"

"都那么多年前的破事了，跟我有什么关系，不管，你自己找别人解决去，我什么忙都不会帮。"

阎王沉默了一会儿说："有关小祥子也不帮吗？"

我生生将初空的脚步拽住，转过头去望阎王。"和我有关？要我的命吗？"

"上次你与初空神君投胎到那将军与公主身上之时，时间出了偏差，比你们该投胎去的时候整整晚了十数年，这是绝不该出现的失误，我特地查了一番。小祥子，你可是曾被那锦莲的邪气攻击过？"

我挠了挠头。"应该算是吧……"

初空瞪我："为何不曾与我说过！"

"我当时不知道那是什么。"

阎王点了点头："果然没错，定是当时那股邪气缠上小祥子的周身，才令你们投胎之时出了偏差，而今它已经侵入你的元神，或可扰乱你的心神。锦莲而今已入魔，他逃出地狱，若是他的修为再有所提升，日后或许会通过这股邪气来控制小祥子也说不定。"

我脸色一白，初空锁了眉头。"说白了，小爷打不过他，你要我再去人界做什么？"

阎王咧嘴一笑。"我不让你斗过你师父，我只要你们去拖延住他修为提升的脚步便行了。你们知道，天上一日人间一年，我上界搬救兵，没有个一年半载肯定下不来，这段时间若是由着锦莲作乱，人间不知已变作什么模样了。所以，我希望你二人能去拖住锦莲的脚步，扰乱他的计划便好。彼时我搬来了救兵，除了锦莲，小祥子也就安全了，你们自可回天界成亲，幸福一生。"

初空望了我一会儿，咬牙道："这种事……再没有下次。"

## 第 十 五 章

# 你日后还是改嫁吧

跳过轮回井，再一次来到人世，摆脱刚投胎后的眩晕感，我打量了一眼周围的环境，荒草丛生，正值黑云遮月的夜晚。我对身边的初空道："你有没有一种跳轮回井跳到想吐的感觉？"

初空斜了我一眼，正要说话，倏地神色一凝，他捂了我的嘴将我往旁边的灌木丛中一推，自己也蹲了下来。

我心头一打突，这一世我和初空又没在投胎之前乱搞，这么乖乖地投胎过来也能出状况？我惊疑不定地望着初空，他捂着我的嘴不放手，比画了一个噤声的手势。

正在这时，我听到了那个深入脑髓的噩梦一般的声音："找到了？"我的思绪一断，屏住呼吸，从灌木丛中小心地探了半个脑袋出去，看见了在我们前方十丈远的地方，那个名唤锦莲的金发男子背着手问另外一个体形壮硕的……妖怪？

"回君上，有小妖禀报说那万年石妖现正在齐卫边境。"

"齐卫边境？"锦莲摸着下巴笑道，"这妖怪倒是喜欢混迹于人多的地方。且把他盯着，别让他跑了。"

"是。"妖怪恭敬地答了声，又奇怪道，"君上不与小的同去？"

初空捂着我嘴的手蓦地一紧，他凑在我耳边悄声道："把我抱紧。"他声音紧绷，我果断伸了胳膊把他的腰紧紧抱住。那方的锦莲意味不明地笑了起来，道："自是要去，只是得先把挡路的家伙给清干净了才是。"

听得他这话，我心头一紧，忽觉脚下的土地一软。初空揽住我的肩，脚下使力蓦地腾空而起。我向下一看，只见我们方才躲避的那处灌木丛已尽数化为齑粉。

我这方在心中一阵后怕地感叹，那方的锦莲也疑惑不已。"咦。"他在下方望着我们，"怎么又是你们？"

其实……我们也很不想来的。

"这倒好，也省得日后我再去寻你们了。"听得他这话，初空一个怔神。我拽了拽初空的衣袖，悄声道："往上面跑。"初空猛然回神，铆足了劲往空中奔去。锦莲显然没将我俩放在眼中，手一挥，随意甩出两股邪气纠缠而来。

我豪气地一拍胸脯道："你别管，这次我来。"我探手向天，凝起仙力，空中云朵翩然而来。上一次是我受伤太重，使不出力来，这一次虽还是打不过锦莲，但趁他轻敌，从他手下逃走还是没问题的。

云朵一团团凝聚起来，我手一挥，缭绕云雾尽数向锦莲扑去。"趁现在跑。"哪里还用我说，初空将我的腰一搂，眨眼间便飞离了那处。

从晚上一直逃到天亮，我两估计锦莲暂时不会追上来了，这才在路边停下来歇息。

"你那师父……到底想干什么？"我喘了好一会儿才勉强吐出一句话来。初空也在我身边喘，听得我问这话，他想了一会儿才道："谁知道，不过方才你可有听见他说要去齐卫边境寻一个万年石妖？"

我不明所以。"听见了啊，可这和我们……"我声音一顿，脑海里突然闪过一个人的身影，"紫辉！"

而且齐卫边境这地方，可不就是我们上次遇见那个叫"阿萝"的女子的地方吗……等等，阿萝？我皱眉呢喃出声："上次阎王说的，那个锦莲的妹妹叫什么名字来着？"

初空望着我，脱口道："锦萝。"

我看他的神色，知道他定是与我想到一起去了。"锦莲有个妹妹叫锦萝，锦萝帮他下界拿练功的法器，但是一去不回。紫辉貌似曾经和我说过，他心甘情愿地将自己的心交给了一个人，但是那人好似又做了对不起他的事。还有那个叫阿萝的女子说她是紫辉的妻子，她以残魂独守石室，锦莲现在逃出地狱之后第一件事便是去找万年石妖……"我呢喃道，"这些事情好似差一条线就能连起来了。"

初空同我一道沉默了一会儿。"既然如此，便再去那石洞中一探究竟好了，左右那个残魂在那儿，石头妖也在那儿，现在连这个锦莲也要去那儿，阎王既然要我们阻碍锦莲的谋划，我们就得先摸清他到底谋划的是个什么东西才行。"

我深表赞同地点头。初空侧眼扫了我一下。"你的身体……"

"什么？"

"喀，嗯，锦莲的邪气对你有没有什么影响？我可不想拖着个累赘上路。"

"你关心我的话可以直说。"我看着初空默默红了的耳根，无奈道，"你什么时候才能直白一点啊，回头等我被油嘴滑舌的人诓走了你哭都来不及。"看初空沉了脸，我立即安抚道："好吧好吧，我不说这个了。其实那邪气也没什么，平时根本就感觉不到它的存在。"

初空冷哼一声扭过头去。"以后有什么不对记得第一个告诉我。"

真是个死鸭子嘴硬的家伙……

我与初空找了许久也没发现当初那个石洞的入口，寻得心灰意冷之时，却在一个日暮陡然看见了紫辉。他正在河边把三只妖怪的尸体丢入河里。见到我们，他怔了一瞬，随即笑道："好巧，阿祥姑娘，又见面了。"

初空仿似对紫辉有一种生理厌恶的情绪，登时拉下脸，将我挡在他身后道："一点也不巧，我们就是来找你的。"

紫辉仿似很无奈。"我对阿祥姑娘真的没有别的想法，我都用尽全力撮合你们在一起了，初空能否将对我的敌意收一收？我当真是个难得的好妖怪。"

初空抱起手，冷冷地看他。"那么，好妖怪，你倒是说说，当初你为何要抢我那颗心？你原本的心又去了哪里？锦萝和锦莲与你又是什么关系？"

紫辉一愣，神色沉了下来。

我戳了戳初空，对他这样咄咄逼人的神情表示谴责。我叹了口气，将我俩上一次死亡前后发生的事情与紫辉简单交代了几句。他听罢面容沉静，眸光如雪。"锦莲从地狱里出来了？"他冷冷一笑，"他竟还惦记着我那颗心。"

我与初空对视一眼，果不其然，锦莲当初让锦萝下界来寻的那个法器便是紫辉的心，只是紫辉明明将心给了锦萝，照理说锦莲应该拿到那颗心了才是，可为何还会走火入魔呢……

紫辉无奈笑道："这本是我们的恩怨，却将你们扯了进来，委实对不住。你们先进来坐坐吧，阿萝也想见你们。"

紫辉带着我与初空入了石洞之中，那方石室未曾改变，这次我与初空皆是仙身，很明显便感觉到了幻术的气息。踏入石室之中，只有一缕残魂的女子坐在石凳之上，她垂着脑袋，不知在看着自己手上什么东西。

紫辉走上前，蹲在女子身前，轻笑着抬头望她。"阿萝，我回来了。"

阿萝抬起头，看了紫辉一会儿，才笑道："紫辉，外面的鸟怎么没声了？"

"我嫌它们吵得很，怕扰了你休息，便将它们赶走了。你若想听鸟啼，我去给你捉几只来便是。"

阿萝摇了摇头。"鸟有了自由才会发出最动听的声音。"她的眼神飘到了我这边，我正要和她打招呼，却听她笑道，"昨天连夜刮风把窗户刮破了，待会儿得拿纸糊一下。"

紫辉回道："好。"

我看了看自己身后的石壁，又看了看自己的手脚，问初空："她说我是破窗户？她是在骂我吗？"

初空没有吭声，待那边的紫辉将阿萝诓睡着了，他才问道："她怎么了？"

躺在石床上睡觉的阿萝身体忽明忽暗，仿似一个不留神她便会消失一样。紫辉在她身边静静看了半晌才道："残魂力量太弱，她有时感知不到四周的变化，只能活在自己的幻想之中。方才，她约莫是想到之前和我在一起生活的日子吧。"

初空不客气地走到石桌边坐下，盯着紫辉道："我觉得，你们欠我与这二货一个解释。你可知为了那锦莲整出来的幺蛾子小爷可受了多少罪？"

"此事实在是说来话长。"紫辉无奈一笑道,"上古传言石妖之心有逆转之作用,然而极少有石能修炼成妖,万年石妖更是少见,我不幸,恰恰修成了石妖,恰恰在人间混过了万年时间。"他声音微哑。"既然你们已经找到这里,想必已经知道阿萝的身份,她本叫锦萝,是锦莲的妹妹。锦莲修炼仙法至最后一阶需要炼化石妖之心,所以阿萝便下界,找上了我……在我们成亲前一天,阿萝让我心甘情愿地将心挖了交给她。当时我并不知道阿萝接近我的目的,也不知道她将我的心拿去做了什么,总之第二天她不见了踪影。无心之妖,漂浮人世数百载,空荡荡的心口时刻在隐隐作痛,我常想就此死掉也不错,可还是有不甘,想知道原因,想再见见她……后来,便遇见了你们。"

初空面色一沉,傻祥那一世着实在他脑海里埋下了太不好的印象。

"那时,我本以为自己快活不成了。"紫辉笑了笑,"多谢初空这一颗心救了我的命,才让我有机会能得知当年事情的真相。我寻到这里之时阿萝尚还清醒,她便将当年的事告知于我。"

紫辉想摸摸阿萝的脑袋,却只揽了一手的空气。"初空你可能想出来修什么样的仙法要用妖怪和活人做祭?"

初空一怔,没有说话。

紫辉肃了神色。"锦莲修的,根本就不是什么仙法,他走的是邪道,所以行至最后,需要用石心的逆转之力来改变他身体中的邪气。阿萝初时并不知晓她哥哥的打算,直到后来她才发现。那时我们身边皆是锦莲派来的探子,为了不让锦莲亲自下界来找我,所以……她要走了我的心,把它藏在此处,然后挖了自己的心,上界交给锦莲。用了没有逆转之力的心,锦莲很快便走火入魔。锦萝还来不及下界告知我,便被走火入魔的锦莲杀了,魂飞魄散,只留了一缕残魂附在此地,她至死都想告诉我……而我却一直憎恨着她。"

我十分奇怪,心这种东西又不是糖果,你吃进去吐出来,别人接着舔还有甜味……还是,原来大家都是没有心还可以活上数百年的家伙?如此一对比,我瞬间觉得当初被挖了心就死掉的师父空简直弱极了。

看着大家都沉凝着神色,我便把自己心里这句稍显没心没肺的话吞了进去。

正在这时,忽听几声拍掌的脆响传来:"好极好极,我只道当初是你诓了我妹妹，拿了颗假心去骗她，没想到竟是我这蠢妹妹自作主张，害我至此。"

窄小的石室中空气蓦地紧张起来，我下意识地跳到初空身后，探出半个脑袋打量那个翩翩而来的变态。

"哎呀，又遇见你们了。真是阴魂不散啊。"锦莲进来目光先落在初空身上，笑道，"不过，能见得我的小徒弟成长至此，实在是令为师欣慰。可你这孩子不帮着我便罢了，怎的还胳膊肘往外拐呢。"

初空正色道："既为神，便不应分里外亲疏，你是邪魔，我便要与你为敌。"

这样的大道理从初空嘴里说出来，我怎么听怎么奇怪。我侧头看他，却见他神色坚毅，没有半点开玩笑的意思。我这才恍然惊觉在我遇见初空之后他一直都在改变，越来越成熟，越来越勇于承担责任。

而我……好像没什么变化。

锦莲笑道："待为师取得石妖之心，便不再是邪魔了，所以……"他身形一动，眨眼间便行至紫辉身前，一手掐住了紫辉的脖子，冷冷笑道："石妖，不想受皮肉之苦，便老实一点。"

紫辉也笑道："我一直很想知道锦萝的哥哥到底是怎样一个人，原来也不过如此。"

我看着这两个大男人阴阳怪气地笑，心头寒战一阵胜过一阵，这阿萝姑娘的人生中充满了这样皮笑肉不笑的家伙，活得不累吗……我又看了看初空，还是觉得他这样的真性情比较符合我的口味。

那边的两人对峙了一会儿，忽然，紫辉身形一隐，消失不见，与此同时，阿萝所躺的石床和我与初空所站的地方蓦地生出一道结界，将我们护在其中，紫辉的声音在石洞中回响："阿祥姑娘，这本是我们之间的恩怨，不该将你们牵扯进来，请一定护好自己。"

锦莲闻言哈哈大笑起来："不自量力的东西！"他长袖一挥，手中凝起一道黑色的气息直直灌入大地之中，周遭石壁立时染上了一层黑色，蔓延至我们这方时被结界挡住。

我焦急地拽了拽初空的袖子。"要不要去帮他？"

"你去只能帮倒忙。"

"废话，当然是你去。"我脱口而出，换来初空嫌弃的一瞥，他道：

"他们之间现在尚不能分出上下，且静观一会儿。"

我一愣。"紫辉什么时候变得如此厉害了？"

"此处四周皆是石壁，于他而言极为有优势，而且他原本的心便在此处，或许也有一些帮助吧，万年石妖本就不可能弱到哪里去。"初空话音未落，只听那方几声闷响，从顶上石壁径直扎下来数根石柱，将锦莲困在其中，紫辉的身影蓦地出现在半空中，手化为石刀，径直对着锦莲的脑袋砍去，锦莲周身邪气大涨，击碎石柱，身影一没，霎时移动到了另外一边。

他将了将额前微微散乱的金发，笑道："倒还有几分真功夫。如此，我便认真一些好了。"

不待他说完话，空中碎石剑如雨般落下，每个剑尖皆带有法力，闪着莹莹紫光。锦莲敛了神色，手一挥，画出一道圆弧，将他自己护在其中，不料身后的地面突然又刺出一杆石枪，直取锦莲心房。锦莲侧身一躲，那杆石枪仍旧划破了他的手臂。

血滴落在地上，锦莲冷冷一笑。"好，好，这可是你自找的。"他右手捂在伤口上，染了一手的血，接着手贴着地面一放，口中低吟仙诀，周遭石壁霎时如同棉布一般软了下来。没一会儿，只听一声呛咳，紫辉蓦地从顶上落了下来，砸在地上，他爬起身来，却捂住胸口，吐出一口血水。

没给彼此半分休整的时间，两人目光一凛，欺身上前，近身过起招来。

我费力看了一会儿，捂着眼睛哀叹："动作太快，都看瞎眼了……"

两人的争斗到底谁胜谁负我看不清楚，只知道他们周身的气势几乎让这个石洞承受不住，洞顶嗡鸣，大地震颤，仿似整座山都快塌陷了一般。此时，一直睡在石床上的锦萝终于睁开了眼，她茫然地坐起身来，对周围的争斗仿似看不见一般，呆呆地望着空中的某一点，细声道："紫辉，明日我们便要成亲了。"

争斗的两个身影一停，我看见紫辉的手穿透锦莲的心房，而他也变得犹如血人一般，浑身不知受了多少伤，在他那个角度，应当是看不见阿萝的。他嘴里涌出两口黑血，声音却一如往日般清朗："是啊，嫁衣已经做好了，阿萝明日便会成为最美的新娘。"

锦莲冷冷一笑，他唇边也挂着鲜血。"不过还剩一缕残魂，我妹妹才不该做如此可怜卑微的模样！"他手一挥，一道邪气如箭一般直直打向锦萝，却被之前紫辉布下的结界拦下。锦莲再次抬手。

紫辉眼一红，脸上神色宛如修罗，那样破破烂烂的身体不知哪儿来的力气。他拔出穿过锦莲心脏的手，一掌击在锦莲胸口上。这一击初始没给锦莲造成伤害，但是下一瞬，锦莲的脸色倏地一变，他拽住紫辉的手，想将他胳膊扭断，但是紫辉整个人慢慢开始化成石头。

初空浑身一僵。"不好！他想和锦莲同归于尽！"说着初空便要冲出去，哪儿想紫辉却转过头来，僵硬的脸上勉强拉出了个笑容。"这一生，对不住你们二位了。"

话音落下，锦莲浑身一颤，嘴里呕出一口血，紫辉整个人一瞬间化为一座石像。锦莲大怒："区区石妖竟敢坏我大计！"他手一挥，那座石像便化为齑粉，散落一地。

我们身前的结界也随之破碎，散作流光，在我眼前飘了一会儿便消逝于世间。

我捂住嘴，惊骇得不能言语。

锦莲捂住胸口，口中仍旧大口大口地吐着鲜血。他的面容渐渐变得宛如干尸一般枯槁，周身邪气泄漏，让人胸闷不已。在层层黑雾后，我看见锦莲倏地转头望向我们这方，他的眼变得赤红，双颊凹陷，探出手伸向我道："祭品。"

周围散乱的邪气立即将我与初空团团围住，即便有初空挡在我身前，我仍然感觉到有一股巨大的拉力拽着我们往锦莲那方而去。

初空身子紧绷，想来是与邪气僵持得吃力，我让仙气向下行，将自己紧紧定在地上，伸手环住初空的腰，为他分担一部分的力量。

哪儿想锦莲竟突然破开邪气一跃而来，他伸手欲掐初空的颈项，初空全心全意与邪气相抗，没料到锦莲这突然的一招，他一惊，下意识想往后躲，却被邪气将脚踝一卷，下盘不稳，巨大的吸力拽着初空便往锦莲那方飞去。

我亦被拽得一个趔趄，这才知道方才初空为我挡住了多大的力量。

眼瞅着锦莲的手便要触碰到初空的脖子，他手上那一团团的黑气像是一触即死的毒，我脑海中蓦地闪过许久之前，在我还是傻祥的那一世，初空为我掏出心后慢慢合上眼的模样，心头蓦地一阵钝痛，我不知哪儿来的力气，双脚往地上一顿，生了根一般紧紧立在地面上，然后扬起手，对着锦莲的脸便一巴掌拍过去。

一声脆响，锦莲被我打得脑袋一偏，直直撞向另一边的石壁。轰鸣声响，石洞顶上的石柱被震了下来，沉重地掉在地上，激起尘埃无数。

邪气一歇，初空极其诧异地回头望我。

我喘着粗气，答道："别看我，我吃奶的劲都使出来了。"虽然我没怎么吃过奶，但我知道这应当是我的最大能耐了。

没给我们太多休息的时间，那堆碎石渣中邪气又起，一条枯槁且带了些死灰色的手臂从石堆中伸了出来。我浑身一抖，心底恶寒不已，锦莲这模样哪里还有翩翩仙君的潇洒，简直就像只恶鬼。

"哈哈……"他爬出石堆却莫名笑了起来，"哈哈哈！"

"我此一生，收九十名门徒，有八十八位修成仙身之后为我所用，我或取了他们的头颅五官，或取了他们的皮肉血骨，用于我身，唯欠一心一肺，当年念在你年幼，我本想将你悉心照料，努力培养，给自己造一颗最好的心，谁承想当年锦萝竟会背叛我，更不承想今日我竟会遭你阻拦。"

我点了点头："难怪你一看就是一副缺心少肺的模样……"

锦莲全然不听我说什么，兀自笑得癫狂。"既然我数千年愿望不成，今日我便让苍生与我作陪！"

让苍生与他作陪？苍生何其多，锦莲这是在说笑吗？我尚在怔神，四周的邪气如同活物一样，凝作一股灌入大地。初空神色一变，我不明所以地问他："他疯了吗？这是在做什么？"

初空的面色有些苍白，他扭过头来看了我一眼。

我觉得他这个眼神与平时有点不一样，但是又说不出哪里奇怪，呆怔之间，初空倏地在我额上一拍，我惊愕，感觉身子立时僵作一团，动弹不得。

"你日后……还是改嫁吧。"

他的手在我头上揉了揉，眉宇间的神色既是温柔又是无奈，这是我第一次看见他做如此表情，心头陡然一空，恍似意识到他要做什么，我睁大了眼，想伸手去拉他，可是连手指也动不了。

他收回手，转过头，踏上前的脚步坚定而沉着。每一步踩下，步步生莲，在他身后摇曳着盛开。他周身的仙气破开层层黑雾，灿烂得耀目。彼时的稚嫩少年而今仰首挺胸，如同一个能肩负天下的英雄。

仙气与邪气的碰撞化作一道道锋利的气流擦过我的身边，我眼睁睁看着初空的身影化作金色的流光，如利箭般射向锦莲，将形容枯槁的锦莲紧紧捆住，直至锦莲周身的邪气开始慢慢被净化。

初空明明是斗不过锦莲的，我明白，他只能用魂魄之力，耗尽元神方能与锦莲一搏。可是这样……他若是死了，便再不入地府，再不入轮回，永生消失了。

锦莲痛苦得仰天号叫，困住他的金光亦在不住地颤抖。

我拼尽全力，想要冲破初空施的这该死的定身咒。我从来没有如此怨恨自己学艺不精，从来没有如此怨恨自己只是被月老点化而成的"半成品"，若我能有初空那般的能力……一半也好……一半也好！

锦莲的声音渐渐低了下去，在完全沉寂下来之时，他枯槁的身躯终于化为一股黑雾，与金光纠缠在一起，只听几声疾风掠过耳边的簌簌声，一道炽白的光迷了我的眼。

视线模糊了许久，终于慢慢清晰，四周出奇地安静，若不是有满地碎石提醒我方才这里有过一场激战，我甚至都会以为自己是做了一场噩梦。

邪气不在，初空也不在了……

周身一松，是初空给我下的定身咒解开了。也是，施术的人都没有了，术法怎还会维持？我腿脚一软，失神地坐在地上。

"咦？"我奇怪地捏了捏自己的腿，"为什么……明明已经安全了……"

心绪奇乱，仿似有人拿着鼓槌在我心头极快地敲打着，那样的节奏和震颤感几乎让我喘不过气来。我呆滞地坐了好一会儿，才想起，我现在应该去找一找初空。

或许，他只是被掩埋在乱石堆里面了。

我站起身来，跌跌撞撞跑到那堆乱石之上，忘记了仙法，徒手刨开一个个或大或小，或圆润或锋利的石头，每搬一块石头心便凉上一截。心头的凉仿似能顺着血液流遍全身一样，手脚是冰凉的，被磨破的指尖流出来的血是冰凉的，呼吸的空气是冰凉的，连眼中砸下来的液体也是冰凉的。

"傲娇空……"

我开始忍不住心头的惶恐，唤道："你应一声，你应我一声，我不气你了，以后再也不气你了。"

"你说了要养我的，我为你搭上了十个铜板你还没赔我。你不见了我就改嫁！我去嫁给李天王，我去做小妾专业户，去祸害天界众神，我……"

这些威胁，没用啊。

初空已经说了，以后让我改嫁。

他这次，是真的铁了心丢下我了。

眼眶终于有了一丝热度，却是一颗颗泪滚滚而来，狼狈地落了我满脸。不管是初空，傲娇空，师父空还是陆海空，这次真的都不见了。

不然，我还是去地府找一找他吧，或许他没有魂飞魄散，或许他的元神还在，再投胎一次我还能再看见他。心念一起，我左顾右盼想找一把刀来，可脑袋一转，恰好瞅见那方的石床之上，锦萝坐了起来。她身子透明得厉害，仿佛下一瞬间就会随风而逝了一般。

我呆呆地盯着她，这里就我们两个"活物"了。

阿萝忽然笑了笑，半透明的手抬了起来，忽然从手心里长出了一颗紫色的珠子，闪耀着荧光，十分美丽。

"紫辉的心。"她笑道，"我想，紫辉也是想帮你们的。"她伸出手，将紫色的珠子递给我。"生死乃是天地大道，即便万年石心有逆转之力，我也只能勉强抓回来这一魂一魄。"

我呆了许久，还没反应过来她这话是什么意思。阿萝温和地笑着，身子逐渐消失在空中。"我只能补偿这么多了，对不起。"

阿萝的身影彻底消失不见，只余几点细碎的光围着紫色的珠子转了几圈，引导着珠子飞到我的面前。我呆怔地伸出手，它乖乖躺进我的手心。

我仍旧傻愣着，直到脑子里面突然有道灵光打通了所有拥堵的思绪，我一拍脑门，抹干了泪，立即咬舌自尽。

踏上黄泉路，我抱着紫珠子一路狂奔，径直冲向阎王殿。

彼时阎王还没回来，判官正在伏案而书，他抬头看见破开大门的人是我，眉头一皱。"你怎么这么快就回来了？不是让你们拖住锦莲吗？初空神君呢？"

我将手中的紫珠递给判官看，他皱眉打量了许久，忽然脸色一变。"初空神君怎么只剩一魂一魄在里面了！你们到底又上去闯了什么祸！"判官扶额长叹，"本来人手就不够，你们还自己把自己除掉一个！在自家后院放火很有快感吗？"

我将紫色珠子收回怀里，没有理判官这些刻薄的言语，只定定道："初空死了，他用自己的魂魄和元神与锦莲同归于尽了，具体情况你可以在前世镜里面看见。"

判官一怔，收敛了神色，在阎王的书案之上摸出了前世镜，他拿着镜子沉默地看了许久，然后抬头望我。"如此，当要禀报玉帝，给初空神君一个追封了。"

"他不要追封，那玩意儿顶个屁用。"我直白道，"你告诉我，有没有让他再次为仙的方法？"

判官蹙眉望了我一会儿，叹道："有是有，不过……"

"有就行了。我只需要知道方法。"不管要承担怎样的责任，我都要让初空再一次成为初空神君，再一次站在我面前，让我无法改嫁。

"让这一魂一魄再入轮回，天地秩序自会让他再凝聚一个血肉之体，用肉体锁住魂魄，然后再去寻找其余二魂六魄。但渺渺苍生，要寻找魂魄根本就是不可能的事，你还是趁早打消这个念头吧。"

我琢磨了一会儿。"找到了他就能活吗？"

"找齐魂魄之后仅仅是能让他变回正常人，若是要再成仙身，还要他自己努力，重新修道才行。"

我点了点头，带着紫珠子转身便走。判官叫住我："祥云仙子，你可想清楚了，这可不是一世两世能做好的事，弄不好千年也未必有所得。"

我回头瞅了判官一眼。"想那么多干吗。找到不想找的时候，放弃就好了。可是不管我以后什么时候放弃都比现在放弃更让我心安理得，至少我也为他付出过。日后想来，不会因为我那么亏欠一个人而后悔。"我笑了笑，"而且，找东西这事别人做起来不容易，我可是祥云仙子啊，这天下何处无云。"

判官望了我一会儿，笑道："罢了，你自去吧。等阎王回来，我会向他说明的。"

我点了点头，转身欲走，却忽然想起一件事来。我问判官："你方才看了前世镜，你可知那里面的阿萝与紫辉他们，还有来世吗？"

"那石头妖虽是以命相搏，但没伤及灵魂，自然有下一世，不过他造孽太多，来世必定苦难重重，艰辛难过。而锦萝仙子本就只有一缕残魂依附在石妖之心上残存，在她身死的那一刻已注定不能有转世的机会了，她最后拼尽全力，生生将初空神君飞散的魂魄拖回来一魂一魄，连残魂的力量也不复存在，锦萝仙子算是彻底寂灭于人世，再无来生了。"

我张了张嘴，却不知道该说什么，似无奈似叹息，紫辉与阿萝，明明是那么般配的两个人……若是知道阿萝不在了，紫辉肯定会伤心吧。

可是，这一世过后，连紫辉也不会再记得阿萝，因为他把自己都忘掉了。

这一生一世，再如何情深不悔，也只能成为茫茫岁月中潦草翻过的一页，不会再有人忆起。

第 十 六 章

# 又萌又贱的鹿马兽

又一次站在轮回井边，只是这次身边寂静得让我极不习惯。

我回头一望，奈何桥、黄泉路还是原来的模样，半分未变，可我却觉得这时的地府比以前凉了许多。

紫珠子上依附着的一魂一魄飘荡出来，顺着轮回井投胎而去，看着渐渐消逝的魂魄，我突然多了些惶恐，我不知初空下一世会落在哪户人家，不知在茫茫人海中何时能再寻到他，也不知再见时他会换了怎样一副容貌，但是……

既然现实让我无可奈何，我也只有披上铠甲去面对。

我将紫珠子贴身收好，纵身一跃跳入轮回井中。

人世三年匆匆而过。

没了初空在身边，浮世繁华，我终于能静下心来慢慢欣赏了。没人与我呛声争吵，我的日子过得出奇地舒心。直至现在我才知道，那样傲慢的初空在我身边，到底给我带来了多少烦恼和不快。

但是，每到夜深人静，独自一人静看漫天繁星的时候，我都会不可救药地想到初空，那种每时每刻都吵闹不堪，肺都快要气炸的生活竟会让我可耻地怀念。

初空从来都不完美，嘴贱脾气坏，也没做过什么让我欣喜若狂的事，就连一直说要赔我的扇子也还没赔上，可他愣是在我钢铁般坚硬的心上敲开了一道口子，大摇大摆地坐了进去，跷着二郎腿，一脸欠抽地看着我道："小爷就住进来了，你奈我何？"

我恨不能将他捏死，但就是无可奈何。所以也就只能让他住在那里，变成了一根刺，哽得我咽不进去，吐不出来。

我不知道这样的心情到底算不算得上所谓的"男女之情"，我只知道，若在想见他的时候看见了他，我的心如晴空万里无云。

所以，为了能在想见他的时候见到他，这三年时间，我在人界拼了老命一样寻回了初空的一魂四魄，还剩一魂两魄不知所终，我愣是将判官所说的千年也未必有所得的事给做了一大半，或许是冥冥之中自有天意，也或许，初空的魂魄也在找我吧。

三月末，姹紫嫣红开遍阡陌，我一路赏着花，骑着驴行至燕国都城，据说燕国皇宫之中最近常常有鬼魂出没，本来皇宫之中有点诡异之说也是正常，可现在的我连一点蛛丝马迹也不能放过。

入了城，我找了个客栈将驴子给寄存了，付了房钱，便往宫城而去。

我捻了个隐身诀，正大光明地进了皇宫，心想着闹鬼的地方多半都在冷宫之中，我在皇宫里寻了好一会儿，终是找到了一队往冷宫送饭的婢女，我跟在她们身后，欲摸清冷宫的方位，想待晚上再来仔细探探。

可忽然之间，我胸前的紫珠子微微一亮，我一愣。

我将寻来的一魂四魄放在紫珠子里，魂魄之间是会相互感应的，我寻到了一个魂魄之后，接下来每次发现散落的魂魄，紫珠子都会闪闪发亮。这也是我能如此快地找到一魂四魄的原因之一。

看来，这皇宫之中确实有初空散落的魂魄。

我兀自想得出神，随宫女进了一处冷宫之中，紫珠子登时大亮，这是之前都没有过的情况，莫不是这里还藏了许多初空的魂魄？我疑惑地抬头一望，在清冷宫殿旁的枯树之下，一个身着红色棉袍的肉团团坐在地上，他睁着一双大眼，直勾勾盯着我……胸前的珠子。

我也直勾勾地盯着他，这小孩的眉眼与初空，甚至是曾经的陆海空都有七八分相似。我不由得看呆了。

可是这小孩将我这方盯了半晌，却又回过头去，呆呆地望着头顶的天空，神情有些木讷。只装了一魂一魄的身体，必定是带点残缺的。

紫珠子飘了起来，仿似恨不得立即钻进那具身体与里面的魂魄融合，我看了看满屋子的宫女，默默地将它摁了下去。

好在宫女们送来了饭便一一退了出去，没多久，旁屋走出来一个身形消瘦的女人，她坐到饭桌边，有气无力地唤："过来，吃饭了。"听得出来她是在唤肉团空，但是肉团空并没有理她，仍旧呆呆地望着天空。

里面的女人不知是被戳到了哪根神经，突然一挥手扫掉了桌上半数的碗碟，碎瓷的声音刺痛耳膜，肉团空终于转过头去，呆呆地看着那女人："娘亲……"

"别叫我！"女人抓着干枯的头发声嘶力竭地尖叫，"我不是你娘亲！都是因为你！都是因为你我才落得这个下场！我不是你娘，不是！"她声音刺耳，仍旧只换来了肉团空呆呆的两个字："娘亲。"

"你不是我生的！你不是我生的！"

燕国国君仿似极为迷信，燕国素有痴儿不祥的俗语，想来这嫔妃定是在产下呆傻的初空之后，被皇帝贬至冷宫。她这一生算是毁了，难怪如此恨自己的儿子。可偏偏儿子是她唯一的依靠……

女子忽然站起身走了出来，她一巴掌打在肉团空的脸上，锋利的指甲在小孩稚嫩的脸上生生拉出三道血痕。小孩虽笨了些，但还是知道痛的，他眼睛里滚出大颗大颗的泪珠，哭花了整张脸。

"娘亲……"

"我要是没生下你多好！"女子开始胡乱打他，"你要是不来这世上多好！你滚！你滚……"

我显身，立于初空身前，一把扣住那女子的手腕，定定地看着她。"小孩不是让你用来泄愤的。"我道，"他从你肚子里出来真是对不起你，既然你不稀罕他，就由我来稀罕。"

我松了手，那女子身子一软，瘫坐在地上。"鬼……鬼！"

"我不是鬼。"没等我把话说完，那人便一抽气，双眼翻白，吓晕了过去。

我不管她，蹲下身，摸了摸肉团空被打乱的头发，他的视线落在紫珠子上，我毫不犹豫将它取了下来，放到初空胸前。紫珠子中的一魂四魄飘离出来，入了肉团空小小的身子，我看见他呆滞的眼神一转，稍稍显出几分灵动的意味来。

我重新戴上珠子，又掏出手巾，为他擦了擦脸上狼藉的血与泪，道："从今天开始，你叫初空，是个修仙者。我叫小祥，是……你师父。"

他不言不语，我也不知还该说什么，便伸出手摆在他身前。他呆了半晌，终是抬起肉乎乎的手放在我的掌心，我将他的手一握，笑道："看你这一世还能不能逃出我的手掌心，呵呵。"

初空现在这个样子肯定不适合住在人多的地方，而且他还是个皇子，保不准以后有什么朝堂斗争会殃及他，我索性带他归隐山林，安安稳稳地过日子。

我在麓华山山腰盖了座房子，带初空住了进去。多了一魂四魄的初空显然比之前聪明一些，我教他识字，然后将以前初空教我的那些入门法则写下来让他练习。

可他仍旧学得很慢，我不由得有些心急，他这一世终归只是个凡人，若未来得及修成仙身便死掉了怎么办？彼时我还活着，长生不老，又要无望地去寻找。和初空待在一起越久，我便越害怕他再一次走丢。

在带了些提心吊胆的守护中，时光悄悄流逝，初空转眼十岁了，七年时间，我又寻回了初空的一魄，还差一魂一魄他的灵魂便完整了。

可是不知为何，初空却越来越排斥修仙，他用尽一切办法偷懒，和山上的各种妖精混在一起玩，有一次他实在过分了，胁迫老树妖帮他写符，自己与山中的老虎精混去镇中玩了两日未归。

我担忧地寻了他整整两日，第三天看见他神清气爽，一蹦一跳地回来，我眼里布满了血丝，一脸青白地望着他问："去哪儿了？"

初空高兴的面容一僵，怯怯地看了我一眼。"小祥……"

我动手将头发盘了起来，站起身，生生掰断一条椅子腿，将它捏在手中，语气冷静道："你过来，我们谈一谈。"

初空骇得往后面退了一步。我缓步走向他，蹲在他身前问："说，和谁去玩了？去哪儿玩的？"

他扭捏了半天，终于在我逼迫的眼光中弱弱承认："山下小镇……和大花一起去的。"大花是老虎精的名字，她与初空一见面就投缘，打小玩得好。

"谁让你去的？"

"山……山里的小妖们，说我不该老是待在山上，要出去见见世面……"

我了然地点了点头，提着椅子腿便出了门，将一山的小妖通通扒裤子狠揍了一通，揍得麓华山中的小妖哭号震天，最后将老虎精大花用缚妖索绑了提回来。初空看见大花，立即扑了上去，问："大花，有没有挨揍？痛不痛？对不起……"

我在椅子上一坐，喝了口茶，平复了一番情绪才道："把初空带下山是何居心？"初空现在这年纪，细皮嫩肉，身体中还修出了一点仙气，是那些入了邪道的妖怪最喜欢的食物，他们将他哄下山，实在让我担心。以前放任初空与山中妖精接触，是因为知道这里的妖精都不坏，而若是他们对初空动了邪念……

听我一问话，大花吓得立即哭了出来："仙子饶命，小妖再也不敢了，小妖不过是觉得初空每日在山上修仙，日子过得太单调了，便好心邀他下山一游，绝无恶意！呜呜，仙子饶命呜呜。"

我将茶杯一放，正要开口说话，初空却张开手臂拦在大花身前，道："小祥别打大花，是初空不好，初空不该贪玩，下次再也不这样了，你别打她……"

他这模样不知为何顿时让我想起了陆海空，不知在哪一年，他也是这样拦在我那宰相爹爹的面前，护着我。而现在，他怕是完全忘了吧。

我回过神，揉了揉额角，道："初空不需要下山见什么世面，待修得仙身之后，自有大把的时间去玩……"我话音未落，便听见初空垂着脑袋在下面小声接道："为什么，非要修得仙身？"

我一怔："你说什么？"

初空咬了咬牙，坦诚道："初空为什么非要修得仙身？为什么非要听小祥的话？"

因为，若不修得仙身，你怎么再陪我过以后的日子？若不修得仙身，你怎么做回初空神君？若不修得仙身，你怎么回天界娶我？你还有那么多诺言没有兑现，为什么不听我的话，不努力修仙……

可是，我发了一呆，恍然惊觉，现在在我面前的这个初空早就不是以前的初空了，对他来说，初空神君给我的诺言就像一个毫无干系的人给我的许诺一样，与他无干，他没有之前的记忆，他是一个全新的人。

我凭什么把自己的愿望附加在他的身上？

我为自己这个新的认知呆住了。只听初空垂着头，细声而坚定地说："我不想修仙，我想和大花他们一样。为这种事情就欺负大花他们，小祥无理。"

面对这样的指责，我无言以对，沉默了半晌只得道："既然你不想修仙，便是我错了。"我收回大花身上的缚妖索，默默进了屋，关上房门之前，我对他们道："以后不回来的时候，记得和我说一声，别让我担心。"

木门之外，两个小孩的对话清晰地传进我的耳朵里："初空，仙子好像很伤心啊，你去给她道个歉吧。"

初空的声音有些茫然："怎么道歉？"

应该是我给他们道歉才是。忽然间，胸前的紫色珠子一亮。这颗珠子常常与初空的魂魄打交道，对此都像通了灵性一般有反应。初空的魂魄在附近？我放下所有繁杂的心绪，推开窗户便跃了出去，顺着紫珠子指引的方向追去。


顺着紫珠的指引，我一路追出了麓华山的地界。

我心中奇怪，那只是初空的一个残魂，怎么会跑得这么快？追至傍晚，我隐隐感到头顶有阵阵妖气传来，仰头一看，恍然发现有一只似鹿似马的妖怪在云间踏过。胸前的紫珠直指着它走过的方向。

我曾听月老说人间有一种似鹿似马的妖怪爱吃散落世间的残魂，初空的魂魄……莫不是被这家伙给吃了吧！

心头一惊，我驾云而起，直冲上天，飞至那妖怪身边。那鹿马兽看起来挺二，脑袋一晃一晃的，赶路赶得正欢乐。想来也是，一个只敢追着残魂吃的妖怪也厉害不到哪里去。此时它嘴里不知嚼着什么东西正要往肚子里咽。

挂在胸前的紫珠大亮，我心一狠，大喝："给老娘吐出来！"一脚踢去，狠狠踹在鹿马兽的侧脸上。

这一脚挨得突然，妖怪一声嘶鸣，嘴里许许多多残魂飞出，魂魄随风飘走，我立时追着飘散的残魂而去。身后挨了打的鹿马兽不甘心地追着我嘶叫，我没心思管它，跟着紫珠子指引的方向，急速追去。

那一缕残魂飘得不快，没一会儿便被我追上，收魂口诀出口，初空的残魂乖乖地进入紫珠之中，鹿马兽的嘶鸣也在耳边响起，我侧身躲过，不想与它再纠缠下去，抬手捻指："云来。"

傍晚的云霞飞速卷来，白云映着太阳的橙色与天空的紫色将鹿马兽裹在其中，迷了它的眼。我扭身就跑，远远地将它甩在了身后。

捂着心口的珠子，我总算在天黑的时候赶回了麓华山。

沿着漆黑的山路往家走，越是靠近那座我亲手搭起来的木屋，我心里莫名的郁闷感便越是深重。出门之前肉团空的话犹在耳边回荡。他不想修仙，不想做回以前的初空神君，他……只愿在下界安安稳稳过一生。既然他都这么说了，那我如今做的这些事又有什么意义？

拼了命寻回他不想要的魂魄，用最大的努力教会他不想修的仙法……

我突然有一种热脸贴在冷屁股上的羞辱感。

抬头望了望天上皎洁的月色，我脚步一转，往麓华山的丛林中走去。

麓华山的一众小妖白日里被我狠心揍了一顿，在晚上着实消停不少，我这一路走来只闻虫鸣，不知不觉行至山中小湖旁，我望着湖的另一边失了会儿神，多少年前，在我变成了一头老虎的时候，有一只野猪出现在了湖的对岸，与我静静凝望……

即便是在心情如此郁闷的现在，想起当时的场景，我还是"噗"地笑了出来，独自一人在湖边笑得捧腹跺脚。可约莫是黑夜太过寒凉，我渐渐僵住了嘴角。

那个初空……那个能与我闹脾气拌嘴打架的家伙，或许永远也回不来了。

我垂下眼眸，难掩失落。

顺着湖水往上，渐闻溪水叮咚作响，水流的声音让我感觉还有些欢快的热闹，我寻了块草地坐下，静静仰望漫天繁星，头一次觉得未来如此迷茫。若我不再执着于初空，那我该去干什么呢？遇见初空之前的日子到底是什么样子的？我一时竟有些记不清了。

胸前的紫珠微微一亮，我将它握住，今天找到的是初空的一魂，若把这魂还给他，还剩最后一魄就能让他灵魂完整了。若那个时候，他的想法还是和现在一样……

我就回月老那里，继续给他看门好了。

这方我正想着，忽听小溪对面一声呜咽，这个声音我再熟悉不过，侧头看去，肉团空站在小溪对岸，一脸鼻涕眼泪，迎着月光晶莹剔透。我见他哭得这么凶，不由得怔了一怔。

站起身来，我唤他："初空，你……"不在家里好好待着，来这儿干吗？

我话还没问出口，那边的肉团空牙关一松，一声声嘶力竭的哭喊冲出喉头："呜哇！小祥！呜哇！"他哭得太凶，骇得我往后小退了半步。这孩子因为从小魂魄残缺，反应比较迟钝，所以从没有什么过激的感情流露，这下突然爆出这么一声号，不得不让我大惊失色。

他见我往后退，神色更加慌乱起来，竟不管不顾地一脚踏进小溪里，跟跄着向我奔过来，还没等我上去帮他，他便栽到我跟前，带着一身的凉水猛地扑在我身上，衣服下摆的水湿了我的鞋，身高还不够的肉团空双手一环，紧紧抱住我的腰，脑袋贴在我肚子上便哭了起来：

"你别走，初空错了，初空再不惹你生气，再也不跑下山去玩了！我错了！"

我愣了许久。"我今天走了以后，山上的小妖们寻仇来了？"

他的脸在我肚子上抹了两下，擦了我一身的鼻涕。"你是仙人，呜……大花说你走了，就上了天界去做……去做逍遥的神仙……会过得很快乐，就……就……就再也不会回来了！你就不会要我了……呜呜。"

他的声音闷闷的，夹杂着浓厚的鼻音让我听得有些模糊。我怔了一怔道："我只是去追一个妖怪。"

肉团空将我抱得更紧。"小祥不要跟妖怪跑了。"

我哭笑不得，待反应过来时，心头又是一暖，不知是怎样的一种心态，仿佛被满足了一样，我的嘴角慢慢扬了起来。他这模样，应该是怕极了我离开的意思吧，即使不想修仙，不想听我的话，但是，在肉团空的心目中，我还是一个特殊的、不能分割的存在。

我仿似听到了来自我内心深处的猖狂大笑。我蹲下身来，看着紫色珠子上的那一魂慢悠悠地飘入他的眉心，我摸了摸他的脑袋问："初空害怕小祥不要你吗？"

魂魄入体，对他来说是没有什么感觉的，他老实地点头，含着一汪晶莹的泪回答我："怕。"

于是我的嘴角又不可抑制地扬了扬，按捺住心头的喜悦，我垂着眼眸，伤心道："可你跑下山玩的这两天，我也以为你不要我了。"

初空立即摇头，极为慌张。"我没有！我……我……小祥……我错了，我下次再也不这样了。"他伸手抱住我的脖子，脑袋在我脖子上蹭了蹭，"小祥别气，我真的知道错了。"

我斜眼瞟了他一下，捏住他的脸，将他拉开，心头一阵激动的狂喜，原来在智力与武力都处于别人之上的时候，竟会有如此大的优越感，一瞬间我便明白了傻祥那一世，为什么初空总爱捏我的脸，原来，这是一种占有欲和优越感的完美结合。

在心中暗爽之时，我还不忘在面上调教初空。我道："我们来做一个约定吧。"我伸出小拇指，示意初空伸出手来。"以后只要你还需要我，我就一直陪在你身边。一直陪着你。"

初空愣了一会儿，眼里的泪又啪嗒啪嗒往地上掉，他一抹脸，伸出手紧紧将我的小拇指攥在拳心。"嗯，我一直都要小祥，永远都要。"

之前因着我摆出一副师父的架子，从未如此算计过初空，面上总是严肃多过嬉笑，用正经掩盖本色，此时我方知，教育也是要情理结合，恩威并施的，如此方能成就一代绝世忠犬。我又捏了捏初空的脸，笑道："好孩子。"

初空却失神地看了我一会儿，探出手摸上我的脸。"小祥这样笑最像你。"

我一怔，见他自己也愣了愣："咦……不知为什么这话就说出来了。"

因为还有一魄，初空的灵魂便会完整了。我轻声问他："初空还是不想修仙法吗？"

他有些怯怯地看了我一眼："小祥，对不起，我真的不喜欢修仙。"

我点了点头，理解他，但难掩心中失落，肉团空始终不愿意变成我心中的那个初空。

那夜之后又过了几天，这几天我不再逼着初空修习仙法，他也不像以前那般老是找机会溜出去与山中小妖们一起玩了，就在我身边守着我，我去哪儿他便跟到哪儿，想来是前几天我离开了半天，把他吓坏了。

这日天晴，我在后院喂鸡，一把米粒撒下，陡然刮起一阵妖风，将我撒下去的米粒尽数吹走不说，连圈中的鸡也给我吹跑了。我抬头一看，竟是我前几天打的那只鹿马兽，这妖怪倒是"痴心不改"，竟一直惦记着要寻我的仇，追到这里来了。

鹿马兽一撅蹄子，对空长嘶，声音中全是愤怒。

我左右看了看，此处是我家，初空还在我身后傻傻地愣着，他约莫是没见过这么大的妖怪，一时吓傻了。在这里定是不能放开手去与它斗法的，唯有将它引开。

我趁它仰天长啸之时抓了把鸡屎径直砸进它嘴里。"叫什么叫，要打架你跟我来呀！"我给初空捻个结界，将他护在里面。"在里面躲好。"我肃容交代，任由他在里面拍打结界，我驾云而起，往麓华山界外飞去。

以往都是初空对我做出这番举动，今日我俩角色终于换了过来，我感到满足和自豪。

咽下鸡屎的鹿马兽更为愤怒，四蹄翻飞，跟在我身后便追了来。


离麓华山越来越远，我终是顿住身形，一扭身，盯住鹿马兽。"呔！放过你一次居然还敢来找我第二次麻烦，可是想死极了？"

鹿马兽理也不理我，顶着鹿角，一路嘶叫着向我冲来。它来势极快，我侧身一避，险险躲开，擦身而过时，探手拽住了它头上的犄角。我脚一抬，身形一动，顺势跨坐在了它背上。

被我骑在身下，鹿马兽极为不满，它暴怒地又撅蹄子又蹬腿，想尽办法要将我从它身上折腾下去。

我双腿紧紧夹住它的身子，双手攥住它的犄角，这一用力，我才感觉出来，这二货头上长的角居然是肉肉的质感，捏起来软乎乎的……难道，方才它是想用这两个肉角将我顶死？我在它颠簸的背上笑了出来。"嘿，你蠢得……我都舍不得抽你了。"话虽这么说，该抽还是得抽。

我只用一只手紧紧捏住它的肉角，稍稍使了点法力让它的角与我掌心紧连在一起，空出一只手来，在怀里摸出一把团扇，这扇子只是凡物，但是用极好的紫竹做的，我捏着扇面，用扇柄狠狠抽了鹿马兽的屁股一下。"没眼识的东西，竟敢来找本姑娘的麻烦！上次没抽你，你不长记性，这次还长不长记性，还来不来闹事！"我一边抽一边教训它。

鹿马兽吃痛，叫唤得更厉害，身子也拼命地甩，要将我抛下去，我死死捏住它的肉角，它挣扎得越厉害我便捏得越紧，终于……一个不小心，只听"噗"的一声闷响，我拽住的那只肉角被我生生拔了下来，鲜血从那个角洞之中汹涌喷出，溅了我一脸。

拔……拔出来了？

我捏着那只血淋淋的肉角呆住，鹿马兽也没了动静，偏着脑袋，凸着眼望着我。

我在它背上坐了一会儿，扔了扇子，手忙脚乱地把拔出来的那根犄角往那血洞里面塞。"对不住，对不住，我真没有拔你肉角的打算。这不都是意外吗……谁让你挣扎来着。"

它头上的血咕嘟咕嘟往外冒，染了我满手。

终于，鹿马兽不堪受辱，一撅前蹄，直立而起，我一时不察，直直从它身上滑了下去，鹿马兽反过头来一口咬上我的胳膊。它牙齿太钝，咬不穿肉，便摇晃着脑袋，想将我胳膊撕下来。

我心里一急，拿着肉角便照着它头上的血洞敲，鹿马兽忍了两击，终于不堪折磨，松了口，仰天长嘶，狼狈败去，洒了漫天血雨。我驾云站住，歇了好一会儿，看了看手上的肉角，心想或许可以拿回去泡酒，说不定能酿出不一样的味道。我将它往怀里一收，又撸起袖子看了看自己的伤，觉着没什么大碍，便慢悠悠地赶回了家。

可越往家走，我越是心觉不妥，初空虽然不爱修仙法，但是也被我逼着修了几年了，身体里好歹也有了点仙气，今日我们是碰上了个只知道报复的蠢妖怪，若是来个稍微聪明点的，定是先将初空吞了再来与我斗。我能护他一次，却不能次次护好他，他若没个防身的本事，日后定是会受欺负的。

而且……他不修成仙身，我要怎么一直陪着他，作为一个凡人的初空若去地府轮回转世，必定要喝孟婆汤，那时候，关于我的记忆，将会在他的灵魂里被彻底洗净。

光是想一想就觉得可怕。

回到小屋，初空还被关在结界里，见我回来，他立即站起了身。我手一挥，散了结界，肉团空却没有如我想象中的那般一头扑进我怀里，而是呆呆地立在那方，瞪大眼望着我，神情怔愕。

我茫然了一瞬，垂头看了看自己这一身打扮，瞬间明白初空为何呆住了。鹿马兽飙出的血染红了我一身棉白的衣裳，估计脸上头上也全是湿答答的血吧。我一声叹息，正想开口让初空莫要担心，陡然间脑海中一道精光闪过，我心生一计。

　　嗯……虽然骗小孩这事有损阴德，但全当我是为了你好吧。

　　我将被鹿马兽咬过的手臂一捂，嘴里一声闷哼，腿一软，整个人摔在地上。我紧闭着眼，发出疼痛的呻吟声。

　　静了一会儿，我听到初空啪嗒啪嗒的脚步声，他慌乱地奔至我身边。"小……小祥？"我挣扎着睁开眼，喘了好一会儿粗气，叫唤道："啊！我伤口好痛！"

　　这若是以前的初空，怕是早就抽了我两巴掌，让我自个儿爬起来了。可肉团空不懂，我这一身血便足以将他吓傻了，他伸出手，颤抖着想来碰我，却不敢碰，煞白着一张脸，带着不敢言说的慌张，轻声地问："哪里痛？小祥哪里痛？"

　　我心头一软，觉得自己此举实在太不要脸了，但戏都演了，总得有始有终才是。我咳了两声，将嗓音弄得沙哑起来："没想到，那妖怪这么厉害，是我低估它了。"我将衣袖拉起来，将被鹿马兽咬伤的伤口给他看。

　　鹿马兽是还未化成人形的妖，身上的妖气又浑又浊，残留在我伤口上的妖气也是如此，黑雾缠着我的手臂，看起来吓人，其实一个净心诀便能将它清除干净。

　　肉团空看见我的伤口，脸色白得更厉害，我拽着他的手道："初空，小祥没用，之前没有好好修仙法，这下……怕是要搭上自己的命了……"

　　"不会的。"初空摇了摇头，"小祥很厉害……不会的……"他强忍泪水，眼睛一眨不眨地望着我，生怕眨了眼我便不在了一样。

　　"就算我不在了，你也要好好活下去。初空，再见。"我闭上眼，咦……这好似演过了点。

　　初空声音极轻："小……小祥？"

　　我大抽了口气，又睁开眼，拽了初空的手，虚弱道："若要救我，确实也有法子，不过……罢了，罢了。"我等着初空给我表决心，但沉默了半晌，他什么话都没说。我奇怪地转眼看他，见他眼神出奇地亮，直勾勾地盯着我。我心里有点虚，莫不是这孩子看出来了我是在骗他？

可隔了一会儿，肉团空只是凑过来抱住了我的脖子，他拍了拍我的背，装出大人的语气，安慰我："小祥不怕，初空会一直陪着你的，你别怕。"

可明明，他已经怕得浑身颤抖了。

我一声叹息，也懒得装虚弱了，直接道："小祥没那么容易死，只要以后每个月都有人用仙力为我驱走手臂上的妖气，小祥就不会死。"

初空放开我。"每个月都给你驱走妖气？初空，初空现在可以吗？"

"可以。"我用另一只手摸了摸他的脑袋，"只是你现在还驱不干净。"

"我会努力修仙法的！"得到我的回答，他赌咒发誓一般大声道，"以后我一定会好好修仙法的！"至此，他终于又红了眼眶，眼泪大颗大颗地落了下来。"初空以后都不偷懒了，我要好好修仙法来保护小祥，再也……再也不让小祥受伤了！呜哇！"

真是奇怪的孩子，知道我能得救反倒还哭了出来。

我不知道当时看见我闭眼的那一瞬肉团空心里是怎么想的，但从那以后他当真好好学起了仙法，再也没有偷懒。我由此悟出了一个道理：小孩和男人一样……都是要调教的。

在人间的岁月过得奇快，眨眼间初空已十八岁，三魂七魄仅欠一魄的初空经过多年的修行，心智已与常人无异，他学习仙法越来越快，也在日复一日的学习中对仙法越来越感兴趣，想要学的也越来越多。渐渐地，我也教不了他什么了。初空便时常去外面游历，而不管他去了哪儿，每个月十五那天他都一定会回麓华山，依照小时候的约定，为我驱散手臂上的"妖气"。

尽管他和我都知道，这里根本就没什么妖气。

看见初空的成长我自然是高兴的，唯一让我着急的是，他一直没有修得仙身。

今年盛夏之时，老虎精大花看上了镇上的一个秀才，将他抢了回来做相公。婚期定在中秋之夜，我身为一个仙人，自然是不允许这种强抢相公的事情出现的，但我去大花领地里看了几次，见那秀才也是一副半推半就的模样，也就随他们这孽缘去了。初空身为一个修仙人，自然也不能容忍强抢相公的事情出现。他不知这些年在山下受了什么腐儒思想污染，非要将秀才带回镇上，为此与自幼的玩伴大花闹翻了几次脸。

中秋前夜，初空又去"救"了那秀才一次，我跟在他身后将他逮了回来，教训他："那秀才也喜欢大花呢，你一个劲掺和什么？"我斜眼看他："难不成，你看上那秀才了？"

初空撇了撇嘴："小祥你在想什么呢。他们人妖殊途，是不能在一起的。"

我奇怪道："为什么他们不能在一起？月老手中红线一牵，不管是什么东西都可以在一起。"初空一怔，一声叹息："天上的神仙都像小祥这样奇怪吗？满脑子乱七八糟的东西。"

我牵着他往回走，头也懒得回。"现在奇怪的是你，满脑子乱七八糟的也是你。姻缘这种事是外人能管的吗？你就给我消停一会儿吧。"

身后的初空沉默了一会儿。"那……小祥的姻缘，我可以管吗？"

我顿住脚步，回头看他，只见黑暗中的他双眼映着漫天星辰，璀璨动人。我的心可耻地一跳，脸颊竟有些发烫。"什么？"

初空恍然回过神来，连忙摇头道："没什么没什么，今日该为小祥驱除妖气了，我们快些回去吧。"

这天半夜，我被初空的那句意味不明的话闹得睡不踏实，迷迷糊糊爬下床起夜，刚坐起身来，忽觉凉如水的夜风灌进屋子。我侧头一看，初空趴在窗栏上静静地看着我，一脸深沉。

我挠了挠头，脱口问他："又尿床了？"

初空仍旧定定地看我。我一拍脑袋回过神来，现在的初空已经不是小时候那个心智残缺的他了。他呆了半晌，突然道："我梦见小祥在雪地里……闭上了眼。"他垂头看自己的手。"感觉太真实，不像在做梦。我吓得睡不着，便过来看看你。"

理解了他话中的含意，我瞬间清醒了不少。"你……"

"不管学了多少仙法，我还是像小时候那样依赖小祥，真是没用……"而我在意的重点已经不在这些东西上了，我有些急迫地打断他的话："你梦见了什么？什么时候梦见的？还有没有别的？"

初空抬头看了我一会儿，眼神中藏了一些我不明白的东西。他转过身，摇了摇头："没了，就梦见这个。"

他开始慢慢记起来了！

我万分欣喜。若是找到最后一魄，若是他修得仙身，初空说不定就能把所有的记忆都找回来！

我正色道："初空，以后若你有事，十五这天便不用回来了。你现在应当是提升修为的紧要关头，能不能修得仙身便靠这几年打的底子，你若在外面有什么机缘，断不可为我而放弃。我这里没什么事，你应该早就知道了。"

初空的身影僵了一僵，愣了许久之后，才弱弱地应了我一声。

## 第 十 七 章

# 七世情缘可喜可贺

第二天，我去参加了大花的婚礼，而初空独自下了山。

我没想到的是，初空这一去竟有小半年未归。

隆冬腊月，眼瞅着便要过年了，我琢磨着是不是应该出去寻一寻初空，但又害怕他正修行至重要关头，我贸然寻去会乱了他的进度。瞻前顾后犹豫了几天，找不找初空没决定下来，我倒是恍然顿悟，李天王的最终目的这是达到了呀，我与初空在这第七世的时候，终于走上了小媳妇追相公的苦情路！

除夕这日，我刨出了埋在院里的鹿马兽肉角酒，酿制了这么多年，我一直没舍得喝，但今年这个除夕没有初空相伴，至少来壶好酒以慰寂寥，我如是想着，刚把坛子开了封，忽听院外有翩然而来的脚步声。

酒香晕染了嗅觉，我抬眼看见初空踏雪归来。

他终是舍不得留我一人过年。

我笑着对他招了招手："你倒是会找时候回来，刚开了坛好酒，过来尝尝。"初空在院外愣了一会儿，我奇怪道："进来啊。"

他挠了挠头。"小祥这样，倒像是我昨日才离开一样，心里做的准备都没用上，我倒有些不知所措。"

"你本来就一直没有离开过。"我接得顺溜，初空又是一怔，呆了许久才过来坐下。我倒了两杯酒，递给初空一杯，将他打量了一番，见他仍旧是肉体凡胎，心里难免有些失落。不过他如今尚未弱冠，还有两年的时间。我将自己一通安慰，笑道："这次出去修行有没有出什么丑啊？说出来让小祥开心开心。"

他摇了摇头，斟酌了半晌，道："没出丑，不过我遇见一人，他说我三魂七魄尚缺一魄。"

我抿了口酒，抬眼看他。"嗯，是少一魄没错。"

初空垂头静默，看着天色渐渐暗了下来，山下的城镇张灯结彩，比往常热闹了许多，更衬得麓华山中冷清。初空仰头将杯中的酒一口闷下，他咬了咬牙，问道："小祥没有更多要告诉我的吗？"

我琢磨了一会儿，心想左右初空现在也不小了，他的记忆应当也在慢慢恢复，与其一直让他猜测，生出一些莫名其妙的念想，不如我全都先与他说了。我清了清嗓子，喝着酒一边追忆以前的事，一边将这些记忆化为语言，与他娓娓道来。

待说完前面六世，天已全然黑了，山下的小镇放起了烟花，映得那一角天空五彩斑斓。我饮完杯中残余的酒，抬头看初空，却见他耷拉着脑袋，额前细发遮挡了他的神色，让我看不明白。

"原来……"沉默了许久，初空发出一声意味不明的苦笑，"那人说的竟都是真的。"

我茫然道："什么？"

"你看见的，从来都不是我，只是那个初空神君。"

我皱眉。"你就是初空。"

初空此时却已经不能将我的话听进耳里，如同入了魔障一般。"我一直都知道小祥有很多过去，但我也一直相信小祥是活在当下的，可是现在……你却让我无法相信了……为什么，你总是要执着于过去？"

"我执着的只是你。"

"不是我！"初空打断我的话，"你在意的是回忆，你只想让我变回以前的初空神君。修仙也好，找回魂魄也好，小祥你喜欢的，从来都不是我。"他瞪着我，眼眶已经红了起来。

我揉了揉额头跳动的青筋，按捺住脾气，耐心道："你先淡定一点听我说。在第一世的陆海空死了之后，我也陷入过这个死循环，但是，在意这些有什么意义呢？只要是同一个灵魂，身体这种东西对神仙来说根本就无所谓，你就是你，只是暂时忘了那一段记忆罢了，等重新记忆起来，这些都不是事，你是初空，初空是你……"

他仿似忍无可忍，咬牙切齿道："我不是初空！"他摔了酒杯，站起身来，扭头便走。瓷器碎裂的声音刺得我耳膜发痛。

我看了看洒了一地的酒，多年来隐忍的担忧害怕，还有些许委屈尽数化为怒火，冲冠而上。

我捻动仙法，闪身上前，拦在初空身前。"你这死小孩……"我伸手去抓他，想将他就地正法，扒了裤子狠狠抽一顿屁股，哪儿想我手还没碰到他，初空身影也是一动，眨眼便消失在我眼前，我扭头，只见他头也不回地往下山的小道走。

这家伙今天是要和我动真格的啊！我动了肝火，口中吟出仙诀，指尖仙气化为绳索，手一挥，金色的绳索便往初空身上套去。眼瞅着缚仙索要将他绑住，他周身却蓦地荡出一道邪气，将缚仙索击得粉碎。

我怔愣，身影一闪，落在初空身前，沉了脸色。"你若再动，今日便踏着我的尸体出麓华山。"

初空果然顿住脚步，他扭头不看我，还是在生气。而此时我哪儿还有心思去顾忌他这些小儿女心思，我直勾勾地盯着他，问："这些事是谁告诉你的？你身上的法术又是谁教的？"

他沉默。

我从怀里掏出紫竹团扇，捏在手里。"你说不说？"

他知我当真生了气，迟疑了半晌，终是从嘴里吐出两个字来："锦莲……"

听闻这个名字，我只觉眼前一黑，险些站不住脚。初空与锦莲同归于尽的场景又在我脑海里跳出，我揉了揉额角，迫使自己冷静下来。上一世他应当已经魂飞魄散了才是，难道他和初空一样，借由逆转之力散魂于世间？只是没有人帮他凝魂聚魄，所以他便只有一直飘荡着。而今终于找到了初空……是想诱初空入魔吗？

我冷眼盯着眼前的初空。"你什么时候遇见他的？"

"三年前。"

竟然有这么久了……我真是失败，居然一直都没察觉出来。

"方才我与你讲的那些你都不曾听在耳里吗？锦莲是怎样的人，你现在还敢去找他？你以为你为什么要受魂飞魄散之苦？若不是他……"

"若不是他，我根本就没机会遇见小祥。"初空的目光落在我身上，有几分难言的隐痛，"我不知道初空神君是个怎样的人，即使小祥与我说了你们之间的故事，但这对我来说根本都是陌生的。在我的生命里，只有一个小祥，我做的一切都是为了你，但小祥是为了初空神君，即便你再如何说我们是一个人，可我不认识他，他也不认识我。你要我怎么接受，你关心我，只是因为你关心另一个陌生人。"

初空一边说着一边往后退。"为仙为神的是初空神君，魂飞魄散的是初空神君，与锦莲为敌的是初空神君，你喜欢的也是初空神君。而我不是，我只是被你赋予了初空神君的名字，久而久之，我连自己本来的名字都丢了。我不要再做初空，我只想做自己。"

我呆住，恍然记起自己从来没站在初空的角度去考虑过他的心情。在他的心中，没有那个傲慢的初空神君，他只是作为他而存在，也一直以为别人在意他是因为他这个个体，当突然有一天，他发现别人之所以对他抱以关注，完全是因为一个与他没有干系的人——即便那人是他的前世。

他一定很失落……

我一声叹息，对他伸出手。"我们回去慢慢谈可好？那锦莲要诱你入魔，他不是什么好东西，你别去找他。"

初空摇头道："小祥这话说迟了。他仅余的那一魄已经将我的灵魂填补完整了，这一世，我不想修仙，我只要做我自己。"

我惊愕得呆住，心里更是层层怒火燃烧而起，初空拼了命要杀掉以绝后患的人，居然要依托他的身体再现人世，这是多大的讽刺！他一飞而起，欲驾云离去。

"做什么你自己！"我一咬牙，手中团扇挥动，让他脚下云朵飞散，我飞身上前，一把擒住他的手，"今日我便是扭断你的手脚，也不会让你离开麓华山一步！"

初空扭头看我，眼里藏着深邃的光。"小祥。"他的声音竟从我身后传来，我骇然，眼见我拽住的这个初空化作一道白烟，消失于空中，身后一个阴影将我笼罩，我侧头一看，初空站在我的身后，唇角微动："对不住。"

好嘛，好小子居然学会用幻术骗人了！

我后颈一痛，眼前的东西开始慢慢变得模糊，脑海里只有一个念头，初空这小孩……长歪了……

我捂着酸痛的后颈醒来，在雪地里躺了一夜，身体仿似要冻僵了一样。

那个死小孩竟真的打晕了我，放任我在雪地里睡了一夜！我心里恨得滴血，我那么辛辛苦苦养大的小孩，为了帮他凝魂聚魄，几次都险些丢了命，想我祥云仙子何时为谁付出过这么多心血，眼瞅着要胜利了，锦莲却横插一脚生生窃取了我的果实！新仇旧恨加一块，我恨不能捉出他那残魄扔给鹿马兽吃掉，让他变成滋养大地的肥料！

而气愤背后更多却是委屈和不甘，锦莲是个坏人就算了，初空居然还跟着坏人走了……

我的教育到底是有多失败。

我拍了拍脸，心道不能如此放弃，这些账都记下，待初空找回记忆之后，我再慢慢让他还回来！我站起身来，忽觉身后猛地冲来一股妖气，下意识捻了个护身诀。我转过身去，只听一声嘶叫，然后一只肉角顶在了我的肚子上。

软软的触感在我肚子上戳了一下又一下，我挑眉，看着这只与我算是熟识了的妖怪，问："你这是打算用这只肉角将我戳死？"

看来这只鹿马兽还是一个极为记仇的妖怪，这么多年了还想着找我报复……只是平时不敢下手，今日是自以为终于逮到一个我受伤的时机，想来将我欺负一通的吧……

可为什么混了这么多年，它的智力仍旧这么让人着急呢？

我探手握住它凉凉的肉角，鹿马兽浑身一僵，仿似想起了什么不好的记忆，立即没了动作。我奇怪道："你既然是来报仇的，动作怎么这么温和？反应未免也太迟钝了……"看了看它背上的雪，我了然。"你莫不是在暗地里观察了一晚上不敢动手，现在见我要走了，心急了才不知死活地冲出来的吧？"

鹿马兽又僵了一僵。

我握着它的肉角大笑："蠢成这副德行你是怎么活下来的啊！那些残魂你到底是怎么捉住的！"脱口而出的这句话让我自己呆了一呆，鹿马兽作为一个专业狩猎残魂的妖怪，一定有办法将锦莲这种侵入别人身体中的残魂赶出来！

仿似有一条通往光明的路在我眼前打开。我摸了摸鹿马兽的角，蹲下身去，看着它的眼睛，用尽了这一生的温柔道："鹿马兽，小兽兽，姐姐问你，你知不知道怎么把钻进别人身体里的残魂赶出来啊？"

鹿马兽凸着眼，惊骇地往后退了两步，一副随时准备跑的样子。

"你别怕，姐姐是好神仙，来，你好好和我说，有没有办法把残魂赶出来？"

它迟疑地点了点头。我大喜，眸含热泪，上前两步摸了摸它毛茸茸的脸。"小兽，你看，人生何处不相逢，你我相识也是缘，且不管我们过去有什么过节，在此，我们一笑泯恩仇，化敌为友，携手共创美好明天，你说可好？"

鹿马兽凸着眼往后退了两步，它侧着脑袋看我，显然对我这番话不相信。我咬了咬牙，继续笑着凑上前去："实不相瞒，神仙姐姐这里有件事要请你帮忙……"

鹿马兽转身就走，我一闪身，拦在它身前。"好吧，你开条件，怎么才肯帮我。"

它斜眼看我，我深吸了一口气，弯腰鞠躬："对不起，之前把你的肉角拔了。"它哼哼了两声，我又道："对不起，我不该拿它来泡酒喝。"它不敢置信地望着我，像是在问："你泡了我的角？"我老实道歉："对不起，昨天除夕，我不小心就把酒喝完了，也没给你留点……"

鹿马兽仰天长嘶，眼中好似含了一汪热泪，它转身要跃上天去，我此时也顾不得什么脸面了，冲过去将它脖子一抱，大声道："都和你道歉了。你还要怎样！我错了！都是我的错行了吧！"

它甩着脑袋，挣扎着要跑，我心一狠，大喊："好！踩脸！我给你踩我脸！你随意踩！随意泄愤好吧！"

鹿马兽转眼看我，我放了它，将散乱的发丝往身后一绑，仰头躺地上道："来踩吧，随意踩，泄完愤就和我去找人。"大雪天喘出的粗气喷在空中变成一团团雪白的雾气，鹿马兽举起蹄子，放在我脸的上方。

我闭了眼，心道，初空，老娘这是为了你把什么都豁出去了。

哪儿想等了半天，也没等到蹄子落在我脸上，倒是有一滴滴温热的水珠落了我一脸。我睁开眼，看见鹿马兽正垂头在我上方无声地哭泣，眼泪啪嗒啪嗒往下掉，好不凄惨。

我心头一软，抬起手来摸了摸它的脸。"你别哭了，不然，等以后我回了天界，再下来收你当坐骑好了，绝对不让别人因为你只有一只角笑你。"

它哭得悄无声息，我又好好安慰了它一会儿，它才重新收拾好情绪。我还在犹豫要不要立马就走，鹿马兽却咬了咬我的衣袖，让我上路，这妖怪出人意料地善良嘛……

于是我便也不再瞒它什么，直白告诉它："我家初空身体里缺了一魄，有个坏蛋神仙的残魄跑进了他的身体里，那残魄之中带着邪气，他想诱初空走入歧途，所以等我们找到初空之后，你去把那残魄弄出来，然后我来净化，你再把他吃掉，直接把他变成屎的灵魂，放出去。"

鹿马兽乖乖地点了点头。

我摸了摸胸前的紫珠子，借由它的力量找到初空离去的具体方位。

一路追寻，我不敢停，就怕稍微晚了一点点，初空便彻底走上那条不归路了。提心吊胆地寻找，在我寻得有些心灰意冷之时，胸前的紫珠子总算有了一丝感应。

我心中一喜，顺着珠子的牵引，从空中落了下去。看见下方环境，我呆了一呆，此处竟是当初锦萝藏石妖之心的地方……也是初空消失的地方。

我甩了甩脑袋，稳住心神。而今此处只余一堆碎石山，有一人孤立其上，我定睛一看，那可不就是初空嘛！一见他，我心头便有无名火蹿起，也没有招呼鹿马兽一声，就直直冲了下去。我深吸一口气，不等初空看清我，我一抢胳膊，二话没说，照着初空的脸便是一拳揍过去。

从小到大我没怎么打过他，这一次，我是断断不能心软的。

初空被我这一拳揍飞出去老远，直撞上了一块大石，才停了下来。他单膝跪地，在一片尘土飞扬中咳了起来。

不留给他喘息的机会，我身影一动，落在他跟前，口中念诀，缚仙索由指尖射出，如蛇一般飞速缠绕在初空周身，他身边腾起一股黑气，如那晚一般想将缚仙索震碎，但已有了前车之鉴，我又岂会再让他得逞一次。

另一只手从怀里掏出紫竹团扇，我一声短喝："净!"周身仙气荡出，涤荡邪气。

自打初空在我眼前魂飞魄散之后，我花了不少功夫在术法的修行上，虽然还差正经的仙人老远，但对付只修仙十几年的初空还是足够了，即便他身体里有锦莲的残魄。

邪气散去，缚仙索将初空紧紧捆绑住，我肃了脸色，居高临下地看他。"你对我有什么不满，你想做什么样的人，我都可以慢慢和你谈，甚至为你妥协，但我唯独不能容忍你入邪道。为神为仙者，即便心中没有天地苍生，也该有大是大非。"

"小祥。"初空抬起头来，容貌与往日一般干净，但他唇边的笑容带着极大的无奈，"你从来都没问过我的意愿，为什么我非得为神为仙?我修仙只是为了可以保护你，但是，你要的不是我的保护。"

我喉头一哽，觉得我现在与他说什么大都是说不通的。我转头唤来鹿马兽，正在等它过来，忽觉一股邪气森森溢出，我骇然回头，却见初空周身的邪气浓郁，将捆绑着他的缚仙索寸寸腐蚀。

那锦莲……到底对初空做了什么!

我愕然，扑身上前欲捉住初空的手，他转身一躲，避开我。我大怒，用最快的身法跟上前，与初空短促地过了几招，他腰间有剑，几次想拔但都没有拔出来。知道他还是不想与我动手，我心头一暖，接着又狠了下来，我使力将他脚一绊，拽着初空的衣襟便将他扑倒在地。

我将他紧紧压住，大声一唤："鹿马兽!"

空中一声长嘶，鹿马兽破空而来。初空挣扎，我摁住他的脖子道："你要么将我杀了，要么便束手就擒。"我帅气地说完话，初空却一咬牙，随手摸了一颗石子，轻轻一弹，打在鹿马兽刚要落地的蹄子上，鹿马兽吃痛，落地不稳，身子一偏，径直往我身上倒来。

我心里一慌，初空趁机翻身跃开，我待起身去追，鹿马兽却重重压在了我身上。我骂："你个成事不足，败事有余的东西!"

那边的初空欲驾云而走，而我好不容易才寻到他，怎会再让他逃掉!

这个不让人省心的混账东西!

我推开鹿马兽，身形尚未站稳，举起手中的团扇，大喝："云来！"初空脚下的祥云飞至我身边，我捻诀："箭。"柔软的祥云凝形为箭，我也不心软，手直指初空，祥云利箭奔射而出。

初空身形也不慢，左右一晃，躲过第一波云箭，他静静地回望我，眼里有按捺不住的无奈。"小祥，你别再跟着我了，我不是你想要的那个初空神君。你就当这一世从来没有找到过我吧。"

我气得破口大骂："费心费力养你十几年，你说没找到过，我就要双眼一抹黑，充瞎子吗！凭什么！我管你是哪个初空，今天我就是养了头猪也不能让别人给我牵去吃了！滚回来！"

初空唇角动了动，仿似想说什么，但又咽进肚里去。

我团扇一挥，招来天上更多云朵，令它们皆化为利箭，一扇挥下，铺天盖地的箭雨落下，初空避闪不过，眨眼间身上便中了几箭，云箭一击中初空便化作白雾消散，可仍旧在他身上留下了或深或浅的伤口。

我本意是让他动弹不得，所以下手便没有放水，但此时看见他一身是血的模样，我还是可耻地软了心肠。

空中云箭稍歇，初空身子一软，跪在了地上。我心头一紧，下意识想上去扶他，可刚迈出两步，便见初空周身邪气腾起。我怔愕，那方单膝跪地的初空缓缓抬起头来看我，他的左眼如常，而右眼之中却是一片杀气弥漫的血红。

他只如此遥遥一望，便让我脊梁一寒，恍若又见到当初那个令人战栗的锦莲神君。

我咽下一口唾沫，心道绝不能让这一世的初空再毁在锦莲手上，即便让我搭上性命。我鼓起勇气，抬脚走向初空。

那方的初空眨了眨眼，仿似突然回过神来，他呛咳了两声，唇角溢出鲜血，神色带了点慌乱，一如他幼时打碎了碗碟时那不知所措的模样。"你别靠近我！离我远点……"他一步步往后退，像是生怕我触碰他一样，"我不想做那高高在上的初空神君，我不要随你回去。"

听得他这话，我心里更是火冒三丈，不管不顾地一跃上前，伸手扣住他的肩膀。不知是刚才哪一支箭射中了他的肩，我一抓下去，手心便染上了滑腻的鲜血。

我浑身一僵，初空的肩往下一躲，挣开我的手，反手便是一掌击在我的腹部，阴冷的邪气灌入身体之中，我被震退两步，不敢置信地望着初空："你……当真对我动手？"

虽然，之前我也对他动手了，虽然，以前我和初空也常常动手，虽然，他现在已经不再是以前的初空……

初空亦是不敢置信地看着自己的手，他惊慌地想解释："小祥，不是我……"

而此刻，我已怒得听不进他的话了，连法器也懒得用，飞身上前，一把擒住初空的胳膊，一脚踹上初空的膝弯，迫使他跪了下去，我一声急唤："鹿马兽！"

一直在旁边围观的鹿马兽立时跑上前来，初空身子一挣，想要逃离束缚，我死死将他扣住，森冷的邪气顺着初空的手臂缠上了我的手腕。初空挣扎得更为厉害："你放开我！"

我不动，待鹿马兽行来，它埋下头，用头上肉角轻触初空的额头，一丝丝邪气渐渐溢出，鹿马兽往后退了两步，仿似有些畏惧。

能不能拉出锦莲的残魄在此一举，我一咬牙，拼尽浑身仙力努力压制住了邪气，越是努力压制，邪气反抗得便越是厉害。反噬之痛犹如噬心，寸寸入骨。我强忍着不发一言。拼命的同时，我心里既是庆幸又是哀痛，庆幸的是还好我遇到的只是锦莲的一抹残魄，以我之力，尚能与之相抗。哀痛的是，当初，初空到底忍耐了多少苦痛，才与锦莲同归于尽，而今……他这个不懂事的转世，却要跟着锦莲入魔！

想一想便觉得可恨！

我忍不住心头火气，狠狠踹了初空屁股一脚。而此时他却没了反应，想来也是，锦莲入了他的灵魂，而今令他们魂魄分离，又岂会好受。

凝在鹿马兽肉角之上的邪气越来越多，我隐隐看见初空的额头之上有一抹金光溢出，是锦莲的残魄！我心头大喜，凝神压制邪气，初空难耐疼痛，闷哼出声。

鹿马兽一声长嘶，仰头向天，肉角之上附着一个在黑雾之中透着金光的残魄。分出来了！我欣喜万分，正捻了一个诀要去净化它，那金色残魄周身邪气竟飞速旋转了起来，鹿马兽吃痛，摇头晃脑地发出凄惨嘶鸣。

他要附鹿马兽的身！我大惊，飞身上前，一只手紧紧抓住鹿马兽的肉角，喝道："不想最后这一只角被拔下来就别乱动！"鹿马兽浑身一僵，果然老实地站住身子，尽管害怕地微微颤抖。

我扯下脖子上戴着的紫珠，我不知道这东西能有什么用，但我浑身上下能顶用的东西貌似就只有它了，一时也不管三七二十一，先握在了手心。双手捏住鹿马兽的角，我穷尽元神之力，将仙气散出，一声大喝："净！"

恍觉天地之间一片寂静，手中紫珠光芒大作，宛如破开晨霭的阳光，肃清人间混浊。

光辉渐消，鹿马兽的肉角还被我捏在手中，邪气不在，锦莲的残魄也已经消失。我松开掌心，看见手中的紫珠已变为一颗灰色的石头，再不复闪耀。

锦莲这一生都想夺得紫辉的心，想获得逆转之力，现在……他也算圆了最后一个愿望。而紫辉……这天地间，已再无紫辉此人，他留下的所有，都已全然消失。

我脱力坐在地上，手腕上传来阵阵刺痛，是方才被锦莲的邪气所侵。这具身体已经不能再用了，不然会殃及元神，让我入了邪道。

我转头看初空，他一身是血地向我走过来，然后跪在我身前，伸出手，却不敢碰我。我在他漆黑的瞳孔里看见了自己惨白的脸色，我道："其实，仔细想想，你说的话也不错。"

他一怔。

"你和初空，或许真的是两个人吧，没有他的记忆，性格也截然不同，但是，我还是喜欢你。"我抬起手，像以前那样摸了摸他的脑袋，他脸色苍白，唇角颤抖，像是快要哭出来了，"我从没想过这一世会是用这样的方式结束，也从没想过，上天是用这样的方式让我死心。"

我摸了摸他的心口。"那最后一魄，我不找了，也找不了了。你不想回忆起从前，这一世便算我独断专行，做错了。你想要的自由和自我，以后都不会有我干涉其中。"

"不是这样……小祥，你听我慢慢和你说，不是这样……不是这样的！"

我眼前的世界慢慢模糊，初空的脸也不再能看清楚，耳边凉风刮得我眼角湿润，几乎要落下泪来。我叹："是不是……都随你吧……"

黄泉路在我面前蜿蜒展开，这条路我走了七次，以后再也不会踏上去了。

我回头，看见初空抱着那具已经没有气息的身体，低声哽咽："你不要丢下我，你别丢下我……"

我转过头，决然踏上黄泉路。不管是哪个初空，以后，我都不找了。

地府，我在众小鬼仰望的目光中踏入阎王殿，阎王已归，正趴在书案上写着什么东西，听见我推开门的声音，他抬头，望见是我，怔了一怔，然后往我身后一阵张望。"初空……神君呢？"

"在人间，他想做个凡人。"

判官在一旁挑了挑眉。"你还真把他的魂都聚起来了？"

我点了点头，只觉得一阵心累。"七世情劫历完了，锦莲也彻底消失在世间了，我……们……"我垂下眼眸，顿了一下又道，"我超额完成了任务，现在是不是可以恢复仙身，重返天界了？"

阎王与判官对视一眼，两人沉吟了一会儿，阎王道："可以是可以，不过，就这样放任初空神君在人间真的好吗？这一世他若死后下界来喝了孟婆汤，以后兴许生生世世都得做凡人了。"

这样的事情我又何尝不知道，也是我一直所害怕的，在以后的岁月之中，再没有人与我拥有一样的记忆，只剩我一个人想念从前，直到我也渐渐忘却。我们许过的诺言，不会有人去实践，我与初空的经历，所有的喜怒哀乐，都成了过往云烟，不复存在。

"就让他做凡人吧。"我道，"这是他所希望的。"

阎王琢磨了好一会儿才道："小祥子，你这莫不是在生闷气？可是那初空神君没了记忆后，对你做了什么让你不开心的事？"

我瞪了阎王一眼，有一种被看穿心思的不爽感。"干你什么事！送我回天界，我要回天界！"

阎王摸了摸鼻子，硬着头皮劝我。"小两口吵架可以，但吵归吵，这样重要的事情还是儿戏不得，他日若初空神君当真生生世世做了凡人，苦的可还是你啊，而且……"他小声嘀咕，"我还赌了十两金呢。"

他一说十两金，我便想到我那十个铜板，心中更怒。"要让那二货回天界，阎王你自己去劝吧！我不管了，他爱在人间受虐，就让他在人间受虐！随他去！"言罢，我转身要走，行至阎王殿门口，没听见人来劝我，我撇了撇嘴，扭过头去，"喂……那啥，把你那个前世镜借我回去玩几天。"

阎王斜眼看我："你这丫头心里又揣着什么阴谋诡计呢？"

"女人的秘密。"

再回天界，入目的一切既熟悉又陌生，看见我的仙友都过来与我和善地打招呼，一切与我下界之前似乎没什么不一样。少了一个初空神君，天界还是天界，神仙薄凉，没有凡人那么多的感触。或许当初下界之前，我也是这样吧，只是现在……

我一埋下头，就能嗅到自己一身尘世俗气。

回到月老殿，月老殿里的红线还是如往常一样被月老乱牵一通，混在一起理不出头绪。我绕到后院，看见月老又在偷喝酒躲懒睡觉，我深深觉得自己这一身坏毛病就是跟这不靠谱的月老学来的。我上前，捉住他两根白胡子，毫不留情地拔了下来。

"哎哟！"月老一声痛呼，捂住下巴，醒了过来，他缓了一会儿才抬眼看我，"啊，小祥子，你回来啦！"

我斜眼看他，他识相地改了称呼："好吧，小祥。一回来就折腾我这把老骨头呢！对了……"月老左右看了看，凑到我耳边问："你这下界可没跟初空神君在一起吧？天界开的赌局，我赌你们不在一起，押了五两金呢！"

"内部消息。"我把拔下来的两根长长的白胡子吹了出去，"你若不想赔钱，便快些改注吧。"月老睁圆了眼望我，我笑道："我拿以后一生的工钱来赌，我和初空绝对能在一起。"

月老呆呆地望了我一会儿，转身掏出一个算盘拨了拨。"你一生的工钱也没有五两金啊，你的消息也是出了名地不可信。"

我抽了抽嘴角。"随你！"言罢，抱着怀里的前世镜便窝回了自己的房间，将门一锁，我把前世镜放在书案之上，心情有些复杂。其实方才月老说得对，就像我一生的工钱也没有五两金一样，我的消息自己也不知道正不正确。

我只是凭着自己的直觉在猜测，或者说凭着我对初空的信任去赌——

我相信初空绝对不会想要入魔。

即便他没了前世的记忆，即便他再如何想去证明自己，即便他是在吃醋生气，他也绝对不会顺着锦莲的心愿，想要入魔，他始终是一个善良的人。傲娇的初空神君也好，陆海空也好，肉团空也好，我一直都相信他深藏于内心的正直温柔和善良。

而且，肉团空要入魔这事实在透着蹊跷，他说锦莲在他身体里三年了，既然他愿意让锦莲入他的身，那为何三年前不跟着锦莲走，偏要等到现在？我大胆猜测，肉团空是不小心被锦莲入了身，并且一直被锦莲影响着，但他又害怕我担心，所以才一直没告诉我这事。

他在意我，并且过分在意。

我望向前世镜，镜中起了波澜，我看见初空仍旧抱着那具被我抛弃的身体，身形僵硬，仿似他也成了一具尸体，不会再动了。

"我不是初空神君。"他静静地诉说，声音沙哑，"我心中没有天地苍生，也没有大是大非，我只想护着你，我只是想护着你而已！什么自由，什么自我，我都不想要，能成为你喜欢的那个人，能在你的目光中将我的身影停驻，一瞬也好，知道你喜欢我，这就够了。"

"我不是真的想惹你生气，我只是害怕……害怕自己有一天控制不住伤了你，所以才想方设法离开。我只是觉得……"他声音哽咽，脑袋埋在我的颈项，就像我以前安慰他时那样，"我只是觉得，不能让我身体里的那人害了你，我只是想拼了命护着你，我只是想如果你对我失望的话，等我死后，你是不是就会少一点伤心？"

我心头一痛，听他继续道："对不起，我那么笨……我还是像小时候那么笨，想不出更好的法子！"他泣不成声。"你起来打我吧，你起来教训我，怎样都可以，就是……别丢下我。"

"你知道，我最害怕的，就是这个……"

果然，和我猜测的一样。

我努力压下心头复杂的情绪，理性分析。三年前锦莲残魄附上他的身体，开始告诉他之前的事，努力想将他诱入邪道，而初空一直没有听信他的话。但邪气肯定对初空有所影响。

三年以来，初空每个月十五的时候都会回来一次，而每月十五是人间清气最盛的时候，他这时回来见我，定是有完全的准备能压制住邪气，后来他几月未归，或许是以他的力量压制不住身体里的邪气了。

除夕之夜，他回来，在我告知他以前所有事情之后，他寻了个理由，找到了借口，说一些可恨的话，激怒我，打晕我，他一次次无奈地看我，一次次告诉我别去找他了。静下心一想，其实，这些行为又何尝不是他在向我道别。

他让我这一世就当没找到过他，他带着锦莲去了曾经的初空与他同归于尽的地方，都是因为他想让一切回到原点！

我以为肉团空已经和常人无异，但现在才知道，他还是很笨，他又想与锦莲同归于尽，而他害怕在他又一次死去的时候不知道怎么来安慰我，所以他只有防患于未然，用这么笨拙的方法，让我对他失望、绝望，然后，等他离开之时，我就不会伤心了。

真是……

蠢笨到了极点的家伙！

他当真以为我就那么蠢，当真以为我看不出他行为的古怪，当真以为他把事情做成这样就可以护着我了？我咬了咬牙，此时真想拽着他的衣领咆哮："你这辈子到底二成了什么货色！你看看你把本来可以好好过的一辈子糟践成啥样了！"

不过事已至此，也就算了，我关于肉团空的第一个赌，也算是赌赢了。至于这第二个赌……

肉团空你不是想护着我吗，你不是最害怕被我丢下吗？

好啊，我偏让你护不了我，我偏要在你跟前死上一次，让你意识到你之前做的事是错的，用的功也是无用的！你若怕极了被我丢下，那就努力修仙呗！努力找到自己最后的那一魄，凭借自己的本事再得仙身，成为初空神君，像个男子汉一样，堂堂正正上天界来找我。

我赌肉团空有那个勇气和能力。

前世镜中的初空还在垂头哽咽，或许对他来说，我是彻底离开了，他需要时间来走出阴影。而我相信初空一直那样坚强。只有那样的初空，才是值得我喜欢的男子。

初空身边的鹿马兽用肉角轻轻顶了他两下，仿似在安慰着他。我扣上前世镜想，等初空回来之后，我们一起去把鹿马兽接上天界吧，我们一起骑它，然后去兑现以前初空给过我的承诺。

五天时间，我没有碰前世镜，像以前一样，在月老殿前打着瞌睡看门，天上关于我和初空神君能不能在一起的赌局越炒越火，众仙友见初空成了一个凡人，而我又半死不活地每天都睡在月老殿前，一窝蜂改了注，认定我俩绝对不会在一起。

　　倒是月老默默地又从他的小金库里摸出了五两金，加上前面五两金，一共十两金，全改注投在了"会在一起"那一方。众仙友以为月老只是为了安慰我做做样子，而我知道，月老这种抠门神仙，断不会拿自己的钱财来安慰我，他终是相信了我……

　　或者说，是因为他每天都趁我不注意时，悄悄摸进我的房间去看那前世镜，然后相信了初空。

　　天上五天，人间已是五年，算来肉团空今年已二十三岁。

　　今日我还是不打算去看那前世镜，我知道我的脾性，越看越急，想得越多越会坏事，不如坦然相对，大不了初空这一世死了，下一世我再去寻他就得了。大不了他忘了我，我便凭借自己天上人间仅有的魅力让他再爱上我一次罢了。

　　人间世事，最难不过是坚持。

　　我打了一个哈欠，在殿前阶梯上换了一个姿势准备睡去，忽听南天门那方有雀鸟在鸣叫，是迎接新飞升上界的神仙的动静。这天界，除了我这被月老点化的半吊子神仙外，已经整整五百年没有谁飞升成仙了。

　　这于天界来说可是一桩喜事。

　　我心头也有了一个隐隐约约的猜想，可还不敢坐实，便听殿中的月老狂笑着冲出门来："哈哈哈！下注下对啦！钱是我的啦！我的小金库等等月老爷爷！我这就来接你们！"

　　望着月老发足狂奔而去的背影，我始知，自己确实是应该高兴的。但是心头的雀跃又让我有点迈不出脚步，到时候该说什么话，做什么动作？我以为我自己能坦然面对重逢，可当重逢来临的时候，我才知道，原来有时在紧要关头手足无措，也是情有可原的。

　　我这方还在犹豫，忽见天边一个黑色的身影驾着一朵焦黑的祥云，晃晃悠悠地向月老殿这边而来。他走得慢，像随时都会掉下来一样，我都憋不住想助他一臂之力，帮他把那朵焦黑的祥云架稳，可还没等我抬起手来，天上的那人倏地栽了下来，直直落在殿前的祥云地毯上，发出"噗"的一声，犹如屎的灵魂——屁。

我眨巴着眼，看着那人艰辛地从祥云地毯里把脑袋拔出来。

他是有多狼狈——被劫雷劈炸了的头发，脏兮兮的脸，一身衣服已经脏得看不清颜色，但不用看他的长相，我也知道他是谁。

他站起身来，拍了拍自己的衣衫。"眼瞎了吗？也不知道过来扶小爷一把！"

不知为何，我眼眶一红。"初空……"他真的像我想象中那么坚强，自己找回了剩下的那一魄，自己努力修成了仙身，自己扛过了劫雷，将一个完整的他带到了我的面前。

听得我这声唤，初空也怔了一怔，然后皱起了眉，他揉了揉额角，颇为苦恼道："不……等等，你先别急，等我转换一下身份，我要琢磨一下该用怎样的语气和你说话。太混乱了。"

七世情劫，我见过太多不同样子的初空，他或许比我还要混乱。不过，有什么关系，因为我所有的记忆中的人都是他，这是我最值得庆幸的事。

不过在庆幸之前……

我伸出了手，语气不善地向他讨要："十个铜板，因为你而赔出去的，你要赔我。"

初空眨巴着眼望了我一会儿，不敢置信地盯着我指控道："小爷拼了命修成仙上来见你，裤腰带都要被劫雷劈没了！你居然还要我给你十个铜板，我上哪儿掏十个铜板给你！"

"没有？"我挑眉，严肃道，"不赔钱，那就把人给我，以身相许了！"

初空愣了一愣，扭过头去摸了摸鼻子，小声嘀咕："不早就是你的了吗……"

我心头一软，扑上前去，不管此时的初空有多狼狈，也不管他脸上有多脏，我一口咬上初空的唇，然后又放开。"盖章了！以后你就是我的苦力，赚的钱都归我！"

初空狠狠一呆，怔愣地望了我好一会儿，无奈叹息："这事不是你这么做的。"

他埋下头，唇瓣贴上了我的唇瓣，温热的触感，渐渐深入，慢慢湿润。他用超出他脾性之外的细心教会我这事到底该怎么做，或许以后还会教会我更多……呃，正经事……

# 陆海空

又是一夜雪未歇。

屋中火盆里的银炭安静燃烧，温暖了房间。陆海空皱了皱眉头，缓缓睁开眼，右眼混浊，左眼清明，他的世界永远有一半的黑暗。他眨了眨眼，散去睡意。生平第一次宿醉，让没有经验的他头痛欲裂。

陆海空揉了揉额角，坐起身来。

"醒了？"女子温婉的声音在他耳边响起，陆海空有一瞬间的怔然，以往只有云祥才会在这种时候待在他身边。陆海空失神，还没等他抬头看来人是谁，一双柔若无骨的手便按住了他的太阳穴，为他轻轻按摩。"下次别喝那么多了，受罪的可是你自己。"

不是云祥……云祥只会拍着他的脑袋骂："臭小子好的不学，喝什么酒，活该你头痛。"

而且，现在云祥也不可能在他身边了……

一把拍开女子的双手，陆海空冷眼看她。"没人告诉你吗？不能随便进我的房间，也别碰我。"

来人是陆岚收的义女，名唤陆馨，是个温婉的女子。她一听陆海空这话立时呆住了，她收了手，有些手足无措地站在床边。"对不起，是义父让我来的，他说你昨晚喝醉了，让我在这里照顾你。刚才……我只是想让你舒服一点。"

不应该这样回答。

陆海空揉了揉脑袋，遏制不住脑海里莫名蹦出的一个声音，带着些许流氓气，在他耳边蹿来蹿去："不让碰？你是瓷做的吗？碰一下会碎掉吗？来碎一个给我看看。"

他说一句话，几乎不用想，脑海里便会出现那人对答的身影，仿似附骨之疽，让他根本无从拔除。

陆海空只觉得一阵颓败，败给心头挥散不去的那个人，或者说在她面前，他从来就没有胜算。陆海空捂了脸，一声叹息。"出去吧，以后……别随意进我的房间，谁说的都不行。"

陆馨委屈地垂下头，沉默了一会儿才小声道："桌上有粥，是我昨夜熬好的，一直在火上煨着，你好歹喝点……"

他若是喝了，云祥大概会生气吧。云祥的脾气本来就不好，又那么容易吃醋。陆海空仿似没听见她的话一般，只冷声道："出去。"

陆馨咬了咬唇，终是退了出去。

陆海空下床穿上鞋，简单洗漱了一下，披上战甲，出了门。屋外的大雪漫天飞舞，洒了一地银白。陆海空微不可见地皱了皱眉头，昨日是这样飘着雪，去年的昨日也是如此飘着雪，雪花带走了云祥，也埋葬了他。

陆海空迈步向练兵场走去，云祥离开人世已有一年的时间。心间的空洞，他学会用别的东西来填补，他听了云祥的话，好好过着这一生，努力活着。他不想辜负云祥最后的心意。

时光翩然溜走，又是三年岁月，陆海空行完冠礼，陆岚便将他唤去了书房："海空，你知我素来信你，但是而今与朝廷战事愈烈，你行军作战又爱出险招……"

陆海空道："叔父有话不妨直说。"

陆岚沉默了一会儿叹气道："我一个大老爷们儿也不好与你多说，这些年我也催了好多次了，而今你都已行了冠礼，却连个妾也未曾纳过，我并不是强逼着你娶亲，只是你好歹得为你爹娘留一个后，以慰他们泉下之灵。"

陆海空垂了眼眸不说话。

"我那义女陆馨的心思你可是还看不出来？她等了你这么多年，都快等成老姑娘了！"陆岚一声叹息，"我知你心中还惦记着谁，但那宋云祥早已去了，这么些年，你也该放下了。"

"叔父。"陆海空望着陆岚一声苦笑，"宋云祥于陆海空而言并不是握于掌心之物，她缠在我的心血骨髓中，叔父如今让我放下，可是要我剜心去骨，变成一个废人吗？"

陆岚心头微微一怒："你这孩子！"

"陆海空从来就未拥有过宋云祥，更没有资格谈该不该放下她。"言罢，他对陆岚深深鞠了个躬，"叔父，对不住。那陆馨姑娘，您还是劝她另嫁他人吧。"

与陆岚谈罢，陆海空没有回自己的房间，转而行至云祥曾住过的那个小院子。

这里所有的摆设还是如以前一样，半分也未动过，只是那人存在过的气息已经消散得差不多了。陆海空静静地躺在床榻之上，他蜷缩起身子，恍然记起他们一路北上的时候，他夜夜做噩梦，云祥便拍着他的背一遍又一遍地安慰他。

其实陆海空知道，她每天晚上都睡不好，他厌恶走不出噩梦的自己，心疼云祥，然后又无法遏制地对她生出更多的依赖。

他对云祥的感情，是男女之情，但又掺杂了许多男女之情以外的东西，那些东西，这辈子再没有人可以替代。

一串带着些许慌乱的脚步声向小院而来。陆海空心中一紧，坐起身来，脸上的懒怠瞬间消失。"吱呀"一声，门被人推开，陆馨站在门外，往屋里张望了一会儿，抬脚要走进来，陆海空冷声唤住她："站住。"

他下了床榻，行至陆馨面前。"有话出去说。"他不想让任何事情破坏了这个屋子里的静谧。

陆馨红了一双眼，紧紧盯着他，向来温顺的她这次像是没听到陆海空的话一般，垂下头问道："叔父说……你让我另嫁他人。"

陆海空皱了眉头。"出去说。"他抬脚欲走出小屋，却被站在门口的陆馨一把拉住了手。"我可以不要名分，我只想待在你身边，海空，你不要赶我走行不行？"

"别在这里吵，云祥会生气。"

这一句话刹那揭开了陆馨心口的伤疤，她抬头望着陆海空，眼泪不断地往外流。"为什么又是宋云祥！为什么你到现在还恪守着她留给你的规矩！海空，你清醒一点，你仔细看看，你身边再没有宋云祥了，她不在……她不在了……"话至最后，陆馨已泣不成声，或许她心里也知道，这一番话，根本撼动不了宋云祥在陆海空心中的地位。

陆海空拉开陆馨握着他手腕的手，轻声道："云祥从未给我留下什么规矩，我也知道她已经不在了。"

"你为何还要执着！"陆馨掩面而泣，"你不喜欢我便也罢了，可为什么……你要让我败给一个死人，多不甘心……"

其实，不甘心的又何止陆馨，陆海空垂了眼眸。"在我的世界里，从来没有谁赢得过她。"

包括他自己。

塞外的春天来得晚，待荒草又添新绿时，塞北军整装待发，打算发动对天朝的全面进攻。陆海空披上将军战甲，在大军出师之前，先独自去了城郊的一个小坡，那里有一座小院，院中无人，只有一座孤坟。

陆海空提了酒，在坟前静静站了一会儿，然后打开酒壶，将壶中清酒皆倒在坟头上。"云祥，我要去打仗了，这次若能回来，我必定提着那三皇子的头颅，给你做祭品。"

春日暖风柔和地吹拂而过，陆海空披散在肩头的发丝被风扬起，青丝夹杂着银发，他的头发已是一片斑驳的花白。

陆海空嘴角勾了起来，仿似想到了什么美好的事情。"等我回来，我便日日在这小院中陪你，一起看日出日落，一起饮酒，谈天说地。你看，我已经学会喝酒了。"

没有人应和他，陆海空黯然垂眸。

城中号角吹响，是陆岚在召集军队。

陆海空摸了摸石碑，然后放下空酒壶，转身离开。

这一仗打了整整两年，两年时间，天朝全面溃败，最后一战，只剩禁军孤守都城，令人震惊的是，带兵顽抗，挡住塞北军脚步的，竟然是当初那个人人都以为是傻子的三皇子。

军营之中，陆岚皱眉苦思，有一人坐于其左，发丝苍白，那人竟是只有二十二岁的陆海空。陆岚抬头问道："海空，可有法子快些攻下都城？"

陆海空笑了笑。"时至今日，叔父何用着急，塞北军已将都城团团围住，那里只是一座死城，待城中弹尽粮绝之后，我们自是不战而胜。"

没有人比陆海空更渴望胜利，也没有人比他更能隐忍，多年夙愿，今日得以了结，他希望看见对方更多慌乱的样子。

忽然，营帐外战鼓声响起，陆海空与陆岚对视一眼，心中起疑，请战？就都城那副模样？三皇子怕是疯了吧。

"报！"小兵疾行至营帐中，"将军，那三皇子忽然奏响战鼓，说要见陆小将军。"

难道是要请降？陆海空点了点头，不动声色地走了出去，他缓步行至军队的最前沿，三十丈外便是都城城墙。陆海空一头银发在黑压压的军士中显得尤为醒目。

陆海空站定，忽听城楼之上一人猖狂大笑起来："白发将军陆海空，久仰大名。"

陆海空没理他，在他看来，那人已是败军之相。

三皇子笑道："陆将军久别不见，可还记得在下？当初你从我这里带走了我的妻子，我甚是想念了一些时候，而今终于能再见到发妻，我们像当初那样，再一起等着陆将军可好？"

再见到发妻……

陆海空眼眸一沉，忽见三皇子从他身后的人手里接过一个东西，三皇子咧嘴一笑，将盖在那东西上的红布掀开，里面竟是一副白骨！白骨的关节处被人用钢钉穿了起来，不能来回活动，看起来尤为僵硬。

陆海空瞳孔紧缩。

三皇子继续道："从塞外将云祥接回来可真不容易，她一身的皮肉都没了，就剩下这么一个东西，这些年，她在你们塞外过得不好呢。啊……对了，你看她琵琶骨这儿的伤，下属将她拾回来时，在她琵琶骨里发现了这根针，这银针可是当初她随你走的时候我送给她的，一针穿骨，要了她的命。"

拳头捏得死紧，陆海空盯着三皇子，颜如修罗，那个混账竟敢……他竟敢！

看见陆海空这个样子，三皇子仿似极为高兴，他将那副枯骨的手拉起来，笑道："陆将军还想不想看看云祥给你打招呼的样子？是这样还是这样？"他将那副白骨的手拉着来回摆动，可被钢钉穿透的枯骨怎能摆出这些动作？只听"咔"的一声，枯骨的手臂被三皇子生生掰了下来。

"哎呀……不好意思，玩过了。"三皇子笑得毫无歉意。

陆海空再也遏制不住心头的怒火，提气纵身，竟是打算独身冲上城楼！"将军不可！"他身后的军士欲制止，但陆海空已怒红了眼，哪儿还听得进去。

三皇子咧嘴一笑："放箭。"在他身边的弓箭手早准备好了抹毒的箭，听得命令，箭雨倾泻而下，铺天盖地地向下方的陆海空射去。任是陆海空武功再好，也闪避不及中了两箭，但他并未停下脚步，身上的伤像不会痛一样，血液中的毒素蔓延，陆海空死死压住喉头的腥气。

这些算什么……比起看见云祥尸骨时的骇然，这些算什么！

他没护住云祥，连她的尸骨也护不住……

"啊！"陆海空一声大喝，施展轻功跃上城墙，众人皆是大惊，三皇子也未曾料到此人武功如此彪悍，他往后退了两步，陆海空躲过旁边一个军士的大刀，杀气激荡，他心中的怒与痛，只能用鲜血来祭奠！

城下塞北军一时有些骚动，陆岚披甲上马，高声而呼："攻城！"

战争一触即发。

而此时城墙上的士兵已被陆海空清理了一大半，他浑身的血，分不清是别人的还是他自己的。他只直勾勾地盯着三皇子，任何前来挡路的人皆被他砍瓜切菜一般地解决掉。

"将云祥还给我。"他面无表情地对躲在重重保护中的三皇子伸出手。

众禁卫躁动，看见这人浑身插满了毒箭，还踏着坚定的步子步步向前，他就像一个不知痛、不怕死的怪物，光凭一身杀气便能吓住人。

其实，陆海空只是看不见别的东西罢了，他只有一只眼，而那只眼一旦装进了宋云祥，便再也装不进别的东西了。

三皇子看着陆海空，忽然诡异一笑。"你要她？好啊，给你。"言罢他将云祥的尸骨当作破布一般，随手一扔，扔向城楼之下，而那里千军万马正在厮杀，白骨在战士们的踩踏之中化为碎片。

陆海空怔了一怔，神色有一瞬的茫然，待再抬头时，眼中已是一片令人胆战的肃杀。

最后一战，陆海空砍下了三皇子的头，将城墙之上杀作一片修罗场。

最后一战，陆海空身中二十九箭，毒深入心，他被人救回之后，在床上整整躺了一个月时间才清醒过来，而他醒过来时，看见陆岚的脸，只说了一句话："还救我做什么呢……"

这个世界所有的事好像都与他再无干系。仇报了，敌人没了，云祥也没了。他面对的，将是夜夜噩梦的生活，一次又一次看见云祥消失在他的视线里。

还救他做什么呢……

陆岚做了新的皇帝，江山易主。陆海空只身归塞北，他没有带回三皇子的头，因为云祥已经不在那里了。

五年后。

城郊外的小院，陆海空今日精神突然好了起来。他握了一杯酒，行至院中坟前，倒在了坟头上，他一头发丝如霜雪般，给他的脸色染上了些许苍白。

他知道云祥不在这里了，五年前他回到这里的时候，这坟被挖得一团乱，只留下了一个大土坑。陆海空又将它填了回去，做一个念想。

云祥不在这里，他又该去哪里呢？

陆海空垂下头，神色难辨。

回到屋中静静躺下，陆海空恍然记起很久之前，那时候云祥和他都还小，他们一个是相府的小姐，一个是将军的公子，云祥做错了事被罚跪在宗祠，他便跑去陪她，在她腿上睡了一晚，第二天醒来的时候看见云祥在他头顶一边流口水，一边呷着嘴巴，说："陆海空……笨蛋……"

她在梦里都看见他了呢，多好。

陆海空闭上眼，仿似又听见云祥在他头顶轻声地骂："陆海空，笨蛋。"

那时，阳光明媚而柔和，他们青梅竹马……

# 紫辉

晨霭之中，紫藤花下，青衣女子静望如瀑紫藤，笑容恬静。

"你是谁？"

"我叫锦萝。你又是谁？"

"我是……紫辉……"

谁？

午夜梦回，小和尚蓦地睁开双眼，神色空茫。窗外皎洁月色透过纸窗洒进屋来，映得小和尚一张脸有些许苍白。他翻了个身，往被子里缩了缩。又做那个梦了，还是那个女子，每次醒来他都记不得她的名字和模样，但心底总有一股莫名熟稔的感觉，就好像他认识她一样。

"嗯……无念，你又做梦了？"通铺睡在旁边的师兄嘟囔道，"别扯我被子。"

无念低低应了一声："对不起，师兄。"他自幼便有乱做梦的毛病，睡觉总是不踏实，有时甚至会突然大叫着哭醒，家里人认为他着了魔，自小便把他送到山中寺庙中来托养着，每天诵念佛法之后，他这毛病确实好了不少，但偶尔还是会半夜惊醒，记不得梦中事物，只余内心一片空茫。

清晨，做完早课之后，方丈将无念唤了去，吩咐他以后住去后山，助年老的空道和尚打理后山。无念乖乖应了，下午收拾了东西便去了后山。后山的禅舍外有一棵巨大的紫藤树，是哪位前人栽下的已不可考。

空道和尚已经年迈，做不得事了，打理后山的事便全权交给了无念。

无念得了这差事，却不如往日般诚心做事，总是望着紫藤便失了神，为此不知挨了多少批。年复一年，他守着紫藤花开花落，不知不觉已看了十载光阴，空道和尚圆寂，他便一人在后山住了下来，他从一个小和尚慢慢变成了一个大和尚。

是日，风和日丽，紫藤花开得正好，一串串花如瀑布般倾泻而下，在阳光的照射下，映得整个院子都是如梦似幻的紫色。

无念如往常一般，拿着扫帚仰头望着紫藤树，呆呆失神，忽听一声女子惊艳的赞叹："好漂亮的紫藤花！"

无念转头一看，一身鹅黄纱衣的女子从前山那边行来，立在离紫藤树不远的地方，仰头望着紫藤，张开的嘴惊叹得忘了合上。女子呆了好一会儿，才看见一边的无念，她神情又是一怔，惊叹："好漂亮的和尚！"

无念垂下眼眸，转过身，开始慢慢打扫起来。那女子捂住嘴，仿似知道自己这些话说得有些唐突了，她脸一红，忙解释道："对不住对不住，大师你别介意，我不是有意轻薄你的……我就是嘴快。"

既然对方都这样说了，无念也不好再计较什么，他躬身道："阿弥陀佛，施主请自便。"

女子挠头笑了笑。"你别怪我唐突就好。"女子话音未落，忽见方丈自前山小道走来。

"女施主走得快，可叫老衲跟得吃力。"女子吐了吐舌头，方丈转头看见无念，又吩咐道："正好无念也在，这位是山下施府的小姐，她身子不好，要上山来住一些日子，后山清静，无念日后好好照顾施小姐。"

无念一怔，还没找到拒绝的理由，便听女子爽朗一笑道："无念大师，小女子施倩，以后要托大师照顾了。"

张了张嘴，无念却不知该说什么话。

施倩住进来以后，无念望着紫藤树发呆的时间便越来越少了，这个性格爽朗又爱笑的姑娘总会出很多状况让他无奈，总会说很多话让他哑口无言，总会做很多事令他哭笑不得。

每天白日里清静的后山总能被她闹得鸡飞狗跳，无念白日里疲惫不已，晚上一沾枕头，闭眼就睡，也没时间再去做以前那样的梦。

日复一日，他逐渐习惯了施倩在他身边的吵闹，看着她的时候再也看不进别的东西。

紫藤花在他们身边开败了一个轮回，待得一日施倩被施府中人接下山去为她爹祝寿，无念的眼中才又看见了那瀑布一般的紫藤。青天白日里，他脑海里忽地闪过一个情景，青衣女子站在紫藤树下，神色恬静，她的侧脸美得让人不敢触碰。

"我叫锦萝……"

她轻轻说着，然后垂下了眼眸，唇角挂着笑，但眼角仿似要落下泪来。"你还记得我吗……"

清风拂过，紫藤花瓣簌簌而下落了一地，无念恍然回神，而脸颊已是湿凉一片。

"咦……"无念微怔，指尖轻轻触碰从眼角滑下来的水滴，他为什么会落泪呢？

这一夜，施倩没有回到山上来，无念怀揣着几分忧心缓缓入睡。

他又做了久违的梦，梦中青衣女子的喜怒哀乐都如此真实地在他脑海里呈现，她手心的温度，嘴唇的味道，眉眼的明媚，她一遍一遍地唤着"紫辉"这个名字，一遍一遍地说："我等你。"他看见她在一方石室中倾尽所有，枯等了一生。他觉得，这个女子对他来说是重要的，甚至是最重要的存在……

但是梦醒之后，只有施倩坐在他的床边，哭红了眼，而无念，再记不得梦中所念。

他抬起了手，摸了摸施倩的头，为她的难过而感到隐隐心疼。"怎么了？"他的声音中藏着的全是对施倩的疼惜。

"我……昨日我回施府，我爹说……"施倩眼泪止不住地往下掉，"我爹说，他为我许了人家，他……让我嫁人。"

无念一怔。施倩仿似忍不住了一般，一把扑上前，抱住无念的脖子。"我喜欢你！我只喜欢无念！我不要嫁给别人！我只喜欢你！"

禅舍外的紫藤花影摇动，他耳边仿似被另一个女子吐出的言语侵占，那人说："紫辉，我喜欢你。"她说："紫辉，我们成亲好不好？"她说："以后，我一直陪着你，做你的妻子。"

这一瞬间，他忽然有推开施倩的冲动，忽然觉得心头有一股莫名的愧疚在缠绕，忽然想起……他是不是忘了什么很重要的事。

施倩没得到他的安慰，她放开他，有些怯怯地望着他。"无念……你生气了吗？我知道你是出家人，可是这么多日子以来，我以为你……"她声音渐小，带了难掩的委屈，"我以为，你也是喜欢我的。"

这一句话让无念回过神来，他望着施倩委屈的脸庞，那些莫名的念头和从来不曾存在过的回忆便如烟一般消散。剩下的只是这一载时光，施倩在他身边日日陪伴，他们之间有着真实的温馨与不敢戳破的暧昧。

无念眨了眨眼，琢磨了一会儿，无奈笑道："我约莫，也是喜欢你的。"

施倩眼眸一亮。

一年的时光，朝夕相处，施倩本就是一个令人心动的女子，无念再是无念，也终究动了凡念。他一声叹息："那我们，现在是不是应该准备私奔呢？"

他想，这个女子，值得他放弃所有去保护。

施倩一愣，立即点头。

背负行囊，无念牵着施倩的手沿着后山下山的小路而去，临走之时，无念回首一望，恍惚之间，他似见，紫藤树下立了一个青衣女子，她望着他，唇角的弧度苦涩而温和。

无念脚步一顿，见她唇角动了动，她仿佛在说："后会无期。"

他微怔，心头莫名一痛，一眨眼，大风忽起，紫藤花瓣漫天飞舞。

施倩转头，困惑地望着无念："无念？"

无念愣了愣，摇了摇头，继续往山下行去，他道："下了山，你帮我取个名字吧，我不能再叫无念了。"

施倩眨巴着眼，琢磨了一会儿，忽然笑开了："哦，是说你心里有我了吗？是说从此以后你都不可能再清心寡欲了吗？这样真好！你放心，下山之后我一定帮你取个极好听的名字……"

无念抿唇微笑，不置可否。

或许深入灵魂的刻骨思念也敌不过日日相伴的温暖情谊，就如同凡夫俗子终究敌不过心里的空虚那样，谁不会在懦弱的时候选择一个能让他感到温暖的港湾？

即便那里……本来不是他想去的地方。

再如何期许他无情无念，他终究不过是一个凡人。

脚步声与人声渐远，清风过，只留一地残花还待来年。

# 小祥子

## （一）领赏

初空回来之后第一个见了小祥子，紧接着两人便被玉帝派来的使者拉去了凌霄殿。

小祥子与初空这人间地府七世游解决了一个危害苍生的堕仙，自我消化了两个天界的大龄未婚青年，附带着给各界人士带去了不少欢乐，玉帝一琢磨，拍桌子决定道："嗯，得赏。"

于是两人齐齐站在殿前，听了赏，初空官复原职，涨俸禄五两银，赐宅院一座，配仆从四名，小祥子从月老仙童升职为扶缘仙使，仍在月老殿工作，助月老梳理红线，每月俸禄五两银。

"另外。"玉帝摸了摸胡子，"你们俩准备什么时候把事办了？"

小祥子沉浸在每月五两银俸禄的喜悦之中，全然听不见外界言语。初空毫不犹豫地答道："尽快。"

玉帝满意地捋了捋胡子。"你们这婚礼应当大大操办一场。"

初空领着小祥子离开凌霄殿，隔了老远，忽听殿中玉帝猖狂大笑的声音在众卿家的哀叹之中格外醒耳："我就说这俩二货会在一起！来来，赔钱赔钱！"

初空当作未曾听闻，犹自牵着小祥子的手悠然地一步一步走下凌霄殿前的阶梯。

小祥子一直捂嘴窃笑："我也是有俸禄的人了，我也是有俸禄的人了。"

比起小祥子此刻单纯的喜悦，初空才历劫飞升，回忆起过往种种，心中是百般滋味杂陈，还没来得及理清心中情绪，一个阴影忽然笼罩了两人。

他们抬头一看，托塔李天王威武雄壮的身躯站在他俩跟前，一张脸藏在大胡子之中，眼神沉凝难辨。

初空直觉李天王此时是愤怒的，忽见一只白葱一样的手"啪"地拍上了李天王的肚子，小祥子笑得猖狂而没节操："大胡子李，想当初你说要让我过小媳妇追相公的日子，你倒瞧瞧这是谁追谁啊！这七世你算准了哪怕一世没有啊？"

这番话说得初空青了脸，李天王也颤抖了胡子。

小祥子拽了初空的胳膊。"我俩有事，先走一步啦。"

走了一会儿，小祥子扭头看见初空脸色不好，心底一琢磨，眼珠一转，道："你是不想承认你追了我七世这个事实吗？"

初空倏地笑了："认，为什么不认，你左右已是我囊中之物，过去还重要吗，只要以后你斗不过我就是了。"

小祥子挑眉："你要斗一斗试试吗？"

初空转头看小祥子，伸手掐了她的脸，阴恻恻地笑开了："不急，我们来日方长。"

## （二）成亲

小祥子与初空成亲当晚，天界一半的神仙都喝醉了，许久没有这样的喜事，大家都狠狠狂欢宣泄了一番。初空进了洞房，看见他的新婚妻子安安静静坐在床边，心头难耐地动了一动，这样安静的小祥子，实在是太难得一见了。

他在小祥子跟前站了许久，小祥子也不着急，静静等着他掀起她的红盖头。

由于小祥子实在太安静了，初空几乎不忍心打破这一时的静谧。但不揭盖头没法办事……初空一琢磨，还是将小祥子的盖头挑开，然后……表情登时变得僵硬起来。

他的新娘在红盖头之下吃了一嘴的油，初空一声叹息："我就知道太安静了绝对不是什么好事……"

小祥子委屈地看了初空一眼，嘟囔道："这个婚结得可真不平等，你在外面吃吃喝喝，我要在里面饿肚子，我饿得不行了才去拿东西吃的。要不下次咱们结婚的时候换一换，我去外面招呼他们，你在里面等着？我可看见好多美酒……"

初空揉了揉额上跳起来的青筋。"这事最好不要有下次！"

小祥子一抹油嘴心满意足地摸了摸肚子道："吃饱了才好办事嘛。"

初空脸一红，扭过头去。"都……吃什么了？"

小祥子掰着手指头挨个数起来，初空盯了她半晌，见她还在不停地数，他一声叹息，挠了挠头，然后心一狠，一把抓住小祥子的下巴，眯眼一笑："知道你笨，我亲自来尝尝。"

"咦……"两唇相接，他的舌尖轻轻触碰了小祥子的唇，然后深入进去。没纠缠多久，初空便放开了她，小祥子好奇道："你尝出我吃了什么东西吗？"

初空神情严肃。"没有，我还要更仔细一点。"

然后他用一整晚的时间非常仔细地去探索了……

翌日清晨，小祥子醒来，非常执着地问："最后，你尝出来我昨天吃了什么吗？"

初空伸手将她抱进怀里，摁住，坚定地答道："我。"

## （三）观星

俩二货搬进了玉帝赐的宅院之中，过着幸福快乐中夹杂着一点鸡飞狗跳的生活。他们把鹿马兽接到了天界，说是当坐骑，其实是当宠物一样养着。

这日傍晚，莺时来找了初空："初空哥哥，我们去看星星吧。"

初空一琢磨，点头。"嗯，好。"然后回头唤道，"小祥子，去观星台看星星。"

这时小祥子正在给鹿马兽刷毛，听到这话，拍了拍鹿马兽的脑袋问："晚上去不去看星星？"鹿马兽哼哧哼哧点头，于是小祥子又道："等刷完毛就去。"

待初空将这话转告给莺时，莺时笑了笑道："那边还有人等着我呢，我先走了。"

然而等晚上他们两人到了观星台之后，却没有看见莺时和"另一个人"的身影，小祥子挠了挠头。"他们难道不是在这里看星星？"初空往地上一坐，望着星空道："没人正好，清静。"

小祥子便也坐了下来，忽然想起什么似的道："啊，看见星星我突然想起来了，前两天忘了和你说，我怀孕了哟。"

初空淡然地点了点头，然后浑身一僵。"啥……"

"我怀孕了。"

初空的嘴角慢慢掉了下来："男的女的？"

"我怎么知道？"

# 醉酒之后

关于小祥子是什么时候怀孕的，初空思索了许久才想起来，大概是在那天……

那天蟠桃宴上，珍酿司说他们一个酒娘最近酿出了一种能提升修为的新酒，味道极甜，甚是好喝，特在蟠桃宴上拿出来让大家尝尝。

天帝准了，酒便发下来让大家一一尝了，当时小祥子正和几个仙子斗酒，多喝了几壶。待初空发现时，小祥子已经喝大发了。初空扛她回去的时候，小祥子手脚都开始哆嗦。

初空气得没法，又舍不得打她，嘀嘀咕咕抱怨了一路："修了这么多年仙法，就不能有点长进？喝这么点酒就醉成这副德行，你岁数都长给鹿马兽吃了吧！要没小爷在，我看你怎么哭着爬回去……"

小祥子便大着舌头骂他："吵吵吵……吵死了！怎么跟个娘们儿似的！你……你……你变成公主空后，就一直没走出角色吧！我可算看出来了，你就是个小媳妇，李天王的命格半点也没写错，你就该追着我……嗝……追着我跑。"

初空气得嘴角都在抽，忍了又忍，终是拼着此生最大的耐性将火气忍了下去。"小爷明天等你醒了再和你算账。"

一路背着乱踢乱打的小祥子回了家，刚把她扔床上，初空扭身要去倒杯水喝，忽觉衣袖一紧，是小祥子坐起来将他拽住了。

她一张脸醉得红红的，蝴蝶翅膀一样的睫毛忽闪忽闪地眨巴了两下，水汪汪的眼眸看得初空情不自禁咽了口口水。"干吗？"他虎着脸问。

"师父……"

让人意外的是小祥子竟然吐出了这么一个称呼，熟悉又陌生的感觉让初空一愣。还未等他反应过来，小祥子倏地一声大喊："呔！我叫你一声师父！你敢应不敢应！"

初空登时嫌弃地扯开小祥子的手，把她的鞋扒了扔一边，几乎是强迫着将她摁进被窝里。"老实睡你的，学什么疯猴子。"

小祥子不依不饶地挣扎，泥鳅一般从被窝里钻出来将初空的手抱住，泪汪汪地看他："师父……你这是要捂死我吗？你想捂死我，再去找个新徒弟是不是！人家好伤心，嘤嘤嘤！"

"你乱说什么混话。"初空扒开她的手，"你要记得你现在说的话，明天早上醒来，你绝对第一个抽死自己，赶紧睡。"

初空可是记得，小祥子最不愿意提的，就是她痴痴傻傻被他逗弄的那一世，对小祥子来说，那简直是她毕生的耻辱，虽然……初空是觉得挺好玩的……

初空刚将小祥子扒开，她又锲而不舍地贴了上来，连两条腿都招呼上了，如同章鱼一般往他身上贴。"不要不要，小祥要和师父一起睡。"

初空揉了揉额头，转头看了一眼进屋的时候被小祥子踢翻的桌椅几案，又看了看小祥子希冀地望着他的眼睛，初空一声叹息："好好好，一起睡。"

大概是因为小祥子平日里甚少用这副模样对他撒娇，所以一撒娇，他就完全……

把持不住了。

初空脱了鞋，掀开被窝钻了进去，他摸了摸小祥子的脑袋。"睡吧。"手掌在小祥子背后轻轻拍了几下，他今晚也喝了点酒，刚酝酿出了些许睡意，忽然之间，大腿上狠狠挨了一脚踹。

"嗺！"初空倒抽一口冷气，还没坐起来，便又有一脚踹在他身上，直将他踹下了床。

愤怒地将一起滚下来的被子掀开，初空怒视床上的小祥子。"你还要发什么酒疯！"

小祥子坐在床上，揪着自己的衣领，做一副贞洁烈妇的模样，皱着眉头，痛心疾首地盯着他道："陆海空，枉我不计前嫌这么宽容大度掏心掏肺地对你好，你居然趁夜深人静的时候要强占了我！"

初空感觉自己额上的青筋跳得极欢。"你大爷的在玩角色扮演啊……"

小祥子不理他，只捂着自己胸口道："我……好吧，我承认我也对你动了点不可言说的心思，但咱俩是不能在一起的！我们更不能做这样的事！"小祥子咬牙。"我们是仇人啊，不管从任何意义上来说，我们都是……仇人啊！"

"仇什么人！"初空捡了被子抖了抖灰，"百八十年前的事情你现在讲起来也不觉得瘆得慌，少在那儿装烈妇，今晚还想安生睡觉的话你就给我乖一点！别逼小爷我动手！"

小祥子往角落里缩了缩。"陆海空，你当真是铁了心，要……"她咬着下唇，咬得初空在一旁看得握紧了拳头，小祥子最后深吸一口气，松开了攥着领口的手，略带苍凉地一笑，"好吧，如果是这样，那我也没办法，谁让我也对你……就当，我们一夜放纵吧……"

初空毫不客气地拿被子甩了她一脸。

"和这种模样的你一夜放纵我脊背都在发凉好吗！"初空再次将她摁平摆好，理了被子，给她在身体周围掖好，"这是我最后一次好声好气和你说，好好睡啊，再闹腾我就不客气了！"

小祥子睁着眼，目不转睛、含情脉脉地盯着他。初空被盯得寒毛都立起来了，双手将她两只眼皮扯下来，强迫她睡觉。

见小祥子眼珠子不转了，初空才放开手，观察了一会儿，然后松了口气。

正当他要去吹蜡烛时，床上忽然"嗷"的一声仰天大叫，骇得初空心头一跳。"什……"话音尚未落，他便被人大力扑倒在床上，小祥子摁着他的肩，坐在他肚子上，虎视眈眈地盯着初空。

初空嘴角抽个不停。"这次又是什么？老虎祥？嗯？好玩吗？"

小祥子邪邪一笑："我知道你喜欢我。可你这个家伙，就是嘴硬。"她伸出手指戳了戳初空的鼻尖。"我就喜欢你嘴硬的样子。"言罢，她一口亲在初空的鼻尖上，然后慢慢往下挪，吻上了他的嘴唇。

即便做过了更亲密的事，可小祥子每次对他做这样的举动仍然能扰乱他的心神，他心跳快了一瞬，然后听见小祥子在他唇上打了个酒嗝，刺鼻的酒气蹿进初空鼻子里，初空差点没背过气去。他狠狠地把小祥子推开。"老实点！就你这德行还想着勾引人！"

"就我这德行……"小祥子又打了一个嗝，"还不是照样把你勾得魂牵梦萦了。"

初空咬牙，心里恨出了几缸子血来。"对啊，我是眼瞎到什么程度才被你勾引了啊……"

"你这个磨人的小妖精……"小祥子捏了捏初空的脸，"虎祥我要一口一口把你，吃干抹净。"说着她舔了舔嘴唇。

初空径直将她掀开。"你病得不轻。"他刚想弄个法术将小祥子好好绑在床上，却一个没留神又被小祥子抱住了腰。"初……初……初……初空……"她忽然道，"我……我胸口痛！"

说着，她捂住了自己的胸口，像是当真痛得喘不过气来了似的。

初空心头一紧，心道莫不是珍酿司那儿拿的新酒有问题？毕竟小祥子此前喝酒可从没醉成这个样子过。想到这种可能，初空立时便有点紧张了。"哪儿痛？"

"胸口。"小祥子捂着胸口痛得一抽一抽的。

初空眉头紧蹙。"我带你去司药天君那里看看。"

小祥子忙不迭地点头，等初空将她抱出了屋子，在路上走了一大段的时候，小祥子忽然道："等不了了！"

初空一惊："什么？"

小祥子哭道："我这里插了把刀！你快帮我拔出来！"初空看了看她平坦的胸膛，额上青筋直跳，他拼命忍耐。"原来……你是在玩将军祥的设定啊……"

小祥子根本听不进他的话，号啕大哭道："我要死了啊，负心汉！你都不给我拔刀！这么大把刀！"

初空直想给她两刀，捅死了安宁。

"我就知道你是个靠不住的！你不拔，我自己拔！"说着小祥子揪住自己的衣领，作势就要扒开，初空又是惊又是怒，连忙将她整个抱进怀里，不让她再胡乱动作。

"大庭广众的！你敢扒了衣服试试！"

他骂完，却没有听到回答，稍稍放松了一看，小祥子已经在他怀里耷拉了脑袋。

初空蹙眉。"喂……"

"别吵。"小祥没好气道。

"又怎么了……"

小祥子睁开了一只眼，斜视他。"我死了呀！"她道，"我胸膛插着刀，你这么一抱，一顶，刀就穿……穿胸而过了，嗝……我死了。"她闭上眼，耷拉了脑袋。"你让我好好死。"

说完，她再没了动作。

初空简直不知道此时的自己该做什么样的表情。

在原地僵硬地站了一会儿，他终是无奈一叹，认命地背上小祥子，一步一步往家里走。

小祥子脑袋搭在初空的肩上，随着他走路的频率一下一下地点着，他们身后的祥云道路便在他们走过之后升腾跳跃，就像小祥子身后的尾巴，一翘一翘的，缭绕出美丽的烟波。

初空听着耳边哼哧哼哧的呼吸声，不由得又是一叹："怎么就偏偏找上了你。不省心……"

小祥子脑袋搭在初空耳朵边嘀咕："找上我，是你的……福气。"

初空半晌没答话，天界夜晚极静，走了很长一段路，一声叹息伴随着一声感慨，仿似是从星星上掉下来的声音一般："我知道。"

小祥子便蹭了蹭他的脸，嘀咕："找上你，也是我的……福气……"

脚步未停，初空一直静静地向前走着，只是在夜色当中，不经意勾起了唇角。

是啊，他知道。

遇见值得携手走过漫长岁月的人，是他们彼此的福气。

她是他此生唯一，愿倾尽所有来对待的人。

将睡死了的小祥子扔到床上，初空揉了揉肩膀，自言自语道："以后你别想再喝这么多酒。"

手掌又被抓住。初空几乎是下意识地就开始暴躁了："你不是死了吗！"

"初空。"小祥子睁着眼睛看他，一双眼眸如点漆般亮，晃眼一看，与平时神志清醒的时候几乎没什么区别，她道："你知道咱们第五世，如果没去寻石头，本来该是个什么身份安排吗？"

这话倒是让初空愣了愣，他一挑眉头。"我怎么知道？"

"我知道。来。"小祥子对他勾了勾手指，"我去悄悄翻过大胡子李给咱俩写的命格本子。"

初空忍不住心底该死的好奇，终是微微弯了腰低下头去，小祥子的手臂便缠住了他的脖子，和他咬耳朵说着："第五世，我是一个刁蛮公主，我超喜欢哭。你……"她咯咯一笑。"你是我公主府的大管家。我一哭，你就什么都答应我了。"

"大胡子李会写这种命格？"初空一万个不信。

"会啊。"小祥子道，"要不，咱们试试。"

初空心头陡然一凉，"试什么"这三个字还没说出口，便见小祥子将他脸掰正，四目相对，然后小祥子眼睛里的泪水便开始积聚。"要抱抱。"

初空喉头一哽。

"要抱抱。"

"别闹。"初空试图推开她，"这一屋子乱我还要收拾呢！"

"不依！"小祥子将他脖子一圈，号啕大哭，"要抱呜呜哇！"

初空额上冷汗都下来了。"抱！抱！我抱！"

双手抱住，小祥子破涕为笑，又道："要亲亲。"

初空简直整个人都不好了。"改天成不，你醉成这……"

号啕大哭在耳边响起，初空跳了满头的青筋。"亲！亲！我亲！别哭了！"

"还要。"

"还要……"

于是，大概是在那晚，小祥子就怀孕了。

初空第二日怒气冲冲去寻了珍酿司，结果发现，好多仙君都堵在珍酿司的门口，让他们给个说法。珍酿司将酿了闯祸的新酒的酒娘寻了出来，大家一看，竟是个才十六七岁的小姑娘，登时便不好再说什么，小酒娘吓得一双眼睛通红通红的，声音弱弱地不停给各家仙君道歉。众人只将她提了到天帝那里去领罚。

最后听闻小酒娘被罚去北方大荒地面壁思过去了。

这些都与初空没多大关系了，他摸了摸身边睡熟了的人的肚子。他和小祥子以后的日子还长，他只希望，在看不见的未来里，他与她都还能像现在这般安宁幸福，即便生活会出现鸡飞狗跳的小插曲，也永远不影响和谐美好的大旋律。

番 外 五

# 鹿马兽

初空最近有点心绪难安，这日夜里一人在院里坐了许久。小祥子都睡了一觉起来了也没见初空进来。她披上衣裳推门出去，看见初空的指尖在石桌上轻轻敲动，她走过去在他身旁坐下。"半夜三更的不睡觉，在琢磨什么呢。"

初空下意识地伸手扶了她一把，看见小祥子挺得老高的肚子，他不由得皱了眉，却也没说话。

小祥子眯起眼打量了他许久。"我说初空，你做这副表情，莫不是在我怀孕的时候出去偷了腥吧！"初空嘴角一抽，揉了揉太阳穴，忽又听小祥子惊呼道："你果然背叛了我！好啊负心汉！"

初空没好气道："啊！是！没错！小爷我就是去偷腥了，你要怎样！"

小祥子一改方才惊慌失色的表情，撇了撇嘴，淡定道："那我也去找一个好了。"

"你敢！"初空气得拍桌子，一转头看见小祥子笑盈盈的脸，他心里的火气登时也散没了，只摆了摆手道，"去去，自己回屋睡去，挺着这么大肚子也不知道照顾自己。"提到这话，他好似无奈极了地一叹。

小祥子不动，望了他许久。"你到底在愁什么，说出来让我开心开心呗。"

初空瞥了她一眼，又瞥了她肚子一眼，知道她脾气犟，得不到结果是肯定不会善罢甘休的，他转头望天，道："若我日子没算错，飞升上仙的劫数应该快到了。"

小祥子这才一惊。"这么快？"

"嗯，九九八十一道天雷定要比先前成仙那次厉害许多，我定是不能待在屋里的。"

小祥子沉默了许久，正色道："你是怕自己被劈成炭了，回头我和孩子不认你吗？没关系，这点良心我还是有的，你放心。再丑我和孩子也不嫌弃你。"

初空拿指头戳她脑门。"你能不能认真点！"

小祥子清了清嗓子，正经道："我当真不会嫌弃你。"

初空无奈了。"你走开好吗……"

小祥子撇嘴，逗了这么久也不见初空笑一笑，看来他心里是真在发愁，作为一个贤妻良母，她自然是会随时随地转换状态的，当即便收敛了玩笑的姿态，道："九九八十一道天雷固然厉害，但也不值得你这般忧心吧。大胡子李先前与咱俩喝酒的时候不就承诺过他会帮你吗，李天王虽然喜好奇怪了点，但作为一个武将他的功力还是可以的，你别担心。"

"谁说小爷在担心天劫。"初空极为不屑地看了小祥子一眼，轻轻戳了戳她绷紧的肚皮，"我担心这孩子和他娘！"他没好气道："还有十几日便要生了吧，没人提醒着整天还跟个疯丫头一样到处乱窜，真当自己和肚里的孩子有千万条命不成！到时候生产，我不在，若是出……"他话音一顿，仿似有几分惧怕。"有了意外可该如何是好。"

面对指责，小祥子总是勇于狡辩："我身体倍儿棒，孩子在肚子里也乖得很，完全不用操心，而且我是祥云仙子啊，我的孩子定然也是具有祥云的属性，待得生产的时候必定顺顺畅畅，'噗'的一声就出来了。"

她说得生动，那"噗"的一声短促而强劲的气流喷在初空脸上，初空揉着额头道："你把自己的小孩都当成什么了……可以负责一点吗？"

"怎么不负责了，你可是忘了，咱们历七世情劫的时候其中有一世就是你做了公主怀了孕啊，我可是照顾过孕妇的，放心放心。"

就因为那样的"照顾"，所以他才加倍担心啊……

初空又是一叹，转眼望着小祥子，最后只得抓了她的手，将她往怀里一揽。"今晚先睡吧，到时候再说。"

初空离开的时候给小祥子请来了六个仙子，有精通医术的，有善于安慰人的，有遇事不乱的，众仙都笑初空神君小题大做，在天界生个孩子还能出人命不成？这么紧张，看来是当真心疼老婆的。

初空那样的性子被众人笑了竟也没有生气，只再三嘱咐拜托，让她们一定将小祥子看好，别让她又惹出什么幺蛾子来，那架势好似恨不得拿根绳子将小祥子绑在床上，直到她生产完了才放人。

众仙只笑笑让初空赶快去历劫，平安回来才能当爹。然而在初空离开五日后，小祥子忽然阵痛起来，算算日子竟是提前了好几天，不过好在屋里东西都齐全，仙人们也都在，本以为孩子虽提前了一点，出生应是没问题的，但哪儿想小祥子那腹中竟有两个孩子！生完第一个便止不住地出血，小祥子筋疲力尽，第二个孩子怎么也出不来，仙子们都急坏了，此时忽然有人道：

"天乾神君那处有千年寒玉莲子，那东西止血奇快且补血补气，此时若能有一颗，定能保住小祥子母子！"

众仙皆是一怔，房间里倏尔静默下来，除了偶尔呻吟两声的小祥子，六人皆不开口了。天乾神君的脾气大家都是知道的，不近人情不说，贸然拜访，若正撞上了神君心情不好的时候，指不定还讨得一顿打。

小祥子虽然累极，但意识还是在的，见她们这样，登时气得拍床。"我去！抬我去！他要是不救我，我就死在他们前，淌他一地血和肠！"

"使不得！"众仙人忙将她摁住，正慌乱之际，大门猛地被顶开。一只似鹿似马的妖怪立在门口，它头上一只肉角因为大力撞了门，左右晃动了许久才停下，它叫了一声，发现没人懂它，急得直撅蹄子，在原地转了几个圈，它忽然浑身一抖，只听"嘭"的一声，它竟瞬间化为一个五六岁小女孩的模样，穿着一身棕黑色的衣裳，看起来脏兮兮的，但声音却脆极了。"我去！"她说，"我帮……去取，神君住哪儿？"

小祥子虚弱地转头看她，两眼一凸，便在这样的情况下一边喘一边道："我……我×，鹿马兽居然是个姑娘！"它明明邋遢得跟抠脚大汉一样好吗！

小祥子在意的东西向来奇怪，这时仙子们也没空理她，有人给鹿马兽指路道："就在凌霄殿东南边上，一座青瓦院子，天乾神君脾气不好，你一定要好好求啊！"

没再多言，鹿马兽转身踏云而走。

待得行至那青瓦院子门前，鹿马兽着急地敲木门，里面却一直没人应声。天乾神君喜爱幽静，其丧心病狂是天界出了名的，有他在的地方，最好是半点杂音也不要有，现在鹿马兽敲出了这么大的动静却没人来应，想来是主人不在。

鹿马兽急得在原地直转圈，头上拇指长的那根肉角像触角一样不停动弹，正慌乱之际，忽听一个男声从头顶传来："在本君门前做甚？"声音沙哑淡漠，没有半分温度。鹿马兽抬头一看，白衣仙人披散着头发轻轻落在她身旁，只淡淡瞥了她一眼，也没听她答话，便推门进屋。"本君不喜打扰，不管何事都回吧。"

自家主子正是性命攸关的当口，鹿马兽哪里由得他拒绝，当即跟着天乾神君的脚步便进了他的院子里。"我家主子快死了，我来求千年寒玉莲子。"鹿马兽第一次化为人形，说话还不流利，一句话吞吞吐吐了好一会儿才说出来。天乾神君只淡淡扫了她一眼。"不给，出去。"

常人但见神君这般神色当即便吓得说不出话来，可鹿马兽本来对情绪这种东西就感觉迟钝，现在着急了更是什么也顾不上，哪儿还品得出空气中那份暗藏的杀气，只不要命一般将天乾袖子一拽，在天乾还在愣神的时候一双小手便可怜巴巴地抓上了他的手指。

"莲子一定要要到！"她望着他赌咒发誓一样说着，但偏偏吐字含混不清，比起强势的请求，更像是得宠的小孩在对大人撒娇。

天乾垂头看她，目光从她水汪汪的眼睛挪到了额头上那根形状奇异的肉角上，肉角因为鹿马兽的情绪动了动，天乾忽然抬起另外一只手。

鹿马兽知道天乾神君脾气不好，这下以为自己要挨打，心里惧怕，但小小的手还是将天乾神君的手抓得死紧。"我只要一颗莲子。"她冒死说，"给主人救命，只要一颗。"

忽然肉角一紧，竟是天乾用另一只手捏住了她的角，仿似对这种软趴趴的手感到奇妙，他眉一挑，尝试着捏了两下，呢喃："软的。"

鹿马兽脸一白，显然是想起了过往不好的记忆，然而短暂的惊慌之后，鹿马兽强自镇定下来，豁出去一般道："肉角可以……可以给你玩，把莲子给我。"

天乾看着小女孩一脸视死如归的模样，倏尔没有情绪地勾了勾唇角，他想的是这家伙未免也太可笑，他堂堂神君，要这么一根肉角来做什么，每天拿在手里把玩吗？有这种癖好的人还能再奇怪一点吗……

天乾松开了手，但他不知道，鹿马兽是用肉角来捕捉残魂，进而以残魂为食的。而她先前一根肉角被小祥子掰掉了，现在只剩下一根，那根便是她的身家性命，若是没了，她就是把这辈子吃饭的家伙都丢了。

"松手，别让我说第二遍。"天乾转过头，神色冷漠。

鹿马兽可怜巴巴地望着他："神君，救人一命……"

"我不要浮屠。"他径直打断鹿马兽的话，与此同时，指尖上神力蹿动，将鹿马兽的小手打开，他看也不看她，抬脚便往屋里走。鹿马兽不甘心，一咬牙，整个人都扑上前去径直将天乾的大腿抱住。"神君！救救我家主子！"她的眼泪鼻涕都糊在了天乾神君的衣摆上。

天乾神君爱干净到丧心病狂的地步也是天界尽人皆知的，连天乾自己都记不得上次有人放肆地在自己衣服上糊东西是什么时候的事了。天乾隐忍道："放开。"

"神君不答应救主子，鹿马兽就不放开！"

"很好。"天乾如法炮制，像方才一样用神力轻轻击打鹿马兽，然而这次鹿马兽明显有了准备，任由痛觉传遍全身她也没有放手。看着这么一个小孩吊在自己腿上，天乾心头竟生出了一股许久未生出的无奈之情，没有再打鹿马兽第二次。天乾便在原地站着，听鹿马兽的哭声从抽噎变成了号啕，自己衣袍上的鼻涕眼泪也越来越多。天乾闭上了眼，稳了好一会儿心绪，才重新冷漠地开口："莲子在后院。"

鹿马兽闻言，抬头，不敢相信地望着天乾神君，天乾与她对视半晌。"我要去拿，你放手。"

鹿马兽这才乖乖放手。果然，不一会儿便见天乾神君拿了一个锦盒出来，递给她，但在鹿马兽伸手接过之前，他却冷声问道："你是哪家的仆从？"

鹿马兽倏地转了一下脑子："你要找我主子的麻烦？"

天乾神君也不避讳，径直点头认了："没错，我要找他晦气。"

鹿马兽答道："我是李天王家的。"

天乾神君毫不留情地戳破她的谎言："李天王要死了会让你来取莲子？老实说。"

鹿马兽垂头丧气道："是月老家的。"天乾神君拿着锦盒不递给她。鹿马兽终是叹息一声交代了："是初空神君家的。"

天乾神君这才点了头，把锦盒给了鹿马兽，放她走了，可是待鹿马兽走后许久，天乾神君也没有进屋，方才捏过鹿马兽肉角的手指动了动，他好似有些困惑。"软的。"他忽然觉得，方才鹿马兽说要把肉角给他的时候，自己不应该拒绝才是。

鹿马兽好不容易把莲子取回来，此时小祥子已经因失血太多而晕了过去，众仙急急忙忙让小祥子服下莲子，见小祥子睁眼了，鹿马兽大舒一口气，回了自己的窝，径直往干草上面一躺，慢慢又变回了原形，她闭上眼，静静睡去。维持人形对现在的她来说，还是太勉强了。

再醒来的时候，小祥子的两个孩子已经生了下来，龙凤胎，大的是哥哥，小的是妹妹。两个小孩和他们母亲一样调皮捣蛋，兄妹俩睡在一个窝里时总是你一拳我一脚地较量。初空历劫完了回来，看见的是一个健健康康的小祥子和两个健健康康的小兔崽子。小祥子全然不提那日生产时遇到的危机，另外六个仙子也不好意思提，只道一切都还好。

他们都不提，鹿马兽每日吃吃睡睡便也将这事抛在了脑后，更忘了要告诉她的主人们，有个神君想要找他们晦气。

是以在天乾神君找上门来的那日，这一家子人根本就没有准备。

当时鹿马兽化成人形正在照顾两个小孩，这两个孩子倒是真如小祥子所说，随了她祥云仙子的属性，睡着的时候老实，醒了之后玩着玩着便变成了一团云，呼呼往屋外飘。小祥子半点也不着急，任由他们随便飘。初空本来也不着急，但自打有一次看见飘回来的妹妹身上少了一条手臂之后，初空怎么也不敢放松戒备了，好在那次妹妹的手臂又自己飘了回来。但初空为了以防万一，便让鹿马兽来看着，即便孩子们飘出去了，也好歹知道一个方向，能把他们的胳膊腿和脑袋找回来。

初空接待了天乾神君，这才知道了小祥子生产那日的凶险，他听闻后沉默了许久，只道："家仆粗莽，顶撞了神君，还望神君恕罪。"

天乾神君淡淡喝了口茶。"本君不恕你这罪。"他道，"我是来讨回来的。"

初空一愣："什么？"

"你的家仆。"他道，"我觉着她挺实用，租借我百年可好？"

初空继续愣住："什么？"

天乾神君却不再重复第二遍，正饮第二口茶时，门外倏地飘进来两团白花花的云，在大厅里绕了一圈，又钻进了里间，外面传来急匆匆的呼喊："慢点，腿还在外面！"穿着棕黑色衣裳的小女孩扑进屋来，抬头看见白衣披发的天乾神君登时一愣，这才想起这位神君上次说的找晦气一事，当即脸一白："天乾神君来……报复了？"

初空刚要开口，忽听天乾神君道："没错。"

鹿马兽眉目一沉，正色道："不关我主子的事，是我的错，你报复我吧。"

天乾神君淡定地饮茶。"好。"他放下茶杯，站起身来，"既然如此，你今日便随我回去伺候我吧。"

鹿马兽一惊，初空也是一惊，两人皆望向天乾神君，天乾只走到鹿马兽跟前，捏了捏她头上的肉角，神色冷淡道："走吧。"

这天晚上，初空哄了两个孩子睡觉，疲惫地往床上一躺，伸手将小祥子抱住，一声轻叹。"下次我一定会在的。"他道，"不会让你一个人害怕。"

小祥子睡得迷迷糊糊的，应道："说这种话可不像你的风格。"

初空没有应声，隔了半晌小祥子又问道："鹿马兽跟着天乾神君当真没问题？"

"天乾神君虽脾气不好，但人并不坏，鹿马兽跟着他，对她修道倒还好一些，只是别的方面倒不好说。"初空声音渐轻，"反正日子还长着呢，看看呗。"

夜已深，一家人静静睡去。

# 天乾神君

鹿马兽就这样被天乾神君带回了自己的府邸。

走到天乾神君院子门口的时候，一个小仙童恰巧将自己的小球踢到了天乾神君脚边。

小仙童跑了过来，准备捡球，但见天乾神君一脚踩在球上，冷着脸看向小仙童。

小仙童瑟瑟发抖："神君，我的球……"

天乾神君一声冷笑，抬脚就把球踢飞了。

鹿马兽和小仙童看着球在空中画出一道圆弧，然后消失不见。

小仙童呆住了。

鹿马兽也呆住了。

"不许在这里玩。"

天乾留下这句话，小仙童哇的一声大哭，捂着脸就跑远了。

鹿马兽看着小仙童的背影，继续瑟瑟发抖，跟着天乾神君进了他的府邸。

神君的府邸大得可怕，也空得吓人。

天乾神君随便给她指了个房间，让鹿马兽自己去收拾收拾住下，然后就走了。

鹿马兽也是这时候才知道，神君府上，竟然是一个人都没有的！

天乾神君给她指的住所空空荡荡，连床都没有，鹿马兽在空空如也的屋子里，抱着自己的小布兜站了好一会儿，才揣摩过来，天乾神君这个"收拾收拾"的意思，原来是让她自己给自己收拾个桌椅板凳和床榻出来！

鹿马兽没敢多闹腾。

毕竟，在仙界论资排辈的话，天乾神君，好像还比自家神君要高那么一个品阶……

而且，他此前还救了自家主子的命，说什么，也不能在人家府上挑三拣四的。

于是，鹿马兽任劳任怨，勤勤恳恳忙活了一天，从外面拖木板回来给自己简单搭了木板床、木板凳还有一个木板桌。


天乾神君在自己的炼丹房里炼了一天丹出来，看见的便是一个五六岁的女童，一脸狼狈地在自家院子里给自己的木床、木桌和木凳刷漆的模样。

一时间，他觉得在自己府邸里好像犯了天界的律条——虐待童仙。

天乾沉默了一会儿，走上前去，揪了一下鹿马兽的肉角。

鹿马兽吓了一跳，仰头看他，有些害怕，有些迷茫："神君？怎么了？"

"你在做什么？"天乾冷着一张脸，"我没给你床睡？"

鹿马兽更加迷茫了："没给啊。"

天乾沉默了一会儿，转头看了眼屋子里面……

好的，他没给。

天乾沉默下来，场面一时有些尴尬。

鹿马兽犹豫很久，揣测着这位神君的心思，迟疑地开口："是……您也想要？"

天乾低头，一下便撞进了那双小鹿一样可怜巴巴的眼睛里，他顿了顿，转开了眼。"你不会术法吗？"

鹿马兽反问："术法还能变桌椅板凳吗？"

天乾无言以对，然后有些嫌弃地皱了皱眉头。"你主子都教过你什么？"

"奶孩子。"

"……"

面面相觑了一会儿，天乾转身离开。

鹿马兽心底刚暗暗松了一口气，忽然间，她觉得身体一轻，不过眨眼之间，她便从一名五六岁女童的模样，变作了十七八岁的少女。

鹿马兽呆呆地看着自己长长了的手脚，又看了看自己身上跟着变大的衣服，颇为不习惯地站起身来，转了两圈。

"神……神君？"鹿马兽对着走远的天乾神君唤道，"别……别把我变这么细长呀，我长这么高，只有四只脚的时候！两只脚，我害怕！不稳，我怕高！"

而远处的天乾神君头也没回地留下了一句："习惯就好。"

鹿马兽张了张嘴，再难说出话来。

只心道，这个天乾神君，是真的脾气古怪，阴晴不定，一会儿想要她的小木床，一会儿把她扯老长，真是……

难琢磨！

鹿马兽转头看了看自己的木板床，又看了看自己的腿，叹息了一声："得加长啊……"


在这儿住的第一个晚上，鹿马兽做了一宿的噩梦。

梦里，天乾神君拿了把比她人还长的锯子冲到她面前，把她摁在长板凳上，嘎吱一下就把她的肉角给锯了。

她血流了一脸，还没来得及哭，天乾神君就扯住了她的脚踝，将她整个人倒着提了起来，开始不停地抖抖抖，鹿马兽直接被抖成了一长条。

她口中一直喊着："不不不，别别别，可以了可以了！不能再加长了！"

然后她醒了过来……

她看见了天乾神君的脸。

天乾神君眼下黑影沉沉，看起来一副没睡好的模样。

"神君？"鹿马兽问他，"您也有孩子要奶吗？"

是这样的，在小祥子府上的时候，小祥子会这么大清早的来她床边找她，一定是因为两个小孩子吵吵闹闹不听话，折磨得她没睡好。

所以鹿马兽下意识地认为，天乾神君也这样。

听到鹿马兽的问题，天乾一时没有回话。

他坐在她的木板床上，因为两个人的体重超过了她设计的木板床的承载力，所以床板一直发出抗议的嘎吱嘎吱的声音，一如她在梦里的哼哼唧唧。

天乾沉默着，对着鹿马兽伸出了手。

鹿马兽有点害怕，想要缩回去。

"别动。"天乾如此说了一句。

鹿马兽因为更害怕天乾，所以更不敢动了。

然后天乾便握住了鹿马兽头顶上的肉角。

她长大了，但肉角还是那个肉角。

鹿马兽眨巴着眼睛，躺在床上，双手紧张地拽着自己的小被子，等着天乾什么时候捏完肉角，把手收回去。

她不敢吭声，就怕天乾说一句——

"你之前说，肉角可以送我。"

鹿马兽耳朵好像听到了这句话，她屏住了呼吸，没有吭声。

她盯着天乾的嘴，不敢确定，这句话是她脑中惊惧的想象，还是天乾真的说了。

然后她便看见天乾歪了歪头，盯着她，发出了一声轻轻的疑问："嗯？是吗？"

鹿马兽吓得眼泪都流出来了。"神君，我只有一个角了，我靠这个吃饭的，掰了它，我就没法吃饭了。"

天乾看着脸圆圆的少女，微微挑眉。

"你靠它吃饭？你嘴长在头顶上？"

"我是鹿马兽，我靠吸食天地残魂而生，我嘴巴用来说话，也可吃别的东西，但是，真正让我活命的是它……"

"哦……"天乾闻言，若有所思地沉默下来，他捏着鹿马兽肉角的手指轻轻搓了两下，"原来是这样。"

鹿马兽可怜巴巴地点头。

天乾思索了一会儿说："今晚，你到我房间里来睡。"

言罢，天乾走了出去。

鹿马兽又愣了好一会儿，才坐了起来，摸了摸自己的肉角，一脸迷茫。


夜里，鹿马兽把自己的小床搬去了天乾的房间。

天乾房间里，果然也空空荡荡，除了一张床，连桌椅板凳都没有，他好像根本就不在这个房间里生活一样。

鹿马兽在自己的小床上等着天乾回来。


一直到深夜，天乾才带着一身的疲惫从外面归来，推开门，他看见鹿马兽已经在自己床边的小床上睡着，天乾有些意外地挑了挑眉毛。

他炼了一天的丹药，倒是忘了自己白天给鹿马兽的命令了，没想到，她还挺听话……

天乾走到床边，坐到了自己的床榻上。

鹿马兽自己做的小床又矮又窄，她在床上蜷缩着身体睡觉，被子鼓起了高高一坨，但她睡得十分香甜，一张圆脸在被子里被捂得红扑扑的……

天乾伸出了手。

待他反应过来的时候，他的手指已经掐在了鹿马兽的脸颊上。

他自己也愣了一会儿，然后放开手，轻咳一声，才转而去摸了摸鹿马兽的肉角。

在他触碰到鹿马兽肉角的瞬间，鹿马兽的肉角亮出微弱的光芒。

天乾也在此时，感到心灵之中一阵释然，那时刻缠绕在他心间的狂躁之气，慢慢消散。

天乾微微松了口气。


原来是这样。

所以他才一直对鹿马兽的这个肉角爱不释手。

千余年前，天乾下界除妖，虽制服了妖邪，不料妖邪戾气深重，虽死不灭，残魂钻入了天乾身体之中，一直不停地侵扰他。

这千年时间里，天乾一直寻找方法，试图抹去这缕妖邪残魂，却一直毫无办法，直到……

这送上门来的肉角……

终于能让他得到片刻安宁。

天乾叹了声气，仰躺在床榻上，他慢慢闭上眼睛。

黑暗里，天乾终于没有再看见漫天的血色与数不尽的厮杀之声。

好安静……


一夜好眠。

鹿马兽醒的时候，她万万没有想到，自己这张小破床竟然还能睡下两个人?!

她看了看近在咫尺的天乾神君，又抬眼往上瞅了瞅他握住自己肉角的手。

鹿马兽心中又惊又怕：这神君，莫不是有什么难以言说的奇怪癖好吧……她的肉角，难道长在了他的怪癖上？

鹿马兽不敢吭声，也不敢问，直到天乾神君自己醒了过来。

鹿马兽这才开口："神君，其实我的肉角是有触感的……您捏了一晚，我有点麻了。"

天乾神君也看着近在咫尺的鹿马兽，沉默了很久……

然后，他松开了自己的手。

说实话，他的手……也有点麻了。

他深深吸了一口气，揉了揉眉心，准备坐起身来。

可他万万没想到，他一动，只听"咔"的一声。

鹿马兽霎时脸色一白，立即道："神君！您别动！"

可她说晚了，下一瞬，鹿马兽的小木床便在一阵丁零当啷的声音当中彻底垮塌。

两个人坐在地上一片碎木板里，尘埃升腾，画面凝固。

天乾看了看自己身下和身边的散装木板，又看了一眼面前要哭不哭的鹿马兽。

千年时间里，难得睡一个好觉，得一晚太平的天乾神君，忽然觉得这一早上醒来的事情，比之前每夜吵闹的妖邪残魂还要令人头大。

天乾不知道要怎么跟鹿马兽解释，他也不知道他为什么会出现在鹿马兽的床上，也根本没有机会解释。

鹿马兽一撇嘴，眼泪啪嗒啪嗒掉着，委屈巴巴地从地上爬起来，然后一边抹泪，一边嘀咕着："太欺负人了，太欺负人了……"

她出门去了。

天乾想要追，可他也从来没有遇到过这样的事，更不知道追上去要说什么，于是只得站起身来，看了看自己脚下的木板，他踢了踢，有些恼怒："谁卖她的破木头。"

破木头是从小祥子院里的马厩里面抬过去的。

那是鹿马兽还是兽形的时候住的地方，里面的木头的气味她都闻熟悉了，特别安心。

现在小祥子院里的马厩没了，床也没了，回小祥子府邸里面没地方住，回天乾神君的府邸更是只能睡地板了。

鹿马兽自己在仙界的一个角落找了个地方，啪嗒啪嗒地掉眼泪。

鹿马兽心想，自己哭唧唧地回去找小祥子，一定会让她担心，她还有两个小孩要管，肯定不能让她还替自己操心。

所以鹿马兽打算自己处理处理情绪，还是回天乾神君的府邸待着。

而就在此时，身后忽然伸来了一只手，在鹿马兽还没反应过来的时候，那只手忽然抓住了她的肉角！力气之大，直接将鹿马兽整个人都拔了起来。

鹿马兽连连呼痛，被揪住肉角的她只能用很别扭的姿势站着。"是谁？神君吗？不要这样欺负我！"

"神君？哪个神君？"

但听此言，鹿马兽才发现不对，她微微转动身体，看见面前的人一身黑衣，面容邪恶，脸上，手臂上，全是花里胡哨的妖纹。

是妖怪?!

天界哪儿来的妖怪?!

"你是什么妖怪！"鹿马兽呵斥他，"还不赶紧放开我！"

"放开你？天界的将领敢把老子抓上来，老子便要将天界闹翻，就从你开始吃！我要杀十万个！"

他说着，直接把鹿马兽的肉角往自己嘴里塞。

鹿马兽疼得不行，根本挣脱不了，而便在此时，空中倏尔闪下一记白光，狠狠劈在妖怪的手臂上，让他整条手臂瞬间焦黑。

妖怪大声痛呼，捂着手臂连连后退。

鹿马兽也捂住自己脑袋上的肉角，退了两步，等她抬头之时，面前出现了一个熟悉的身影。

却是睡塌了她小木床的天乾神君来了。

他挡在鹿马兽身前，鹿马兽呆呆地看着他的后背，心里想着：难怪能睡坏她的小木床，他这身板原来高大得能带来这么多的安全感……

天乾回头，看了眼鹿马兽。

但见这圆脸上，全是可怜巴巴的泪水，头上的肉角因为被用力捏过，都有些泛红发青了，耷拉着，显得没有精神。

天乾嘴角微微抽紧，他再转过头去时，看向面前妖怪的眼神，仿佛是在看一个死人。

"谁给你的勇气？"

话音一落，他掌间术法犹如雷电，闪出刺目光芒。

但见此术，妖怪面色陡然一变。"天乾神君？！"他捂着手臂一句痛也不敢喊，开口便是，"是玉帝下令抓的我！你不能动用私刑杀我！"

话音未落，"噼啪"一声，面前的妖怪被白色的光电穿心而过，直接化为一团焦炭洒落云间。

"啊！不能杀！"

空中远远传来天界将领的声音。

鹿马兽仰头看去，但见几名将领急匆匆赶来，口中说的是与刚才那妖怪一样的话："神君啊神君，这是玉帝叫我等抓来天界审讯的妖怪，不能杀啊！"

可已经杀了。

鹿马兽看着云上的焦炭，又看了看几名将领，最后目光落在了天乾身上。

她心里很是愧疚，觉得因为自己，天乾摊上事了。

她鼓足勇气，想挺身而出，替天乾担下这个过错，但还没等她向前一步，天乾直接抓了她的胳膊。

鹿马兽仰头看他，天乾冷着一张脸，一如她第一次见他的时候，只是这次他是对着那几个将领的。

"这妖怪是我杀的，告诉玉帝，这妖怪背后的人，我要一起杀。此事，我管了。"

几个将领面面相觑，为首的一人挠了挠头："神君若愿重新出山，管下界妖邪之事，玉帝与我等自然是欣喜不已，只是为何……"

天乾带着鹿马兽转身就走。

"他动错人了。"

直至两人的背影消失，几名将领还是有点在状况外，一人看了看地上的焦炭说："这孙子对天乾神君做了什么，惹他如此大动肝火？"

"管他做了什么，咱们不是正愁没人对付这孙子背后的妖王吗，天乾神君愿意相助，这事了了。"

"嘿，只怪那妖王找了个这么不着调的下属吧，倒霉咯。"


鹿马兽被天乾带回了府邸，带进了炼丹房，然后天乾抬手便给了她一颗丹药。

鹿马兽认识，这是主子生产那天，她过来苦苦哀求才拿到的丹药。她呆呆地望着天乾，不明所以。

"吃了。"天乾道。

"为什……"没等她话说完，天乾趁鹿马兽没有防备，拍了她手背一下，鹿马兽就这样没有一丝丝准备地吃下了那颗丹药。

鹿马兽头上的肉角瞬间就好了。

她甚至感觉，自己身体里的灵气从未有过地充沛，连五感都变得通透了。

天乾满意地打量了一下鹿马兽，然后又带着她离开了炼丹房，去了自己的房间。

房间还是大得空空荡荡，但是在天乾的床边，多了一张结实的小床，床也不比天乾的矮了，上面甚至还雕刻了花纹。

鹿马兽发出了惊叹："神君这么快？"

天乾打了个响指，床边又出现了一个小矮凳。"术法变的。"他问，"你还想要什么？"

"要个桌子！"

"桌子要配两个椅子！"

"还要一个镜子！"

"梳妆台！"

待屋里被东西填满的时候，鹿马兽用星星眼望着天乾："神君对我好好。为什么？"

天乾看了眼鹿马兽的肉角。"有求于人。"


三年后。

小祥子的孩子们长大了些，一个比一个皮，常常弄得小祥子筋疲力尽。

小祥子终于想起了，自己还有一个可以奶孩子的鹿马兽！

她心想，神君已经借了鹿马兽三年，说不定新鲜劲已经过去了，自己是时候去把人要回来了。

小祥子来到天乾神君府上，在外面，她看着神君这府邸跟之前好似也没有两样，但当她敲门走进去之后，小祥子惊呆了。

敢问，这天乾神君，是喜欢上当木匠了吗？

这满屋满园的木架，木头马，奇形怪状的亭台楼阁是什么情况？

"祥云仙子，有何贵干？"

天乾出现在了小祥子身后。

小祥子挠了挠头："那个……神君，我想将我的鹿马兽讨回去一段时间，我家两个混世魔王，得有人看着。"

"哦。"天乾思忖了一下，"不行。"

小祥子一愣："为何？"

"因为……"天乾看向了后院，在后院里，一个木制秋千上，鹿马兽正歪着脑袋，打着瞌睡，脸蛋红扑扑的，似睡得很香。

天乾看着鹿马兽，神色柔了下来。

"她得奶自己的孩子了。"

**图书在版编目（CIP）数据**

祥云朵朵当空飘 / 九鹭非香著 . -- 长沙：湖南文艺出版社，2022.10
ISBN 978-7-5726-0764-6

Ⅰ.①祥… Ⅱ.①九… Ⅲ.①长篇小说—中国—当代 Ⅳ.①I247.5

中国版本图书馆 CIP 数据核字（2022）第 121301 号

上架建议：畅销·青春文学

XIANGYUN DUODUO DANGKONG PIAO
**祥云朵朵当空飘**

著　　者：九鹭非香
出 版 人：陈新文
责任编辑：刘雪琳
监　　制：毛闽峰
项目支持：恒星引力传媒
策划编辑：张园园
特约编辑：赵志华
营销编辑：刘　珣　焦亚楠
封面设计：有点态度设计工作室
版式设计：潘雪琴
插图绘制：符　殊　璎　珞　凌家阿空
出　　版：湖南文艺出版社
　　　　　（长沙市雨花区东二环一段 508 号　邮编：410014）
网　　址：www.hnwy.net
印　　刷：三河市兴博印务有限公司
经　　销：新华书店
开　　本：640mm × 915mm　1/16
字　　数：310 千字
印　　张：19.5
版　　次：2022 年 10 月第 1 版
印　　次：2022 年 10 月第 1 次印刷
书　　号：ISBN 978-7-5726-0764-6
定　　价：52.80 元

若有质量问题，请致电质量监督电话：010-59096394
团购电话：010-59320018